U0948594

国学经典丛书
名家注评本

牡丹亭

［明］汤显祖 著

长江出版传媒
长江文艺出版社

图书在版编目（CIP）数据

牡丹亭 /（明）汤显祖著. -- 武汉 : 长江文艺出版社，2019.6（2023.9 重印）
（国学经典丛书. 第二辑）
ISBN 978-7-5702-0428-1

Ⅰ. ①牡… Ⅱ. ①汤… Ⅲ. ①传奇剧（戏曲）－剧本－中国－明代 Ⅳ. ①I237.2

中国版本图书馆 CIP 数据核字（2018）第 102144 号

责任编辑：黄海阔　　责任校对：毛季慧
封面设计：新华智品　　责任印制：邱　莉　王光兴

出版：长江出版传媒 | 长江文艺出版社
地址：武汉市雄楚大街 268 号　　邮编：430070
发行：长江文艺出版社
http://www.cjlap.com
印刷：三河市百盛印装有限公司

开本：880 毫米×1230 毫米　1/32　　印张：9.25
版次：2019 年 6 月第 1 版　　2023 年 9 月第 2 次印刷
字数：232 千字

定价：75.00 元

总 序

郭齐勇 武汉大学国学院院长

国学大师钱穆先生曾说“今人率言‘革新’，然革新固当知旧”。对现代人尤其是青年一代来说，缺乏的也许不是所谓的“革新力量”，而是“知旧”，也即对传统的了解。

中国文化传统的源头，都在中国古代经典当中。从先秦的《诗经》《易经》，晚周诸子，前四史与《资治通鉴》，骚体诗、汉乐府和辞赋，六朝骈文，直到唐诗、宋词、元曲和明清小说，在传统经典这条源远流长的巨川大河中，流淌着多少滋养着我们精神的养分和元气！

《说文解字》上说“经”是一种有条不紊的编织排列，《广韵》上说“典”是一种法、一种规则。经与典交织运作，演绎中国文化的风貌，制约着我们的日常行为规范、生活秩序。中国文化的基调，总体上是倾向于人间的，是关心人生、参与人生、反映人生的，当然也是指导人生的。无论是春秋战国的诸子哲学，汉魏各家的传经事业，韩柳欧苏的道德文章，程朱陆王的心性义理；还是先民传唱的诗歌，屈原的忧患行吟，都洋溢着强烈的平民性格、人伦大爱、家国情怀、理想境界。尤其是四书五经，更是中国人的常经、常道。这些对当下中国人治国理政，建构健康人格，铸造民族精魂都具有重要意义。经典是当代人增长生命智慧的源头活水！

长江文艺出版社历来重视中华民族优秀传统文化的传播及普及，近年来更在阐释传统经典、传承核心文化价值，建构文化认同的大纛下努力向中国古典文化的宝库掘进。他们欲推出《国学经典丛书》，殊为可喜。

怎么样推广这些传统文化经典呢？

古代经典和现代读者的阅读习惯及趣味本来有一定差距，如果再板起面孔、高高在上，只会让现代读者望而生畏。当然，经典也不是任人打扮的小姑娘，一味将它鸡汤化、庸俗化、功利化，也会让它变味。最好的办法就是，既忠实于经典的原汁原味，又方便读者读懂经典，易于接受。在这个原则的指导下，《国学经典丛书》首先是以原典为主，尊重原典，呈现原典。同时又照顾现实需要，为现代读者阅读经典扫除障碍，对经典作必要的字词义的疏通。这些必要精到的疏通，给了现代读者一把迈入经典大门的钥匙，开启了现代读者与古圣先贤神交的窗口。

放眼当下出版界，传统文化出版物鱼目混珠、泥沙俱下，诸多出版商打着传承古典文化的旗号，曲解经典，对现代读者尤其是广大青少年认知传承经典起了误导作用。有鉴于此，长江文艺出版社推出的《国学经典丛书》特别注重版本的选取。这套丛书大多数择取了当前国内已经出版过的优秀版本，是请相关领域的名家、专业人士重新梳理的。这些版本在尊重原典的前提下同时兼顾其普及性，希望读者能有一次轻松愉悦的古典之旅。

种种原因，这套丛书必然会有缺点和疏漏，祈望方家指正。

目录

第 一 出　标目 · 001
第 二 出　言怀 · 003
第 三 出　训女 · 007
第 四 出　腐叹 · 013
第 五 出　延师 · 017
第 六 出　怅眺 · 022
第 七 出　闺塾 · 027
第 八 出　劝农 · 033
第 九 出　肃苑 · 040
第 十 出　惊梦 · 044
第十一出　慈戒 · 052
第十二出　寻梦 · 054
第十三出　诀谒 · 061
第十四出　写真 · 065
第十五出　虏谍 · 071
第十六出　诘病 · 074
第十七出　道觋 · 078
第十八出　诊祟 · 085

第 十 九 出　　牝贼 · 091
第 二 十 出　　闹殇 · 093
第二十一出　　谒遇 · 101
第二十二出　　旅寄 · 107
第二十三出　　冥判 · 110
第二十四出　　拾画 · 124
第二十五出　　忆女 · 127
第二十六出　　玩真 · 130
第二十七出　　魂游 · 134
第二十八出　　幽媾 · 140
第二十九出　　旁疑 · 147
第 三 十 出　　欢挠 · 151
第三十一出　　缮备 · 156
第三十二出　　冥誓 · 159
第三十三出　　秘议 · 167
第三十四出　　诇药 · 171
第三十五出　　回生 · 173
第三十六出　　婚走 · 177
第三十七出　　骇变 · 184
第三十八出　　淮警 · 187
第三十九出　　如杭 · 189
第 四 十 出　　仆侦 · 192
第四十一出　　耽试 · 196
第四十二出　　移镇 · 202
第四十三出　　御淮 · 206
第四十四出　　急难 · 210
第四十五出　　寇间 · 214
第四十六出　　折寇 · 218

第四十七出　　围释 · 222
第四十八出　　遇母 · 230
第四十九出　　淮泊 · 235
第 五 十 出　　闹宴 · 240
第五十一出　　榜下 · 246
第五十二出　　索元 · 249
第五十三出　　硬拷 · 253
第五十四出　　闻喜 · 262
第五十五出　　圆驾 · 266
附　录　一　　关于版本的说明 · 276
附　录　二　　杜丽娘慕色还魂话本 · 279

第一出[①] 标 目[②]

【蝶恋花[③]】 （末[④]上）忙处抛人闲处住[⑤]。百计思量，没个为欢处。白日消磨肠断句，世间只有情难诉。 玉茗堂前朝复暮[⑥]，红烛迎人，俊得江山助[⑦]。但是相思莫相负[⑧]，牡丹亭上三

---

① 出：中国戏曲传奇剧本体制，相当于元杂剧的“折”或现代戏剧中的“场”。传奇剧本一般篇幅较长，一般在31出到50出之间，每一出结束，角色下场时都有下场诗。《牡丹亭》原本有55出，演出时间较长，后有多个版本都有删并，较之原作更适合演出。

② 标目：传奇的第一出，戏曲开场白的引子，主要是为了说明戏曲的创作缘起和剧情梗概，并非正戏，类似于序幕，一般由副末或末角色登场介绍，并非正戏。又称“家门”“家门引子”。

③ 《蝶恋花》：曲牌名，此曲介绍创作缘起。

④ 末：戏曲角色名，一般扮演年纪较大的男子。传奇第一出一般由副末开场，本剧由末开场。

⑤ 忙处：即官场。 闲处：轻闲之处，可指田园故里。 忙处抛人闲处住：指作者汤显祖离开官场回到家乡临川，正是《牡丹亭》完成这一年，即1598年。

⑥ 玉茗堂：汤显祖在临川的书斋之名，玉茗，即白山茶花。其代表作“临川四梦”，又称“玉茗堂四梦”。

⑦ 俊得江山助：文章写得漂亮得益于江山之美。《文心雕龙》卷十《物色》：“然屈平所以能洞鉴风骚之情者，抑亦江山之助乎!”俊：指文章的秀美。 朝复暮：表现了汤显祖创作的辛苦。

⑧ 但：只要。

生路①。[汉宫春②] 杜宝黄堂③，生丽娘小姐，爱踏春阳④。感梦书生折柳，竟为情伤。写真留记⑤，葬梅花道院凄凉。三年上，有梦梅柳子，于此赴高唐⑥。　果尔回生定配，赴临安取试，寇起淮扬。正把杜公围困，小姐惊惶。教柳郎行探，反遭疑激恼平章⑦。风流况⑧，施行正苦⑨，报中状元郎。

杜丽娘梦写丹青记⑩。　陈教授说下梨花枪。⑪

柳秀才偷载回生女。　杜平章刁打状元郎。⑫

---

① 牡丹亭：剧中杜丽娘与柳梦梅梦中结缘之处。　三生路：源出“三生石”的传说。据《太平广记》卷三八七《圆观》记载，唐代李源与惠林寺僧圆观相交颇深，圆观临死时对李源说，十二年后在杭州天竺寺外再见。十二年后，李源按照约定到了那里，看见一个牧童，他就是圆观的后身。　牡丹亭上三生路：即指杜丽娘死而复生与柳梦梅团圆的爱情故事。

② 《汉宫春》：曲牌名，此曲介绍剧情梗概。

③ 黄堂：本指太守衙中的正堂，借指太守，这里指杜宝。

④ 踏春阳：踏青。故事正是因杜丽娘游春感梦而起。

⑤ 写真：画像。

⑥ 赴高唐：用楚怀王与巫山神女于高唐梦中欢会之事。战国时楚辞名家宋玉《高唐赋》写楚怀王游高唐，梦见一妇人，说她是“巫山之女”“高唐之客”，两人于梦中欢会。临别时，妇人说：她在巫山的南面，“旦为朝云，暮为行雨。朝朝暮暮，阳台之下。”后来为她立庙，叫朝云。　高唐、云雨、巫山、阳台、楚台，后来均被用来指男女欢会或欢会之所。

⑦ 平章：古代官名，唐宋时由德高望重的大臣担任，相当于丞相，同参国事。元明后指地方高级长官。这里指杜宝。

⑧ 风流况：风流事。况，情况，事情。

⑨ 施行：即执行（刑法）。他本作“施刑”。

⑩ 丹青：原指画中所用颜料，代指绘画。

⑪ 陈教授说下梨花枪：指本剧第四十七出《围释》中所述陈最良去招降李全，先说服他的妻子之事。　教授：明代府学教官名，这里是对生员的尊称。　梨花枪，此指李全妻，她善使梨花枪，号称“二十年梨花枪，天下无敌手。”（《宋史》卷四七七《李全传》）

⑫ 这四句是下场诗，传奇每一出结束时，剧中人物下场时都会念下场诗，其内容仍是剧情梗概，但是比前面《汉宫春》更为简略。

第二出　言　怀

【真珠帘】（生上[①]）河东旧族、柳氏名门最[②]。论星宿，连张带鬼[③]。几叶到寒儒[④]，受雨打风吹[⑤]。谩说书中能富贵[⑥]，颜如玉，和黄金那里[⑦]？贫薄把人灰[⑧]，且养就这浩然之气[⑨]。

---

① 生：戏曲角色名，明清传奇中的男主角，相当于元代杂剧中的正末，多为青年男子。这里“生”指柳梦梅。

② 河东旧族，柳氏名门最：戏曲人物出场，首先自报家门。柳姓，原是河东郡的望族、大姓；河东，秦汉时即有河东郡，唐以后泛指山西一带。剧中，柳梦梅自称是唐代文学家柳宗元的后代，柳宗元人称“柳河东”，这里是作者的虚构，为主人公自抬身价，同时也令曲白更有吸引力。

③ 论星宿（xiù），连张带鬼：古代常用星宿来说明方位，张、鬼各为周天恒星二十八星宿之一，张宿主河东，鬼宿主雍州，与河东相邻，“连张带鬼”即说明河东的方位。

④ 几叶：几代。　寒儒：贫寒的读书人。　这里指柳家从柳宗元开始，经过几代，已经家道衰落。

⑤ 雨打风吹：形容家道衰落。　“叶”“雨打风吹”均针对“柳”字而言。

⑥ 谩说：枉说，空说。宋真宗赵恒《励学篇》（别名《劝学诗》）有“书中自有千钟粟”“书中自有黄金屋”“书中自有颜如玉”。

⑦ 那里：即哪里。

⑧ 灰：灰心，即意志消沉、心灰意懒。

⑨ 浩然之气：语出《孟子·公孙丑》：“我善养吾浩然之气。”浩然之气，乃“至大至刚”之气，“以直养”，“塞于天地之间”，即刚直博大之气，表明儒者的修养。与上句“贫薄把人灰”相对。

［鹧鸪天］[1]"刮尽鲸鳌背上霜[2]，寒儒偏喜住炎方[3]。凭依造化三分福[4]，绍接诗书一脉香[5]。能凿壁，会悬梁[6]，偷天妙手绣文章[7]。必须砍得蟾宫桂，始信人间玉斧长[8]。"小生姓柳，名梦梅，表字春卿。原系唐朝柳州司马柳宗元之后，留家岭南。父亲朝散之职[9]，母亲县君之封[10]。（叹介[11]）所恨俺自小孤单，生事微渺[12]。喜的是今日成人长大，二十过头，志慧聪明，三场得

---

① 鹧鸪天：这是本出生角的上场诗。戏曲角色登场时先念"上场诗"，再自述姓名、籍贯、身份等。"上场诗"可以直接用前人的诗词，也可以由剧作家自己撰写。此为作家自撰。

② 刮尽鲸鳌背上霜：想要占鳌头，却把鳌背的霜都刮了下来。 鲸鳌：即鳌，科举时代进士发榜时，状元站在刻有巨鳌的台阶之上，故俗称中状元为占鳌头。这里比喻自己虽然刻苦努力，但是未能考取状元，反而更加贫寒。

③ 炎方：泛指南方。

④ 造化：造物主、上天，亦指大自然。

⑤ 绍接：继承、接续。

⑥ 凿壁：指汉代匡衡凿壁偷光的故事，据《西京杂记》卷二记载，匡衡家贫苦学，晚上点不起灯，于是他在墙壁上凿了一个孔，让邻居的灯光可以从孔隙里射进来，他就"以书映光而读之。" 悬梁：指汉代孙敬悬梁刺股的故事，据《汉书》记载，孙敬特别好学，"晨夕不休"，到晚上自己太疲倦睡着，就"以绳系颈，悬之梁上"，只要一瞌睡，就被绳子拉醒。 凿壁、悬梁，都是说自己家贫、勤学苦读。

⑦ 偷天妙手：极言文才之高。语出宋代陆游《文章》诗："文章本天成，妙手偶得之。"妙手，指有才能的作家。

⑧ 必须砍得蟾宫桂：必须折得月宫的桂枝，指必得科举及第，获得功名。蟾宫，即月宫；蟾宫桂，传说月宫中有蟾蜍、桂树。 玉斧：神斧，传说是吴刚伐桂之斧。这里是化用蟾宫折桂的典故。

⑨ 朝散：朝散大夫，隋代始设的文官职名，为散职，明代废。

⑩ 县君：指唐代五品官妻子所受的封号。

⑪ 介：戏曲术语，即动作、表情、舞台效果的提示。

⑫ 生事微渺：生活艰难。 生事：谋生之事，生计。 微渺：渺茫。

手[1]。只恨未遭时势[2]，不免饥寒。赖有始祖柳州公，带下郭橐驼[3]，柳州衙舍，栽接花果。橐驼遗下一个驼孙，也跟随俺广州种树，相依过活。虽然如此，不是男儿结果之场。每日情思昏昏[4]，忽然半月之前，做下一梦。梦到一园，梅花树下，立着个美人，不长不短，如送如迎。说道："柳生，柳生，遇俺方有姻缘之分，发迹之期[5]。"因此改名梦梅，春卿为字。正是："梦短梦长俱是梦，年来年去是何年！"

【九回肠】　[解三醒] 虽则俺改名换字，俏魂儿未卜先知[6]？定佳期盼煞蟾宫桂，柳梦梅不卖查梨[7]。还则怕嫦娥妒色花颓气[8]，等的俺梅子酸心柳皱眉[9]，浑如醉。[三学士] 无萤凿遍

---

① 三场得手：指科举考试中乡试的三场考试都顺利通过，得中举人。　科举时代，童生经考试及格，进入府、州、县学的称生员，即秀才。这里指生员经乡试中式取得举人的资格。举人参加会试、廷试取为进士。乡、会试的全部进程都分三场，一场考三天。　得手：顺利、称心。

② 未遭时势：没有遇到机会，运气不好。

③ 郭橐（tuó）驼：柳宗元曾创之寓言《种树郭橐驼传》（见《柳宗元全集》卷十七），写一个姓郭的驼背种树人，橐驼即骆驼。　这里作者将郭橐驼杜撰为柳宗元家的仆人。

④ 每日情思昏昏：语出王实甫杂剧《西厢记》二本一折"油葫芦"："每日价情思睡昏昏。"

⑤ 发迹：飞黄腾达，此指获取功名，即做官。

⑥ 俏魂儿：指上文所述梦中的美人。

⑦ 卖查梨：指空口说大话。查梨，一种水果，外形似梨，但味极涩。典出元杂剧《百花亭》第三折，其中有一卖查梨条的小贩夸张地叫卖自己的货物，说吃了查梨可以"成双作对"，"调和脏腑"，"补虚平胃，止嗽清脾"，"诸灾不犯"，"百病都安"等等。　不卖查梨：即不空口说大话。

⑧ 嫦娥妒色花颓气：嫦娥妒忌花的美色，使它凋谢。元杂剧《墙头马上》第二折［梁州第七］："深拜你个嫦娥不妒色。"　花，指梦中梅花树下的美人。　颓气，倒霉、倒运，这里指花儿枯萎。

⑨ 等的俺梅子酸心柳皱眉：这里的梅、柳，均是嵌用柳梦梅的姓名。明朱有燉《诚斋乐府·曲江池》第一折［赏花时］："空教我梅子酸心柳皱眉。"

了邻家壁[①]，甚东墙不许人窥[②]！有一日春光暗度黄金柳，雪意冲开了白玉梅。[急三枪] 那时节走马在、章台内[③]，丝儿翠、笼定个、百花魁[④]。虽然这般说，有个朋友韩子才，是韩昌黎之后[⑤]，寄居赵佗王台[⑥]。他虽是香火秀才[⑦]，却有些谈吐，不免随喜一会[⑧]。

门前梅柳烂春晖，张窈窕
梦见君王觉后疑。王昌龄
心似百花开未得，曹松
托身须上万年枝。韩偓[⑨]

---

① 萤：指晋代车胤囊萤之事，据《晋书》记载，车胤好学不倦，家贫没有灯油，夏天以练囊装很多的萤火虫，用来照明读书。这里同时还用了匡衡凿壁的故事。

② 甚东墙不许人窥："东墙"从上句"邻家壁"引起，有双关的意思，暗指男女相爱之事。《孟子·告子》："逾东家墙而搂其处子。"宋玉《登徒子好色赋》："天下之佳人……莫若臣东家之子。……此女登墙窥臣三年。"

③ 章台：汉代长安街名，这里指京城内最繁华的地方。走马章台，借用张敞的故事，据《汉书》记载："然敞无威仪，时罢朝会，过走马章台街，使御吏驱，自以便面拊马。"后常用走马章台喻指涉足妓馆，寻花问柳。 此句意为：一旦考中功名，便能跨马游街。

④ 丝儿翠，笼定个，百花魁：丝儿翠，即翠丝儿，丝鞭，古时接受女家的丝鞭，即表示订婚，和他们的小姐结亲。 百花魁，指美人。 此句意为和官宦人家的小姐结亲。

⑤ 韩昌黎：唐代文学家韩愈，字退之，自称祖籍为河北昌黎，故人称昌黎先生。

⑥ 赵佗王台：越王台，在现在广州市北面越秀山上，相传为赵佗王所筑。

⑦ 香火秀才：奉祀生。因古代"贤圣"之后，可不经科举考试，赐予秀才功名，以管理先祖祠庙的祭祀，故称。

⑧ 随喜：佛家语，原指见人做善事，随之而生欢喜心。后指游览寺院。

⑨ 这四句是下场诗，本剧除第一出之外，每出结尾的下场诗均采用唐诗，大多数直接引用，少数稍有改动，本书作注释时，对于与原作有出入的，并未进行改动。

第三出　训　女

【满庭芳】　（外扮杜太守上[①]）西蜀名儒，南安太守[②]，几番廊庙江湖[③]。紫袍金带[④]，功业未全无。华发不堪回首[⑤]。意抽簪万里桥西[⑥]，还只怕君恩未许，五马欲踟蹰[⑦]。"一生名宦守南安，莫作寻常太守看。到来只饮官中水，归去惟看屋外山[⑧]。"自家南安太守杜宝，表字子充，乃唐朝杜子美之后[⑨]。流落巴蜀，

---

① 戏曲角色名，扮演老年男子，这里指杜宝。

② 南安：宋代有南安军，明初设南安府，属江西省，府治在大庾。　太守：秦时高郡守，汉景帝时更吹名为太守，为郡最高长官。宋以后，太守仅作为知府、知州的别称。

③ 廊庙：指在朝廷做官。　江湖：指在野，不做官。　几番廊庙江湖：几次出仕又退隐江湖。

④ 紫袍金带：是贵官的服装，唐代五品以上官员穿朱红或紫色的袍服，宋代四品以上官员才可以腰系金带。这里指杜宝位居高官。

⑤ 华发：即花发，头发花白，指老年。

⑥ 意抽簪万里桥西：想要弃官到故乡去归隐。　抽簪：拔掉簪子，不再束发戴冠，因古代做官的人用簪子束发戴冠，"簪缨缙绅"即谓做官之人，故抽簪引伸作弃官归隐。　万里桥，在四川成都，杜甫之浣花草堂即在万里桥西，杜宝自称是杜甫的后人，故以"万里桥"代指故乡。

⑦ 五马：太守出行以五匹马驾车。语本乐府诗《陌上桑》："使君从南来，五马立踟蹰。"但此处与《陌上桑》故事情节无关。全句本宋辛弃疾《沁园春（带湖新居将成）》词："怕君恩未许，此意徘徊。"　五马欲踟蹰，意谓去留不定。

⑧ 到来只饮官中水：形容做官廉洁。用晋代邓攸典故，据《晋书·邓攸传》载，邓攸做吴郡太守，不受俸禄，自己运米到任，只饮用当地的水而已。句出《全唐诗》卷二十四方干《献浙东王大夫》二首："到来唯饮长溪水，归去应将一个钱。"

⑨ 杜子美：唐代诗人杜甫，字子美，人称"诗圣"。安史之乱中，杜甫四处漂泊，游落成都，故而下文称"流落巴蜀"。

年过五旬。想廿岁登科①，三年出守，清名惠政，播在人间。内有夫人甄氏，乃魏朝甄皇后嫡派②。此家峨眉山，见世出贤德夫人。单生小女，才貌端妍，唤名丽娘，未议婚配。看起自来淑女，无不知书。今日政有馀闲，不免请出夫人，商议此事。正是："中郎学富单传女③，伯道官贫更少儿④。"

【绕池游】 （老旦上⑤）甄妃洛浦，嫡派来西蜀，封大郡南安杜母⑥。（见介）（外）"老拜名邦无甚德，（老旦）妾沾封诰有何功！（外）春来闺阁闲多少？（老旦）也长向花阴课女工⑦。"（外）女工一事，想女儿精巧过人。看来古今贤淑，多晓诗书。他日嫁一书生，不枉了谈吐相称。你意下如何？（老旦）但凭尊意。

【前腔⑧】 （贴持酒台，随旦上）娇莺欲语，眼见春如许。

---

① 登科：指考取进士，也称"登第"。唐代设科取士，有明经、进士、明法、明算等科，考取进士即称登科。

② 甄皇后：指三国时魏文帝曹丕之皇后甄氏。曹植有《洛神赋》，写洛水之神宓妃之美，后人认为洛神即甄妃，曹植与宓妃之间有一段爱情故事，故而后文"甄妃洛浦"。

③ 中郎：指蔡邕，东汉末著名学者，做过中郎将的官。他只有一个女儿蔡琰，字文姬，有名的才女，著有《悲愤诗》二首和《胡笳十八拍》。

④ 伯道官贫更少儿：伯道：晋代邓攸，字伯道，他做河东太守时，恰逢石勒之乱，为了保全侄儿，他忍痛丢弃了自己的儿子。当时人说："天道无知，使邓伯道无儿。"这两句是杜宝用蔡邕和邓攸的故事来表达自己有女无儿的遗憾。 句本韩愈诗《游西林寺，题萧二兄郎中旧堂》："中郎有女能传业，伯道无儿可保家。"

⑤ 老旦：戏曲角色名，扮演老年妇人。这里指杜丽娘之母。

⑥ 封大郡南安杜母：指杜宝妻被封为南安郡夫人。郡夫人是宋代朝廷册封官外命妇的一个等级。

⑦ 女工：女红，指纺织、刺绣、缝纫等针线活计。 课：指攻读学习。

⑧ 前腔：戏曲音乐名词，南曲某一曲牌连用两次以上，第二次后曲牌名不重出，省称前腔。

寸草心怎报的春光一二[①]！（见介）爹娘万福[②]。（外）孩儿，后面捧着酒肴，是何主意？（旦跪介）今日春光明媚，爹娘宽坐后堂，女孩儿敢进三爵之觞[③]，少效千春之祝。（外笑介）生受你[④]。

【玉山颓】（旦进酒介）爹娘万福，女孩儿无限欢娱。坐黄堂百岁春光，进美酒一家天禄。祝萱花椿树[⑤]，虽则是子生迟暮，守得见这蟠桃熟[⑥]。（合）且提壶，花间竹下长引着凤凰雏[⑦]。（外）春香，酌小姐一杯。

【前腔】 吾家杜甫，为飘零老愧妻孥[⑧]。（泪介）夫人，我比子美公公更可怜也。他还有念老夫诗句男儿，俺则有学母氏画眉娇女[⑨]。（老旦）相公休焦，倘然招得好女婿，与儿子一般。

---

① 寸草心，怎报的春光一二：语出孟郊诗《游子吟》："谁言寸草心，报得三春晖。"小草报答不了春光的化育之恩，比喻父母的恩情很深，报答不了。

② 万福：古代妇女的一种礼节，敛衽，向人道万福。

③ 三爵之觞：敬三杯酒。爵、觞都是酒杯之类的酒器。

④ 生受：即有劳、辛苦、麻烦、难为，道谢之语。

⑤ 萱花椿树：指父母。萱花，又名忘忧草，指母亲，《诗经·卫风·伯兮》："焉得谖草，言树之背。"谖草，即萱草，种于北堂，北堂为母亲所居之处，后以萱草代称母亲。 椿树，以长寿著称，指父亲，《庄子·逍遥游》："上古有大椿者，以八千岁为春，八千岁为秋。"

⑥ 蟠桃：神话中的仙桃，相传三千年才结一次果实。这里比喻晚年得子，是为佳儿。

⑦ 凤凰雏：凤凰乃传说中的百鸟之王，雏，指幼鸟。这里是说生子虽晚，但却非比寻常。

⑧ 妻孥（nú）：妻子儿女。句本杜甫诗《自阆州领妻子却赴蜀山行》三首："何日干戈尽，飘飘愧老妻。"

⑨ 念老夫诗句男儿：杜宝羡慕杜甫还有儿子可以诵念自己诗句，遗憾自己只有学母亲画眉的女儿。则：只。 这两句均是化用杜甫诗句，念老夫诗句男儿，出自《遣兴》："骥子好男儿，前年学语时，问知人客姓，诵得老夫诗。"杜甫的小儿子宗武小名骥子。 学母氏画眉娇女：出自《北征》："瘦妻面复光，痴女头自栉。学母无不为：晓妆随手抹，移时施朱铅，狼借画眉阔。"

（外笑介）可一般呢！（老旦）“做门楣”古语[1]，为甚的这叨叨絮絮，才到中年路。（合前）[2]（外）女孩儿，把台盏收去。（旦下介）（外）叫春香。俺问你小姐终日绣房，有何生活[3]？（贴）绣房中则是绣。（外）绣的许多？（贴）绣了打绵[4]。（外）甚么绵？（贴）睡眠。（外）好哩，好哩。夫人，你才说“长向花阴课女工”，却纵容女孩儿闲眠，是何家教？叫女孩儿。（旦上）爹爹有何分付？（外）适问春香，你白日眠睡，是何道理？假如刺绣馀闲，有架上图书，可以寓目。他日到人家，知书知礼，父母光辉。这都是你娘亲失教也。

【玉抱肚】 宦囊清苦，也不曾诗书误儒。你好些时做客为儿[5]，有一日把家当户。是为爹的疏散不儿拘，道的个为娘是女模[6]。

【前腔】 （老旦）眼前儿女，俺为娘心苏体劬[7]。娇养他掌上明珠，出落的人中美玉。儿呵，爹三分说话你自心模[8]，难道

---

① “做门楣”古语：唐时因玄宗独宠杨贵妃，使得杨氏一家都得到高官厚禄，故当时有民谣说：“生男勿喜女勿悲，君今看女作门楣。” 门楣：门框上端的横木，指代门面。做门楣指女儿嫁一个好女婿，可以光耀门楣。

② 合前：重复前一曲的末数句，即【玉山颓】中“且提壶，花间竹下长引着凤凰雏”三句唱词。南曲同一曲牌连用两次以上，结尾相同的数句合唱词，叫合头，简写合或合前。

③ 生活：指活计、工作。

④ 打绵：纺纱。绵即绵絮。这里与“打眠”谐音，是春香打趣之语，同时也暗示杜丽娘闺中生活的无聊。

⑤ 做客为儿：封建时代认为，女儿在娘家好像做客一样。见明代吕坤《闺范》卷二：“世俗女子在室，自处以客，而母亦客之。”

⑥ 女模：女儿的榜样。

⑦ 心苏体劬（qú）：身体劳累心里却高兴。劬，过分劳苦。苏，精神恢复的意思。

⑧ 模：同“摸”。全句意谓，爹的含蓄的话（三分话），你自己去揣摸，去体会。

八字梳头做目呼①。

【前腔】 （旦）黄堂父母，倚娇痴惯习如愚。刚打的秋千画图②，闲榻著鸳鸯绣谱③。从今后茶馀饭饱破工夫，玉镜台前插架书。（老旦）虽然如此，要个女先生讲解才好。（外）不能够。

【前腔】 后堂公所④，请先生则是黉门腐儒⑤。（老旦）女儿呵，怎念遍的孔子诗书，但略识周公礼数⑥。（合）不枉了银娘玉姐只做个纺砖儿，谢女班姬女校书⑦。（外）请先生不难，则要好生管待。

【尾声】 说与你夫人爱女休禽犊⑧，馆明师茶饭须清楚⑨。你看俺治国齐家、也则是数卷书。

往年何事乞西宾⑩？柳宗元

主领春风只在君⑪。王建

---

① 八字梳头：一种头梳，小姐头上的头梳，代指小姐。 做目呼：把四字认做目字，即说人不识字。《诚斋乐府·豹子和尚》第四折："你骂我目呼。你笑我是蠢物不识字，目呼做四也。" 此句说明意谓："难道小姐连字也不识！"

② 打：画，动词。

③ 榻：当作搨，学习写字，将字贴置于纸下，映光透视，摹写其笔画。这里指摹画绣谱上的图样。

④ 后堂公所：衙门里面的官员住宅。

⑤ 黉（hóng）门：学堂。

⑥ 周公礼数：礼数，礼节。相传周公（周武王的弟弟姬旦）作《周礼》。

⑦ 银娘玉姐：本是女孩儿常取的名字，这里是小姐的代称。 纺砖儿，纺纱的用具。 谢女：指晋代才女谢道韫，谢安之侄女，曾以作"柳絮因风起"咏雪而闻名。 班昭，一名姬，东汉人，曾补写完她哥哥班固写的《汉书》。女校书：才女。全句意谓官家小姐只会做点女工，岂不冤枉，应该做像谢道韫、班昭一样的才女。

⑧ 休禽犊：不要溺爱子女。禽犊：兽鸟疼爱幼崽，比喻父母溺爱子女。

⑨ 馆明师：邀请贤明有学问的先生坐馆授课。

⑩ 韩愈《重赠二首》之一："世上悠悠不识真，姜芽尽是捧心人。若道柳家无子弟，往年何事乞西宾。"西宾：也叫西席，指座位坐西朝东，古时总是请先生坐那个座位，表示尊敬。所以西宾和西席也就成为家塾教师或幕友的代称。

⑪ 王建《对酒》："为病比来浑断绝，缘花不免却知闻。从来事事关身少，主领春风只在君。"春风：比喻教育。 这里是杜宝希望老师来教管女儿。

伯道暮年无嗣子[①]，苗发

女中谁是卫夫人[②]？刘禹锡

① 苗发《送孙德谕罢官往黔州（孙父曾牧此州，因寄家也）》："亲知握手三秋别，几杖扶身万里行。伯道暮年无嗣子，欲将家事托门生。" 这里是杜宝感叹自己没有儿子。

② 刘禹锡《答前篇》："小儿弄笔不能嗔，涴壁书窗且当勤。闻彼梦熊犹未兆，女中谁是卫夫人。" 卫夫人：东晋著名书法家，泛指有才学的女子。 这里是杜宝希望女儿成为卫夫人那样的才女。

第四出　腐　叹

【双劝酒】（末扮老儒上）灯窗苦吟，寒酸撒吞[①]。科场苦禁[②]，蹉跎直恁[③]！可怜辜负看书心。吼儿病年来进侵[④]。“咳嗽病多疏酒盏，村童俸薄减厨烟[⑤]。争知天上无人住[⑥]，吊下春愁鹤发仙[⑦]。”自家南安府儒学生员陈最良[⑧]，表字伯粹。祖父行医。小子自幼习儒。十二岁进学，超增补廪[⑨]。观场一十五次[⑩]。不幸前任宗师[⑪]，考居劣等停廪。兼且两年失馆[⑫]，衣食单薄。这些后

---

① 撒吞：一作撒唔，妆呆。宋元俗语，装呆卖傻之意。

② 科场苦禁：一直没有考取（举人），难以忍受这般失意。 禁，禁受，抑止的意思。

③ 蹉跎：虚度光阴。 直恁：竟然如此、简直到了这个样子。

④ 吼儿病：哮喘病。

⑤ 酒盏、厨烟：均代指“酒食”。

⑥ 争：怎。

⑦ 鹤发仙：白发仙人，这里指老人，陈最良自喻。语出唐代陆龟蒙《自遣》诗之一：“争知天上无人住，亦有春愁鹤发翁。”

⑧ 儒学：旧时各府州县所设立的学堂叫儒学。 生员：儒生经县考、府考、全省学政的院（道）考，取中后进入儒学读书的称生员，亦称秀才。

⑨ 超增补廪（lǐn）：旧时科举考试生员有定额，额外增加的叫增广生员。 廪生即由政府供给膳食的生员。 超增补廪就是增广生成绩考得好，补入廪生的名额内。 停廪即对考试成绩极差的廪生停止供给。

⑩ 观场：参加考试。这里指乡试。乡试三年一次。这里陈最良自述“观场十五次”，即四十五年。

⑪ 宗师：秀才称录取自己的学政为宗师。

⑫ 失馆：指失去坐馆教书的机会。馆，学馆，从事教学工作之地。

生都顺口叫我“陈绝粮”[①]。因我医、卜、地理[②]，所事皆知[③]，又改我表字伯粹做“百杂碎”。明年是第六个旬头[④]，也不想甚的了。有个祖父药店，依然开张在此。“儒变医，菜变齑”[⑤]，这都不在话下。昨日听见本府杜太守，有个小姐，要请先生。好些奔竞的钻去。他可为甚的？乡邦好说话，一也；通关节[⑥]，二也；撞太岁[⑦]，三也；穿他门子管家[⑧]，改窜文卷，四也；别处吹嘘进身[⑨]，五也；下头官儿怕他，六也；家里骗人，七也。为此七事，没了头要去[⑩]。他们都不知官衙可是好踏的！况且女学生一发难教[⑪]，轻不得，重不得。倘然间体面有些不臻[⑫]，啼不得，笑不得。似我老人家罢了。“正是有书遮老眼，不妨无药散闲愁。”（丑扮府学门子上[⑬]）“天下秀才穷到底，学中门子老成精。”（见介）陈斋长报喜[⑭]。（末）何喜？（丑）杜太爷要请个先生教小

---

① 陈绝粮：这是后生们故意用这个绰号调侃陈最良。绝粮，出自《论语·卫灵公》，说孔子“在陈绝粮”。

② 地理：堪舆、风水。《易·系辞》：“仰以观于天文，俯以察于地理。”

③ 所事：凡事。

④ 第六个旬头：五十多岁。

⑤ 齑（jī）：酸菜、咸菜。儒变医，菜变齑：旧时俗语，儒变医就好比菜变齑，比喻境况越来越糟。

⑥ 通关节：打通关节，即受人贿赂，勾通官吏，替他在官府里面活动。

⑦ 撞太岁：依托官府，赚取他人财物。

⑧ 穿：串通。　门子：官衙中侍候官员的差役。

⑨ 别处吹嘘进身：在别处吹嘘自己的经历，以谋取一官半职。　进身：入仕做官。

⑩ 没了头：即拼了命。

⑪ 一发：越发，更加。

⑫ 臻：周到，完备。

⑬ 丑：戏曲角色名，多扮演滑稽之喜剧人物，或奸诈丑恶之反面人物。　府学：古代政府设置的教育机构。

⑭ 斋长：对秀才的敬称。斋长本为古代学校职事名，学校一般分斋教学，每斋学生约三十人，置斋长一名。

姐，掌教老爷开了十数名去都不中[①]，说要老成的。我去掌教老爷处禀上了你，太爷有请帖在此。（末）“人之患在好为人师”。（丑）人之饭，有得你吃哩。（末）这等便行。（行介）

【洞仙歌】 （末）咱头巾破了修，靴头绽了兜[②]。（丑）你坐老斋头，衫襟没了后头。（合）砚水漱净口，去承官饭溲[③]，剔牙杖敢黄齑臭[④]。

【前腔】 （丑）咱门儿寻事头[⑤]，你斋长干罢休[⑥]？（末）要我谢酬，知那里留不留？（合）不论端阳九[⑦]，但逢出府游，则捻着衫儿袖[⑧]。（丑）望见府门了。

（丑）世间荣乐本逡巡[⑨]，李商隐

（末）谁睬髭鬚白似银[⑩]？曹唐

（丑）风流太守容闲坐[⑪]，朱庆馀

---

① 掌教老爷：府学的教官，即教授。

② 绽（zhàn）了兜：破了的补起来。　绽：即破。

③ 饭溲：饭发酸变质叫馊，溲为借用。

④ 剔牙杖：牙签。　敢：恐怕。　黄齑：咸菜。　这句话是门子嘲讽陈最良寒酸的话，说他初到官府吃饭，饭后剔牙，牙签上怕还沾着先前吃的咸菜的臭味哩。

⑤ 事头：差使。

⑥ 此句意为我替你找到了差事，难道你陈斋长不酬谢我就算了不成？

⑦ 端阳九：指端阳（阴历五月初五日）和重阳（九月初九）这两个节日，旧时这两个节日，要给塾师请酒、送礼。

⑧ 捻：捏。　捻着衫儿袖：指门子要陈最良在端阳和重阳两个节日，带点东西来答谢他。

⑨ 世间荣乐本逡巡：李商隐《春日寄怀》：“世间荣落重逡巡，我独丘园坐四春。纵使有花兼有月，可堪无酒又无人。”　逡巡：顷刻，来去不定。

⑩ 谁睬髭鬚白似银：曹唐《羽林贾中丞》：“铁马惯牵邀上客，金鱼多解乞佳人。胸中别有安边计，谁睬髭齑白似银。”

⑪ 风流太守容闲坐：朱庆馀《湖州韩使君置宴》：“老大成名仍足病，纵听丝竹也无欢。高情太守容闲坐，借与青山尽日看。”

（合）便有无边求福人[①]。韩愈

① 便有无边求福人：韩愈《题木居士二首》之一："火透波穿不计春，根如头面干如身。偶然题作木居士，便有无穷求福人。"

第五出　延　师

【浣沙溪】（外引贴扮门子；丑扮皂隶上[①]）山色好，讼庭稀。朝看飞鸟暮飞回[②]。印床花落帘垂地[③]。“杜母高风不可攀[④]，甘棠游憩在南安[⑤]。虽然为政多阴德[⑥]，尚少阶前玉树兰[⑦]。”我杜宝出守此间，只有夫人一女。寻个老儒教训他[⑧]。昨日府学开送一名廪生陈最良。年可六旬，从来饱学。一来可以教授小女，二来可以陪伴老夫。今日放了衙参[⑨]，分付安排礼酒，叫门子伺候。（众应介）

---

① 皂隶：衙门里的差役。

② 朝看飞鸟暮飞回：句本唐李颀《寄韩鹏》：“为政心闲物自闲，朝看飞鸟暮飞还。”

③ 印床：放置印章用的文具。　花落印床，帘帷垂地，形容衙门清闲无事。

④ 杜母：指东汉人杜诗。谚语说：“前有召父，后有杜母。”召父指汉代召信臣，两人都做过南阳太守，受人爱戴。

⑤ 甘棠：即棠梨之木。《史记·燕召公世家》记载，周武王时，召公出巡，曾在甘棠树下断案。他死后，人民为了怀念他，作诗颂扬之，这就是《诗经》中的《甘棠》。后来就用甘棠代称有德政于民的好官，这里杜宝用来自比。

⑥ 阴德：为善而不为人知，即暗中做的有德于人的事。旧时认为积“阴德”，子孙会有好报。汉代于定国的父亲曾自称治狱多“阴德”，子孙一定有出息。后来定国做到丞相，其子也做到御史大夫。

⑦ 玉树兰：玉树、芝兰，比喻才能出众的好子弟。据《世说新语·言语》记载，晋谢安问子侄们：“子弟亦何预人事，而正欲使其佳？”谢玄答：“譬如芝兰玉树，欲使其生于阶庭耳。”　这两句是杜宝感慨自己德政施民应积累阴德，子孙兴旺，但自己却膝下无子，引以为憾。

⑧ 教训：教授、训导。

⑨ 放了衙参：退衙，不办公。衙参，古代地方长官召集官员办事。

【前腔】　（末儒巾蓝衫[①]上）须抖擞，要拳奇[②]。衣冠欠整老而衰。养浩然分庭还抗礼[③]。（丑禀介）陈斋长到门。（外）就请衙内相见。（丑唱门介[④]）南安府学生员进。（下）（末跪，起揖，又跪介）生员陈最良禀拜。（拜介）（末）"讲学开书院，（外）崇儒引席珍[⑤]。（末）献酬樽俎列[⑥]，（外）宾主位班陈[⑦]。"叫左右，陈斋长在此清叙，着门役散回，家丁伺候。（众应下）（净扮家童上[⑧]）（外）久闻先生饱学。敢问尊年有几，祖上可也习儒？（末）容禀。

【锁南枝】　将耳顺[⑨]，望古稀[⑩]，儒冠误人霜鬓丝。（外）近来？（末）君子要知医，悬壶旧家世[⑪]。（外）原来世医。还有他长？（末）凡杂作，可试为；但诸家，略通的。（外）这等一发有用。

【前腔】　闻名久，识面初，果然大邦生大儒。（末）不敢。

---

① 蓝衫：又名褴衫，明代生员的制服。色蓝，镶以青色的边缘。

② 拳奇："三妇本"作"权奇"，本是指马的神气，这里形容人精神抖擞、意气风发。

③ 养浩然：养浩然之气。　分庭还抗礼：即分庭抗礼，原指分处庭中，相对设礼。这里指平等相待。

④ 唱门：在门口高声通报进见的客人姓名。

⑤ 席珍：坐席上的珍宝，比喻儒生怀才，待人聘用。《礼记·儒行》有："儒有席上之珍以待聘。"这里指优秀的儒生。

⑥ 献酬：宾主互相劝酒。　樽俎（zūn zǔ）：盛酒食之器。樽，酒器。俎，食器。

⑦ 宾主位班陈：宾主的座位按次序排列好。

⑧ 净：戏曲角色名，一般扮演粗鲁豪放或奸邪歹毒的男子。

⑨ 耳顺：六十岁。《论语·为政》："六十而耳顺。"

⑩ 古稀：七十岁。杜甫诗《曲江》："人生七十古来稀。"

⑪ 悬壶：指行医卖药。《后汉书·费长房传》记载，有一老翁行医卖药，"悬一壶于肆头"，作为招牌，等到行医结束，"辄跳入壶中"。后称医生"悬壶济世"。

(外) 有女颇知书，先生长训诂[1]。(末) 当得[2]。则怕做不得小姐之师。(外) 那女学士，你做的班大姑[3]。今日选良辰，叫他拜师傅。(外) 院子，敲云板[4]，请小姐出来。

【前腔】 (旦引贴上) 添眉翠[5]，摇佩珠，绣屏中生成士女图[6]。莲步鲤庭趋[7]，儒门旧家数[8]。(贴) 先生来了怎好？(旦) 那少不得去。丫头，那贤达女，都是些古镜模[9]。你便略知书，也做好奴仆。(净报介) 小姐到。(见介) (外) 我儿过来。"玉不琢，不成器；人不学，不知道。[10]" 今日吉辰，来拜了先生。(内鼓吹介) (旦拜) 学生自愧蒲柳之姿[11]，敢烦桃李之教[12]。

---

① 训诂：解释字义的专门学问，与音韵学、文字学同属小学。这里指教人读书。

② 当得：理当如此，表示谦逊。

③ 班大姑：班昭，东汉史学家班固之妹，著名才女，曾担任宫廷后妃的教师，教授经史，被称为大家（gū），音姑。

④ 云板：一种扁形的打击响器，两端作云头形。旧时寺院、官署中常作为报事、集众的信号。

⑤ 翠：即黛，一种画眉用的深青色颜料。黛的颜色和翠色相近，故翠黛常用来比喻美人的眉毛。

⑥ 士女图：即仕女图，美人图，这里作美人讲。

⑦ 莲步：旧时女子缠足，称"金莲"，故称女子的脚步为"莲步"。 鲤庭趋：指接受父训。用孔子之子孔鲤"趋而过庭"（《论语·季氏》）之典，孔子教训孔鲤要学诗学礼。趋，以较快的步子走过去，表示对父亲的尊敬。

⑧ 家数：家法，家风。

⑨ 镜模：榜样，楷模。

⑩ 玉不琢，不成器；人不学，不知道：语出《礼记·学记》，意谓玉不经打磨，就不会成为精美的器物；人若是不学习，就不会懂得道理。

⑪ 蒲柳之姿：此是杜丽娘自谦之辞。蒲柳，即水杨，入秋即凋零，原指早衰，比喻资质低劣。典出《世说新语·言语》，据载，晋代顾悦与简文帝（司马昱）同年，头发早白，简文帝问他何以如此，顾悦说："蒲柳之姿，望秋而落；松柏之质，凌霜犹茂。" 下句桃李，用来比喻有成就的学生。原喻所荐举的贤士。见《韩诗外传》七。

⑫ 桃李：本喻所荐举的贤士，这里比喻有成就的学生。

（末）愚老恭承捧珠之爱[①]，谬加琢玉之功。（外）春香丫头，向陈师父叩头。着他伴读。（贴叩头介）（末）敢问小姐所读何书？（外）男、女《四书》[②]，他都成诵了。则看些经旨罢。《易经》以道阴阳，义理深奥；《书》以道政事，与妇女没相干；《春秋》《礼记》，又是孤经[③]；则《诗经》开首便是后妃之德[④]，四个字儿顺口，且是学生家传[⑤]，习《诗》罢。其余书史尽有，则可惜他是个女儿。

【前腔】 我年将半[⑥]，性喜书，牙签插架三万余[⑦]。（叹介）我伯道恐无儿，中郎有谁付[⑧]？先生，他要看的书尽看。有不臻的所在，打丫头。（贴）哎哟！（外）冠儿下[⑨]，他做个女秘书[⑩]。小梅香[⑪]，要防护。（末）谨领。（外）春香伴小姐进衙，我陪先

---

① 捧珠之爱：俗称女儿为掌中珠、掌上明珠，表示爱惜。白居易诗《哭崔儿》："掌珠一颗儿三岁。"

② 男、女《四书》：男四书，即《四书》，指《大学》《中庸》与《论语》《孟子》。女四书，封建时代针对妇女而编写的另一套《四书》，包括汉班昭《女诫》明成祖之徐皇后《内训》、唐宋若莘《女论语》、明末王相之母刘氏《女范捷录》。

③ 孤经：从孤字着眼，指无别的义例可以比附的单条经文，带有打诨性质。

④ 后妃之德：《诗经》第一篇是爱情诗《关雎》，《毛诗序》说："关雎，后妃之德也。"儒学家均将其牵强附会为歌颂后妃之德的作品。

⑤ 学生家传：指杜宝自命为杜甫的后代。杜甫曾在为其子宗武生日所写的《宗武生日》中说："诗是吾家事。"

⑥ 我年将半：即我将年过半百。

⑦ 牙签插架三万余：形容藏书很多。牙签，夹在书上的标签。

⑧ 这里仍是杜宝遗憾自己无儿。

⑨ 冠儿：男子"二十而冠"，表示成人。这里指女儿杜丽娘。意即杜丽娘成人后能阅读和保存父亲的藏书。

⑩ 秘书：指掌管图书之官。　女秘书：这里指女才子。

⑪ 梅香：对丫头的通称。

生酒去。(旦拜介)“酒是先生馔[①]，女为君子儒[②]。”(下)(外)请先生后花园饮酒。

(外)门馆无私白日闲[③]，薛能

(末)百年粗粝腐儒餐[④]。杜甫

(外)左家弄玉惟娇女[⑤]，柳宗元

(合)花里寻师到杏坛[⑥]。钱起

---

① 酒是先生馔：酒是先生吃的。《论语·为政》：“有酒食，先生馔。”先生，原文指父兄，这里指教师陈最良。

② 女为君子儒：女儿学做有德行的读书人。《论语·雍也》：“子谓子夏曰：‘女为君子儒，无为小人儒。’”原文女，同汝。“酒是先生馔，女为君子儒”两句都是借《论语》打诨。

③ 门馆无私白日闲：薛能《献仆射相公》：“朝廷有道青春好，门馆无私白日闲。致却垂衣更何事，几多诗句咏关关。”

④ 百年粗粝腐儒餐：杜甫《客至》：“竟日淹留佳客坐，百年粗粝腐儒餐。不嫌野外无供给，乘兴还来看药栏。”

⑤ 左家弄玉惟娇女：柳宗元《花里寻师指杏坛》：“小学新翻墨沼波，羡君琼树散枝柯。左家弄玉唯娇女，空觉庭前鸟迹多。”此句意为没有儿子，只得把女儿当作儿子养。 弄玉：即弄璋，批生男孩子。

⑥ 花里寻师到杏坛：钱起《幽居春暮书怀》：“更怜童子宜春服，花里寻师到杏坛。”杏坛：孔子讲学之处，在山东曲阜。这里指教师所在之处。

第六出　怅　眺

【番卜算】　（丑扮韩秀才上）家世大唐年，寄籍潮阳县[①]。越王台上海连天[②]，可是鹏程便[③]？"榕树梢头访古台，下看甲子海门开[④]。越王歌舞今何在？时有鹧鸪飞去来[⑤]。"自家韩子才。俺公公唐朝韩退之[⑥]，为上了《破佛骨表》[⑦]，贬落潮州。一出门蓝关雪阻[⑧]，马不能前。先祖心里暗暗道，第一程采头罢了[⑨]。正苦中间，忽然有个湘子侄儿，乃下八洞神仙[⑩]，蓝缕相见[⑪]。俺退

---

① 寄籍：指离开原籍而长期寄居在外地，属于外地的籍贯。

② 越王台：第二出所说之"赵佗王台"，在现在广州北面越秀山上。赵佗：南越王，又称尉佗，秦末为南海尉，秦亡后自立为南越武王，汉时封为南越王，后自称"南越武帝"。

③ 鹏程：鹏鸟出自《庄子·逍遥游》："鹏之徙于南溟也，水击三千里，抟扶摇而上者九万里。"鹏程，指前程远大，这里是承前句"海连天"。

④ 甲子海门：广东省陆丰县东南有甲子门海口。

⑤ 越王歌舞今何在？时有鹧鸪飞去来：句出李白诗《越中览古》："越王勾践破吴归，义士还家尽锦衣。宫女如花满春殿，只今惟有鹧鸪飞。"此处因赵佗和勾践称号相近而移用。

⑥ 韩退之：指韩愈，字退之。这里是韩才子自述家世，借韩愈以托大。

⑦ 破佛骨表：即韩愈所上之《论佛骨表》。唐元和十四年，唐宪宗派使者迎接释迦佛骨一节入宫，韩愈因上表痛斥佛之不可信而触怒皇帝，被贬为潮州刺史。

⑧ 蓝关雪阻：这里指韩愈诗《左迁至蓝关示侄孙湘》："一封朝奏九重天，夕贬潮州路八千。欲为圣明（一作朝）除弊事，肯将衰朽惜残年！云横秦岭家何在？雪拥蓝关马不前。知汝远来应有意，好收吾骨瘴江边。"蓝关，地名，在陕西。本剧把韩愈的侄孙韩湘误做侄儿。

⑨ 采头，兆头。罢了，算了。采头罢了，即为兆头不好。

⑩ 下八洞神仙：道家传说的神仙，有所谓上八洞神仙、下八洞神仙，一般泛称八仙：即汉钟离、张果老、韩湘子、李铁拐、曹国舅、吕洞宾、蓝采和、何仙姑。韩愈的侄孙韩湘即被附会为八仙之一的韩湘子。

⑪ 蓝缕：破衣服。成语"筚路蓝缕"即形容创业之艰辛。

之公公一发心里不快。呵融冻笔，题一首诗在蓝关草驿之上。末二句单指着湘子说道："知汝远来应有意，好收吾骨瘴江边。"湘子袖了这诗①，长笑一声，腾空而去。果然后来退之公公潮州瘴死②，举目无亲。那湘子恰在云端看见，想起前诗，按下云头，收其骨殖③。到得衙中，四顾无人，单单则有湘子原妻一个在衙。四目相视，把湘子一点凡心顿起。当时生下一支，留在水潮④，传了宗祀。小生乃其嫡派苗裔也。因乱流来广城⑤。官府念是先贤之徒，表请敕封小生为昌黎祠香火秀才。寄居赵佗王台子之上。正是："虽然乞相寒儒⑥，却是仙风道骨。"呀，早一位朋友上来。谁也？

【前腔】 （生上）经史腹便便⑦，昼梦人还倦。欲寻高耸看云烟，海色光平面。（相见介）（丑）是柳春卿，甚风儿吹的老兄来？（生）偶尔孤游上此台。（丑）这台上风光尽可矣。（生）则无奈登临不快哉。（丑）小弟此间受用也。（生）小弟想起来，到是不读书的人受用。（丑）谁？（生）赵佗王便是。

【锁窗寒】 祖龙飞、鹿走中原⑧，尉佗呵⑨，他倚定着摩崖半壁天⑩。称孤道寡⑪，是他英雄本然。白占了江山，猛起些宫

---

① 袖：放入衣袖内，这里作动词。

② 退之公公潮州瘴死：韩愈并未死于潮州，这里所述韩愈之事并不符合史实，均属虚构。

③ 骨殖：尸骨、骸骨。

④ 水潮：潮州。

⑤ 广城：广州。

⑥ 乞相：寒酸相，穷样子。

⑦ 便便：形容肚子大。经史腹便便：满肚子都是学问，即满腹经纶。

⑧ 祖龙飞：祖龙指秦始皇，祖龙飞即秦始皇死。鹿走中原，喻政局混乱，天下动荡。《汉书·蒯通传》："秦失其鹿，天下共逐之。"全句指秦亡后中原动荡。

⑨ 尉佗：即赵佗，南越武帝。

⑩ 倚定着摩崖半壁天：倚定摩崖，凭借天险，雄霸一方。

⑪ 称孤道寡：自立为王、称王称帝。古代帝王自称"孤""寡"。

殿。似吾侪读尽万卷书[①]，可有半块土么？那半部上山河不见[②]。（合）由天，那攀今吊古也徒然，荒台古树寒烟。（丑）小弟看兄气象言谈，似有无聊之叹。先祖昌黎公有云："不患有司之不明，只患文章之不精；不患有司之不公，只患经书之不通[③]。"老兄，还则怕工夫有不到处。（生）这话休提。比如我公公柳宗元，与你公公韩退之，他都是饱学才子，却也时运不济。你公公错题了《佛骨表》，贬职潮阳。我公公则为在朝阳殿与王叔文丞相下棋子，惊了圣驾，直贬做柳州司马[④]。都是边海烟瘴地方。那时两公一路而来[⑤]，旅舍之中，两个挑灯细论。你公公说道："宗元，宗元，我和你两人文章，三六九比势[⑥]：我有《王泥水传》[⑦]，你便有《梓人传》；我有《毛中书传》[⑧]，你便有《郭驼子传》；我有《祭鳄鱼文》，你便有《捕蛇者说》。这也罢了。则我《进平

---

① 吾侪（chái）：我辈。

② 半部：即《论语》。典出北宋宰相赵普所言，赵普曾在宋太宗赵光义面前吹嘘说：我以半部《论语》帮助太祖（赵匡胤）打天下；以另外半部帮助你治理国家，即所谓"半部《论语》治天下"。这句话意谓自己熟读经典满腹才华，但却没有治国安邦、指点江山之机会。

③ "不患有司之不明"等四句：出自韩愈文《进学解》："诸生业患不能精，无患有司之不明；行患不能成，无患有司之不公。"本剧改动了几个字，更能表现出书生的迂腐可笑，他们相信自己熟读经史就可平步青云。

④ 此处所述柳宗元被贬原因乃虚构，因王叔文善棋，故剧中演绎为柳宗元因与王叔文下棋而遭贬谪，实际上，柳宗元是因参加王叔文领导的政治改革（即永贞革新）而被贬。

⑤ 两公一路而来：此处的故事情节也属虚构。因韩愈被贬潮州在元和十四年（819），而柳宗元被贬在永贞元年（805），前后相差 14 年，不可能同路，后文除所提文章为二人所作外，其它均与史实不符。

⑥ 三六九比势：旗鼓相当，势均力敌。

⑦ 《王泥水传》：《圬者王承福传》。

⑧ 《毛中书传》：《毛颖传》。

淮西碑》，取奉取奉朝廷[1]，你却又进个平淮西的雅。一篇一篇，你都放俺不过。恰如今贬窜烟方[2]，也合着一处。岂非时乎，运乎，命乎！”韩兄，这长远的事休提了。假如俺和你论如常，难道便应这等寒落。因何俺公公造下一篇《乞巧文》，到俺二十八代元孙，再不曾乞得一些巧来？便是你公公立意做下《送穷文》，到老兄二十几辈了，还不曾送的个穷去？算来都则为时运二字所亏。（丑）是也。春卿兄，

【前腔】 你费家资制买书田[3]，怎知他卖向明时不值钱[4]。虽然如此，你看赵佗王当时，也是个秀才陆贾[5]，拜为奉使中大夫到此。赵佗王多少尊重他。他归朝燕，黄金累千[6]。那时汉高皇厌见读书之人[7]，但有个带儒巾的，都拿来溺尿。这陆贾秀才，端然带了四方巾，深衣大摆[8]，去见汉高皇。那高皇望见，这又是个掉尿鳖子的来了[9]。便迎着陆贾骂道：“你老子用马上得天下，何用诗书？”那陆生有趣，不多应他，只回他一句：“陛下马上取天下，能以马上治之乎？”汉高皇听了，哑然一笑，说道：“便依你说。不管什么文字，念了与寡人听之。”陆大夫不慌不忙，袖里出一卷文字，恰是平日灯窗下纂集的《新语》一十三

---

① 取奉取奉：取奉，与趋奉谐音，本指为皇帝效劳、贡献，这里是奉承、讨好之意。

② 烟方：多雾、瘴气流行的南方地区。

③ 制书买田：古人认为买书和买田一样，前者可以升官发财，后者可以收租谋利，二者都有利可图。

④ 明时：指政治清明之时代，也称“明代”。

⑤ 陆贾：西汉政治家、文学家，因有辩才，被汉高祖派他招安赵佗为南越王，其后被封为大中大夫。

⑥ 黄金累千：赵佗给陆贾的赏赐。

⑦ 戴儒巾见汉高祖是郦食其之事迹。

⑧ 深衣：古代长袍之类的制服。

⑨ 尿鳖子：尿壶。

篇，高声奏上[①]。那高皇才听了一篇，龙颜大喜。后来一篇一篇，都喝采称善。立封他做个关内侯。那一日好不气象！休道汉高皇，便是那两班文武，见者皆呼万岁。一言掷地，万岁喧天。（生叹介）则俺连篇累牍无人见。（合前）（丑）再问春卿，在家何以为生？（生）寄食园公[②]。（丑）依小弟说，不如干谒些须[③]，可图前进。（生）你不知，今人少趣哩。（丑）老兄可知？有个钦差识宝中郎苗老先生，到是个知趣人。今秋任满，例于香山多宝寺中赛宝[④]。那时一往何如？（生）领教。

应念愁中恨索居[⑤]，段成式
青云器业俺全疏[⑥]。李商隐
越王自指高台笑[⑦]，皮日休
刘项原来不读书[⑧]。章碣

---

① 向汉高祖献《新语》仍是陆贾之事迹。这里是将陆贾和郦食其之事加以揉和，通归之于陆贾。

② 园公：园丁。

③ 干谒：向有地位的人有所求而请见。

④ 香山：今广东省澳门，古时对外贸易港口，明时为洋商聚居之处。

⑤ 应念愁中恨索居；段成式《送穆郎中赴阙》：“应念愁中恨索居，鹂歌声里且踟蹰。若逢金马门前客，为说虞卿久著书。” 索居：独居。这里指柳梦梅抱怨无人赏识自己。

⑥ 青云器业俺全疏：李商隐《和刘评事永乐闲居见寄》：“白社幽闲君暂居，青云器业我全疏。看封谏草归鸾掖，尚赍衡门待鹤书。” 青云器业：做官的才能。

⑦ 越王自指高台笑：皮日休《馆娃宫怀古五绝》之二：“郑妲无言下玉墀，夜来飞箭满罘罳。越王定指高台笑，却见当时金镂楣。” 这里是柳梦梅认为南越王应该会嘲笑自己。

⑧ 刘项原来不读书：章碣《焚书坑》：“竹帛烟销帝业虚，关河空锁祖龙居。坑灰未冷山东乱，刘项原来不读书。”刘项：指刘邦和项羽。 这里是柳梦梅抱怨自己读书对于建功立业毫无用处。

第七出　闺　塾

（末上）“吟余改抹前春句，饭后寻思午晌茶。蚁上案头沿砚水，蜂穿窗眼咂瓶花。”我陈最良杜衙设帐[①]，杜小姐家传《毛诗》[②]。极承老夫人管待。今日早膳已过，我且把毛注潜玩一遍。（念介）“关关雎鸠，在河之洲。窈窕淑女，君子好逑[③]。”好者好也，逑者求也。（看介）这早晚了，还不见女学生进馆。却也娇养的凶。待我敲三声云板。（敲云板介）春香，请小姐解书。

【绕池游】　（旦引贴捧书上）素妆才罢，缓步书堂下。对净几明窗潇洒。（贴）《昔氏贤文》[④]，把人禁杀，恁时节则好教鹦哥唤茶。（见介）（旦）先生万福，（贴）先生少怪。（末）凡为女子，鸡初鸣，咸盥、漱、栉、笄，问安于父母[⑤]。日出之后，各供其事。如今女学生以读书为事，须要早起。（旦）以后不敢了。（贴）知道了。今夜不睡，三更时分，请先生上书。（末）昨日上的《毛诗》，可温习？（旦）温习了。则待讲解。（末）你念

① 设帐：教书。据《后汉书·马融传》记载，东汉经学家马融在讲学时设绛纱帐，后称坐馆教书为“设帐”。

② 《毛诗》：即《诗经》。相传为西汉初鲁国人毛亨和赵国人毛苌所传，当时传《诗经》的一共有四家，除毛诗外，还有鲁人申培、齐人辕固、燕人韩婴都曾有传，但后三家皆亡佚，仅存《毛诗》。现在流传的《诗经》即《毛诗》，《毛诗》也用作《诗经》的代称。

③ 关关雎鸠，在河之洲。窈窕淑女，君子好逑：此为《诗经》首篇《关雎》的开头四句，《毛诗》释为“歌咏后妃之德”，现在一般认为是一首爱情诗。

④ 《昔氏贤文》：古代读本，用格言编成，供初学者启蒙。　禁杀：拘束死了。

⑤ 鸡初鸣，咸盥、漱、栉（zhì）、笄（jī），问安于父母：旧时女子的生活守则之一，载于《礼记·内则》。栉：指梳头。　笄：簪发。古时女子十五岁称为“及笄”。

来。（旦念书介）“关关雎鸠，在河之洲。窈窕淑女，君子好逑。”（末）听讲。“关关雎鸠”，雎鸠是个鸟，关关鸟声也。（贴）怎样声儿？（末作鸠声）（贴学鸠声诨介[①]）（末）此鸟性喜幽静，在河之洲。（贴）是了。不是昨日是前日，不是今年是去年，俺衙内关着个斑鸠儿，被小姐放去，一去去在何知州家[②]。（末）胡说，这是兴[③]。（贴）兴个甚的那？（末）兴者起也。起那下头窈窕淑女，是幽闲女子，有那等君子好好的来求他。（贴）为甚好好的求他？（末）多嘴哩。（旦）师父，依注解书，学生自会。但把《诗经》大意，敷演一番[④]。

【掉角儿】（末）论《六经》，《诗经》最葩[⑤]，闺门内许多风雅：有指证，姜嫄产哇[⑥]；不嫉妒，后妃贤达[⑦]。更有那咏鸡

① 诨（hùn）：打诨，指穿插在剧情中的滑稽性的语言、动作，打诨的语句由演员自己添加，一般幽默机智，可引观众发笑。也叫“插科打诨”，是戏曲表演的重要手段。

② 何知州：与河之洲谐音，此为插诨调笑。

③ 兴：《诗经》六义之一，风、雅、颂、赋、比、兴合称为《诗经》六义。朱熹《诗集传》释为“兴者，先言他物以引起所咏之辞也。”兴也是中国古典诗歌最重要的表现手段之一。

④ 敷演：陈述并加以发挥。

⑤ 《六经》：即《诗》《书》《礼》《乐》《易》《春秋》。 葩：华丽，华美，此指有文采。

⑥ 姜嫄产哇（wá）：姜嫄是周朝始祖后稷的母亲，相传后稷是于她在天帝的大脚趾印上踏了一脚而有孕生下的。见《诗经·大雅·生民》。 哇，同娃，小孩。

⑦ 不嫉妒，后妃贤达：《毛诗序》认为，《诗经》中的很多篇章如《樛木》《螽斯》等篇都是表现后妃不妒嫉的德行，实际上这些都是古代恋情诗。

鸣，伤燕羽，泣江皋，思汉广[①]，洗净铅华。有风有化[②]，宜室宜家[③]。（旦）这经文偌多？（末）《诗》三百，一言以蔽之，没多些，只“无邪”两字[④]，付与儿家。书讲了。春香取文房四宝来模字[⑤]。（贴下取上）纸、墨、笔、砚在此。（末）这甚么墨？（旦）丫头错拿了，这是螺子黛，画眉的。（末）这甚么笔？（旦作笑介）这便是画眉细笔。（末）俺从不曾见。拿去，拿去！这是甚么纸？（旦）薛涛笺[⑥]。（末）拿去，拿去。只拿那蔡伦造的来[⑦]。这是甚么砚？是一个是两个？（旦）鸳鸯砚。（末）许多眼[⑧]？（旦）泪眼[⑨]。（末）哭什么子？一发换了来。（贴背介）好个标老儿[⑩]！待换去。（下换上）这可好？（末看介）着。（旦）学生自会临书。春香还劳把笔[⑪]。（末）看你临。（旦写字介）

---

① 咏鸡鸣，伤燕羽，泣江皋，思汉广：均为《诗经》中的诗歌，分别指《诗经·齐风·鸡鸣》《诗经·邶风·燕燕》《诗经·召南·江有汜》《诗经·周南·汉广》，旧说这四首诗都是写女子美德，但实则“咏鸡鸣”写夫妻和睦之情，“伤燕羽”写送别的伤感之情，“泣江皋”写失意愤怒的情感，“思汉广”写对爱人的思念。

② 有风有化：有教育意义。风化，即感染教育。

③ 宜室宜家：女儿出嫁后使夫家一家和顺。语出《诗经·周南·桃夭》：“之子于归，宜其室家。”

④ “《诗》三百”句：语出《论语·为政》：“《诗》三百，一言以蔽之，曰：思无邪。”　《诗》三百：《诗经》一共有三百零五篇，还有六篇有目无篇，三百篇是约数。　蔽：概括。　无邪：指《诗经》思想纯正。

⑤ 模字：临帖。

⑥ 薛涛笺：唐代名妓薛涛命匠人所制的彩色笺纸。

⑦ 蔡伦：东汉造纸术的发明者，后世称其所造之纸为“蔡伦纸”。

⑧ 眼：砚眼，砚石经磨制后会现出天然石纹，圆晕如眼，有白、赤、黄等不同颜色。

⑨ 泪眼：广东省高要县端溪出产的端砚，其上的砚眼较多，其中眼不很清润明朗的叫“泪眼”，清润明朗的叫“活眼”，没有光彩的叫“死眼”。“活眼”最上，“泪眼”其次，“死眼”最次。这里“泪眼”还有双关意。

⑩ 标老儿：古板、不知趣的人，犹如说土老儿。

⑪ 把笔：初学写字，不会用毛笔，指导者以右手握（把）住孩子的右手帮着写，叫把笔，亦称“把字”。

（末看惊介）我从不曾见这样好字。这甚么格[①]？（旦）是卫夫人传下美女簪花之格[②]。（贴）待俺写个奴婢学夫人[③]。（旦）还早哩。（贴）先生，学生领出恭牌[④]。（下）（旦）敢问师母尊年？（末）目下平头六十[⑤]。（旦）学生待绣对鞋儿上寿，请个样儿。（末）生受了。依《孟子》上样儿，做个"不知足而为屦"罢了[⑥]。（旦）还不见春香来。（末）要唤他么？（末叫三度介）（贴上）害淋的[⑦]。（旦作恼介）劣丫头那里来？（贴笑介）溺尿去来。原来有座大花园。花明柳绿，好耍子哩。（末）哎也，不攻书，花园去。待俺取荆条来。（贴）荆条做甚么？

【前腔】 女郎行[⑧]、那里应文科判衙[⑨]？止不过识字儿书涂嫩鸦[⑩]。（起介）（末）古人读书，有囊萤[⑪]的，趁月亮的[⑫]。（贴）待映月，耀蟾蜍眼花[⑬]；待囊萤，把虫蚁儿活支煞[⑭]。（末）

---

① 格：范式、式样。

② 卫夫人：东晋女书法家，姓卫，名铄，当阴太守李矩之妻，也称李夫人。曾教授王羲之、王献之书法。美女簪花：形容书法娟秀。

③ 奴婢学夫人：意思是学不像。据《说郛》卷二十三引《宾退录》："羊欣书似婢作夫人，不堪位置。而举止羞涩，终不似真。"

④ 出恭牌：请假上厕所。明代科举考试时，考生不能擅离座位，如有考生要上厕所，必须领"出恭入敬牌"，凭牌出入。后出恭成为上厕所的代称。

⑤ 平头：平即齐，平头即齐头，古时计数，凡是逢十则称齐头数。白居易诗："火销灯尽天明后，便是平头六十人。"

⑥ 不知足而为屦：不知道脚的大小就来做鞋子。语出《孟子·告子》。这里是写陈最良的书呆气。

⑦ 害淋的：骂人的话。

⑧ 女郎行（háng）：即女孩儿家。行，用在人称词之后，有"辈""家"的意思。

⑨ 应文科判衙：去应科举考试，考取后之后做官坐堂办事。

⑩ 嫩鸦：指字写得不端正，歪得像稚嫩的乌鸦。这里指随便写几个字儿。

⑪ 囊萤：指晋代车胤家贫无灯，使捕捉萤火虫，用以照明夜读。

⑫ 趁月亮的：指南齐江泌家贫点不起灯，晚上就着月光读书。

⑬ 蟾蜍：指月亮。

⑭ 虫蚁儿：昆虫，此指萤火虫。 活支煞：活活地杀死。

悬梁、刺股呢[1]？（贴）比似你悬了梁，损头发；刺了股，添疤痆[2]。有甚光华！（内叫卖花介）（贴）小姐，你听一声声卖花，把读书声差[3]。（末）又引逗小姐哩。待俺当真打一下。（末做打介）（贴闪介）你待打、打这哇哇，桃李门墙[4]，崄把负荆人諕煞[5]。（贴抢荆条投地介）（旦）死丫头，唐突了师父[6]，快跪下。（贴跪介）（旦）师父看他初犯，容学生责认一遭儿。

【前腔】 手不许把秋千索拿，脚不许把花园路踏。（贴）则瞧罢。（旦）还嘴，这招风嘴[7]，把香头来绰疤[8]；招花眼[9]，把绣针儿签瞎。（贴）瞎了中甚用？（旦）则要你守砚台，跟书案，伴"诗云"，陪"子曰"，没的争差[10]。（贴）争差些罢。（旦挦贴发介[11]）则问你几丝儿头发，几条背花[12]？敢也怕些些夫人堂上那些家法。（贴）再不敢了。（旦）可知道？（末）也罢，松这一遭儿。起来。（贴起介）

【尾声】 （末）女弟子则争个不求闻达[13]，和男学生一般儿教法。你们工课完了，方可回衙。咱和公相陪话去。（合）怎辜

---

① 悬梁、刺股：指东汉孙敬与战国苏秦刻苦读书之事。
② 痆（niè）：疮痕。
③ 差：即岔，打扰。
④ 门墙：指师门。《论语·子张》："夫子之墙数仞。不得其门而入。"
⑤ 负荆人：即负荆请罪之人，这里指有过错的人。典出战国时廉颇向蔺相如负荆请罪之事。
⑥ 唐突：冒犯、言语冲撞。
⑦ 招风嘴：招惹是非的嘴巴。
⑧ 绰（chuò）：戳，这里是烫、灼的意思。
⑨ 招风眼：招惹是非的眼睛。
⑩ 没的争差：不要出差错。争差：差错、意外。
⑪ 挦（xián）：用手扯、拔。
⑫ 背花：背上被鞭打后留下的伤痕。
⑬ 则争个：就只差。　闻达：扬名显达之意。

负的这一弄明窗新绛纱[①]。(下)(贴作背后指末骂介)村老牛,痴老狗,一些趣也不知。(旦作扯介)死丫头,“一日为师,终身为父”,他打不的你?俺且问你那花园在那里?(贴做不说)(旦做笑问介)(贴指介)兀那不是[②]!(旦)可有什么景致?(贴)景致么,有亭台六七座,秋千一两架。绕的流觞曲水,面着太湖山石。名花异草,委实华丽。(旦)原来有这等一个所在,且回衙去。

(旦)也曾飞絮谢家庭[③],李山甫

(贴)欲化西园蝶未成[④]。张泌

(旦)无限春愁莫相问[⑤],赵嘏

(合)绿阴终借暂时行[⑥]。张祜

① 一弄:一派、一片。

② 兀那:那,语气较强。

③ 也曾飞絮谢家庭:李山甫《柳十首》之七:“也曾飞絮谢家庭,从此风流别有名。不是向人无用处,一枝愁杀别离情。”

④ 欲化西园蝶未成:张泌《春夕言怀》:“愁逐野云销不尽,情随春浪去难平。幽窗谩结相思梦,欲化西园蝶未成。”

⑤ 无限春愁莫相问:赵嘏《寄远》:“禁钟声尽见栖禽,关塞迢迢故国心。无限春愁莫相问,落花流水洞房深。”

⑥ 绿阴终借暂时行:张祜《扬州法云寺双桧》:“高临月殿秋云影,静入风檐夜雨声。纵使百年为上寿,绿阴终借暂时行。”

第八出　劝　农[1]

【夜游朝】　（外引净扮皂隶，贴扮门子同上）何处行春开五马[2]？采邠风物候秾华[3]。竹宇闻鸠[4]，朱轓引鹿[5]。且留憩甘棠之下。［古调笑］“时节时节，过了春三二月。乍晴膏雨烟浓[6]，太守春深劝农。农重农重，缓理征徭词讼。”俺南安府在江广之间，春事颇早。想俺为太守的，深居府堂，那远乡僻坞，有抛荒游懒的[7]，何由得知？昨已分付该县置买花酒，待本府亲自劝农。想已齐备。（丑扮县吏上）“承行无令史，带办有农民[8]。”禀爷爷，劝农花酒，俱已齐备。（外）分付起行。近乡之处，不许多人啰唣[9]。（众应，喝道起行介）（外）正是：“为乘阳气行春令，

---

① 劝农：古代政府鼓励农业的措施。地方官在春天出巡，鼓励农民从事生产。

② 行春：劝农。《后汉书·郑弘传》李贤注：“太守常以春行所主县，劝人农桑，振救乏绝。”　五马：汉时太守乘坐的车用五匹马驾辕，故用以借指太守的车驾。

③ 邠（bīn）风：《豳风》，《诗经·国风》中的一部分，其中多为有关农事的歌谣。采邠风，即为采集有关农事的民歌，这里是巡行劝农的意思。　秾（nóng）华：盛开的花朵。

④ 竹宇：竹子做的屋檐。

⑤ 朱轓（fān）引鹿：据《后汉书·郑弘传》注引文，东汉淮阳太守郑弘出外劝农，有白鹿跟着他的车子走。有人告诉他，这是做宰相的预兆。　轓，古代车箱两旁用以障蔽尘泥的部分。红轓，显贵者所乘车驾，这里指太守所乘之车。

⑥ 膏雨：即甘霖，滋润农作物的及时雨。

⑦ 抛荒：指田地未耕种，任其荒芜。

⑧ 承行无令史，带办有农民：这是县吏自夸之辞，说自己直接秉承太守意旨办事，不用令史转达，而且有农民为他帮办。　令史：府、县管理文书的吏目。　带办：兼办。

⑨ 啰（luó）唣（zào）：吵闹、喧扰。

不是闲游玩物华[①]。”（下）

【前腔】（生、末扮父老上）白发年来公事寡。听儿童笑语喧哗。太守巡游，春风满马。敢借着这务农宣化？俺等乃是南安府清乐乡中父老。恭喜本府杜太爷，管治三年，慈祥端正，弊绝风清。凡各村乡约保甲[②]，义仓社学[③]，无不举行。极是地方有福。现今亲自各乡劝农，不免官亭伺候[④]。那只候们扛抬花酒到来也[⑤]。

【普贤歌】（丑、老旦扮公人，扛酒提花上）俺天生的快手贼无过[⑥]。衙舍里消消没的睃[⑦]，扛酒去前坡[⑧]。（做跌介）几乎破了哥[⑨]，摔破了花花你赖不的我[⑩]。（生、末）列位只候哥到来。（老旦、丑）便是这酒埕子漏了[⑪]，则怕酒少，烦老官儿遮盖些。（生、末）不妨。且抬过一边，村务里嗑酒去[⑫]。（老旦、丑下）（生、末）地方端正坐椅[⑬]，太爷到来。（虚下[⑭]）

---

① 为乘阳气行春令，不是闲游玩物华：化用王维诗《奉和圣制从蓬莱向兴庆阁道中留春雨中春望之作应制》：“为乘阳气行时令，不是宸游玩物华。” 古代以阴阳解释季节变化。春天，阴气终，阳气生。 行春令：即行春，劝农。

② 乡约：旧时乡村制定的要农民遵守的规约。 保甲：古代的地方基层组织。

③ 义仓：地方救灾用的公有的粮仓。 社学：政府在乡村设立的启蒙学校。

④ 官亭：接官亭，设在近郊，提供食宿，用以接待过往官员。

⑤ 只（zhī）候：衙役、仆人。

⑥ 快手：捕快，官衙中专管缉捕的差役。

⑦ 消消：消失得无影无踪。 睃（suō）：看。

⑧ 这三句是衙役夸耀自己手灵脚快，连窃贼都比不上，衙门里才不见他们，却已经扛酒下乡来了。

⑨ 哥：语气词，犹“啊、呵”。

⑩ 花花：指酒坛子摔得破开了花。

⑪ 酒埕（chéng）子：即酒坛子。

⑫ 务：酒务，代指酒馆。 村务：乡村酒馆。 嗑酒：喝酒。

⑬ 地方：地保、甲长。

⑭ 虚下：戏曲舞台提示语，即假下场，指演员走向舞台下场门，好像下场的样子，旋即回来。

【排歌】　（外引众上）红杏深花，菖蒲浅芽。春畴渐暖年华。竹篱茅舍酒旗儿叉。雨过炊烟一缕斜。（生、末接介）（合）提壶叫[1]，布谷喳。行看几日免排衙[2]。休头踏[3]，省喧哗[4]，怕惊他林外野人家。（皂禀介）禀爷，到官亭。（生、末见介）（外）众父老，此为何乡何都？（生、末）南安县第一都清乐乡。（外）待我一观。（望介）（外）美哉此乡，真个清而可乐也。［长相思］你看山也清，水也清，人在山阴道上行[5]。春云处处生。（生、末）正是。官也清，吏也清，村民无事到公庭。农歌三两声。（外）父老，知我春游之意乎？

【八声甘州】　平原麦洒，翠波摇翦翦[6]，绿畴如画。如酥嫩雨，绕塍春色䔯苴[7]。趁江南土疏田脉佳。怕人户们抛荒力不加。还怕，有那无头官事[8]，误了你好生涯。（生、末）以前昼有公差，夜有盗警。老爷到后呵。

---

① 提壶：鸟名，即鹈鹕，其鸣声好似“提壶”。

② 排衙：长官排列仪仗，接受属员的参谒，坐堂办事。

③ 头踏：古代官员出行时排在前面的仪仗队。

④ 这三句指杜宝巡行乡下不愿扰民。

⑤ 人在山阴道上行：语出南朝宋刘义庆《世说新语·言语》，王献之云：“从山阴道上行，山川自相映发，使人应接不暇。”后来，人们用“山阴道上”比喻风景不断，美不胜收。

⑥ 翦翦：微风。

⑦ 塍（chéng）：田间土埂。　䔯（liǎ）苴（jū）：指泥土刚刚翻整。《广韵》引《玉篇》：“䔯苴，泥不熟貌。”

⑧ 无头官事：没有尽头的公务。

【前腔】　千村转岁华①。愚父老香盆②，儿童竹马③。阳春有脚④，经过百姓人家。月明无犬吠黄花，雨过有人耕绿野⑤。真个，村村雨露桑麻。（内歌《泥滑喇》介）（外）前村田歌可听。

【孝白歌】　（净扮田夫上）泥滑喇，脚支沙，短耙长犁滑律的拿⑥。夜雨撒菰麻⑦，天晴出粪渣⑧，香风䱇鲊⑨。（外）歌的好。"夜雨撒菰麻，天晴出粪渣，香风䱇鲊"，是说那粪臭。父老呵，他却不知这粪是香的。有诗为证："焚香列鼎奉君王⑩。馔玉炊金饱即妨⑪。直到饥时闻饭过，龙涎不及粪渣香⑫。"与他插花赏酒。（净插花赏酒。笑介）好老爷，好酒。（合）官里醉流霞⑬，风前笑插花，把农夫们俊煞⑭。（下）（门子禀介）一个小

---

① 转岁华：日子过得不一样了，指过上了好日子。

② 香盆：旧时百姓奉迎统治者的仪式：焚香插在盆里，头顶香盆，跪地迎送，以表崇敬和爱戴。

③ 儿童竹马：歌颂太守之语。典出《后汉书·郭伋传》，东汉并州牧郭伋，问民疾苦，推举贤良，所过县邑，老幼相携迎送，有一次到西河美稷，当地有几百儿童，"各骑竹马，于道次迎拜"。

④ 阳春有脚：歌颂太守之语。据五代王仁裕《开元天宝遗事·有脚阳春》记载，唐代"宋璟爱民恤物，朝野归美。时人咸称璟为有脚阳春。言所至之处，如阳春煦物也"。

⑤ 月明无犬吠黄花，雨过有人耕绿野：元明戏曲常用之句。

⑥ 这三句形容雨天路滑，人们在田间劳作的景象。　泥滑喇：泥路滑溜溜的。　脚支沙：脚踏不稳。　滑律：滑溜。

⑦ 菰（gū）：禾本科植物，花芽叫"茭白"，结实叫"菰米"。

⑧ 这两句意为雨天下种，晴天施肥。

⑨ 䱇（yān）鲊（zhà）：即腌鲊，指腌制的鱼，闻着臭，吃着香。形容粪臭随风吹来，有如臭咸鱼的味道，但对农夫来说却是香的。

⑩ 列鼎：古代贵族菜肴很多，列鼎而食，形容奢华的生活。

⑪ 馔玉炊金：形容食物像金玉一样昂贵。语出骆宾王诗《帝京篇》："炊金馔玉待鸣钟。"

⑫ 龙涎：龙涎香，一种名贵的香料。

⑬ 流霞：原指神话中仙酒名，据说喝一杯就不会饥渴，这里是酒的代称。

⑭ 俊煞：美死了，美极了。

厮唱的来也。

【前腔】 （丑扮牧童拿笛上）春鞭打，笛儿唦[①]，倒牛背斜阳闪暮鸦。（笛指门子介）他一样小腰（掐）[②]，一般双髻髽[③]，能骑大马。（外）歌的好。怎生指着门子唱"一样小腰掐，一般双髻髽，能骑大马"？父老，他怎知骑牛的到稳。有诗为证："常羡人间万户侯，只知骑马胜骑牛。今朝马上看山色，争似骑牛得自由。"赏他酒，插花去。（丑插花饮酒介）（合）官里醉流霞，风前笑插花，村童们俊煞。（下）（门子禀介）一对妇人歌的来也。

【前腔】 （旦、老旦采桑上）那桑阴下，柳篓儿搓，顺手腰身翦一丫[④]。呀，什么官员在此？俺罗敷自有家[⑤]，便秋胡怎认他，提金下马[⑥]？（外）歌的好。说与他，不是鲁国秋胡，不是秦家使君，是本府太爷劝农。见此勤劬采桑，可敬也。有诗为证："一般桃李听笙歌，此地桑阴十亩多。不比世间闲草木，丝丝叶叶是绫罗。"领酒，插花去。（二旦背插花，饮酒介）（合）官里醉流霞，风前笑插花，采桑人俊煞。（下）（门子禀介）又一对妇人唱的来也。

【前腔】 （老旦、丑持筐采茶上）乘谷雨，采新茶，一旗半

---

① 唦（shā）：吹。

② 腰（掐）（jià）：腰身。

③ 髻髽（zhā）：髻鬟，古代女子的一种发式。

④ 翦：同剪。

⑤ 罗敷：指汉乐府诗《陌上桑》中的采桑女罗敷，她拒绝太守调戏时言："使君自有妇，罗敷自有夫。"此处是采桑女自比。

⑥ 秋胡：春秋时鲁国人，他离家五年后返乡，途中调戏一个采桑妇，并以黄金诱惑之，但遭到拒绝。回到家之后，才知道这个妇人就是自己的妻子。这里将罗敷与秋胡妻的故事合在一起，是采桑女以罗敷与秋胡妻自比，表明自己洁身自好。

枪金缕芽[①]。呀，什么官员在此？学士雪炊他[②]，书生困想他，竹烟新瓦[③]。（外）歌的好。说与他，不是邮亭学士[④]，不是阳羡书生[⑤]，是本府太爷劝农。看你妇女们采桑采茶，胜如采花。有诗为证："只因天上少茶星，地下先开百草精[⑥]。闲煞女郎贪斗草[⑦]，风光不似斗茶清[⑧]。"领了酒，插花去。（老旦、丑插花，饮酒介）（合）官里醉流霞，风前笑插花，采茶人俊煞。（下）（生、末跪介）禀老爷，众父老茶饭伺候。（外）不消。余花余酒，父老们领去，给散小乡村，也见官府劝农之意。叫只候们起马。（生、末做攀留不许介）（起叫介）村中男妇领了花赏了酒的，都来送太爷。

【清江引】（前各众插花上）黄堂春游韵潇洒，身骑五花马[⑨]。村务里有光华，花酒藏风雅。男女们请了，你德政碑随路

---

① 一旗半枪金缕芽：指极其细嫩的茶叶。旗、枪，都是茶片顶上的小芽，枪指未展开的，旗指已展开的。金缕芽：上品茶叶。

② 学士雪：据《事文类聚》记载，宋代学士陶谷"得党太尉家姬，取雪水烹茶"。

③ 竹烟：燃竹烹茶时散发的烟气。 瓦：指陶器，这里指陶制茶壶。

④ 邮亭学士：也指陶谷。据说他出使南唐时，在邮亭遇到南唐安排的妓女秦弱兰，抵挡不住诱惑，爱上了她。

⑤ 阳羡书生：据南朝吴均《续齐谐记》记载，阳羡人许彦在路上遇见一个书生，书生说自己脚痛不能走路，请求被寄放在许彦的鹅笼里走。走了一会，书生从口里吐出一个美貌的女子，和他一起喝酒。阳羡，今江苏宜兴，古代以产茶著名。这里阳羡书生指轻薄的书生。

⑥ 百草精：茶。唐齐己《咏茶十二韵》："百草让为灵，功先百草成。"

⑦ 斗草：即斗百草，端午节时的一种文化娱乐风俗，竞采花草，比赛优劣多寡，游戏者多为少女。

⑧ 斗茶：一种比茶之优劣的游戏，也指供比赛用的优质茶。

⑨ 五花马：骏马。原指毛色呈五色花纹的马，为唐玄宗内苑名马之一。唐李白《将进酒》："五花马，千金裘，呼儿将出换美酒，与尔同销万古愁。"

打[1]。(下)

　　闾阎缭绕接山巅[2]，杜甫
　　春草青青万顷田[3]。张继
　　日暮不辞停五马[4]，羊士谔
　　桃花红近竹林边[5]。薛能

---

① 德政碑随路打：指太守所到之处，都有人在歌颂。德政碑：为歌颂地方官的德政所立之碑石。

② 闾阎缭绕接山巅：杜甫《夔州歌十绝句》之四："赤甲白盐俱刺天，闾阎缭绕接山巅。枫林橘树丹青合，复道重楼锦绣悬。"

③ 春草青青万顷田：张继《阊门即事》："耕夫召募逐楼船，春草青青万顷田。试上吴门窥郡郭，清明几处有新烟。"

④ 日暮不辞停五马：羊士谔《野望二首》之一："萋萋麦陇杏花风，好是行春野望中。日暮不辞停五马，鸳鸯飞去绿江空。"

⑤ 桃花红近竹林边：薛能《宋氏林亭》："地湿莎青雨后天，桃花红近竹林边.行人本是农桑客，记得春深欲种田。"

第九出　肃　苑[①]

【一江风】　（贴上）小春香，一种在人奴上[②]，画阁里从娇养。侍娘行[③]，弄粉调朱，贴翠拈花，惯向妆台傍。陪他理绣床，陪他烧夜香。小苗条吃的是夫人杖。“花面丫头十三四[④]，春来绰约省人事[⑤]。终须等着个助情花[⑥]，处处相随步步觑[⑦]。”俺春香日夜跟随小姐。看他名为国色，实守家声。嫩脸娇羞，老成尊重。只因老爷延师教授，读到《毛诗》第一章：“窈窕淑女，君子好逑。”悄然废书而叹曰：“圣人之情，尽见于此矣。今古同怀，岂不然乎？”春香因而进言：“小姐读书困闷，怎生消遣则个[⑧]？”小姐一会沈吟，逡巡而起[⑨]。便问道：“春香，你教我怎生消遣那？”俺便应道：“小姐，也没个甚法儿，后花园走走罢。”小姐说：“死丫头，老爷闻知怎好？”春香应说：“老爷下乡，有几日了。”小姐低回不语者久之，方才取过历书选看。说明日不佳，后日欠好，除大后日，是个小游神吉期[⑩]。预唤花郎，扫清

---

① 肃苑：整肃园林，即打扫园林。

② 一种在人奴上：同样是做奴婢。

③ 娘行（háng）：姑娘。

④ 花面：古代妇女用花片贴在脸上作为装饰。

⑤ 绰约：女子姿态柔美的样子。　省人事：即懂得男女情事。

⑥ 助情花：指情人。

⑦ 这四句化用刘禹锡诗《赠小樊》：“花面丫头十三四，春来绰约向人时。终须买取名春草，处处将行步步随。”

⑧ 则个：用在句子结尾，加强语气。

⑨ 逡（qūn）巡（xún）：徘徊不前。

⑩ 小游神：传说中的吉利神祇。古人信奉出行要避免凶煞，选择吉日。而小游神当值的那天，即被认为是吉日之一。

花径。我一时应了，则怕老夫人知道。却也由他。且自叫那小花郎分付去。呀，回廊那厢，陈师父来了。正是：“年光到处皆堪赏①，说与痴翁总不知。”

【前腔】 （末上）老书堂，暂借扶风帐②。日暖钩帘荡。呀，那回廊，小立双鬟③，似语无言，近看如何相？是春香，问你恩官在那厢？夫人在那厢？女书生怎不把书来上？（贴）原来是陈师父。俺小姐这几日没工夫上书。（末）为甚？（贴）听呵，

【前腔】 甚年光！忒煞通明相④，所事关情况⑤。（末）有甚么情况？（贴）老师父还不知，老爷怪你哩。（末）何事？（贴）说你讲《毛诗》，毛的忒精了。小姐呵，为诗章，讲动情肠⑥。（末）则讲了个“关关雎鸠”。（贴）故此了。小姐说，关了的雎鸠，尚然有洲渚之兴，可以人而不如鸟乎！书要埋头，那景致则抬头望。如今分付，明后日游后花园。（末）为甚去游？（贴）他平白地为春伤。因春去的忙，后花园要把春愁漾⑦。（末）一发不该了。

【前腔】 论娘行，出入人观望，步起须屏障⑧。春香，你师父靠天也六十来岁，从不晓得伤个春，从不曾游个花园。（贴）为甚？（末）你不知。孟夫子说的好，圣人千言万语⑨，则要人

① 年光：春光。年光到处皆堪赏，语出唐张仲素《汉苑行》：“年光到处皆堪赏，春色人间总未知。”

② 扶风帐：指讲坛、学舍，得名于东汉学者马融教授学生时常施绛纱帐。

③ 双鬟：古代少女所梳发髻的一种式样，后借指少女，此处指春香。

④ 忒煞通明相：太聪明的模样儿。

⑤ 所事：凡事，事事。

⑥ 讲动情肠：指杜丽娘读《关雎》动了感情。

⑦ 春愁漾：排遣春愁。漾：漾开、发散。

⑧ 出入人观望，步起须屏障：为了以防被人看见，女子出外要遮住脸孔。《礼记·内则》：“女子出门，必拥蔽其面。”

⑨ 圣人：这里指孟子。

"收其放心"[1]。但如常，着甚春伤？要甚春游？你放春归，怎把心儿放？小姐既不上书，我且告归几日。春香呵，你寻常到讲堂，时常向琐窗[2]，怕燕泥香点涴在琴书上[3]。我去了。"绣户女郎闲斗草，下帷老子不窥园[4]。"（下）（贴吊场[5]）且喜陈师父去了。叫花郎在么？（叫介）花郎！

【普贤歌】（丑扮小花郎醉上）一生花里小随衙[6]，偷去街头学卖花。令史们将我揸[7]，只候们将我搭，狠烧刀[8]、险把我嫩盘肠生灌杀[9]。（见介）春姐在此。（贴）好打。私出衙前骗酒，这几日菜也不送。（丑）有菜夫。（贴）水也不枧[10]。（丑）有水夫。（贴）花也不送。（丑）每早送花，夫人一分，小姐一分。（贴）还有一分哩？（丑）这该打。（贴）你叫什么名字？（丑）花郎。（贴）你把花郎的意思，掐个曲儿俺听。掐的好，饶打。（丑）使得。

---

① 收其放心：语出《孟子·告子上》："学问之道无他，求其放心而已矣。"放心，即丧失了的本心，这里指放纵的心性。

② 琐窗：指刻有花纹的窗子，这里指书房。

③ 涴（wò）：污，弄脏。化用唐杜甫诗《漫兴》九首之一："江上燕子故来频。衔泥点涴琴书内。"

④ 下帷老子不窥园：用汉代学者董仲舒事，据《汉书·董仲舒传》记载，董仲舒在帷帐内专心学问，三年都未曾云看一下园圃。这里下帷老子指陈最良。

⑤ 吊场：戏曲专门术语，指一出戏的结尾，其他演员都已下场，留下一、二人念下场诗，在情节过渡、场面更换时用。这里是一出戏中的一个场面的结束，由春香的几句说白转到另一个场面。

⑥ 随衙：随班，跟班，就是跟随、侍候。

⑦ 揸（zhā）：抓，方言。

⑧ 烧刀：烧酒。

⑨ 盘肠：肚肠。

⑩ 枧（jiǎn）：引水的竹管，这里作动词用。

【梨花儿】　小花郎看尽了花成浪，则春姐花沁的水洸浪[①]。和你这日高头偷眼眼[②]，嗏，好花枝干鳖了作么朗！（贴）待俺还你也哥。

【前腔】　小花郎做尽花儿浪，小郎当夹细的大当郎？（丑）哎哟。（贴）俺待到老爷回时说一浪[③]，（采丑发介）嗏[④]，敢几个小榔头把你分的朗[⑤]。（丑倒介）罢了，姐姐为甚事光降小园？（贴）小姐大后日来瞧花园，好些扫除花径。（丑）知道了。

东郊风物正薰馨[⑥]，崔日用
应喜家山接女星[⑦]。陈陶
莫遣儿童触红粉[⑧]，韦应物
便教莺语太丁宁[⑨]。杜甫

---

① 洸（guāng）浪（làng）：水波荡漾。这里“小花郎看尽了花成浪，则春姐花沁的水洸浪”，与下文的“小花郎做尽花儿浪，小郎当夹细的大当郎”，都是花郎和春香调情的曲文，语意双关，意带秽亵。

② 偷眼眼（liàng）：这里是含蓄地表达偷情。

③ 说一浪：说一下、说一番。

④ 嗏（chā）：叹词。

⑤ 敢几个小榔头把你分的朗：怕只要几下棒槌就把你打成两段。 敢：准保、准定。

⑥ 东郊风物正薰馨：崔日用《奉和圣制春日幸望春宫应制》：“东郊风物正熏馨，素浐凫鹥戏绿汀。凤阁斜通平乐观，龙旂直逼望春亭。”

⑦ 应喜家山接女星：陈陶《投赠福建路罗中丞》：“未闻建水窥龙剑，应喜家山接女星。三捷楷模光典策，一生封爵笑丹青。”女星：三十八宿之一，主扬州。

⑧ 莫遣儿童触红粉：韦应物《将往滁城恋新竹，简崔都水示端》：“停车欲去绕丛竹，偏爱新[illegible]十数竿。莫遣儿童触琼粉，留待幽人回日看。”这句话是说不要让小儿女懂男女人事。

⑨ 便教莺语太丁宁：杜甫《绝句漫兴九首》之一：“眼见客愁愁不醒，无赖春色到江亭。即遣花开深造次，便教莺语太丁宁。”这句话紧承上句而言，意为他们一旦懂事之后，言语之间就会太多情了。

第十出　惊　梦

【绕池游】　（旦上）梦回莺啭①，乱煞年光遍②。人立小庭深院。（贴）炷尽沉烟③，抛残绣线④，恁今春关情似去年⑤？

［乌夜啼］“（旦）晓来望断梅关⑥，宿妆残⑦。（贴）你侧著宜春髻子恰凭阑⑧。（旦）翦不断，理还乱⑨，闷无端。（贴）已分付催花莺燕借春看。”（旦）春香，可曾叫人扫除花径？（贴）分付了。（旦）取镜台衣服来。（贴取镜台衣服上）“云髻罢梳还对镜，罗衣欲换更添香⑩。”镜台衣服在此。

【步步娇】　（旦）袅晴丝吹来闲庭院⑪，摇漾春如线。停半

---

① 梦回莺啭（zhuàn）：莺燕婉转的叫声将人从梦中唤醒。

② 乱煞年光遍：缭乱的春光到处都是。乱煞，这里既指春光的缭乱，也暗示杜丽娘内心的烦乱。

③ 沉烟：沉水香，熏香所用的香料。

④ 抛残绣线：把未做完的针线活抛开，意指无心做针线。这一段写出了杜丽娘被幽禁深闺的百无聊赖。

⑤ 恁今春关情似去年：怎么今天春天所牵动的情感要远甚于去年呢？

⑥ 梅关：大庾岭，又称梅岭，宋代在这里设有梅关，在本剧故事发生地点江西省南安府（即大庾）的南面。柳梦梅为岭南人，大庾岭是从广东到江西的必经之处。此处“望断梅关”有暗示作用，暗指杜丽娘朝思暮想的人正是柳梦梅。

⑦ 宿妆：隔夜的残妆。

⑧ 宜春髻子：古时女子所梳发髻，相传立春那天，妇女剪彩色丝绸作燕子状，上贴“宜春”二字，戴在髻上，故而得名。

⑨ 翦不断，理还乱：语出南唐后主李煜词《相见欢》：“翦不断，理还乱，是离愁，别是一般滋味在心头。”这里写出了杜丽娘无端的、没有来由的烦闷。

⑩ 云髻罢梳还对镜，罗衣欲换更添香：语出唐薛逢诗《宫词》。

⑪ 晴丝：又称游丝、飞丝、烟丝，虫类所吐的丝缕，春天晴朗的日子在空中极易看见。这里丝与“思”谐音，暗指情思在心中荡漾。

响、整花钿。没揣菱花[①]，偷人半面[②]，迤逗的彩云偏[③]。（行介）步香闺怎便把全身现！（贴）今日穿插的好。

【醉扶归】（旦）你道翠生生出落的裙衫儿茜[④]，艳晶晶花簪八宝填[⑤]，可知我常一生儿爱好是天然[⑥]。恰三春好处无人见[⑦]。不隄防沉鱼落雁鸟惊喧，则怕的羞花闭月花愁颤[⑧]。（贴）早茶时了，请行。（行介）你看："画廊金粉半零星[⑨]，池馆苍苔一片青。踏草怕泥新绣袜[⑩]，惜花疼煞小金铃[⑪]。"（旦）不到园林，怎知春色如许！

【皂罗袍】 原来姹紫嫣红开遍[⑫]，似这般都付与断井颓

---

① 没揣：没想到，蓦地。 菱花：镜子。古时铜镜背面所铸花纹一般为菱花，故称。

② 偷人半面：这里用拟人手法，写出了杜丽娘对镜梳妆，看到自己如花容颜时的羞涩情态。

③ 迤（yǐ）逗：引惹，挑逗。 彩云：指美丽的发式。

④ 翠生生：颜色鲜艳。 出落的：衬托出。 茜（qiàn）：绛红色。

⑤ 花簪八宝填：镶嵌着多种宝石的簪子。

⑥ 天然：天性。这里是说我从小爱美是天性使然，体现了杜丽娘青春之美的觉醒。

⑦ 三春好处：三春指孟春、仲春、季春，泛指春天，这里比喻青春美貌。

⑧ 沉鱼落雁、闭月羞花：形容女子貌美。鱼见之沉入水底，雁见之降落沙洲，花见之羞愧，月见之隐藏。沉鱼落雁、闭月羞花常用来形容中国古代四大美女：西施、王昭君、貂蝉、杨玉环。

⑨ 零星：零落，衰残败落。

⑩ 泥：动词，弄脏。

⑪ 惜花疼煞小金铃：《开元天宝遗事》："天宝初，宁王……于后园中纫红丝为绳，密缀金铃，系于花梢之上。每有鸟鹊翔集，则令园吏掣铃索以惊之。盖惜花之故也。"疼煞：极为疼痛，这里是用拟人化的夸张手法，说明对花的爱惜。

⑫ 姹（chà）紫嫣红：形容花朵颜色绚丽多彩，十分好看。

垣[1]。良辰美景奈何天，赏心乐事谁家院[2]！恁般景致，我老爷和奶奶再不提起。（合）朝飞暮卷[3]，云霞翠轩[4]；雨丝风片[5]，烟波画船[6]——锦屏人忒看的这韶光贱[7]！（贴）是花都放了，那牡丹还早。

【好姐姐】 （旦）遍青山啼红了杜鹃[8]，荼蘼外烟丝醉软[9]。春香呵，牡丹虽好，他春归怎占的先[10]！（贴）成对儿莺燕呵。（合）闲凝眄[11]，生生燕语明如翦[12]，呖呖莺歌溜的圆[13]。（旦）去罢。（贴）这园子委是观之不足也[14]。（旦）提他怎的！（行介）

【隔尾】 观之不足由他缱[15]，便赏遍了十二亭台是枉然。到不如兴尽回家闲过遣。（作到介）（贴）"开我西阁门，展我东阁床[16]。瓶插映山紫，炉添沉水香。"小姐，你歇息片时，俺瞧老夫

---

① 断井颓垣（yuán）：形容后花园荒败的景象。这里杜丽娘感叹美好春光就只能开在这破败的庭院之中，无人欣赏，就如同自己的青春一样。

② 良辰美景奈何天，赏心乐事谁家院：语出谢灵运《拟魏太子邺中集诗序》："天下良辰美景赏心乐事，四者难并。"这两句意为良辰美景美好但难以持久，而赏心乐事不知道落在谁家院中。 奈何天：世事无常之意。

③ 朝飞暮卷：唐王勃《滕王阁诗》："画栋朝飞南浦云，朱帘暮卷西山雨。"

④ 翠轩：青色的轩窗。

⑤ 雨丝风片：春天的细雨微风。

⑥ 这四句是杜丽娘想象深闺之外的美景，是她梦想的广阔天地。

⑦ 锦屏人：深闺中人，指杜丽娘；一指富贵中人，指杜丽娘的父母。 韶光：春光。

⑧ 啼红了杜鹃：开遍了红色的杜鹃花，仿佛是由杜鹃鸟啼出的血染红的。

⑨ 荼（tú）蘼（mí）：花名，花为黄白色，有香味，晚春时开放。

⑩ 牡丹虽好，他春归怎占的先：牡丹虽是百花之王，但却在春末夏初开放，赶不上春天。这里杜丽娘以牡丹自比，虽有美丽青春，但却无人欣赏，故而暗自伤怀。

⑪ 凝眄（miǎn）：凝视。

⑫ 明如翦：形容声音像锋利的剪刀一样明快清脆。

⑬ 溜的圆：形容鸟叫声宛转、流利。

⑭ 观之不足：看不厌。

⑮ 缱：留恋不舍。

⑯ 开我西阁门，展我东阁床：语出《木兰诗》："开我东阁门，坐我西阁床。"

人去也。（下）（旦叹介）“默地游春转，小试宜春面。”春呵，得和你两留连，春去如何遣？咳，恁般天气，好困人也。春香那里？（作左右瞧介）（又低首沉吟介）天呵，春色恼人，信有之乎！常观诗词乐府，古之女子，因春感情，遇秋成恨，诚不谬矣。吾今年已二八，未逢折桂之夫；忽慕春情，怎得蟾宫之客？昔日韩夫人得遇于郎[①]，张生偶逢崔氏[②]，曾有《题红记》《崔徽传》二书[③]。此佳人才子，前以密约偷期[④]，后皆得成秦晋[⑤]。（长叹介）吾生于宦《崔徽传》族，长在名门。年已及笄[⑥]，不得早成佳配，诚为虚度青春。光阴如过隙耳。（泪介）可惜妾身颜色如花，岂料命如一叶乎！

【山坡羊】 没乱里春情难遣[⑦]，蓦地里怀人幽怨。则为俺生小婵娟，拣名门一例、一例里神仙眷[⑧]。甚良缘，把青春抛的远！俺的睡情谁见？则索因循腼腆[⑨]。想幽梦谁边，和春光暗流转？

---

① 韩夫人得遇于郎：据宋刘斧《青琐高议》前集卷五《流红记》载，唐僖宗时，宫女韩氏以红叶题诗，从御沟中流出，为书生于祐所拾获。于祐也以红叶题诗，投入沟水，流入宫中，正好被韩氏拾取。后来韩氏被皇帝放出宫，两人结为夫妇。

② 张生偶逢崔氏：即张生和崔莺莺的爱情故事，最初见唐元稹《会真记》，后来由王实甫创作《西厢记》敷演此事。下文说的《崔徽传》是另外一个故事，见《丽情集》。

③ 《崔徽传》：与崔张故事无关，可能是作者误记。《崔徽传》写妓女崔徽和裴敬中相爱，分别之后不再相见。崔徽请画工画了一幅像，托人带给敬中说：“崔徽一旦不及卷中人，徽且为郎死矣！”

④ 偷期：幽会。

⑤ 得成秦晋：得成夫妇。春秋时秦晋两国世代联姻，故后世称联姻为秦晋之好。

⑥ 及笄（jī）：指成年，古代女子十五岁开始以笄束发，已成年，可以开始婚嫁。

⑦ 没乱里：形容心绪烦乱。

⑧ 一例：一样。 这几句话是杜丽娘对未来婚姻的欺许，希望能找一个如意郎君，如同神仙眷属一样。

⑨ 则索：只得。 因循：沿袭。 腼腆：害羞。 这里指只能把愿望放在心底，不好意思讲出来。

迁延，这衷怀那处言！淹煎[1]，泼残生[2]，除问天！身子困乏了，且自隐几而眠[3]。（睡介）（梦生介）（生持柳枝上）“莺逢日暖歌声滑，人遇风情笑口开。一径落花随水入，今朝阮肇到天台[4]。”小生顺路儿跟着杜小姐回来，怎生不见？（回看介）呀，小姐，小姐！（旦作惊起介）（相见介）（生）小生那一处不寻访小姐来，却在这里！（旦作斜视不语介）（生）恰好花园内，折取垂柳半枝。姐姐，你既淹通书史[5]，可作诗以赏此柳枝乎？（旦作惊喜，欲言又止介）（背想）这生素昧平生，何因到此？（生笑介）小姐，咱爱杀你哩！

【山桃红】 则为你如花美眷，似水流年，是答儿闲寻遍[6]。在幽闺自怜。小姐，和你那答儿讲话去。（旦作含笑不行）（生作牵衣介）（旦低问）那边去？（生）转过这芍药栏前，紧靠着湖山石边。（旦低问）秀才，去怎的？（生低答）和你把领扣松，衣带宽，袖梢儿揾着牙儿苫也[7]，则待你忍耐温存一晌眠[8]。（旦作羞）（生前抱）（旦推介）（合）是那处曾相见，相看俨然[9]，早难道这好处相逢无一言[10]？（生强抱旦下）（末扮花神束发冠，红

---

① 淹煎：受熬煎，受折磨。

② 泼残生：苦命儿。

③ 隐几：指靠着几案。

④ 阮肇到天台：用刘晨和阮肇在天台山桃源洞遇见仙女之传说，后人用阮郎喻情郎。这里指见到爱人。

⑤ 淹通书史：精通书史。

⑥ 是答儿：到处，宋元俗语。

⑦ 揾（wèn）：用手指按。　苫（shān）：遮盖。

⑧ 一晌（shǎng）：一会儿。

⑨ 俨然：熟悉的样子。

⑩ 早难道：难道，语气较强。

衣插花上）“催花御史惜花天[①]，检点春工又一年。蘸客伤心红雨下[②]，勾人悬梦彩云边。”吾乃掌管南安府后花园花神是也。因杜知府小姐丽娘，与柳梦梅秀才，后日有姻缘之分。杜小姐游春感伤，致使柳秀才入梦。咱花神专掌惜玉怜香，竟来保护他，要他云雨十分欢幸也。

【鲍老催】（末）单则是混阳烝变[③]，看他似虫儿般蠢动把风情搧[④]。一般儿娇凝翠绽魂儿颤[⑤]。这是景上缘[⑥]，想内成[⑦]，因中见[⑧]。呀，淫邪展污了花台殿[⑨]。咱待拈片落花儿惊醒他。（向鬼门丢花介[⑩]）他梦酣春透了怎留连？拈花闪碎的红如片。秀才才到的半梦儿；梦毕之时，好送杜小姐仍归香阁。吾神去也。（下）

【山桃红】（生、旦携手上）（生）这一霎天留人便，草借花眠。小姐可好？（旦低头介）（生）则把云鬟点，红松翠偏。小姐休忘了呵，见了你紧相偎，慢厮连，恨不得肉儿般团成片也，逗的个日下胭脂雨上鲜。（旦）秀才，你可去呵？（合）是那处曾

---

① 催花御史：据《说郛》卷二十七《云仙散录》引《玉麈集》记载，唐穆宗时曾设惜花御史，每当宫中花开，“则以重顶帐蒙蔽栏槛”，爱惜料理鲜花。这里借用为催花御史。

② 蘸：沾着，这里指红雨，即落花沾在人的身上。

③ 混阳烝变：混沌元阳蒸腾变化，这里指和煦的春光。

④ 搧（shān）：同扇，摇动，扇动。

⑤ “单则是混阳烝变”三句：形容杜丽娘与柳梦梅欢会，这是从花神的视角所见到的景象。

⑥ 景：影，与下文的想、因都是佛家的说法。景上缘，虚影似的姻缘。

⑦ 想内成：梦想成的姻缘。

⑧ 因中见：因缘的体现。这三句是按照佛家的观点来看待杜柳二人的爱情，它只不过是如幻影般的姻缘，在意念中产生，在特定的机缘中呈现，是虚幻的、短暂的、容易消逝的。

⑨ 展污：玷污、弄脏。

⑩ 鬼门：戏曲舞台上演员的上、下场门。

相见，相看俨然，早难道这好处相逢无一言？（生）姐姐，你身子乏了，将息，将息。（送旦依前作睡介）（轻拍旦介）姐姐，俺去了。（作回顾介）姐姐，你可十分将息，我再来瞧你那。“行来春色三分雨，睡去巫山一片云。”（下）（旦作惊醒，低叫介）秀才，秀才，你去了也？（又作痴睡介）（老旦上）“夫婿坐黄堂，娇娃立绣窗。怪他裙衩上[①]，花鸟绣双双。”孩儿，孩儿，你为甚瞌睡在此？（旦作醒，叫秀才介）咳也。（老旦）孩儿怎的来？（旦作惊起介）奶奶到此！（老旦）我儿，何不做些针指，或观玩书史，舒展情怀？因何昼寝于此？（旦）孩儿适花园中闲玩，忽值春暄恼人，故此回房。无可消遣，不觉困倦少息。有失迎接，望母亲恕儿之罪。（老旦）孩儿，这后花园中冷静，少去闲行。（旦）领母亲严命。（老旦）孩儿，学堂看书去。（旦）先生不在，且自消停。（老旦叹介）女孩儿长成，自有许多情态，且自由他。正是：“宛转随儿女，辛勤做老娘。”（下）（旦长叹介）（看老旦下介）哎也，天那，今日杜丽娘有些侥幸也。偶到后花园中，百花开遍，睹景伤情。没兴而回，昼眠香阁。忽见一生，年可弱冠[②]，丰姿俊妍。于园中折得柳丝一枝，笑对奴家说：“姐姐既淹通书史，何不将柳枝题赏一篇？”那时待要应他一声，心中自忖，素昧平生，不知名姓，何得轻与交言。正如此想间，只见那生向前说了几句伤心话儿，将奴搂抱去牡丹亭畔，芍药阑边，共成云雨之欢。两情和合，真个是千般爱惜，万种温存。欢毕之时，又送我睡眠，几声“将息”。正待自送那生出门，忽值

① 衩（chà）：衣裙两侧开口的地方。　裙衩：即衣裙。

② 弱冠：二十岁。古代男子到二十岁行冠礼，表示已经成人。

母亲来到，唤醒将来。我一身冷汗，乃是南柯一梦[①]。忙身参礼母亲，又被母亲絮了许多闲话。奴家口虽无言答应，心内思想梦中之事，何曾放怀。行坐不宁，自觉如有所失。娘呵，你教我学堂看书去，知他看那一种书消闷也。（作掩泪介）

【绵搭絮】 雨香云片[②]，才到梦儿边。无奈高堂，唤醒纱窗睡不便。泼新鲜冷汗粘煎，闪的俺心悠步亸[③]，意软鬟偏。不争多费尽神情[④]，坐起谁忺[⑤]？则待去眠。（贴上）"晚妆销粉印，春润费香篝[⑥]。"小姐，薰了被窝睡罢。

【尾声】 （旦）困春心游赏倦，也不索香薰绣被眠。天呵，有心情那梦儿还去不远。

春望逍遥出画堂[⑦]，张说
间梅遮柳不胜芳[⑧]。罗隐
可知刘阮逢人处[⑨]？许浑
回首东风一断肠[⑩]。韦庄

---

① 南柯一梦：出自唐传奇，唐李公佐《南柯太守传》。叙述淳于棼梦见自己到了大槐安国，并被国王招为驸马，做南柯太守。历尽了富贵荣华，后率师出征战败，公主亦死，他也被国王遣归。醒后才发现是场梦。他在庭前大槐树下掘得蚁穴，即梦中之槐安国，南柯郡则是南面树枝下的另一个蚁穴。南柯，后指梦境。

② 雨香云片：云雨，指男女幽会。

③ 亸（duǒ）：偏斜。　心悠步亸：心里发虚，脚步偏斜。

④ 不争多：几乎、差不多。

⑤ 忺（xiān）：安适、惬意。

⑥ 香篝：即薰笼，用来薰香或烘干衣物。

⑦ 春望逍遥出画堂：张说《奉和圣制春日出苑应制》："禁林艳裔发青阳，春望逍遥出画堂。雨洗亭皋千亩绿，风吹梅李一园香。"

⑧ 间梅遮柳不胜芳：罗隐《桃花》："暖触衣襟漠漠香，间梅遮柳不胜芳。数枝艳拂文君酒，半里红欹宋玉墙。"

⑨ 可知刘阮逢人处：许浑《早发天台中岩寺度关岭次天姥岭》："丹壑树多风浩浩，碧溪苔浅水潺潺。可知刘阮逢人处，行尽深山又是山。"

⑩ 回首东风一断肠：韦庄《春陌二首》之一："满街芳草卓香车，仙子门前白日斜。断肠东风各回首，一枝春雪冻梅花。"

第十一出　慈　戒

（老旦上）“昨日胜今日，今年老去年[①]。可怜小儿女[②]，长自绣窗前。”几日不到女孩儿房中，午晌去瞧他，只见情思无聊，独眠香阁。问知他在后花园回，身子困倦。他年幼不知：凡少年女子，最不宜艳妆戏游空冷无人之处。这都是春香贱材逗引他[③]。春香那里？（贴上）“闺中图一睡，堂上有千呼。”奶奶，怎夜分时节，还未安寝？（老旦）小姐在那里？（贴）陪过夫人到香阁中，自言自语，淹淹春睡去了[④]。敢在做梦也。（老旦）你这贱材，引逗小姐后花园去。倘有疏虞[⑤]，怎生是了！（贴）以后再不敢了。（老旦）听俺分付：

【征胡兵】　女孩儿只合香闺坐，拈花剪朵[⑥]。问绣窗针指如何？逗工夫一线多[⑦]。更昼长闲不过，琴书外自有好腾那[⑧]。去花园怎么？（贴）花园好景。（老旦）丫头，不说你不知：

【前腔】　后花园窣静无边阔[⑨]，亭台半倒落。便我中年人要

---

① 昨日胜今日，今年老去年：语出唐代刘采春《啰唝曲》之唱词：“昨日胜今日，今年老去年；黄河清有日，白发黑无缘。”

② 可怜小儿女：化用杜甫《月夜》诗句：“遥怜小儿女，未解忆长安。”

③ 贱材：意即贱丫头。

④ 淹淹：昏昏沉沉。

⑤ 疏虞：疏忽、失误。

⑥ 拈花剪朵：指绣花、裁剪之类的针线活。

⑦ 逗：度，指时间的延续。　一线，刺绣时用完一根线的工夫。　全句意为：春天日长，可以比平日多做一些针线生活。

⑧ 腾那：意即消遣。那，同“挪”。

⑨ 窣（sū）静：幽寂、寂静。

去时节，尚兀自里打个磨陀[1]。女儿家甚做作[2]？星辰高犹自可[3]。（贴）不高怎的？（老旦唱）斯撞著，有甚不著科[4]，教娘怎么？小姐不曾晚餐，早饭要早。你说与他。

（老）风雨林中有鬼神[5]，苏广文

（贴）寂寥未是采花人[6]。郑谷

（老）素娥毕竟难防备[7]，段成式

（贴）似有微词动绛唇[8]。唐彦谦

① 尚兀自里：尚且、犹自。磨陀，徘徊、盘旋，这里指犹豫。

② 做作：作为、举动。

③ 星辰高：命大、有福、运气好。星辰，旧时认为出生的时辰会影响人的命运，星辰高就会有好运。

④ 不著科：不对头、意外。

⑤ 风雨林中有鬼神：苏广文《自商山宿隐居》："闻道桃源堪避秦，寻幽数日不逢人。烟霞洞里无鸡犬，风雨林中有鬼神。"

⑥ 寂寥未是采花人：郑谷《蜀中春雨》："和暖又逢挑菜日，寂寥未是探花人。不嫌蚁酒冲愁肺，却忆渔蓑覆病身。"

⑦ 素娥毕竟难防备：段成式《嘲元中丞》："莺里花前选孟光，东山逋客酒初狂。素娥毕竟难防备，烧得河车莫遣尝。"素娥：嫦娥，这里指杜丽娘。

⑧ 似有微词动绛唇：唐彦谦《绯桃》："敢同俗态期青眼，似有微词动绛唇。尽日更无乡井念，此时何必见秦人。"微词：这里指春香表示要委婉地规劝杜丽娘。

第十二出 寻 梦

【夜游宫】 （贴上）腻脸朝云罢盥[①]，倒犀簪斜插双鬟[②]。侍香闺起早，睡意阑珊[③]：衣桁前[④]，妆阁畔，画屏间。伏侍千金小姐，丫鬟一位春香。请过猫儿师父，不许老鼠放光。侥幸《毛诗》感动，小姐吉日时良。拖带春香遣闷，后花园里游芳。谁知小姐瞌睡，恰遇着夫人问当[⑤]。絮了小姐一会，要与春香一场[⑥]。春香无言知罪，以后劝止娘行。夫人还是不放，少不得发咒禁当[⑦]（内介）春香姐，发个甚咒来？（贴）敢再跟娘胡撞，教春香即世里不见儿郎。虽然一时抵对[⑧]，乌鸦管的凤凰[⑨]？一夜小姐焦躁，起来促水朝妆。由他自言自语，日高花影纱窗。（内介）快请小姐早膳。（贴）“报道官厨饭熟，且去传递茶汤。”（下）

【月儿高】 （旦上）几曲屏山展，残眉黛深浅。为甚衾儿里不住的柔肠转？这憔悴非关爱月眠迟倦，可为惜花，朝起庭院？“忽忽花间起梦情，女儿心性未分明。无眠一夜灯明灭，分煞梅香唤不醒[⑩]。”昨日偶尔春游，何人见梦。绸缪顾盼，如遇平生。独坐思量，情殊怅怳。真个可怜人也。（闷介）（贴捧茶食上）

---

① 腻脸：细嫩的脸庞。 朝云：形容女子的头发。
② 犀簪：犀牛角做的簪子。这两句是描写春香的梳妆打扮。
③ 睡意阑珊：即睡意未消。阑珊是衰残之意。
④ 衣桁（hàng）：衣架。
⑤ 问当：问。当为语助词，无义。
⑥ 一场：这里指打一场或骂一场。
⑦ 禁（jìn）当：抵对、对付之意。
⑧ 抵对：应付。
⑨ 乌鸦管的凤凰：春香的意思是自己作为一个丫头，哪管得了小姐。
⑩ 分（fèn）煞：忿煞，生气。

"香饭盛来鹦鹉粒[①]，清茶擎出鹧鸪斑[②]。"小姐早膳哩。(旦）咱有甚心情也！

【前腔】 梳洗了才匀面，照台儿未收展[③]。睡起无滋味，茶饭怎生咽？(贴）夫人分付，早饭要早。(旦）你猛说夫人，则待把饥人劝。你说为人在世，怎生叫做吃饭？（贴）一日三餐。(旦）咳，甚瓯儿气力与擎拳[④]！生生的了前件[⑤]。你自拿去吃便了。(贴）"受用馀杯冷炙，胜如剩粉残膏。"（下）(旦）春香已去。天呵，昨日所梦，池亭俨然。只图旧梦重来，其奈新愁一段。寻思展转，竟夜无眠。咱待乘此空闲，背却春香，悄向花园寻看。(悲介）哎也，似咱这般，正是："梦无彩凤双飞翼，心有灵犀一点通[⑥]。"（行介）一迳行来，喜的园门洞开，守花的都不在。则这残红满地呵！

【懒画眉】 最撩人春色是今年。少甚么低就高来粉画垣[⑦]，元来春心无处不飞悬[⑧]。(绊介）哎，睡荼蘼抓住裙衩线，恰便是花似人心好处牵。这一湾流水呵！

---

① 鹦鹉粒：鹦鹉啄过的香稻做成的米饭。语出唐杜甫《秋兴八首》（其八）："香稻啄馀鹦鹉粒，碧梧栖老凤凰枝。"

② 鹧鸪斑：带有鹧鸪斑纹的茶盏，这里指杯中如有鹧鸪斑影。语出宋黄庭坚词《满庭芳·咏茶》："冰磁莹玉，金缕鹧鸪斑。"

③ 照台儿：镜台。

④ 瓯（ōu）儿：指敞口小碗。 擎拳，举手，此处意谓一举手之力。

⑤ 生生的了前件：生生地了却前一件事，这里指勉强算是吃过了。 前件：指吃饭。

⑥ 梦无彩凤双飞翼，心有灵犀一点通：语出唐李商隐《无题》："身无彩凤双飞翼，心有灵犀一点通。"灵犀：通灵的犀角。意思是人虽不在一起，但彼此的心却可以相通。

⑦ 少甚么：多的是。

⑧ 春心：春情，这里借花喻人。

【前腔】　为甚呵，玉真重溯武陵源[①]？也则为水点花飞在眼前。是天公不费买花钱，则咱人心上有啼红怨。咳，辜负了春三二月天。（贴上）吃饭去，不见了小姐，则得一迳寻来。呀，小姐，你在这里！

【不是路】　何意婵娟[②]，小立在垂垂花树边。才朝膳，个人无伴怎游园？（旦）画廊前，深深蓦见衔泥燕，随步名园是偶然。（贴）娘回转，幽闺窣地教人见[③]，“那些儿闲串[④]？那些儿闲串？”

【前腔】　（旦作恼介）唗，偶尔来前，道的咱偷闲学少年[⑤]。（贴）咳，不偷闲，偷淡。（旦）欺奴善，把护春台都猜做谎桃源[⑥]。（贴）敢胡言，这是夫人命，道春多刺绣宜添线，润逼炉香好腻笺[⑦]。（旦）还说甚来？（贴）这荒园堑[⑧]，怕花妖木客寻常见[⑨]。去小庭深院，去小庭深院！（旦）知道了。你好生答应夫人去，俺随后便来。（贴）“闲花傍砌如依主，娇鸟嫌笼会骂

① 玉真：仙人，一般指仙女。　武陵源：出自晋陶潜《桃花源记》，是通向桃花源的溪水。后人把这篇文章提到的桃花源和刘晨、阮肇在天台山桃源洞遇仙女的故事混在一起，武陵、桃源都被用作恋爱的典故。玉真重溯武陵源：这里杜丽娘以玉真自比，即自己到花园里来寻梦。

② 婵娟：美人。这里指杜丽娘。

③ 窣（sū）地：突然。

④ 那些儿闲串：在哪儿闲逛？这里是春香学杜母的语气。

⑤ 道的咱偷闲学少年：语出宋程颢《春日偶成》：“时人不识余心乐，将谓偷闲学少年。”

⑥ 护春台：这里指花园。

⑦ 腻笺：处理纸张使它更加滑润，更便于书写。这里是杜母让杜丽娘多做针线、多读书写字。

⑧ 堑（qiàn）：指花园里的沟坎。

⑨ 木客：指深山精怪。

人[①]。”（下）（旦）丫头去了，正好寻梦。

【忒忒令】 那一答可是湖山石边，这一答似牡丹亭畔。嵌雕阑芍药芽儿浅，一丝丝垂杨线，一丢丢榆荚钱[②]。线儿春甚金钱吊转！呀，昨日那书生将柳枝要我题咏，强我欢会之时，好不话长！

【嘉庆子】 是谁家少俊来近远，敢迤逗这香闺去沁园[③]？话到其间腼腆。他捏这眼，奈烦也天[④]；咱噷这口，待酬言[⑤]。

【尹令】 那书生可意呵，咱不是前生爱眷，又素乏平生半面。则道来生出现，乍便今生梦见。生就个书生[⑥]，恰恰生生抱咱去眠[⑦]。那些好不动人春意也。

【品令】 他倚太湖石，立著咱玉婵娟。待把俺玉山推倒[⑧]，便日暖玉生烟[⑨]。挨过雕阑，转过秋千，掯著裙花展[⑩]。敢席著地，怕天瞧见。好一会分明，美满幽香不可言。梦到正好时节，甚花片儿吊下来也！

---

① 娇鸟嫌笼会骂人：化用唐李山甫《公子家》二首其二：“鸳鸯占水能嗔客，鹦鹉嫌笼解骂人。”

② 一丢丢：一串串。 榆荚钱：即榆钱，花白色。

③ 香闺：指闺中小姐。 沁园：原为东汉明帝沁水公主的园林，这里指花园。

④ 这里是杜丽娘回忆两人梦中幽会时的情态。 他捏这眼：他眯着眼睛。 奈烦也天：指梦中少年对她极为温柔体贴。

⑤ 噷：动、开。 酬言：回答。

⑥ 生就：勉强，半推半就之意。

⑦ 恰恰生生：即怯怯生生，羞答答。

⑧ 玉山：指身体。据《世说新语·容止》记载，三国魏嵇康酒醉，“若玉山之将崩”。

⑨ 日暖玉生烟：暗指成就男女情事，语出唐李商隐《锦瑟》：“蓝田日暖玉生烟。”

⑩ 掯（kèn）：按着，压着。

【豆叶黄】 他兴心儿紧咽咽[①]，呜著咱香肩[②]。俺可也慢掂掂做意儿周旋[③]。等闲间把一个照人儿昏善[④]，那般形现，那般软绵。忑一片撒花心的红影儿吊将来半天[⑤]。敢是咱梦魂儿厮缠？咳，寻来寻去，都不见了。牡丹亭，芍药阑，怎生这般凄凉冷落，杳无人迹？好不伤心也！

【玉交枝】 （泪介）是这等荒凉地面，没多半亭台靠边，好是咱眯暖色眼寻难见[⑥]。明放著白日青天，猛教人抓不到魂梦前。霎时间有如活现，打方旋再得俄延[⑦]，呀，是这答儿压黄金钏匾[⑧]。要再见那书生呵，

【月上海棠】 怎赚骗，依稀想像人儿见。那来时荏苒[⑨]，去也迁延。非远，那雨迹云踪才一转，敢依花傍柳还重现。昨日今朝，眼下心前，阳台一座登时变。再消停一番。（望介）呀，无人之处，忽然大梅树一株，梅子磊磊可爱。

【二犯幺令】 偏则他暗香清远，伞儿般盖的周全。他趁这，他趁这春三月红绽雨肥天[⑩]，叶儿青，偏迸著苦仁儿里撒圆[⑪]。爱

---

① 兴心儿：着意。 紧咽咽：紧。咽咽，语助词。

② 呜：亲吻。

③ 做意儿：着意。

④ 照人儿：镜中人，这里是杜丽娘用来指自己。 善：适意。

⑤ 忑（tè）：受惊。这里指杜丽娘在梦中被花神用花片惊醒。

⑥ 好是：正是。 眯暖色眼：眼神朦胧。

⑦ 打方旋：盘旋、徘徊。全句意谓希望梦中的情景能在眼前重现，多停留一会儿。

⑧ 匾：通“扁”。

⑨ 荏苒（rěn rǎn）：时间逐渐过去。

⑩ 红绽雨肥天：梅子成熟的时候。语出杜甫《陪郑广文游何将军山林十首》：“绿垂风折笋，红绽雨肥梅。”

⑪ 偏迸着苦仁儿里撒圆：这里语意双关，梅子是圆的，它的果仁是苦的，仁与人谐音双关，即人是苦命之人，而梅子偏在她面前结得圆圆的。与上句“偏则他暗香清远，伞儿般盖的周全”一样，都是用来反衬丽娘的孤单。

杀这昼阴便，再得到罗浮梦边①。罢了，这梅树依依可人，我杜丽娘若死后，得葬于此，幸矣。

【江儿水】 偶然间心似缱，梅树边。这般花花草草由人恋，生生死死随人愿，便酸酸楚楚无人怨。待打并香魂一片②，阴雨梅天，守的个梅根相见。（倦坐介）（贴上）“佳人拾翠春亭远③，侍女添香午院清。”咳，小姐走乏了，梅树下盹。

【川拨棹】 你游花院，怎靠著梅树偃？（旦）一时间望，一时间望眼连天，忽忽地伤心自怜。（泣介）（合）知怎生情怅然，知怎生泪暗悬？（贴）小姐甚意儿？

【前腔】 （旦）春归人面，整相看无一言，我待要折，我待要折的那柳枝儿问天，我如今悔，我如今悔不与题笺。（贴）这一句猜头儿是怎言④？（合前）（贴）去罢。（旦作行又住介）

【前腔】 为我慢归休，缓留连。（内鸟啼介）听，听这不如归春暮天，难道我再，难道我再到这亭园，则挣的个长眠和短眠⑤！（合前）（贴）到了，和小姐瞧奶奶去。（旦）罢了。

【意不尽】 软哈哈刚扶到画阑偏⑥，报堂上夫人稳便。咱杜丽娘呵，少不得楼上花枝也则是照独眠。

---

① 再得到罗浮梦边：意指能和柳梦梅再在梦里相会。罗浮梦边，详见宋廖莹中《柳河东集·龙城录》卷上《赵师雄醉憩梅花下》：隋代赵师雄被贬罗浮山，一天遇见一美人，两人一起共饮。他喝醉就睡着了。天亮醒来，才发现自己是在一棵大梅花树下。

② 打并：即拼着。

③ 拾翠：拾取翠鸟羽毛，这里指女子游园。唐杜甫《秋兴八首》其八：“佳人拾翠春相问，仙侣同舟晚更移。”

④ 猜头儿：谜语。

⑤ 长眠：指死亡。　短眠：指做梦。

⑥ 软哈（hāi）哈：软绵绵。

（旦）武陵何处访仙郎[①]？释皎然
（贴）只怪游人思易忘[②]。韦庄
（旦）从此时时春梦里[③]，白居易
（贴）一生遗恨系心肠[④]。张祜

① 武陵何处访仙郎：释皎然《晚春寻桃源观》："武陵何处访仙乡，古观云根路已荒。细草拥坛人迹绝，落花沈涧水流香。"

② 只怪游人思易忘：韦庄《和人春暮书事寄崔秀才》："半掩朱门白日长，晚风轻堕落梅妆。不知芳草情何限，只怪游人思易伤。"

③ 从此时时春梦里：白居易《题令狐家木兰花》："腻如玉指涂朱粉，光似金刀剪紫霞。从此时时春梦里，应添一树女郎花。"

④ 一生遗恨系心肠：张祜《太真香囊子》："蹙金妃子小花囊，销耗胸前结旧香。谁为君王重解得，一生遗恨系心肠。"

第十三出　诀　谒①

【杏花天】（生上）虽然是饱学名儒，腹中饥，峥嵘胀气②。梦魂中紫阁丹墀③，猛抬头、破屋半间而已④。“蛟龙失水砚池枯，狡兔腾天笔势孤⑤。百事不成真画虎⑥，一枝难稳又惊乌⑦。”我柳梦梅在广州学里，也是个数一数二的秀才，挨了些数伏数九的日子⑧。于今藏身荒圃，寄口髯奴⑨。思之，思之，惶愧，惶愧。想起韩友之谈，不如外县傍州，寻觅活计。正是：

① 诀：话别。　谒：干谒。

② 峥嵘：本来形容山势高峻或建筑物高大耸立，这里指一肚皮的闷气。

③ 紫阁：金碧辉煌的宫殿。　丹墀：指官殿的赤色台阶或赤色地面。　紫阁丹墀：官殿，代指在朝廷做官。

④ 破屋半间而已：指生活极其贫困。句出韩愈诗《寄卢仝》：“玉川先生洛城里，破屋数间而已矣。”

⑤ 狡兔腾天笔势孤：兔毫是制毛笔的原料，此处以兔代笔。狡兔飞上天，没有了兔毫，故称笔势孤。《渊鉴类函》卷二。四引元代胡天游《无笔叹》：“山中老颖飞上天。”老颖：即笔头。

⑥ 画虎：即“画虎不成反类犬，比喻自己好高骛远，一无所成。

⑦ 一枝难稳又惊乌：这里是柳梦梅以乌自比，找不到栖身之所。

⑧ 数伏数九：代指酷暑严寒。数伏，夏至后第三个庚日为初伏，第四个庚日为中伏，立秋后第一个庚日为末伏。也称三伏，是一年中最热的日子。数九，冬至后，每九天算一个九，一直到九个九止，是一年中最冷的日子。　这里是柳梦梅说自己也曾经历十年寒窗苦读。

⑨ 髯奴：汉代王褒《僮约》中一个奴仆的名字，这里代指奴仆。寄口：即依靠其为生。

“家徒四壁求杨意[1]，树少千头愧木奴[2]。”老园公那里？

【字字双】 （净扮郭驼上）前山低坬后山堆[3]，驼背；牵弓射弩做人儿，把势[4]；一连十个偌来回，漏地[5]；有时跌做绣球儿，滚气[6]。自家种园的郭驼子是也。祖公公郭橐驼，从唐朝柳员外来柳州。我因兵乱，跟随他二十八代玄孙柳梦梅秀才的父亲，流转到广，又是若干年矣。卖果子回来，看秀才去。（见介）秀才，读书辛苦。（生）园公，正待商量一事。我读书过了廿岁，并无发迹之期。思想起来，前路多长，岂能郁郁居此。搬柴运水，多有劳累。园中果树，都判与伊。听我道来：

【桂花锁南枝】 俺有身如寄，无人似你。俺吃尽了黄淡酸甜[7]，费你老人家浇培接植。你道俺像甚的来？镇日里似醉汉扶头[8]。甚日的和老驼伸背？自株守[9]，教怨谁？让荒园，你存济[10]。

【前腔】 （净）俺橐驼风味，种园家世。（揖介）不能够展

---

① 杨意：指西汉杨得意，据《史记·司马相如列传》记载，由于杨得意的介绍，辞赋作家司马相如才为汉武帝所赏识。 求杨意：指求人引荐。

② 树少千头愧木奴：典出《襄阳耆旧传》，据载，三国吴丹阳太守李衡，种了一千株橘树，留给他的儿子，并说这是“千头木奴”，以后生活不用愁了。这里是柳梦梅说自己没有家产，难以维持生活。

③ 前山低坬（guà）后山堆：形容腹部凹下、背部隆起的样子，指驼背。坬：土堆。

④ 把势：行家、老手。这里指装样子。

⑤ 漏地：一个漏蹄，牲畜的一种蹄病。这里是指郭驼走不快，走不稳。

⑥ 郭驼的这段话类似于现代曲艺形式中的“三句半”，舞台效果突出。

⑦ 黄淡：咸淡。黄为咸之方音。

⑧ 扶头：这里是形容醉态。

⑨ 自株守：自己宁愿守株待兔，而不出去想办法。株守，指“守株待兔”之寓言故事。

⑩ 存济：存活、过生活。

脚伸腰[①]，也和你鞠躬尽力[②]。秀才，你贴了俺果园那里去？（生）坐食三餐，不如走空一棍。（净）怎生叫做一棍？（生）混名打秋风哩[③]！（净）咳，你费工夫去撞府穿州[④]，不如依本分登科及第。（生）你说打秋风不好？"茂陵刘郎秋风客[⑤]"，到大来做了皇帝[⑥]。（净）秀才，不要攀今吊古的。你待秋风谁？你道滕王阁，风顺随[⑦]；则怕鲁颜碑，响雷碎[⑧]。（生）俺干谒之兴甚浓，休的阻挡。（净）也整理些衣服去。

【尾声】 把破衫衿彻骨捶挑洗[⑨]。（生）学干谒黉门[⑩]一布衣。（净）秀才，则要你衣锦还乡俺还见的你。

（生）此身飘泊苦西东[⑪]，杜甫

（净）笑指生涯树树红[⑫]。陆龟蒙

---

① 展脚伸腰：即下拜行礼。

② 鞠躬：双关义，既指作揖行礼，又指鞠躬尽瘁，为对方效劳之意。

③ 打秋风：又称打抽丰，利用各种名义、各种关系向人索取财物。

④ 撞府穿州：在外地东奔西跑，行止无定。

⑤ 茂陵刘郎秋风客：语出唐李贺《金铜仙人辞汉歌》。秋风客：秋风中的过客，指汉武帝，其陵墓叫茂陵，曾作《秋风辞》诗。 这里柳梦梅故意把"秋风客"与"打秋风"混为一谈。

⑥ 到大来：到头来，倒，反而。以《滕王阁序》著名。

⑦ 滕王阁，风顺随：指运气好。传说唐代诗人王勃要去参加洪州牧阎伯屿在滕王阁举行的宴会，他停船在马当（江西彭泽东北）时，距南昌有六七百里，后山神助其一帆风顺，一夜就赶到了滕王阁，并写下著名的《滕王阁序》。

⑧ 鲁颜碑，响雷碎：指运气坏。鲁颜，即唐代书法家颜真卿，世称"颜鲁公"。鲁颜碑，指颜真卿所书之碑文。传说宋代有个穷书生张镐流落在饶州荐福寺，因颜鲁公碑帖当时价值千钱，于是寺僧（一说是范仲淹）想拓印一千份，送他做路费。不料当天晚上，碑石被雷击毁。

⑨ 彻骨：彻底。 捶挑洗：即捶打清洗。

⑩ 黉（hóng）门：古时称学校的门为黉门，后代指学校。

⑪ 此身飘泊苦西东：杜甫《清明二首》之二："此身漂泊苦西东，右臂偏枯半耳聋。寂寂系舟双下泪，悠悠伏枕左书空。"

⑫ 笑指生涯树树红：陆龟蒙《阖闾城北有卖花翁讨春之士往往造焉因招袭美》："闲添药品年年别，笑指生涯树树红。若要见春归处所，不过携手问东风。"

(生) 欲尽出游那可得[1]？武元衡

(净) 秋风还不及春风[2]。王建

① 欲尽出游那可得：武元衡《春题龙门香山寺》："山河杳映春云外，城阙参差茂树中。欲尽出寻那可得，三千世界本无穷。"

② 秋风还不及春风：王建《未央风》："五更先起玉阶东，渐入千门万户中。总向高楼吹舞袖，秋风还不及春风。"

第十四出　写　真

【破齐阵】　（旦上）径曲梦回人杳，闺深佩冷魂销。似雾蒙花，如云漏月，一点幽情动早[①]。（贴上）怕待寻芳迷翠蝶，倦起临妆听伯劳[②]。春归红袖招。［醉桃源］“（旦）不经人事意相关，牡丹亭梦残。（贴）断肠春色在眉弯[③]，倩谁临远山[④]？（旦）排恨叠，怯衣单，花枝红泪弹[⑤]。（合）蜀妆晴雨画来难[⑥]，高唐云影间。”（贴）小姐，你自花园游后，寝食悠悠[⑦]，敢为春伤，顿成消瘦？春香愚不谏贤，那花园以后再不可行走了。（旦）你怎知就里[⑧]？这是：“春梦暗随三月景，晓寒瘦减一分花。”

【刷子序犯】　（旦低唱）春归恁寒峭，都来几日意懒心

---

① 开头五句形容杜丽娘从梦中醒来的怅惘情态。

② 伯劳：鸟名，仲夏始鸣，好单栖。这里暗示杜丽娘的孤单。南朝乐府《西洲曲》有：“日暮伯劳飞，风吹乌臼树。”

③ 断肠春色在眉弯：指伤春的悲情尽在眉宇之间。化用周邦彦词《诉衷情》：“一段伤春，都在眉间。”

④ 倩：请。　临远山：画眉毛。远山是眉毛的一种式样，相传卓文君“眉色如望远山”，成为一时风尚，称为“远山眉”。

⑤ 红泪：指花枝上的露水。这里杜丽娘以花自喻，露水即自己留下的伤感的泪水。红泪，又指美人泪。东晋王嘉《拾遗记》载，魏文帝所爱美人薛灵芸与父母离别之时，伤心流泪，用玉唾壶承泪，壶即红色，到了京师，发现“壶中泪凝如血矣”，后世称女子眼泪为“红泪”。

⑥ 蜀妆：指巫山神女，因杜丽娘是四川人，故以其自比。此句是借巫山神女高唐云雨喻男女欢爱，是可望而不可即。

⑦ 悠悠：忧愁貌。

⑧ 就里：内情、底细。

乔①，竟妆成熏香独坐无聊。逍遥，怎刬尽助愁芳草②，甚法儿点活心苗③！真情强笑为谁娇？泪花儿打迸着梦魂飘。

【朱奴儿犯】 （贴）小姐，你热性儿怎不冰著，冷泪儿几曾干燥？这两度春游忒分晓，是禁不的燕抄莺闹。你自窨约④，敢夫人见焦⑤。再愁烦，十分容貌怕不上九分瞧。（旦作惊介）咳，听春香言语，俺丽娘瘦到九分九了。俺且镜前一照，委是如何⑥？（照介）（悲介）哎也，俺往日艳冶轻盈，奈何一瘦至此！若不趁此时自行描画，流在人间，一旦无常⑦，谁知西蜀杜丽娘有如此之美貌乎！春香，取素绢、丹青，看我描画。（贴下取绢、笔上）"三分春色描来易，一段伤心画出难⑧。"绢幅、丹青，俱已齐备。（旦泣介）杜丽娘二八春容，怎生便是杜丽娘自手生描也呵！

【普天乐】 这些时把少年人如花貌，不多时憔悴了。不因他福分难销，可甚的红颜易老？论人间绝色偏不少，等把风光丢抹早⑨。打灭起离魂舍欲火三焦⑩，摆列着昭容阁文房四宝⑪，待

---

① 都来：算来。 心乔：指心绪极为恶劣。

② 刬（chǎn）：同"铲"。化用秦观词《八六子》："恨如芳草萋萋，铲尽还生。"

③ 心苗：即心。

④ 窨（yìn）约：思忖，揣度，宋元俗语。

⑤ 敢：恐怕。 焦：焦心。

⑥ 委是：真的是、果然是。

⑦ 无常：死之讳称。

⑧ 一段伤心画出难：伤心的情态难以描画。语出金元好问《俳体雪香亭杂咏》十五首之十四："一段伤心画不成。"

⑨ 等把风光丢抹早：都是很早就容颜衰残了。

⑩ 离魂舍：佛家语，指躯壳。 欲火三焦：三焦本是中医中指人的消化系统和运气系统，这里的"欲火三焦"是指佛家所说的三欲：饮食欲、睡眠欲、淫欲。 这句话是说消除身体里的欲望。

⑪ 昭容：宫中妃嫔之类的女官。昭容阁文房四宝：指宫中妃嫔用过的笔墨纸砚，喻其珍贵。

画出西子湖眉月双高①。

【雁过声】（照镜叹介）轻绡，把镜儿擘掠②。笔花尖淡扫轻描。影儿呵，和你细评度③：你腮斗儿恁喜谑④，则待注樱桃⑤，染柳条⑥，渲云鬟烟霭飘萧⑦；眉梢青未了，个中人全在秋波妙⑧，可可的淡春山钿翠小⑨。

【倾杯序】（贴）宜笑，淡东风立细腰，又似被春愁著。（旦）谢半点江山，三分门户⑩，一种人才⑪，小小行乐⑫，捻青梅闲厮调⑬。倚湖山梦晓，对垂杨风袅。忒苗条，斜添他几叶翠芭蕉⑭。春香，幀起来⑮，可厮像也？

【玉芙蓉】（贴）丹青女易描，真色人难学。似空花水月⑯，影儿相照。（旦喜介）画的来可爱人也。咳，情知画到中间好，再有似生成别样娇。（贴）只少个姐夫在身傍。若是姻缘早，

---

① 西子湖眉月：美人的容貌。 西子湖，喻美人。 眉月，新月，比眉毛。宋苏轼《饮湖上初晴后雨》有："若把西湖比西子（西施），淡妆浓抹总相宜。"

② 擘（bò）掠：揩拭。

③ 评度（duó）：评论。

④ 腮斗儿：脸颊。 喜谑：指笑意盈盈。

⑤ 注樱桃：樱桃指嘴唇，这里指画朱唇。

⑥ 染柳条：柳条指眉毛，这里指画眉毛。

⑦ 烟霭飘萧：形容头发飘逸。

⑧ 个中人：此中人，即画中人。 秋波：眼睛。

⑨ 可可的：恰好的。 春山：姣好的眉毛。 钿（diàn）翠：珠玉制成的首饰。这首【雁过声】曲写杜丽娘对镜描画自己的容貌。

⑩ 谢：谢绝，这里是不画的意思。 半点江山，三分门户：这里指美丽的风景。

⑪ 一种人才：即一位佳人，杜丽娘自指。

⑫ 行乐：指自画像。

⑬ 捻青梅：语出李白诗《长干行》："郎骑竹马来，绕床弄青梅。同居长干里，两小无嫌猜。" 厮调：调弄。

⑭ "倚湖山梦晓"等五句：这是杜丽娘自画像中姿态。

⑮ 幀（zhèng）：同帧，张开画幅。

⑯ 空花水月：镜花水月，形容真色难以捉摸。

把风流婿招，少什么美夫妻图画在碧云高！（旦）春香，咱不瞒你，花园游玩之时，咱也有个人儿。（贴惊介）小姐，怎的有这等方便呵？（旦）梦哩！

【山桃犯】 有一个曾同笑，待想像生描著，再消详邈入其中妙[①]，则女孩家怕漏泄风情稿[②]。这春容呵，似孤秋片月离云峤[③]，甚蟾宫贵客傍的云霄[④]？春香，记起来了。那梦里书生，曾折柳一枝赠我。此莫非他日所适之夫姓柳乎？故有此警报耳[⑤]。偶成一诗，暗藏春色，题于帧首之上何如？（贴）却好。（旦题吟介）"近睹分明似俨然，远观自在若飞仙。他年得傍蟾宫客，不在梅边在柳边。"（放笔叹介）春香，也有古今美女，早嫁了丈夫相爱，替他描模画样；也有美人自家写照，寄与情人。似我杜丽娘寄谁呵！

【尾犯序】 心喜转心焦。喜的明妆俨雅，仙佩飘飘。则怕呵，把俺年深色浅，当了个金屋藏娇[⑥]。虚劳，寄春容教谁泪落，

---

① 邈：同描。这句话意为想把梦中人描绘入画中。

② 则女孩家怕漏泄风情稿：又只怕泄漏地女孩的秘密。

③ 云峤：传说中海上的仙山。

④ 蟾宫贵客：折桂之人，指新考中的进士。此句意谓有什么月宫贵客能攀上云霄，即有谁能和画中的美人站在一起呢？

⑤ 警报：预兆。

⑥ 则怕呵，把俺年深色浅，当了个金屋藏娇：只怕这张画老是藏着，年深日久，连色彩也褪了。金屋藏娇，典出于汉武帝刘彻与阿娇之事，据说刘长彻少年时，他的姑母问他，把表妹阿娇给他作老婆好不好？刘彻说如果能娶到阿娇作妻子，"当作金屋贮之也"。这里取其藏之深。

做真真无人唤叫[①]。（泪介）堪愁夭[②]，精神出现留与后人标[③]。春香，悄悄唤那花郎分付他。(贴叫介)（丑扮花郎上）“秦宫一生花里活[④]，崔徽不似卷中人[⑤]。”小姐有何分付？（旦）这一幅行乐图，向行家裱去。叫人家收拾好些。

【鲍老催】 这本色人儿妙，助美的谁家裱？要练花绡帘儿莹、边阑小[⑥]，教他有人问著休胡嘌[⑦]。日炙风吹悬衬的好，怕好物不坚牢[⑧]。把咱巧丹青休涴了[⑨]。(丑）小姐，裱完了，安奉在那里？

【尾声】 （旦）尽香闺赏玩无人到，(贴）这形模则合挂巫山庙[⑩]。(合）又怕为雨为云飞去了。

（贴）眼前珠翠与心违[⑪]，崔道融

---

① 做真真无人唤叫：意即她的画像以后无人顾怜。真真是唐传奇故事中的画中美人，据杜荀鹤《松窗杂记》记载：唐代进士赵颜，于画工处得一软障，上画妇人甚丽。赵颜对画工说：如果能让画中女子成真，我愿意娶她为妻。画工说此女名真真，让赵颜“呼其名百日”，必应，后来真真“果活，步下言笑如常”。真真与赵颜成亲，生下一子，但后来赵颜疑女为妖，真真即携子又回到了画中，但画上多添了一儿。

② 堪愁夭：不堪被忧愁折损。

③ 标：品题、鉴赏。

④ 秦宫：东汉大将军梁冀所宠幸的监奴名。这里借用作花郎自指。

⑤ 崔徽不似卷中人：意即人消瘦了。崔徽为唐代歌妓，她和裴敬中相爱，分别之后不再相见。崔徽请画工画了一幅像，托人带给敬中说：“崔徽一旦不及卷中人，徽且为郎死矣！”

⑥ 练：把织物煮熟漂白，这里作形容词用。帘儿：裱好的画幅上方的空白处。

⑦ 胡嘌（piào）：胡说。

⑧ 好物不坚牢：语出唐白居易诗《简简吟》：“大都好物不坚牢，彩云易散琉璃脆。”

⑨ 涴（wò）：弄脏。

⑩ 巫山庙：借用巫山神女典故，下句“为雨为云”也出于此。

⑪ 眼前珠翠与心违：崔道融《马嵬》：“万乘凄凉蜀路归，眼前珠翠与心违。重华不是风流主，湘水犹传泣二妃。”

（旦）却向花前痛哭归①。韦庄
（贴）好写娇娆与教看②，罗虬
（旦）令人评泊画杨妃③。韩偓

① 却向花前痛哭归：韦庄《残花》："江头沉醉泥斜晖，却向花前恸哭归。惆怅一年春又去，碧云芳草两依依。"

② 好写娇娆与教看：罗虬《比红儿诗》之八十三："三吴时俗重风光，未见红儿一面妆。好写妖娆与教看，便应休更话真娘。"

③ 令人评泊画杨妃：韩偓《遥见》："悲歌泪湿淡胭脂，闲立风吹金缕衣。白玉堂东遥见后，令人评泊画杨妃。"评泊：评说。

第十五出　虏　谍

【一枝花】　（净扮番王引众上）天心起灭了辽，世界平分了赵①。静鞭儿替了胡笳哨②。擂鼓鸣钟，看文武班齐到。骨碌碌南人笑③，则个鼻凹儿蹻④，脸皮儿皰⑤，毛梢儿𩮈⑥。“万里江山万里尘。一朝天子一朝臣。俺北地怎禁沙日月⑦，南人偏占锦乾坤。”自家大金皇帝完颜亮是也⑧。身为夷虏，性爱风骚⑨。俺祖公阿骨都⑩，抢了南朝天下⑪，赵康王走去杭州⑫，今又三十余年矣。听得他妆点杭州，胜似汴梁风景⑬。一座西湖，朝欢暮乐。有个曲儿⑭，说他“三秋桂子，十里荷花。”便待起兵百万，吞取

---

① 天心：天意。这里指金灭辽，宋金平分天下。

② 静鞭：又称鸣鞭，汉人仪仗的一种。这里指金人采用汉人的朝仪，用静鞭代替了胡笳。

③ 南人：金人对汉人的称呼。

④ 鼻凹儿蹻（qiāo）：高鼻梁。

⑤ 皰（pào）：面上的斑点。

⑥ 𩮈（jiāo）：椎状的发髻。“鼻凹儿蹻，脸皮儿皰，毛梢儿𩮈”都是南人笑的内容。

⑦ 沙日月，在沙漠里过日子。

⑧ 完颜亮：金废帝海陵王，完颜阿骨打长孙，推行汉化，曾率兵南侵。

⑨ 风骚：诗骚，指中原文化。

⑩ 阿骨都：又译阿骨打，即金开国皇帝太祖完颜阿骨打。

⑪ 南朝：指北宋，这是完颜亮自述，北宋在金之南，故称。

⑫ 赵康王：南宋高宗赵构，初封康王。

⑬ 汴梁：北宋的国都，在今河南省开封市。

⑭ 有个曲儿：指宋代柳永所作之词《望海潮》，据宋罗大经《鹤林玉露》，金主完颜亮读了柳永词中描绘杭州的“有三秋桂子，十里荷花”，便起了南侵之心。

何难？兵法虚虚实实，俺待用个南人，为我乡导。喜他淮扬贼汉李全①，有万夫不当之勇。他心顺溜于俺，俺先封他为溜金王之职。限他三年内招兵买马，骚扰淮扬地方。相机而行，以开征进之路。哎哟，俺巴不到西湖上散闷儿也！

北【二犯江儿水】 平分天道，虽则是平分天道，高头偏俺照②。俺司天台标着那南朝③，标着他那答儿好④。（众）那答里好？（净笑介）你说西子怎娇娆，向西湖上笑倚着兰桡。（众）西湖有俺这南海子、北海子大么⑤？（净）周围三百里⑥。波上花摇，云外香飘⑦。无明夜、锦笙歌围醉绕。（众）万岁爷，借他来耍耍。（净）已潜遣画工，偷将他全景来了。那湖上有吴山第一峰，画俺立马其上⑧。俺好不狠也！吴山最高，俺立马在吴山最高。江南低小，也看见了江南低小，（舞介）俺怕不占场儿砌一个《锦西湖上马娇》⑨。（众）奏万岁爷，怕急不能勾到西湖，何

---

① 李全：汉族，金末农民起义军领袖，以反抗金兵有功，归顺南宋。后来叛通元蒙，骚扰江淮。曾围攻淮安、扬州，被宋将赵善湘、赵葵、赵范打败，被杀。《宋史》卷四七六、四七七有记载。本剧所写的李全的形象并非历史人物，其事迹大多出于虚构，如被金人封为溜金王、兵败下海（第四十七出）等。

② 高头：上天。 照：保佑，护佑。

③ 司天台：掌管天文、地理、历数的官署。

④ 那答儿：哪里、哪边。

⑤ 南海子、北海子：湖名，即现在北京的南海、北海。

⑥ 周围三百里：夸张的说法，实则西湖周围长仅约三十里。

⑦ 波上花摇，云外香飘：化用唐宋之问《灵隐寺》诗句：“桂子月中落，天香云外飘。”

⑧ 那湖上有吴山第一峰，画俺立马其上：据《大金国志》记载，金主完颜亮即位后，潜遣画工混入出使宋朝的外交人员中，叫他偷偷地把临安的湖山城郭画下。回国之后，画在软壁（屏风）上，并添上自己立马吴山的形像。完颜亮还在画上题了一首诗：“万里车书盍混同，江南岂有别疆封？提兵百万西湖上，立马吴山第一峰。”吴山：即城隍山，在杭州。

⑨ 占场儿：在花酒场中占首席。这里是调笑语。 砌：串演。《锦西湖上马娇》，一个杜撰的上演节目。

方驻驾？

北【尾】（净）呀，急切要画图中匹马把西湖哨[1]，且迤递的看花向洛阳道[2]。我呵，少不的把赵康王剩水残山都占了。

线大长江扇大天[3]，谭峭　旌旗遥拂雁行偏[4]。司空曙
可胜饮尽江南酒[5]？张祜　交割山川直到燕[6]。王建

---

① 哨：侦察、探察。

② 迤递的：慢慢地、迂回曲折地。

③ 线大长江扇大天：谭峭《大言诗》："线作长江扇作天，靸鞋抛向海东边。蓬莱信道无多路，只在谭生拄杖前。"

④ 旌旗遥拂雁行偏：司空曙《秋日趋府上张大夫》："重城洞启肃秋烟，共说羊公在镇年。鞞鼓暗惊林叶落，旌旗遥拂雁行偏。"

⑤ 可胜饮尽江南酒：张祜《偶作》："遍识青霄路上人，相逢只是语逡巡。可胜饮尽江南酒，岁月犹残李白身。"

⑥ 交割山川直到燕：王建《寄贺田侍中东平功成》："开通州县斜连海，交割山河直到燕。战马散驱还逐草，肉牛齐散却耕田。"

第十六出 诘　病[1]

【三登乐】　（老旦上）今生怎生？偏则是红颜薄命，眼见的孤苦仃俜[2]。（泣介）掌上珍，心头肉，泪珠儿暗倾。天呵，偏人家七子团圆[3]，一个女孩儿厮病[4]。［清平乐］“如花娇怯，合得天饶借[5]。风雨于花生分劣[6]，作意十分凌藉[7]。止堪深阁重帘，谁教月榭风檐[8]。我发短回肠寸断，眼昏眵泪双淹[9]。”老身年将半百，单生一女丽娘。因何一病，起倒半年[10]？看他举止容谈，不似风寒暑湿。中间缘故，春香必知，则问他便了。春香贱才那里？（贴上）有哩。我“眼里不逢乖小使[11]，掌中擎着个病多娇。得知堂上夫人召，剩酒残脂要咱消”。春香叩头。（老旦）小姐闲常好好的，才着你贱才伏侍他，不上半年，偏是病害。可恼，可恼！且问近日茶饭多少？

【驻马听】　（贴）他茶饭何曾，所事儿休提[12]、叫懒应。看

---

① 诘病：询问病因。

② 孤苦仃（dīng）俜（pīng）：即孤苦伶仃。

③ 七子团圆：旧时有“五男二女七子团圆”之说，表示多子多孙，有福气，为祝颂时用的成语。

④ 厮病：害病。

⑤ 全得天饶借：应得到上天的怜惜。

⑥ 生分劣：作恶。生分即生忿，与人过不去。

⑦ 凌藉：侵凌、欺压。

⑧ 月榭风檐：月下风前的水榭亭台。这里指杜丽娘游园。

⑨ 眵（chī）：眼屎。这两句极为悲伤之情。

⑩ 起倒：指身体好一阵坏一阵，轻一阵重一阵，病情就一直拖着。

⑪ 乖小使：乖巧伶俐的小童仆。小使，即小厮。

⑫ 所事：凡事、事事。

他娇啼隐忍，笑谵迷厮[①]，睡眼懵憕[②]。（老旦）早早禀请太医了。（贴）则除是八法针针断软绵情[③]。怕九还丹丹不的腌臜证[④]。（老旦）是什么病？（贴）春香不知，道他一枕秋清，却怎生还害的是春前病。（老旦哭介）怎生了。

【前腔】 他一搦身形[⑤]，瘦的庞儿没了四星[⑥]。都是小奴才逗他。大古是烟花惹事[⑦]，莺燕成招，云月知情。贱才还不跪！取家法来。（贴跪介）春香实不知道。（老旦）因何瘦坏了玉娉婷[⑧]，你怎生触损了他娇情性？（贴）小姐好好的拈花弄柳，不知因甚病了。（老旦恼，打贴介）打你这牢承[⑨]，嘴骨棱的胡遮映[⑩]。（贴）夫人休闪了手。容春香诉来。便是那一日游花园回来，夫人撞到时节，说个秀才手里折的柳枝儿，要小姐题诗。小姐说这秀才素昧平生，也不和他题了。（老旦）不题罢了。后来？（贴）后来那、那、那秀才就一拍手把小姐端端正正抱在牡丹亭上去了。（老旦）去怎的？（贴）春香怎得知？小姐做梦哩。（老旦惊介）是梦么？（贴）是梦。（老旦）这等着鬼了。快请老爷

---

① 笑谵（zhān）迷厮：形容精神恍惚。谵：指病中说胡话。

② 懵（měng）憕（chéng）：神志模糊。睡眼懵憕，即睡眼朦胧。

③ 则除是八法针针断软绵情：除非是最好的针炙术才能治好相思病。 八法针：指中医中根据阴、阳、表、里、寒、热、虚、实八纲，采用不同经穴，利用各种不同手法，达到汗、吐、下、和、温、清、补、消八种目的的针刺方法。这里即指最好的针刺医术。

④ 怕九还丹丹不的腌臜证：怕是最好的丹药也医不好相思病。 九还丹：即九转丹，道家所炼之金丹，据说吃三天就可以成仙。 腌臜证：肮脏病，即相思病。

⑤ 一搦（nuò）：一握，一把，形容女子腰身纤细。

⑥ 没了四星：形容消瘦，不成样子。四星是指秤杆末尾钉的四星，容易磨损。

⑦ 大古是：多半是，总是，宋元俗语。

⑧ 玉娉（pīng）婷（tíng）：形容女子姿态美好的样子，这借指美人。

⑨ 牢承：本指殷勤解，这里指滑头、善于谄媚之人。

⑩ 嘴骨棱：多言多语。 遮映：隐瞒、掩饰。

商议。（贴请介）老爷有请。（外上）“肘后印嫌金带重[1]，掌中珠怕玉盘轻[2]。”夫人，女儿病体因何？（老旦泣介）老爷听讲：

【前腔】 说起心疼，这病知他是怎生！看他长眠短起，似笑如啼，有影无形。原来女儿到后花园游了。梦见一人手执柳枝，闪了他去[3]。（作叹介）怕腰身触污了柳精灵，虚嚣侧犯了花神圣[4]。老爷呵，急与禳星[5]，怕流星赶月相刑迸[6]。（外）却还来。我请陈斋长教书，要他拘束身心。你为母亲的，倒纵他闲游。（笑介）则是些日炙风吹，伤寒流转。便要禳解，不用师巫，则叫紫阳宫石道婆诵些经卷可矣。古语云：“信巫不信医，一不治也。”我已请过陈斋长看他脉息去了。（老旦）看甚脉息。若早有了人家，敢没这病。（外）咳，古者男子三十而娶，女子二十而嫁[7]。女儿点点年纪，知道个什么呢？

【前腔】 忒恁憨生[8]，一个哇儿甚七情[9]？则不过往来潮热，大小伤寒，急慢风惊[10]。则是你为母的呵，真珠不放在掌中擎，因此娇花不奈这心头病。（泣介）（合）两口丁零，告天天，

---

① 肘后印嫌金带重：形容年老倦于做官。

② 掌中珠怕玉盘轻：担心女儿养不大。掌中珠，即指女儿。

③ 闪：招引之意。

④ 虚嚣：虚弱，这里指身体虚弱。 侧犯：冒犯。

⑤ 禳（ráng）星：指道家通过祭祀星辰水灾解厄的一种仪式。禳，用符咒为人去邪除病。

⑥ 流星赶月相刑迸：怕碰到了不吉利的时辰和地方，迷信说法，这是杜母用迷信说法推究杜丽娘的病因。 流星赶月：流星追月亮的星象，就是有冲破。刑迸：在星象说中，这两者都是主凶事。

⑦ 古者男子三十而娶，女子二十而嫁：语出《礼记·内则》。

⑧ 忒恁憨生：那样娇憨的样子，形容女孩年少还不懂事。

⑨ 哇：同娃。 七情：喜、怒、哀、惧、爱、恶、欲。这里指男女之情。

⑩ 往来潮热，大小伤寒，急慢风惊：均为中医病症。

半边儿是咱全家命[①]。（丑扮院公上）“人来大庾岭，船去郁孤台[②]。”禀老爷，有使客到。

【尾声】（外）俺为官公事有期程。夫人，好看惜女儿身命，少不的人向秋风病骨轻[③]。（外、丑下）（老旦、贴吊场介）（老旦）“无官一身轻，有子万事足。”我看老相公则为往来使客，把女儿病都不瞧。好伤怀也。（泣介）想起来一边叫石道婆禳解，一边教陈教授下药。知他效验如何？正是：“世间只有娘怜女，天下能无卜与医！”（下）

柳起东风惹病身[④]，李绅　举家相对却沾巾[⑤]。刘长卿
遍依仙法多求药[⑥]，张籍　会见蓬山不死人[⑦]。项斯

---

① 半边儿：女婿称半子，这里指女儿。

② 郁孤台：在现在江西省赣县西南贺兰山上，山上树木葱郁，以山势孤独而得名。

③ 人向秋风病骨轻：意思说人进入秋季会变得体弱，容易生病。

④ 柳起东风惹病身：李绅《寿阳罢》：“云遮北雁愁行客，柳起东风慰病身。渐喜雪霜消解尽，得随风水到天津。”

⑤ 举家相对却沾巾：刘长卿《戏题赠二小男》：“未知门户谁堪主，且免琴书别与人。何幸暮年方有后，举家相对却沾巾。”

⑥ 遍依仙法多求药：张籍《寄白二十二舍人》“偏依仙法多求药，长共僧游不读书。三省比来名望重，肯容君去乐樵渔。”

⑦ 会见蓬山不死人：项斯《梦仙》：“昨宵魂梦到仙津，得见蓬山不死人。云叶许裁成野服，玉浆教吃润愁身。”

第十七出　道　觋[①]

【风入松】　（净扮老道姑上）人间嫁娶苦奔忙，只为有阴阳。问天天从来不具人身相[②]，只得来道扮男妆[③]，屈指有四旬之上。当人生，梦一场。［集唐］“紫府空歌碧落寒[④]李群玉，竹石如山不敢安[⑤]杜甫。长恨人心不如石[⑥]刘禹锡，每逢佳处便开看[⑦]韩愈。”贫道紫阳宫石道姑是也。俗家原不姓石，则因生为石女，为人所弃，故号“石姑”。思想起来：要还俗，《百家姓》上有俺一家；论出身，《千字文》中有俺数句[⑧]。天呵，非是俺“求古寻论”，恰正是“史鱼秉直”[⑨]。俺因何住在这“楼观飞惊”[⑩]，打并的“劳谦谨敕”[⑪]？看修行似“福缘善庆”，论因果是“祸因恶

---

① 觋（xí）：原指男巫，此指女道姑。　抗极：与极相抗衡，形容权势很大。

② 不具人身相：指老道姑是石女，石女为先天阴道缺失或阴道闭锁之女子。

③ 道扮男妆：指穿僧道的服装，即入道以来。僧道服装男女无别，故言。

④ 紫府空歌碧落寒：李群玉《紫极宫斋后》：“紫府空歌碧落寒，晓星寥亮月光残。一群白鹤高飞上，唯有松风吹石坛。”

⑤ 竹石如山不敢安：杜甫《绝句四首》之二：“欲作鱼梁云复湍，因惊四月雨声寒。青溪先有蛟龙窟，竹石如山不敢安。”

⑥ 长恨人心不如石：刘禹锡《竹枝词九首》之七：“瞿塘嘈嘈十二滩，人言道路古来难。长恨人心不如水，等闲平地起波澜。”

⑦ 每逢佳处便开看：韩愈《将至韶州先寄张端公使君借图经》：“曲江山水闻来久，恐不知名访倍难。愿借图经将入界，每逢佳处便开看。”

⑧《千字文》：旧时童蒙读本。石道姑在本段说白中引用《千字文》116处，皆以引号标注，大部分词语与石道姑石女特征和夫妻之事有关，语带猥亵，以下除其本意外，不另解释。

⑨ 史鱼秉直：指实话实说。史鱼为春秋时代卫国的史官。以直谏著名。

⑩ 飞惊：形容建筑物极高。

⑪ 劳谦谨敕（chì）：劳谦，对人很殷勤。谨敕，即谨饬，规规矩矩。

积”。有甚么“荣业所基”？几辈儿“林皋幸即”①。生下俺“形端表正”，那些“性静情逸”。大便孔似“园莽抽条②”，小净处也“渠荷滴沥”。只那些儿正好叉着口，“钜野洞庭”；偏和你灭了缝，“昆池碣石”。虽则石路上可以“路侠槐卿”③，石田中怎生“我艺黍稷”④？难道嫁人家“空谷传声”？则好守娘家“孝当竭力”⑤。可奈不由人“诸姑伯叔”，聒噪俺“入奉母仪”⑥。母亲说你内才儿虽然“守真志满”，外像儿“毛施淑姿⑦”，是人家有个“上和下睦”，偏你石二姐没个“夫唱妇随”？便请了个有口齿的媒人，“信使可覆”。许了个大鼻子的女婿⑧，“器欲难量”。则见不多时，那人家下定了。说道选择了一年上“日月盈昃”⑨，配定了八字儿“辰宿列张”⑩。他过的礼，“金生丽水”⑪，俺上了轿，“玉出昆冈”⑫。遮脸的“纨扇圆洁”，引路的“银烛辉煌”。那新郎好不打扮的头直上“高冠陪辇”⑬。咱新人一般排比了腰儿下“束带矜庄”。请了些“亲戚故旧”，半路上“接杯举觞”。请

---

① 林皋幸即：退隐山林，此指修行。

② 本的许多词句都别有所指，流于猥亵，是作品中的糟粕。以后如有同样情况，除难词略作解释外，不再注明。

③ 侠：通夹。 槐卿，指三公九卿。据说周朝种植槐、棘，作为臣僚朝见时的位次的标志。据《周礼·秋官司寇·朝士》记载，三槐是三公之位，两边的九棘是孤卿大夫与公、侯、伯、子、男之位。

④ 艺：种植。

⑤ 守娘家“孝当竭力”：一辈子不嫁人，在家奉养父母。

⑥ 聒（guō）噪，吵闹。 入奉母仪：指嫁人为妻为母。

⑦ 毛施：毛蔷、西施，指像毛施一样美丽。毛蔷为越王勾践之宠姬。

⑧ 大鼻子：据唐代柳宗元之《河间传》，谓大鼻子男子善淫。

⑨ 盈昃（zè）：日月盈亏。这里指良辰吉日。

⑩ 列张：指星宿散布在天上。这里指星命家推算男女双方的八字是否适合婚配。

⑪ 丽水：金沙江，相传盛产金。金生丽水，指聘金。

⑫ 昆冈：昆仑山，相传盛产玉石。玉出昆冈，指出嫁。

⑬ 高冠陪辇：戴高冠，坐在车子的右方，表示受人尊敬。陪辇：即陪乘，指有人在车右陪乘。

新人“升阶纳陛”[①]，叫女伴们“侍巾帷房”。合卺的“弦歌酒宴”[②]，撒帐的“诗赞羔羊”[③]。把俺做新人嘴脸儿一寸寸“鉴貌辨色”，将俺那宝妆奁一件件都“寓目囊箱”。早是二更时分，新郎紧上来了。替俺说，俺两口儿活像“鸣凤在竹”，一时间就要“白驹食场”。则见被窝儿“盖此身发”，灯影里褪尽了这几件“乃服衣裳”。天呵，瞧了他那“驴骡犊特”；教俺好一会“悚惧恐惶”。那新郎见我害怕，说道：新人，你年纪不少了，“闰余成岁”[④]。俺可也不使狠，和你慢慢的“律吕调阳”[⑤]。俺听了口不应，心儿里笑着。新郎，新郎，任你“矫手顿足”，你可也“靡恃已长”。三更四更了，他则待阳台上“云腾致雨”，怎生巫峡内“露结为霜”？他一时摸不出路数儿，道是怎的？快取亮来。侧着脑要“右通广内”，踣著眼在“篮笋象床”[⑥]。那时节俺口不说，心下好不冷笑。新郎，新郎，俺这件东西，则许你“徘徊瞻眺”，怎许你“适口充肠”。如此者几度了，恼的他气不分的嘴劳刀“俊乂密勿”[⑦]，累的他凿不窍皮混沌的“天地玄黄”。和他整夜价则是“寸阴是竞[⑧]”。待讲起，丑煞那“属耳垣墙[⑨]”。几番待悬梁，待投河，“免其指斥”。若还用刀钻，用线药，“岂敢毁

---

① 升阶纳陛：登堂入室。

② 合卺（jǐn）：指夫妻饮交杯酒，原为古时婚礼仪式，后指结婚。

③ 撒帐：旧时婚俗，夫妻对拜毕，坐到床上，赞礼的人边撒金钱彩果，边口诵祝福诗句，还有孩子们坐在床上，称“坐床撒帐”。

④ 闰余成岁：意指年纪大。

⑤ 律吕调阳：律吕为古代调音工具，音分阴、阳，阳为律，阴为吕。这里是指夫妻欢爱。

⑥ 踣（bó）：向前扑倒，这里作俯着解。　篮笋象床：即床。篮笋是竹床、竹轿，象床是象牙装饰的床。

⑦ 俊乂（yì）：贤才。　密勿，做事很勤勉。

⑧ 寸阴是竞：珍惜光阴，指时间宝贵。

⑨ 属耳垣（yuán）墙：指新婚之夜墙外有人窃听。

伤”？便拵做趄了交“索居闲处[1]”，甚法儿取他意“悦豫且康”[2]？有了，有了。他没奈何央及煞后庭花“背邙面洛”，俺也则得且随顺干荷叶，和他“秋收冬藏”。哎哟，对面儿做的个“女慕贞洁”，转腰儿到做了“男效才良”。虽则暂时间“释纷利俗”，毕竟情意儿“四大五常”[3]。要留俺怕误了他“嫡后嗣续”[4]，要嫁了俺怕人笑“饥厌糟糠”[5]。这时节俺也索劝他了：官人，官人，少不得请一房“妾御绩纺”，省你气那“鸟官人皇[6]”。俺情愿“推位让国”，则要你“得能莫忘”。后来当真讨一个了。没多时做小的“宠增抗极”[7]，反捻去俺为正的“率宾归王”[8]。不怨他，只“省躬讥诫[9]”。出了家罢，俺则“垂拱平章[10]”。若论这道院里，昔年也不甚“宫殿盘郁”；到老身，才开辟了“宇宙洪荒”。画真武“剑号巨阙”[11]，步北斗“珠称夜

---

① 拵：同拼。趄讪（shàn）：走开。

② 悦豫且康：愉悦。

③ 四大五常：四大，佛家以地、水、火、风作为人身之代称；五常，即五伦，五种人伦关系。这里指夫妻情谊。

④ 嫡后嗣续：传宗接代。 嗣：继承。

⑤ 厌：通餍，吃饱。 糟糠：即糟糠之妻，贫贱时曾经患难与共的妻子。

⑥ 鸟官：传说上古少昊氏立国时，有凤鸟飞来，便以鸟名作官名，谓鸟官、鸟师。 人皇：与天皇、地皇合称三皇。

⑦ 做小的“宠增抗极”：指妾室得宠争权。

⑧ 捻：撵。 俺为正的：指我这个做正妻的。 全句指做妾的反而掌握了家中大权，正妻反而遭排挤。

⑨ 省躬：反躬自省。 讥诫：批评检讨。

⑩ 垂拱：天子垂衣拱手，无为而治。平章：古代官名，代指群臣。这里是说出家后很闲静。

⑪ 真武：道教有名的真武荡魔大帝，神话传说中的北方之神。 巨阙，古代的宝剑名。

光”①。奉香供“果珍李柰”②，把斋素也是“菜重芥姜”。世间味识得破“海咸河淡”，人中网逃得出“鳞潜羽翔”。俺这出了家呵，把那几年前做新郎的臭粘涎“骸垢想浴”，将俺即世里做老婆的干柴火“执热愿凉”。则可惜做观主“游鹍独运③”，也要知观的“顾答审详”④。赴会的都要“具膳餐饭”，行脚的也要“老少异粮”⑤。怎生观中再没个人儿？也都则是“沉默寂寥”，全不会“笺牒简要⑥”。俺老将来“年矢每催⑦”，镜儿里“晦魄环照”。硬配不上仕女图“驰誉丹青”，也要接得著仙真传“坚持雅操”。懒云游“东西二京⑧”，端一味“坐朝问道⑨”。女冠子有几个“同气连枝⑩”，骚道士不与他“工颦妍笑⑪”。怕了他暗地虎“布射辽丸⑫”，则守著寒水鱼“钧巧任钓”⑬。使唤的只一个“犹

① 步北斗：道家的一种祷神仪式，认为依北斗七星排列的位置而行步，可与神沟通。

② 果珍：果品中以……为珍贵。 李柰（nài）：苹果的一种，通称“柰子”，亦称“花红”“沙果”。

③ 游鹍（kūn）独运：指只有自己一个人主持道观，没有其他道姑帮助。鹍：神话中的大鸟，传说一飞八百里。

④ 知观：道观女道士的职名。顾答审详，说话应对详细周全。

⑤ 行脚的：原指行脚僧，这里指四处游方的道姑。

⑥ 笺牒简要：这里指以道姑的身份向人募化。笺牒原指书信。

⑦ 年矢：指时光易逝，速如流矢。

⑧ 东西二京：西京指长安，东京指洛阳。这里泛指遥远繁华的地方。

⑨ 端：只是。 坐朝问道：这里指坐观修道。

⑩ 同气连枝：本指兄弟关系，这里指志同道合之人。

⑪ 工颦（pín）妍笑：以一颦一笑取悦于人。

⑫ 布：指东汉吕布，吕布善射。 辽：指春秋时代楚国熊宜僚，熊宜僚善弄丸。

⑬ 则守着寒水鱼“钧巧任钓”：寒水鱼：据宋惠洪《冷斋夜话》，载华亭舡子和尚偈：“夜静水寒鱼不食，满舡空载月明归。” 钧：指三国巧匠马钧，曾制造发石车、翻车等。任：指《庄子·外物》中的任公子，曾在东海钓得一大鱼，使得浙江以东，广西以北的人都得以饱餐。比喻自己坚守斋戒，不受名利的诱惑。

子比儿[①]”，叫做癞头鼋“愚蒙等诮[②]”。(内) 姑娘骂俺哩。俺是个妙人儿。(净) 好不羞。“殆辱近耻”，到夸奖你“并皆佳妙”。(内) 杜太爷皂隶拿姑娘哩。(净) 为甚么？(内) 说你是个贼道。(净) 咳，便道那府牌来“杜稾钟隶[③]”，把俺做女妖看“诛斩贼盗”。俺可也“散虑逍遥”，不用你这般“虚辉朗耀[④]”。(丑扮府差上) “承差府堂上，提名仙观中。” (见介) (净) 府牌哥为何而来？

【大迓鼓】 (丑) 府主坐黄堂，夫人传示，衙内敲梆[⑤]。知他小姐年多长，染一疾，半年光。(净) 俺不是女科[⑥]。(丑) 请你修斋，一会祈禳。

【前腔】 (净) 俺仙家有禁方。小小灵符，带在身傍。教他刻下人无恙。(丑) 有这等灵符！快行动些。(行介) (净) 叫童儿。(内应介) (净) 好看守，卧云房。殿上无人，仔细灯香。(内) 知道了。

(净) 紫微宫女夜焚香[⑦]，王建

(丑) 古观云根路已荒[⑧]。释皎然

---

① 犹子：兄弟之子，即侄儿。

② 愚蒙等诮（qiào）：和愚昧无知的人一样受人讥诮。讥诮：责备，责问。

③ 府牌，府里来的差役。 杜稾（gǎo）钟隶：稾指东汉杜操的草书，隶指三国魏钟繇的隶书。这里只取“隶”字，指皂隶，差役。 全句意为请差役来缉拿。

④ 虚辉朗耀：虚张声势，以虚假的声势吓人。

⑤ 梆：竹或木制的响器，用以作信号。

⑥ 女科：妇科医师。

⑦ 紫微宫女夜焚香：王建《宫词一百首》之十三：“秘殿清斋刻漏长，紫微宫女夜焚香。拜陵日近公卿发，卤簿分头入太常。”紫微：紫微宫，天庭，这里指道观。

⑧ 古观云根路已荒：释皎然《晚春寻桃源观》：“武陵何处访仙乡，古观云根路已荒。细草拥坛人迹绝，落花沈涧水流香。”云根：山上高处。

（净）犹有真妃长命缕①，司空图

（丑）九天无事莫推忙②。曹唐

① 犹有真妃长命缕：司空图《南至四首》之三："年华乱后偏堪惜，世路抛来已自生。犹有玉真长命缕，樽前时唱缓羁情。"真妃，即九华真妃，道家所崇奉的女仙名。

② 九天无事莫推忙：曹唐《小游仙诗九十八首》之五十五："且欲留君饮桂浆，九天无事莫推忙。青龙举步行千里，休道蓬莱归路长。"这里意思是请道姑不要借口供神事忙而拒绝到杜府为杜丽娘禳解。

第十八出　诊　祟

【一江风】　（贴扶病旦上）（旦）病迷厮①。为甚轻憔悴？打不破愁魂谜。梦初回，燕尾翻风，乱飒起湘帘翠②。春去偌多时，春去偌多时，花容只顾衰。井梧声刮的我心儿碎③。［行香子］春香呵，我"楚楚精神，叶叶腰身，能禁多病逡巡④！（贴）你星星措与⑤，种种生成，有许多娇，许多韵，许多情。（旦）咳，咱弄梅心事⑥，那折柳情人，梦淹渐暗老残春⑦。（贴）正好簟炉香午⑧，枕扇风清。知为谁颦，为谁瘦，为谁疼？"（旦）春香，我自春游一梦，卧病如今。不痒不疼，如痴如醉。知他怎生？（贴）小姐，梦儿里事，想他则甚！（旦）你教我怎生不想呵！

【金落索】　贪他半晌痴，赚了多情泥⑨。待不思量，怎不思量得？就里暗销肌，怕人知，嗽腔腔嫩喘微⑩。哎哟，我这惯淹煎的样子谁怜惜⑪？自噤窄的春心怎的支⑫？心儿悔，悔当初一觉

---

① 病迷厮：病得迷迷糊糊。

② 飒（sà）：形容狂风吹起。

③ 刮：同"聒"，吵闹，令人心烦。

④ 逡巡：徘徊不去，这里比喻疾病久而不愈。

⑤ 星星措与：即件件事情、每一举动。　星星：件件。　措与：举措、行事。

⑥ 弄梅心事：杜丽娘之自画像中有手捻青梅动作，这里指其怀春之情，又与柳梦梅暗合。

⑦ 梦淹：梦回。　残春：晚春。

⑧ 簟（diàn）：竹席。

⑨ 赚：本为骗取，这里是害得、弄得之意。　泥：阻滞，这里指为感情所痴缠。

⑩ 腔腔：形容咳嗽时的声音。　嗽腔腔：即咳嗽连声。

⑪ 淹煎：疾病缠绵。

⑫ 噤窄：闷在心里，不对人说。　支：支撑，受得住。

留春睡。（贴）老夫人替小姐冲喜[①]。（旦）信他冲的个甚喜？到的年时，敢犯杀花园内[②]？

【前腔】（贴）看他春归何处归，春睡何曾睡？气丝儿怎度的长天日？把心儿捧凑眉，病西施。小姐，梦去知他实实谁？病来只送的个虚虚的你。做行云先渴倒在巫阳会[③]。全无谓，把单相思害得忒明昧[④]。又不是困人天气，中酒心期[⑤]，魆魆地常如醉[⑥]。（末上）"日下晒书嫌鸟迹，月中捣药要蟾酥[⑦]。"我陈最良承公相命，来诊视小姐脉息。到此后堂，不免打叫一声。春香贤弟有么？（贴见介）是陈师父。小姐睡哩。（末）免惊动他。我自进去。（见介）小姐。（旦作惊介）谁？（贴）陈师父哩。（旦扶起介）（旦）师父，我学生患病。久失敬了。（末）学生，学生，古书有云："学精于勤，荒于嬉[⑧]。"你因为后花园汤风冒日[⑨]，感下这疾，荒废书工。我为师的在外，寝食不安。幸喜老公相请来看病。也不料你清减至此。似这般样，几时能够起来读书？早则端阳节哩。（贴）师父，端节有你的。（末）我说端阳，难道要你粽子？小姐，望闻问切，我且问你病症因何？（贴）师父问什么！只因你讲《毛诗》，这病便是"君子好求"上来的。（末）

---

① 冲喜：迷信的做法，旧时认为办喜事可以驱除邪祟，使病人转危为安，化凶为吉。

② 到的年时，敢犯杀花园内：难道是从前，在花园里冲撞了甚么神道？ 到的：想是。 敢：恐怕。

③ 做行云先渴倒在巫阳会：意即想追求情爱，自己却先夭折了。

④ 明昧：不明不白。 昧：糊涂，不明白。

⑤ 中酒：喝醉酒。 心期：心绪。

⑥ 魆（xū）魆地：精神恍惚的样子。

⑦ 月中捣药要蟾酥：据神话传说，月亮里有白兔捣药。 蟾酥：蟾蜍皮疣内毒腺的分泌液，供药用。传说月中有蟾蜍。

⑧ 学精于勤，荒于嬉：语出韩愈《进学解》："业精于勤，荒于嬉。"

⑨ 汤（tàng）风：即顶着风，受了风吹。汤，接触，碰到。

是那一位君子？（贴）知他是那一位君子。（末）这般说，《毛诗》病用《毛诗》去医。那头一卷就有女科圣惠方在哩[①]。（贴）师父，可记的《毛诗》上方儿？（末）便依他处方。小姐害了“君子”的病，用的史君子[②]。《毛诗》：“既见君子，云胡不瘳[③]？”这病有了君子抽一抽，就抽好了。（旦羞介）哎也！（贴）还有甚药？（末）酸梅十个。《诗》云：“摽有梅，其实七兮”[④]，又说：“其实三兮。”三个打七个，是十个。此方单医男女过时思酸之病。（旦叹介）（贴）还有呢？（末）天南星三个[⑤]。（贴）可少？（末）再添些。《诗》云：“三星在天。[⑥]”专医男女及时之病。（贴）还有呢？（末）俺看小姐一肚子火，你可抹净一个大马桶，待我用栀子仁、当归[⑦]，泻下他火来。这也是依方：“之子于归，言秣其马。[⑧]”（贴）师父，这马不同那“其马”。（末）一样髀鞦窟洞下[⑨]。（旦）好个伤风切药陈先生。（贴）做的按月通经陈妈妈。（旦）师父不可执方[⑩]，还是诊脉为稳。（末看脉，错按旦手背介）（贴）师父，讨个转手。（末）女人反此背看之，正是王叔和《脉诀》[⑪]。也罢，顺手看是。（诊脉介）呀，小姐脉息，到这个分际了。

---

① 圣惠方：灵验有效的处方。

② 史君子：应为使君子，中药名。

③ 既见君子，云胡不瘳（chōu）：语出《诗经·郑风·风雨》。 瘳：病愈。

④ 摽（biào）有梅，其实七兮：语出《诗经·召南·摽有梅》，下文“其实三兮”，也出于此诗。摽：坠落。全句意为梅子落下来了，树上还留着七个。

⑤ 天南星：中药名，与下文“三星在天”双关。

⑥ 三星在天：语出《诗经·唐风·绸缪》，此诗歌颂男女相会时的欢乐。

⑦ 栀（zhī）子仁、当归：中药名，与“之子于归”谐音。

⑧ 之子于归，言秣其马：语出《诗经·周南·汉广》。秣（mò）：喂马。

⑨ 一样髀（bì）鞦（qiū）窟洞下：意即马和马桶都是一样是用腿坐的。 髀：大腿。

⑩ 执方：固执。

⑪ 王叔和：晋代著名的医学家，著有医书《脉经》《脉诀》《脉赋》。

【金索挂梧桐】 他人才忒整齐，脉息恁微细。小小香闺，为甚伤憔悴？（起介）春香呵，似他这伤春怯夏肌，好扶持。病烦人容易伤秋意。小姐，我去咀药来[①]。（旦叹介）师父，少不得情栽了窍髓针难入[②]，病躲在烟花你药怎知[③]？（泣介）承尊觑，何时何日来看这女颜回[④]？（合）病中身怕的是惊疑。且将息，休烦絮。（旦）师父且自在。送不得你了。可曾把俺八字推算么？（末）算来要过中秋好。“当生止有八个字[⑤]，起死曾无三世医[⑥]。”（下）（贴）一个道姑走来了。（净上）“不闻弄玉吹箫去[⑦]，又见嫦娥窃药来[⑧]。”自家紫阳宫石道姑便是。承杜老夫人呼唤，替小姐禳解。（见贴介）（贴）姑姑为何而来？（净）吾乃紫阳宫石道姑。承夫人命，替小姐禳解。不知害的甚病？（贴）尴尬病[⑨]。（净）为谁来？（贴）后花园要来。（净举三指，贴摇头介）（净举五指，贴又摇头介）（净）咳，你说是三是五，与他做主。（贴）你自问他去。（净见旦介）小姐，小姐，道姑稽首那。（旦作惊介）那里道姑？（净）紫阳宫石道姑。夫人有召，替小姐保禳。闻说小姐在后花园着魅，我不信。

---

① 咀药：中药中有一些药材在煎煮前，按照旧法要用嘴嚼细，这里就是指煎药。

② 情栽了窍髓：指相思病根生在骨髓之中。

③ 烟花：犹言风月，指情爱。

④ 女颜回：指才高但却短命的女学生。颜回：孔子弟子，有才华，但早逝。

⑤ 八个字：八字。

⑥ 三世医：祖传三代的医生。

⑦ 弄玉吹箫：弄玉乃春秋时秦穆公的女儿，她与丈夫萧史都长于吹箫，后夫妇二人均随凤鸟飞升成仙。

⑧ 嫦娥窃药：指神话传说中嫦娥偷吃丈夫后羿从西王母那里求来的长生不死仙药后，飞到月宫中成仙。

⑨ 尴病：尴尬病，指相思病。

【前腔】　你惺惺的怎著迷[1]？设设的浑如魅[2]。（旦作魇语介[3]）我的人那。（净、贴背介）你听他念念呢呢[4]，作的风风势[5]。是了，身边带有个小符儿。（取旦钗挂小符，作咒介）"赫赫扬扬，日出东方[6]。此符屏却恶梦，辟除不祥。急急如律令敕[7]。"（插钗介）这钗头小篆符[8]，眠坐莫教离。把闲神野梦都回避。（旦醒介）咳，这符敢不中？我那人呵，须不是依花附木廉纤鬼[9]，咱做的弄影团风抹媚痴[10]。（净）再痴时，请个五雷打他[11]。（旦）些儿意，正待携云握雨，你却用掌心雷。（合前）（净）还分明说与，起个三丈高咒幡儿[12]。（旦）待说个甚么子好？

【尾声】　依稀则记的个柳和梅。姑姑，你也不索打符桩挂竹枝，则待我冷思量，一星星咒向梦儿里。（贴扶旦下）

（贴）绿惨双蛾不自持[13]，步非烟

（净）道家妆束厌禳时[14]。薛能

---

① 惺惺的：聪明、机灵的样子。

② 设设的：痴迷的样子。

③ 魇（yǎn）语：梦话、呓语。

④ 念念呢呢：说话含糊不清。

⑤ 风风势：疯癫的样子，宋元俗语。

⑥ 赫赫扬扬，日出东方：旧时道士治病的咒语的开头。

⑦ 急急如律令敕：道士咒语的结句。

⑧ 篆（zhuàn）符：道家所传之秘文，相传可驱鬼治病。

⑨ 廉纤鬼：小鬼。

⑩ 弄影团风：即捕风捉影，疑神疑鬼，形容心魂不定。　抹媚：指被鬼物迷惑的痴迷状态。

⑪ 五雷：道家的一种法术，即掌心雷。

⑫ 咒幡（fān）儿：长条形的一种旗子，上面写有咒语，道士禳解时用。

⑬ 绿惨双蛾不自持：步非烟《寄诗答赵象》："绿惨双蛾不自持，只缘幽恨在新诗。郎心应似琴心怨，脉脉春情更泥谁。"

⑭ 道家妆束厌禳时：薛能《黄蜀葵》："娇黄新嫩欲题诗，尽日含毫有所思。记得玉人初病起，道家妆束厌禳时。"厌、禳：都是禳解的意思。

（旦）如今不在花红处①，僧怀濬

（合）为报东风且莫吹②。李涉

① 如今不在花红处：僧怀濬《上归州刺史代通状二首》之一：“家在闽山东复东，其中岁岁有花红。而今不在花红处，花在旧时红处红。”

② 为报东风且莫吹：李涉《春晚游鹤林寺寄使府诸公》：“野寺寻花春已迟，背岩唯有两三枝。明朝携酒犹堪赏，为报春风且莫吹。”

第十九出　牝　贼[1]

北【点绛唇】　（净扮李全引众上）世扰膻风[2]，家传杂种[3]。刀兵动，这贼英雄，比不的穿墙洞[4]。“野马千蹄合一群，眼看江海尽风尘。汉儿学得胡儿语，又替胡儿骂汉人[5]。”自家李全是也。本贯楚州人氏[6]。身有万夫不当之勇。南朝不用，去而为盗。以五百人出没江淮之间，正无归着。所幸大金皇帝，遥封俺为溜金王。央我骚扰淮扬，看机进取。奈我多勇少谋。所喜妻子杨氏娘娘，能使一条梨花枪，万人无敌。夫妻上阵，大有威风。则是娘娘有些吃酸[7]，但是掳的妇人，都要送他帐下。便是军士们，都只畏惧他。正是：“山妻独霸蛇吞象[8]，海贼封王鱼变龙。”

【番卜算】　（丑扮杨婆持枪上）百战惹雌雄，血映燕支重[9]。（舞介）一枝枪洒落花风，点点梨花弄。（见举手介）大王

---

① 牝（pìn）贼：女贼。　牝：本义指鸟兽的雌性，与“牡”相对。

② 世扰：世代养成的。　膻：羊肉的味道，也指像羊肉的气味。

③ 杂种：古代对少数民族的侮辱性称呼。上句膻也是同义。

④ 穿墙洞：穿越墙洞，这里指穿墙洞的小贼。

⑤ 汉儿学得胡儿语，又替胡儿骂汉人：句出唐司空图《河湟有感》：“汉儿尽作胡儿语，却向城头骂汉人。”略有改动。

⑥ 楚州：今江苏淮安。

⑦ 吃酸：吃醋。

⑧ 蛇吞象：出自《山海经·海内南经》：“巴蛇食象，三岁而出其骨。”明罗洪先诗：“人心不足蛇吞象。”比喻贪得无厌。

⑨ 燕支：泛指红色，这里代指胭脂。

千岁。奴家介胄在身，不拜了[①]。（净）娘娘，你可知大金皇帝，封俺做溜金王？（丑）怎么叫做溜金王？（净）溜者顺也。（丑）封你何事？（净）央俺骚扰淮扬三年。待俺兵粮齐集，一举渡江，灭了赵宋。那时还封俺为帝哩！（丑）有这等事！恭喜了。借此号令，买马招军。

【六幺令】 如雷喧哄，紧辕门画鼓冬冬[②]。哨尖儿飞过海云东[③]。（合）好男女，坐当中，淮扬草木都惊动。

【前腔】 聚粮收众。选高蹄战马青骢[④]。闪盔缨斜簇玉钗红。（合前）

（净）群雄竞起向前朝[⑤]，杜甫

（丑）折戟沉沙铁未销[⑥]。杜牧

平原好牧无人放[⑦]，曹唐

白草连天野火烧[⑧]。王维

---

① 介胄：古代士兵戴的铠甲和头盔。 介胄在身，不拜：典出汉周亚夫语。据《史记·绛侯周勃世家》记载，汉文帝刘恒到细柳营劳军，将军周亚夫手持武器，作揖为礼。他说："介胄之士，不拜，请以军礼见。"

② 辕门：指军营大门或官署外门。

③ 哨尖儿：探子。

④ 青骢：青骢马，毛色青白相杂的骏马。

⑤ 群雄竞起向前朝：杜甫《夔州歌十绝句》之三："群雄竞起问前朝，王者无外见今朝。此讶渔阳结怨恨，元听舜日旧箫韶。"

⑥ 折戟沉沙铁未销：杜牧《赤壁》："折戟沉沙铁未销，自将磨洗认前朝。东风不与周郎便，铜雀春深锁二乔。"

⑦ 平原好牧无人放：曹唐《病马五首呈郑校书章三吴十五先辈》之一："堕月兔毛干觳觫，失云龙骨瘦牙槎。平原好放无人放，嘶向秋风苜蓿花。"

⑧ 白草连天野火烧：王维《横吹曲辞·出塞》："居延城外猎天骄，白草连天野火烧。暮云空碛时驱马，秋日平原好射雕。"

第二十出　闹殇

【金珑璁】　（贴上）连宵风雨重，多娇多病愁中。仙少效，药无功。“颦有为颦，笑有为笑[①]。不颦不笑，哀哉年少。”春香侍奉小姐，伤春病到深秋。今夕中秋佳节，风雨萧条。小姐病转沈吟，待我扶他消遣。正是：“从来雨打中秋月，更值风摇长命灯[②]。”（下）

【鹊桥仙】　（贴扶病旦上）拜月堂空[③]，行云径拥[④]。骨冷怕成秋梦。世间何物似情浓？整一片断魂心痛。（旦）“枕函敲破漏声残[⑤]，似醉如呆死不难。一段暗香迷夜雨，十分清瘦怯秋寒。”春香，病境沈沈，不知今夕何夕？（贴）八月半了。（旦）哎也，是中秋佳节哩。老爷，奶奶，都为我愁烦，不曾玩赏了？（贴）这都不在话下了。（旦）听见陈师父替我推命，要过中秋。看看病势转沈，今宵欠好。你为我开轩一望，月色如何？（贴开窗，旦望介）

【集贤宾】　（旦）海天悠、问冰蟾何处涌[⑥]？玉杵秋空[⑦]，

---

① 颦有为颦，笑有为笑：语出《韩非子·内储说》：“吾闻明主珍惜一颦一笑，颦有颦之用意，笑有笑之用意。”意为当忧则忧，当喜则喜。颦，皱眉，悲哀的样子。

② 风摇长命灯：比喻命将不保。长命灯，指昼夜点燃祈求福寿之灯。

③ 拜月堂空：指王瑞兰拜月祈求与丈夫团圆，关汉卿杂剧《闺怨佳人拜月亭》即演此事。这里是说拜月以求团圆，但并无实在的心上人。

④ 行云径拥：用巫山神女与楚王欢会之典，形容爱情道路中断。拥，通“壅”。阻塞，隔绝。

⑤ 枕函敲破漏声残：指躺在枕头上一夜无眠，几乎把枕函敲破，耳听更声直到天明。枕函，即枕头。漏声，漏壶滴漏之声。

⑥ 冰蟾：因传说中月宫中有蟾蜍，故用以代称月亮。

⑦ 玉杵（chǔ）：传说月宫中有玉兔持杵捣药，故玉杵也代指月亮。

凭谁窃药把嫦娥奉？甚西风吹梦无踪[①]！人去难逢，须不是神挑鬼弄。在眉峰，心坎里别是一般疼痛[②]。（旦闷介）

【前腔】　（贴）甚春归无端厮和哄[③]，雾和烟两不玲珑[④]。算来人命关天重，会消详、直恁匆匆[⑤]！为着谁侬[⑥]，俏样子等闲抛送？待我谎他。姐姐，月上了。月轮空，敢蘸破你一床幽梦[⑦]。（旦望叹介）"轮时盼节想中秋，人到中秋不自由。奴命不中孤月照，残生今夜雨中休。"

【前腔】　你便好中秋月儿谁受用？剪西风泪雨梧桐。楞生瘦骨加沈重[⑧]。趱程期是那天外哀鸿[⑨]。草际寒蛩[⑩]，撒剌[⑪]剌纸条窗缝。（旦惊作昏介）冷松松，软兀剌四梢难动[⑫]。（贴惊介）小姐冷厥了。夫人有请。（老旦上）"百岁少忧夫主贵，一生多病女儿娇。"我的儿，病体怎生了？（贴）奶奶，欠好，欠好。（老旦）可怎了！

【前腔】　不提防你后花园闲梦铳[⑬]，不分明再不惺忪[⑭]，睡

---

① 甚西风吹梦无踪：化用宋李清照词《浪淘沙》："帘外五更风，吹梦无踪。"

② 在眉峰，心坎里别是一般疼痛：化用宋李清照词《一翦梅》："此情无计可消除。才下眉头，却上心头。"

③ 厮和哄：相欺哄。和哄，欺骗、调弄之意。

④ 雾和烟两不玲珑：意即春天不好，雾和烟都容易惹动春情。

⑤ 消详：待一会儿，这里指病情慢慢好转。这两句意为，本来以为人命关天重，病情会慢慢好转，谁知一下子就病重成这个样子。

⑥ 谁侬（nóng）：何人，吴地方言。

⑦ 蘸破：点破、照破。

⑧ 加沈（chén）重：病情更加严重了。

⑨ 趱（zǎn）程期：赶路、赶时辰。趱：赶，快走。

⑩ 草际寒蛩：化用宋李清照词《行香子》："草际鸣蛩，惊落梧桐，正人间，天上愁浓。"

⑪ 撒剌剌，形容风吹窗上纸片之声。

⑫ 软兀剌：软绵绵地。　四梢：四肢。

⑬ 梦铳（chòng）：睡梦，指杜丽娘游园惊梦之事。

⑭ 不惺忪：神志不清。

临侵打不起头梢重[①]。（泣介）恨不呵早早乘龙[②]。夜夜孤鸿，活害杀俺翠娟娟雏凤。一场空，是这答里把娘儿命送。

【啭林莺】　（旦醒介）甚飞丝缱的阳神动[③]，弄悠扬风马叮冬[④]。（泣介）娘，儿拜谢你了。（拜跌介）从小来觑的千金重，不孝女孝顺无终。娘呵，此乃天之数也。当今生花开一红，愿来生把萱椿再奉[⑤]。（众泣介）（合）恨西风，一霎无端碎绿摧红。

【前腔】　（老旦）并无儿、荡得个娇香种[⑥]，绕娘前笑眼欢容。但成人索把俺高堂送[⑦]。恨天涯老运孤穷。儿呵，暂时间月直年空[⑧]，返将息你这心烦意冗。（合前）（旦）娘，你女儿不幸，作何处置？（老旦）奔你回去也[⑨]。儿！

【玉莺儿】　（旦泣介）旅榇梦魂中[⑩]，盼家山千万重。（老旦）便远也去。（旦）是不是听女孩儿一言。这后园中一株梅树，儿心所爱。但葬我梅树之下可矣。（老旦）这是怎的来？（旦）做不的病婵娟桂窟里长生[⑪]，则分的粉骷髅向梅花古洞[⑫]。（老旦泣

---

① 睡临侵：睡得昏昏沉沉。　打不起头梢重：即头很重，抬不起来。

② 乘龙：指嫁个好女婿。据唐徐坚《初学记》记载，东汉桓焉的两个女儿都嫁给大官，时人称“两女俱乘龙”。

③ 飞丝：指心头飘忽的情思，丝与思谐音。　阳神：指生魂。

④ 马：指悬在檐间的铁马，风吹相击发出声响，相当于风铃。

⑤ 萱椿（chūn）：指萱花椿树，代指父母亲。

⑥ 荡得个娇香种：好容易养了一个好女儿。荡，飘落不定之意，这里指养育女儿艰辛。娇香种，指娇贵的女儿。

⑦ 高堂送：指给父母养老送终。高堂，指父母。

⑧ 月直年空：月值年灾，意即某年或某月命定的灾厄，戏曲中常用。这里指杜丽娘病危。

⑨ 奔：把遗体送走，这里是说要将杜丽娘的遗体送回故乡。

⑩ 旅榇（chèn）：寄存在他乡的棺木。

⑪ 婵娟：指嫦娥。　桂窟：月窟、月宫。

⑫ 分（fèn）：应分、应该。这两句意即做不成嫦娥住在月宫里长生不死，但求尸骨能埋葬在梅花古树洞。

介）看他强扶头泪蒙，冷淋心汗倾，不如我先他一命无常用。（合）恨苍穹，妒花风雨，偏在月明中。（老旦）还去与爹讲，广做道场也。儿，“银蟾谩捣君臣药[1]，纸马重烧子母钱[2]。”（下）（旦）春香，咱可有回生之日否？

【前腔】（叹介）你生小事依从，我情中你意中。春香，你小心奉事老爷奶奶。（贴）这是当的了。（旦）春香，我记起一事来。我那春容，题诗在上，外观不雅。葬我之后，盛着紫檀匣儿，藏在太湖石底。（贴）这是主何意儿？（旦）有心灵翰墨春容，傥直那人知重[3]。（贴）姐姐宽心。你如今不幸，孤坟独影。肯将息起来，禀过老爷，但是姓梅姓柳秀才，招选一个，同生同死，可不美哉！（旦）怕等不得了。哎哟，哎哟！（贴）这病根儿怎攻[4]，心上医怎逢？（旦）春香，我亡后，你常向灵位前叫唤我一声儿。（贴）他一星星说向咱伤情重。（合前）（旦昏介）不好了，不好了，老爷奶奶快来！

【忆莺儿】（外、老旦上）鼓三冬，愁万重。冷雨幽窗灯不红。听侍儿传言女病凶。（贴泣介）我的小姐，小姐！（外、老旦同泣介）我的儿呵，你舍的命终，抛的我途穷。当初只望把爹娘送。（合）恨匆匆，萍踪浪影，风剪了玉芙蓉。（旦作醒介）（外）快苏醒！儿，爹在此。（旦作看外介）哎哟，爹爹扶我中堂去罢。（外）扶你也，儿。（扶介）

【尾声】（旦）怕树头树底不到的五更风[5]。和俺小坟边立

---

① 谩，徒然。 君臣药：按照中医配药的方法，主治药品叫君，辅助药品叫臣。

② 纸马：又叫甲马，指用于祭祀的绘有彩色神像的纸画。 子母钱：指纸钱。

③ 傥（tǎng）：即倘，也许。 直：即值，碰到。 知重：欣赏珍重。

④ 攻：医治。

⑤ 怕树头树底不到的五更风：化用唐王建《宫词》一百首之一：“树头树底觅残红，一片西飞一片东。自是桃花贪结子，错教人恨五更风。”意思是怕满树的花朵，不待五更风的吹折，就已经落尽了。指杜丽娘青春早夭。

断肠碑一统。爹，今夜是中秋。（外）是中秋也，儿。（旦）禁了这一夜雨。（叹介）怎能够月落重生灯再红！（并下）（贴哭上）我的小姐，我的小姐，“天有不测之风云，人有无常之祸福。”我小姐一病伤春死了。痛杀了我家老爷、我家奶奶。列位看官们，怎了也！待我哭他一会。

【红衲袄】 小姐，再不叫咱把领头香心字烧[①]，再不叫咱把剔花灯红泪缴[②]，再不叫咱拈花侧眼调歌鸟，再不叫咱转镜移肩和你点绛桃[③]。想着你夜深深放剪刀，晓清清临画藁。提起那春容，被老爷看见了，怕奶奶伤情，分付殉了葬罢。俺想小姐临终之言，依旧向湖山石儿靠也，怕等得个拾翠人来把画粉销[④]。老姑姑，你也来了。（净上）你哭得好，我也来帮你。

【前腔】 春香姐，再不教你暖朱唇学弄箫。（贴）为此。（净）再不和你荡湘裙闲斗草。（贴）便是。（净）小姐不在，春香姐也松泛多少。（贴）怎见得？（净）再不要你冷温存热絮叨，再不要你夜眠迟、朝起的早。（贴）这也惯了。（净）还有省气的所在。鸡眼睛不用你做嘴儿挑，马子儿不用你随鼻儿倒。（贴啐介）（净）还一件，小姐青春有了，没时间做出些儿也[⑤]，那老夫人呵，少不的把你后花园打折腰。（贴）休胡说！老夫人来也。（老旦哭介）我的亲儿。

【前腔】 每日绕娘身有百十遭，并不见你向人前轻一笑。

---

① 领头香：第一炷香。 心字：心字形的香篆。

② 红泪：指红蜡烛点燃时流下来的蜡液。缴，搅动，这里是揩试意。

③ 点绛桃：点染红红的嘴唇。

④ 拾翠人：拾取翠鸟羽毛的人，这里借指拾得杜丽娘画像之人。画粉销：即褪色。

⑤ 没时间做出些儿也：不知甚么时候做出些儿事来。些儿，指儿女私情。

他背熟的班姬《四诫》从头学[1]，不要得孟母三迁把气淘[2]。也愁他软苗条忒恁娇，谁料他病淹煎真不好。（哭介）从今后谁把亲娘叫也，一寸肝肠做了百寸焦。（老旦闷倒，贴惊叫介）老爷，痛杀了奶奶也。快来，快来！（外哭上）我的儿也，呀，原来夫人闷倒在此。

【前腔】 夫人，不是你坐孤辰把子宿嚣[3]，则是我坐公堂冤业报。较不似老仓公多女好[4]。撞不着赛卢医他一病蹁[5]。天，天，似俺头白中年呵，便做了大家缘何处消[6]？见放着小门楣生折倒！夫人，你且自保重。便做你寸肠千断了也，则怕女儿呵，他望帝魂归不可招[7]。（丑扮院公上）"人间旧恨惊鸦去，天上新恩喜鹊来。"禀老爷，朝报高升。（外看报介）吏部一本，奉圣旨："金寇南窥，南安知府杜宝，可升安抚使[8]，镇守淮扬。即日起程，不得违误。钦此[9]。"（叹介）夫人，朝旨催人北往，女丧不便西归。院子，请陈斋长讲话。（丑）老相公有请。（末上）

---

① 班姬：指汉代班昭，曾作《女诫》七篇，但是在明代一般通行的只有四篇，故称《四诫》，是旧时培养养封建道德的妇女读物。

② 孟母三迁：指孟子的母亲为了孩子能够在良好的环境中受教育，多次搬家，最后定居在学校附近。

③ 坐孤辰把子宿嚣：因为命不好，没有儿子。坐：因为，由于。孤辰：指六甲中无天干地相配之地支，称孤辰，主孤寡。

④ 较不似：比不上。老仓公，即汉代名医淳于意，缇萦之父。据《史记·仓公列传》记载，仓公为临淄人。做过太仓长的官，称仓公。仓公无子，只有五个女儿。他曾获罪入狱，要受肉刑，他最小的女儿缇萦为他上书救免。

⑤ 卢医：指战国时代良医扁鹊，他本姓秦名越人，居卢地，故称"卢医"。蹁（pián），翘，此指死。

⑥ 家缘：家计，指家产。

⑦ 望帝魂归不可招：魂招不回来，死而不能复生。望帝：传说蜀王杜宇，号望帝，死后化为杜鹃鸟，日夜悲鸣，泪尽后继而流血。

⑧ 安抚使：宋代官制，主管一个地区的军政大事，常由知州、知府兼任。

⑨ 钦此：宋代以后圣旨的结语。

"彭殇真一壑[1]，吊贺每同堂。"（见介）（外）陈先生，小女长谢你了。（末哭介）正是。苦伤小姐仙逝，陈最良四顾无门。所喜老公相乔迁，陈最良一发失所。（众哭介）（外）陈先生有事商量。学生奉旨，不得久停。因小女遗言，就葬后园梅树之下，又恐不便后官居住，已分付割取后园，起座梅花庵观，安置小女神位。就着这石道姑焚修看守。那道姑可承应的来？（净跪介）老道婆添香换水。但往来看顾，还得一人。（老旦）就烦陈斋长为便。（末）老夫人有命，情愿效劳。（老旦）老爷，须置些祭田才好。（外）有漏泽院二顷虚田[2]，拨资香火。（末）这漏泽院田，就漏在生员身上。（净）咱号道姑，堪收稻谷[3]。你是陈绝粮，漏不到你。（末）秀才口吃十一方[4]，你是姑姑，我还是孤老[5]，偏不该我收粮？（外）不消争，陈先生收给。陈先生，我在此数年，优待学校。（末）都知道。便是老公相高升，旧规有诸生遗爱记、生祠碑文，到京伴礼送人为妙。（净）陈绝粮，遗爱记是老爷遗下与令爱作表记么？（末）是老公相政迹歌谣。什么"令爱"！（净）怎么叫做生祠？（末）大祠宇塑老爷像供养，门上写着"杜公之祠"。（净）这等不如就塑小姐在傍，我普同供养。（外恼介）胡说！但是旧规，我通不用了。

【意不尽】 陈先生，老道姑，咱女坟儿三尺暮云高，老夫妻一言相靠。不敢望时时看守，则清明寒食一碗饭儿浇。

---

① 彭：指彭祖，传说中寿命最长的人，活到八百岁。 殇：殇子，未成年即夭折。 壑：坑谷，指埋葬的地方。 道家认为，长寿和短命都逃不出一死。

② 漏泽院：宋代官设的埋葬地，此指漏泽院用地。

③ 稻谷：与道姑谐音。

④ 口吃十一方：和尚口吃十方，住在庙里的秀才连和尚的也要吃，故称口吃十一方。

⑤ 孤老：年老的孤独汉。

（外）魂归冥漠魄归泉①，朱褒
（老）使汝悠悠十八年②。曹唐
（末）一叫一回肠一断③，李白
（合）如今重说恨绵绵④。张籍

① 魂归冥漠魄归泉：朱褒《悼杨氏妓琴弦》："魂归寥廓魄归泉，只住人间十五年。昨日施僧裙带上，断肠犹系琵琶弦。"冥漠：虚无，指死亡。

② 使汝悠悠十八年：曹唐《题子侄书院双松》："枝压细风过枕上，影笼残月到窗前。莫教取次成闲梦，使汝悠悠十八年。"

③ 一叫一回肠一断：李白《宣城见杜鹃花》："蜀国曾闻子规鸟，宣城还见杜鹃花。一叫一回肠一断，三春三月忆三巴。"

④ 如今重说恨绵绵：张籍《送元结》："昔日同游漳水边，如今重说恨绵绵。天涯相见还离别，客路秋风又几年。"

第二十一出　谒遇

【光光乍】（老旦扮僧上）一领破袈裟，香山嶴里巴[1]。多生多宝多菩萨[2]，多多照证光光乍[3]。小僧广州府香山嶴多宝寺一个住持。这寺原是番鬼们建造[4]，以便迎接收宝官员[5]。兹有钦差苗爷任满，祭宝于多宝菩萨位前，不免迎接。

【挂真儿】（净扮苗舜宾，末扮通事[6]，外、贴扮皂卒，丑扮番鬼上）半壁天南开海汉，向真珠窟里排衙[7]。（僧接介）（合）广利神王[8]，善财天女[9]，听梵放海潮音下[10]。（净）“铜柱珠崖道路难，伏波横海旧登坛。越人自贡珊瑚树，汉使何劳獬豸冠？[11]”自家钦差识宝使臣苗舜宾便是。三年任满，例当祭赛多宝

---

① 巴：指寺庙。明代澳门基督教所建之圣保罗教堂 San Paolo 即译为三巴寺。

② 多生：佛教语，佛教认为众生受轮回之苦，生死相续，故名“多生”。　多宝：菩萨名，多宝如来，宝净国世界之佛。

③ 照证：照耀。　光光乍：光头和尚，疑为自嘲之语。

④ 番鬼：明代对外国人的蔑称，犹洋鬼子，这里指外国商人。

⑤ 收宝官员：负责收购珍宝的官员。

⑥ 通事：古代各国在进行外交往来时担任翻译的官员。

⑦ 真珠窟：真珠即珍珠，我国南海盛产珍珠，这里指香山嶴。

⑧ 广利神王：南海海神，唐天宝十载被封为广利王，据说广利王富产奇珍异宝。

⑨ 善财：即民间所谓的“善财童子”。据《华严经·入法界品》记载，善财出生时，家中涌出无数珍宝，故而得名。　天女，欲界天的女性。

⑩ 梵：梵音、梵呗，指说佛法、诵经、歌赞等。　海潮音：形容梵音，声如海潮般庄严宏大，又及时而至，比喻观世音菩萨应时说法之声。

⑪ “铜柱珠崖道路难”等四句：语出唐张谓诗《杜侍御送贡物戏赠》。意思是路途险难，古时只有马援曾经到过。珊瑚树乃越人自己上贡，不需劳烦朝廷派使臣去索取。　铜柱：据《后汉书·马援传》记载，东汉马援曾在今广西思县分茅岭建铜柱，作为分疆标志。　珠崖：汉代郡名，在今海南岛东部，曾以产珍珠闻名。　獬（xiè）豸（zhì）冠：指御史，这里指使臣。

菩萨。通事那里？（末见介）（丑见介）伽喇喇。（老旦见介）（净）叫通事，分付番回献宝[①]。（末）俱已陈设。（净起看宝介）奇哉宝也。真乃磊落山川，精荧日月。多宝寺不虚名矣！看香。（内鸣钟，净礼拜介）

【亭前柳】（净）三宝唱三多[②]，七宝妙无过[③]。庄严成世界，光彩遍娑婆[④]。甚多，功德无边阔。（合）领拜南无[⑤]，多得宝，宝多罗多罗。（净）和尚，替番回海商，祝赞一番。

【前腔】（老旦）大海宝藏多，船舫遇风波。商人持重宝，险路怕经过。刹那[⑥]，念彼观音脱[⑦]。（合前）

【挂真儿】（生上）望长安西日下，偏吾生海角天涯。爱宝的喇嘛[⑧]，抽珠的佛法[⑨]，滑琉璃两下难拿[⑩]。自笑柳梦梅，一贫无赖，弃家而游。幸遇钦差寺中祭宝，托词进见。傥言语中间，可以打动，得其赈援，亦未可知。（见外介）（生）烦大哥通报一声。广州府学生员柳梦梅，来求看宝。（报介）（净）朝廷禁物，

---

① 番回：泛指航海到中国来经商的外国商人。

② 三宝：佛家以佛、法、僧为三宝。此指僧人。　三多：佛家语，据《长阿含经》："三多成就：一近善友，二闻法音，三恶露观。"

③ 七宝：佛家所说之七种宝物，说法不一，《法华经》中七宝为金、银、琉璃、砗磲、玛瑙、珍珠、玫瑰。

④ 娑（suō）婆（pó）：娑婆世界，佛教称大千世界为娑婆世界。

⑤ 南无（nāmó）：梵文音译，归命、敬礼之意，常用来加在佛名、菩萨名或经典名之前，以示尊敬。

⑥ 刹那：梵文音译，最短的时间。

⑦ 念彼观音脱：佛家认为，苦难的人一念观音的佛名，菩萨就会观其音声，使其得到解脱。

⑧ 喇嘛（lǎ ma）：藏语，泛指和尚。

⑨ 抽珠：语义双关，既指念一声佛或一遍经，在数珠上抽一粒珠子以记数，又指抽取珠宝。

⑩ 滑琉璃两下难拿：意指前句所说之爱宝的喇嘛、抽珠的佛法，两者都靠不住，他们像琉璃一样圆滑，不能指望他们的帮助。

那许人观。既係斯文[①]，权请相见。（见介）（生）“南海开珠殿。（净）西方掩玉门[②]。（生）剖怀俟知己。（净）照乘接贤人[③]。”敢问秀才以何至此？（生）小生贫苦无聊。闻得老大人在此赛宝，愿求一观，以开怀抱。（净笑介）既逢南土之珍，何惜西昆之秘[④]。请试一观。（净引生看宝介）（生）明珠美玉，小生见而知之。其间数种，未委何名？烦老大人一一指教。

【驻云飞】（净）这是星汉神砂[⑤]，这是煮海金丹和铁树花[⑥]。少什么猫眼精光射[⑦]，母碌通明差[⑧]。嗏，这是靺鞨柳金芽[⑨]，这是温凉玉斝[⑩]，这是吸月的蟾蜍[⑪]，和阳燧冰盘化[⑫]。（生）我广南有明月珠，珊瑚树。（净）径寸明珠等让他[⑬]，便是

---

① 既係（xì）斯文：既然是读书人。係，通系。

② 玉门：即玉门关，在甘肃省，是古代中国通往西域之交通要道。玉门关外的昆仑山、于阗等地，均盛产玉石。此句意谓不要再向玉门关外去求宝玉了。

③ 照乘：即照乘珠，指特大的珍珠，据说它的光亮能照见许多车辆。《史记·田敬仲完世家》：“若寡人国小也，尚有径寸之珠照车前后各十二乘者十枚。”

④ 西昆之秘：西方昆仑山的秘藏，指稀奇的珍宝。

⑤ 星汉神砂：即星汉砂，一种红黄类宝石。

⑥ 煮海金丹：比星汉砂更名贵的红黄类宝石。 铁树花：指极为稀罕的宝物。

⑦ 猫眼：猫眼石，猫睛石，一种宝石。

⑧ 母碌：祖母绿宝石，为绿色。

⑨ 靺（mò）鞨（hé）：中国古代东北少数民族，满族的先祖，这里是指靺鞨所产的红色宝石。

⑩ 温凉玉斝（jiǎ）：秦国宝物，原名四季温凉玉盏，里面所盛之酒水可以随人意或温或凉。

⑪ 吸月的蟾蜍：或指名为玉蟾蜍的一个宝物，将其放在点着的香炉旁边，它会吸烟入腹，过许久，又会将烟又从口内徐徐吐出。

⑫ 阳燧：一种宝珠。据《太平广记·崔炜》记载，阳燧为宝珠名，传说是大食国（即阿拉伯）的国宝。 冰盘化：据古代地理书籍《三辅黄图》卷三记载，汉代董偃以玉晶盘贮冰。冰盘被人拂倒，冰也化了。

⑬ 径寸明珠：直径达一寸的宝珠。据《太平广记·径寸珠》记载，相传有波斯人在中国一方石中剖得一枚大珠，直径长达一寸，后泛船回国，宝珠为海神强求而去。

几尺珊瑚碎了他[①]。（生）小生不游大方之门[②]，何因睹此！

【前腔】 天地精华，偏出在番回到帝子家。禀问老大人，这宝来路多远？（净）有远三万里的，至少也有一万多程。（生）这般远，可是飞来，走来？（净笑介）那有飞走而至之理。都因朝廷重价购求，自来贡献。（生叹介）老大人，这宝物蠢尔无知，三万里之外，尚然无足而至；生员柳梦梅，满胸奇异，到长安三千里之近，倒无一人购取，有脚不能飞！他重价高悬下，那市舶能奸诈[③]，嗏，浪把宝船𢷾[④]。（净）疑惑这宝物欠真么？（生）老大人，便是真，饥不可食，寒不可衣[⑤]，看他似虚舟飘瓦[⑥]。（净）依秀才说，何为真宝？（生）不欺，小生到是个真正献世宝[⑦]。我若载宝而朝，世上应无价。（净笑介）则怕朝廷之上，这样献世宝也多着。（生）但献宝龙宫笑杀他，便斗宝临潼也赛得他[⑧]。（净）这等便好献与圣天子了。（生）寒儒薄相，要伺候官府，尚不能够。怎见的圣天子？（净）你不知到是圣天子好见。（生）则三千里路资难处。（净）一发不难。古人黄金赠壮士，我

---

① 几尺珊瑚碎了他：用晋代石崇事。据《晋书·石崇传》记载，晋代王恺与石崇争富，王恺拿出皇帝赐他的三尺多高的珊瑚树。石崇看见了，用铁如意把它敲碎，并拿出六七株更高的珊瑚树作赔偿。

② 大方之门：大方之家。语出《庄子·秋水》，本指有道之人，这里指祭宝的大场面。

③ 市舶：古代对外国商船的通称，也指海外贸易。明代在广州设有市舶司，主管对外贸易。

④ 𢷾：同划。

⑤ 饥不可食，寒不可衣：语出《汉书·食货志》。

⑥ 虚舟飘瓦：空的船，飘落下来的瓦片。比喻无用之物。

⑦ 献世宝：现世宝，稀有的宝物。

⑧ 便：即便是、就算是。 斗宝临潼：传说秦穆公为并吞天下十七国诸侯，要每个国家拿出宝物一件，在临潼斗宝。《孤本元明杂剧·临潼斗宝》即演其事。

将衙门常例银两[1]，助君远行。（生）果尔，小生无父母妻子之累，就此拜辞。（净）左右，取书仪，看酒。（丑上）“广南爱吃荔枝酒，直北偏飞榆荚钱。”酒到，书仪在此[2]。（净）路费先生收下。（生）谢了。（净送酒介）

【三学士】 你带微醺走出这香山罅[3]，向长安有路荣华。（生）无过献宝当今驾，撒去收来再似他。（合）骤金鞭及早把荷衣挂[4]，望归来锦上花。

【前腔】 （生）则怕呵，重瞳有眼苍天瞎[5]，似波斯赏鉴无差[6]。（净）由来宝色无真假，只在淘金的会拣沙。（合前）（生）告行了。

【尾声】 你赠壮士黄金气色佳。（净）一杯酒酸寒奋发，则愿的你呵，宝气冲天海上槎[7]。

（生）乌纱巾上是青天[8]，司空图

（净）俊骨英才气俨然[9]。刘长卿

---

① 常例银两：旧时官员在规定俸禄之外所享有的一种额外收入，如下属之馈赠、多收之赋税等，因是不成文规定，故称常例。

② 书仪：旧时馈赠钱物所写之礼帖和封签，这里泛指馈赠的钱物。

③ 罅（xià）：裂缝，此指山口。

④ 把荷衣挂：荷衣，指旧时中进士后所穿的绿袍。把荷衣挂，即指做官。

⑤ 重瞳：一目双眸，古代相术认为这是一种异相、吉相，象征吉利和富贵，古帝虞舜即是重瞳。这里代指贤明皇帝。

⑥ 波斯：指波斯商人，相传波斯人善识宝。

⑦ 海上槎（chá）：比喻爬上去做官。据晋张结《博物志》卷三记载，相传每年八月海上有浮槎来往，有人乘槎一直到了天河之上。槎，浮在水上的木筏。

⑧ 乌纱巾上是青天：司空图《修史亭三首》之三：“乌纱巾上是青天，检束酬知四十年。谁料平生臂鹰手，挑灯自送佛前钱。”

⑨ 俊骨英才气俨然：刘禹锡《哭庞京兆》：“俊骨英才气褎然，策名飞步冠群贤。逢时已自致高位。得疾还因倚少年。”

（生）闻道金门堪济美[①]，张南史

（净）临行赠汝绕朝鞭[②]。李白

① 闻道金门堪济美：张南史《江北春望赠皇甫补阙》："时看雨歇人归岫，每觉潮来树起风。闻道金门堪避世，何须身与海鸥同。"

② 临行赠汝绕朝鞭：李白《送羽林陶将军》："万里横戈探虎穴，三杯拔剑舞龙泉。莫道词人无胆气，临行将赠绕朝鞭。"

第二十二出 旅 寄

【捣练子】 （生伞、袱，病容上）人出路，鸟离巢。（内风声介）搅天风雪梦牢骚①。这几日精神寒冻倒。“香山嶼里打包来②，三水船儿到岸开③。要寄乡心值寒岁，岭南南上半枝梅④。”我柳梦梅。秋风拜别中郎⑤，因循亲友辞饯。离船过岭，早是暮冬。不堤防岭北风严，感了寒疾，又无扫兴而回之理。一天风雪，望见南安。好苦也！

【山坡羊】 树槎牙饿鸢惊叫⑥，岭迢遥病魂孤吊。破头巾雹打风筛，透衣单伞做张儿哨⑦。路斜抄，急没个店儿捎⑧。雪儿呵，偏则把白面书生奚落⑨。怎生冰凌断桥，步高低蹬着。好了。有一株柳，酬将过去⑩。方便处柳跎腰⑪。（扶柳过介）虚嚣⑫，

---

① 牢骚：烦闷不满。

② 打包：收拾行装。

③ 三水：地名，在广州西北部，当为西江、北江、绥江三江合流之处。

④ 要寄乡心值寒岁，岭南南上半枝梅：化用六朝宋陆凯折梅寄友之诗，据《太平御览》卷九七零引六朝盛弘之所作《荆州记》云：陆凯在江南把一枝梅花寄给他的友人范晔，并附诗一首：“折梅逢驿使，寄与陇头人。江南无所有，聊赠一枝春。”

⑤ 中郎：官名，此处指识宝使臣苗舜宾。

⑥ 槎牙：形容老树枯枝纵横，另有查牙、楂丫、杈丫等写法。 鸢（yuān）：老鹰。

⑦ 张儿：一个儿。 这句话意谓风大，吹透单衣，吹过破纸伞，好像哨子一样呜呜作响。

⑧ 捎：有寄托，此处为安顿、寄宿意。一说捎同哨，瞧见之意。

⑨ 奚落：冷落，怠慢，这里解为欺负。

⑩ 酬：扶。方言词。

⑪ 方便处：指比较合适的倚靠之处。 柳跎腰：柳树斜横水上，好像驼腰一样。跎，同“驼”。

⑫ 虚嚣：虚浮，不可靠。这里指柳树扶着不牢、不稳，因其“尽枯杨”。

尽枯杨命一条。蹊跷[1]，滑喇沙跌一交[2]。（跌介）

【步步娇】　（末上）俺是个卧雪先生没烦恼[3]。背上驴儿笑，心知第五桥[4]。那里开年有斋村学[5]！（生作哎呀介）（末）怎生来人怨语声高？（看介）呀，甚城南破瓦窑[6]，闪下个精寒料[7]。（生）救人，救人！（末）我陈最良，为求馆冲寒到此。彩头儿恰遇着吊水之人，且由他去。（生又叫介）救人！（末）听说救人，那里不是积福处。俺试问他。（问介）你是何等之人，失脚在此？（生）俺是读书之人。（末）委是读书之人，待俺扶起你来。（末扶生，相跌，诨介）（末）请问何方至此？

【风人松】　（生）五羊城一叶过南韶[8]，柳梦梅来献宝。（末）有何宝货？（生）我孤身取试长安道，犯严寒少衾单病了。没揣的逗着断桥溪道，险跌折柳郎腰。（末）你自揣高中的，方可去受这等辛苦。（生）不瞒说，小生是个擎天柱，架海梁[9]。（末笑介）却怎生冻折了擎天柱，扑倒了紫金梁？这也罢了，老夫颇谙医理。边近有梅花观，权将息度岁而行。

---

① 蹊跷：奇怪，这里意为“不知怎么”。

② 滑喇沙：滑，指脚步打滑。喇沙，语助词，无义。

③ 卧雪先生：典出东汉袁安故事，据《后汉书·袁安传》记载，洛阳大雪，袁安一个人僵卧在家里，不愿出去求人。后来作为安贫乐道之典范，这里是陈最良自比。

④ 第五桥：在长安韦曲之西。杜甫诗《陪郑广文游何将军山林》有：“不识南塘路，今知第五桥。”这里只是指一座桥，泛指目的地。　背上驴儿笑，心知第五桥：即坐上驴背上，感觉驴儿脚步轻快，心知马上就要到达目的地了。

⑤ 斋村学：村塾。

⑥ 破瓦窑：指宋代吕蒙正青年时贫穷潦倒，寄居在破窑之中。

⑦ 精寒料：穷光蛋、倒霉鬼。

⑧ 五羊城：广州之别名。神话传说，吴修做广州刺史，有五位仙人骑五色羊，负五谷而来，故得名。　一叶：即一只小船。　南韶：即韶州，今广东韶关一带。

⑨ 擎天柱，驾海梁：戏曲中常以擎天白玉柱、驾海紫金梁比喻朝廷将相或有出息的读书人。

【前腔】 （末）尾生般抱柱正题桥[1]，做倒地文星佳兆[2]。论草包似俺堪调药[3]，暂将息梅花观好。（生）此去多远？（末指介）看一树雪垂垂如笑[4]，墙直上绣幡飘[5]。（生）这等望先生引进。

（生）三十无家作路人[6]，薛据

（末）与君相见即相亲[7]。王维

（生）华阳洞里仙坛上[8]，白居易

（合）似近东风别有因[9]。罗隐

---

① 尾生般抱柱正题桥：这用尾生抱柱和司马相如题桥的典故，比喻柳梦梅抱负远大但却不小心掉进了水里。尾生般抱柱，传说尾生约定他的爱人在桥下相会。尾生先到，遇到河上涨水，但他信守承诺，不肯离开，“乃抱桥柱而死”（《庄子·盗跖》）。 题桥，传说汉代辞赋作家司马相如初入长安，经过成都升仙桥，他在桥柱上题了一行字：“不乘赤车驷马，不过此下。”（《西京杂记》）后司马相如果得汉武帝赏识。

② 文星：文曲星，旧时认为是主文的星宿，亦指有文才之人。 倒地文星：因为文曲星的塑像是一个鬼以一只脚翘起踢斗，好像要倒下来一样，故名。

③ 草包：没有学问的无用之人。这里是陈最良自嘲之词。

④ 一树雪：一树像雪一样的梅花。

⑤ 幡（fān）：用竹竿等挑起来直着挂的长条形旗子。

⑥ 三十无家作路人：薛据（一作綦毋潜作）《早发上东门》：“十五能行西入秦，三十无家作路人。时命不将明主合，布衣空染洛阳尘。”

⑦ 与君相见即相亲：王维《寄河上段十六》：“与君相见即相亲，闻道君家在孟津。为见行舟试借问，客中时有洛阳人。” 此指陈最良与柳梦梅同为落魄书生。

⑧ 华阳洞里仙坛上：白居易《华阳观中八月十五日夜招友玩月》：“人道秋中明月好，欲邀同赏意如何。华阳洞里秋坛上，今夜清光此处多。” 此指柳梦梅借住在梅花观。

⑨ 似近东风别有因：罗隐《牡丹花》：“似共东风别有因，绛罗高卷不胜春。若教解语应倾国，任是无情亦动人。” 别有因是指作者安排柳梦梅栖身梅花观是为了捡到杜丽娘的画像，与其相识相爱。

第二十三出　冥　判

北【点绛唇】　（净扮判官[①]，丑扮鬼持笔、簿上）十地宣差[②]，一天封拜。阎浮界[③]，阳世栽埋[④]，又把俺这里门桯迈[⑤]。自家十地阎罗王殿下一个胡判官是也。原有十位殿下，因阳世赵大郎家[⑥]，和金达子争占江山[⑦]，损折众生，十停去了一停，因此玉皇上帝，照见人民稀少，钦奉裁减事例。九州九个殿下，单减了俺十殿下之位，印无归着。玉帝可怜见下官正直聪明，着权管十地狱印信。今日走马到任，鬼卒夜叉，两傍刀剑，非同容易也。（丑捧笔介）新官到任，都要这笔判刑名[⑧]，押花字[⑨]。请新官喝采他一番。（净看笔介）鬼使，捧了这笔，好不干系也[⑩]。

【混江龙】　这笔架在那落迦山外[⑪]，肉莲花高耸案前排[⑫]。捧的是功曹令史[⑬]，识字当该[⑭]。（丑）笔管儿？（净）笔管儿是

---

① 判官：传说在冥司中，判官掌管生死簿。

② 十地：佛家语，本指菩萨修行的十种境界，这里指阴司十殿的第十殿转轮王，主管鬼魂转世事。　宣差：当差。

③ 阎浮界：泛指人世间。

④ 栽埋：埋葬。

⑤ 桯（tīng）：门槛。

⑥ 赵大郎：指宋太祖赵匡胤。

⑦ 金达子：南宋对女真族的蔑称。女真族曾建金朝，和南宋长期对立。

⑧ 刑名：指各种刑罚的名称。

⑨ 押花字：签名画押。

⑩ 好不干系：关系重大，责任重大！

⑪ 那落迦山：梵语音译，指地狱。这里单取“山”字，指笔架。

⑫ 肉莲花：这两句是形容地狱悲惨的情景。莲花通常用来形容山形，这里指笔架。肉，是说阴司笔架由人肉做成。

⑬ 功曹、令史：都是阎罗殿中担任吏员之类职务的下级官员。

⑭ 当该：当班、当值。

手想骨、脚想骨①，竹筒般锉的圆滴溜②。（丑）笔毫？（净）笔毫呵，是牛头须③、夜叉发，铁丝儿揉定赤支毸④。（丑）判爷上的选哩⑤？（净）这笔头公⑥，是遮须国选的人才⑦。（丑）有甚名号？（净）这管城子⑧，在夜郎城受了封拜⑨。（丑）判爷兴哩？（净作笑舞介）啸一声⑩，支兀另汉钟馗其冠不正⑪。舞一回，疏喇沙斗河魁近墨者黑⑫。（丑）喜哩？（净）喜时节，渿河桥题笔儿要去⑬。（丑）闷呵？（净）闷时节，鬼门关投笔归来。（丑）判爷可上榜来⑭？（净）俺也曾考神祇，朔望旦名题天榜⑮。（丑）可会书来？（净）摄星辰，井鬼宿⑯，俺可也文会书斋。（丑）判

---

① 手想骨、脚想骨：手管骨、脚管骨，阴间笔管都是用手骨、脚骨做成的。

② 锉（cuò）：用锉刀去掉物体的芒角，这里指把手骨、脚骨都磨得圆溜溜的，如同竹管一般。

③ 牛头：阎罗殿上的鬼差，牛头人身。

④ 赤支毸（sāi）：指红色的胡须。毸，胡须。

⑤ 上的选：上面所印的选者为谁。制毛笔重在选毫，故旧时毛笔上印有某人（或某商号）“精选”的字样。

⑥ 笔头公：指笔。

⑦ 遮须国：传说三国魏曹植死后做遮须国王。《类说·传奇·洛浦神女感甄赋》：“旷曰：‘思王今在何处？’女曰：‘见为遮须国王。’”

⑧ 管城子：指笔，是唐代韩愈在《毛颖传》中给笔取的外号。

⑨ 夜郎城：即夜郎国，本指汉代我国西南地区由少数民族所建立的一个小国，大部在今贵州省境内，现有“夜郎自大”成语，形容妄自夸大。这里与夜郎国无关，仅是借“夜”字来指阴间。

⑩ 啸：打口哨。

⑪ 兀另：形容啸声。　钟馗（kuí）：民间传说能驱鬼除邪之神，容貌丑陋。

⑫ 疏喇沙：形容舞蹈的声、态。　斗：斗魁，主管文章，手执墨斗，作踢斗状。河魁：凶神名。

⑬ 渿（nài）河桥：佛教说地狱中有奈河，河上有桥名奈河桥，为恶人所走，桥险窄，恶人过桥时会堕入河中，河中全是污血。

⑭ 可上榜来：可曾列名在榜上？即曾否考取功名之意。

⑮ 朔、望：朔日指阴历每月的初一，望日指阴历每月的十五。

⑯ 井、鬼：星宿名。由鬼星联想到主文的魁星，意思说自己也能文。

爷高才。（净）做弗迭鬼仙才[①]，白玉楼摩空作赋[②]；陪得过风月主，芙蓉城遇晚书怀[③]。便写不尽四大洲转轮日月[④]，也差的着五瘟使号令风雷[⑤]。（丑）判爷见有地分[⑥]？（净）有地分，则合北斗司、阎浮殿，立俺边傍[⑦]；没衙门，却怎生东岳观、城隍庙，也塑人左侧[⑧]。（丑）让谁？（净）便百里城高捧手[⑨]，让大菩萨，好相庄严乘坐位[⑩]。（丑）恼谁？（净）怎三尺土，低分气[⑪]，对小鬼卒，清奇古怪立基阶。（丑）纱帽古气些。（净）但站脚，一管笔、一本簿，尘泥轩冕[⑫]。（丑）笔干了。（净）要润笔[⑬]，十锭金、十贯钞，纸陌钱财。（丑）点鬼簿在此。（净）则见没掂三

---

① 做弗迭：做不到。 鬼仙才：唐代李贺被称为“诗鬼”，其诗被称为“鬼仙之词”。据李商隐《李长吉小传》记载，据说他临死时看见有绯衣人带信给他，说天帝造了一座白玉楼，请他去写文章。

② 摩空作赋：化自李贺诗：“殿前作赋声摩空。”摩空，形容声音很高，直上天空。

③ 风月主：指宋代诗人石曼卿。芙蓉城：传说石曼卿死后为芙蓉城主，为仙人所居之地。

④ 四大洲：佛家说须弥山四方咸海中有四大洲：东胜神洲、南赡部洲、西牛贺洲、北俱芦洲。四大洲相当于现在所说的世界。

⑤ 五瘟使：“五瘟神”，主管人间疾病的灾神。

⑥ 见：即现。 地分：地位。

⑦ 则合北斗司、阎浮殿，立俺边旁：指判官的塑像立在北斗司的北斗星君和阎浮殿的阎罗旁边。北斗星君，传说主管人死；阎浮，指阎罗。

⑧ 东岳观、城隍庙，也塑人左侧：指东岳观、城隍庙里也都有判官的塑像，是塑立在东岳大帝、城隍的左侧。东岳观，即东岳庙，祀东岳大帝，传说主管人的生死以及善恶报应。城隍，地方的神名，旧时各省、府、县都有城隍。

⑨ 百里城：百里侯，原指县官，这里指权管十地狱印信的判官。 高捧手：指判官的塑像，照例都是站着，手捧笔和文卷。

⑩ 好相庄严：指佛像庄严。 乘坐位，有座位坐着。

⑪ 怎三尺土，低分气：指塑像不够三尺高，不够体面。

⑫ 尘泥轩冕：指座车衣冠上全是尘泥。轩，冕都是古代大夫以上的官才能使用。

⑬ 润笔：原指毛笔泡水的动作，后指写字、作文、作画的报酬，由上文“笔干了”引起。这里是贿赂之意。

展花分鱼尾册[①]，无赏一挂日子虎头牌[②]。真乃是鬼董狐落了款[③]，《春秋传》某年某月某日下，崩薨葬卒大注脚[④]。假如他支祈兽上了样，把禹王鼎各山各水各路上，魍魉魑魅细分腮[⑤]。（丑）待俺磨墨。（净）看他子时砚[⑥]，忔忔察察[⑦]，乌龙蘸眼显精神[⑧]。（丑）鸡唱了。（净）听丁字牌[⑨]，冬冬登登[⑩]，金鸡翦梦追魂魄。（丑）禀爷点卷。（净）但点上格子眼，串出四万八千三界[⑪]，有漏人名[⑫]，乌星炮粲[⑬]。怎按下笔尖头，插入一百四十二

① 没掂三：不经考虑，糊里糊涂。 花分鱼尾册：指点鬼簿，上面列有该去传拿的人名。

② 无赏一：一无奖赏，引申为处分，此指判处死刑。 虎头牌：疑指摄魂牌。

③ 鬼董狐：董狐是春秋时代晋国的史官，以公正不阿而著称，鬼董狐是指六朝晋干宝，因其著《搜神记》，善写鬼怪而得名。这里指判官。 落了款：署了名。

④ 崩、薨、葬、卒：封建时代对死的不同称谓。《礼·曲礼》："天子死曰崩，诸侯曰薨。" 注脚：注解，说明。

⑤ "假如他支祈兽"三句：支祈兽，即无支祈，淮河水神，形状似猴，力大无比，被大禹治水时征服。 上了样：铸在鼎上。 禹王鼎，相传夏禹铸九鼎，鼎上有百物的图像，包括魑、魅、魍、魉这些山林水泽的神怪在内。 细分腮（sāi）：细细地区分其不同的形貌。 这三句是形容点鬼簿上形形色色各种人物俱全，一无遗漏，好比禹王鼎上不仅铸上了支祈兽的像，各地山林水泽的神怪，也都在鼎上现着形。

⑥ 子时砚：半夜子时用的砚。

⑦ 忔（qì）忔察察，形容磨墨时发出的声音。

⑧ 乌龙：指墨。 蘸眼：即耀眼，形容墨汁闪闪发光，耀人眼目。

⑨ 丁字牌：丁字形的摄魂牌。

⑩ 冬冬登登：形容丁字牌碰撞时发出的声音。

⑪ 四万八千，形容人死后将遭遇到的各种不同的命运。 三界：佛家所指的众生轮回的欲界（有淫欲、色欲的众生住所）、色界（无淫、食二欲的众生住所）、无色界（没有物质、身体的世界）。

⑫ 有漏：佛家语，指世间有烦恼之事物。

⑬ 乌星炮粲：形容人多。炮粲指爆竹爆裂时的碎片。

重无间地狱[①]，铁树花开[②]。(丑) 大押花。(净) 哎也，押花字，止不过发落簿锉、烧、舂、磨一灵儿[③]。(丑) 少一个请字。(净) 登请书，左则是那虚无堂，瘫、痨、蛊、膈四正客[④]。(丑) 吊起称竿来。(众卒应介) (净) 发称竿，看业重身轻[⑤]，衡石程书秦狱吏[⑥]。(内作"哎哟"，叫"饶也，苦也"介) (丑) 隔壁九殿下拷鬼。(净) 肉鼓吹[⑦]，听神啼鬼哭，毛钳刀笔汉乔才[⑧]。这时节呵，你便是没关节包待制[⑨]、"人厌其笑"[⑩]。

① 无间地狱：阿鼻地狱，八大地狱之一，罪人堕入无间地狱，会永远受苦，无休无止。从寒冰地狱到饮铜地狱，一共有一百四十二重。

② 铁树花开：比喻不可能或极少可能的事，这里是说判官按下笔尖头，不把鬼犯打入无间地狱，是罕见之事。

③ 锉、烧、舂、磨：都是地狱刑罚的名称。 一灵儿：指游魂。

④ 瘫、痨、蛊、膈：都是疾病名称。瘫，瘫痪、风瘫。痨，结核症。蛊，蛊毒。膈，噎膈反胃，吃不下东西。 正客：凶神。

⑤ 业重：佛教语，即罪孽深重。

⑥ 衡石（dàn）程书秦狱吏：形容办案之迅速。据《史记·秦始皇本纪》记载，因秦代的竹简文书很重，秦始皇每天要用秤称取一石（一百二十斤）重的公文，每天定量，不完成不休息。 石程：一石的数量。

⑦ 肉鼓吹：鼓吹即音乐。据说五代后蜀李匡远性情残忍，天天用刑，他把鞭打犯人的声音称为"肉鼓吹"。

⑧ 毛钳：毛笔。 刀笔：古代用笔在竹片上写字，如有错误便用刀划掉，这里指刀笔吏。 汉乔才：乔才即坏蛋，汉乔才即指汉代的酷吏。

⑨ 没关节包待制：包节制指宋代包拯，他做过天章阁待制、龙图阁直学士、开封知府等官，称为包待制、包龙图。没关节是指包拯铁面无私，不受贿赂，当时有谚语说："关节不到，有阎罗、包老。"

⑩ 人厌其笑：这里是说包拯难得一笑，他即使笑了也是令人害怕的。这里极言地狱之惨。

（内哭介）恁风景，谁听的无棺椁颜修文[①]、“子哭之哀”[②]！（丑）判爷害怕哩。（净恼介）哎，《楼炭经》，是俺六科五判[③]。刀花树，是俺九棘三槐[④]。脸娄搜风髯赳赳[⑤]。眉剔竖电目崖崖[⑥]。少不得中书鬼考，录事神差[⑦]。比著阳世那金州判、银府判、铜司判、铁院判[⑧]，白虎临官[⑨]，一样价打贴刑名催伍作[⑩]；实则俺阴

---

① 无棺椁颜修文：颜，指颜回，孔丘弟子，才高命短。颜修文，王隐《晋书》称颜回死后在阴间担任修文郎的官。无棺椁，据《论语·先进》记载，颜回死后没有棺椁，其父请求孔丘把车子卖了，给颜渊买椁。孔丘不答应。因为按照他的身份，必须坐车，不能徒步。

② “子哭之哀”：子，指孔丘。孔子听说颜渊死后，哭得很伤心。这两句话的意思是，地狱境况已经够惨了，不忍再听见哭声。

③ 《楼炭经》，是俺六科五判：意即《楼炭经》是我判刑的依据。《楼炭经》为古书名，唐段公路《北户录》卷一《绯猨》条提到此书，曰：“《楼炭经》云：鸟有四千五百种，兽有二千四百种。”　六科：即六条，汉代刺史到各地巡察、审案所依据的六条法令。　五判：指笞、杖、徒、流、死等五种刑罚。

④ 刀花树：指刀山地狱。　九棘三槐：九棘，古代群臣外朝之位，三槐，相传周朝官廷外有三棵槐树，三公朝天子时，面向三槐而立，后以三槐喻三公。九棘三槐，这里指审判厅。

⑤ 脸娄搜：形容满脸胡子。　赳赳：威武雄健的样子。

⑥ 崖崖：形容目光凌厉。

⑦ 少不得中书鬼考，录事神差：这里是说协助判官审理鬼魂的吏员很多。中书，官名，原掌禁中书记，此指阴司中掌管文书的鬼吏。录事，抄录文书的官吏。

⑧ 金州判、银府判、铜司判、铁院判：州判、府判、司判、院判，州、府、司、院的判官；司、院，官署名。金、银、铜、铁，表示判官贪赃致富的等差，愈在下级衙门愈有钱，因其直接处理民刑词讼，易于放手敲诈。

⑨ 白虎临官：白虎为凶神名，碰到他当值就有灾祸。

⑩ 打贴：打点、处治。　刑名：刑罚名称，这里指量刑、定刑之人。　伍作，即仵作，旧时法庭中检验尸、伤的差役。

府里注湿生，牒化生，准胎生，照卵生①，青蝇报赦②，十分的磊齐功德转三阶③。威凛凛人间掌命，颤巍巍天上消灾。叫掌案的④，这簿上开除都也明白⑤。还有几宗人犯，应该发落了？（贴扮吏上）“人间勾令史，地下列功曹⑥。”禀爷，因缺了殿下，地狱空虚三年。则有枉死城中轻罪男子四名，赵大、钱十五、孙心、李猴儿；女囚一名，杜丽娘：未经发落。（净）先取男犯四名。（生、末、外、老旦扮四犯，丑押上）（丑）男犯带到。（净点名介）赵大有何罪业，脱在枉死城？（生）鬼犯没甚罪。生前喜歌唱些。（净）一边去。叫钱十五。（末）鬼犯无罪。则是做了一个小小房儿，沈香泥壁⑦。（净）一边去。叫孙心。（老旦）鬼犯些小年纪，好使些花粉钱⑧。（净）叫李猴儿。（外）鬼犯是有些罪，好男风⑨。（丑）是真。便在地狱里，还勾上这小孙儿。（净恼介）谁叫你插嘴！起去伺候。（做写簿介）叫鬼犯听发落。（四犯同跪介）（净）俺初权印，且不用刑。赦你们卵生去罢。

---

① 注湿生，牒化生，准胎生，照卵生：指佛经所说的四生，即世界众生有四种方式出生。注、牒、准、照，四个都是动词，判明，批准之意。湿生：指如昆虫依湿气而受形。化生：指无所依托，借业力而忽然出现的，如诸天、地狱及劫初众生。胎生：如人畜。卵生：如禽鸟鱼鳖。

② 青蝇报赦：据《晋书》卷一百十三记载，前秦国主苻坚正在起草赦书，有一只大苍蝇绕着他的笔尖飞，结果赦书还没有发出，长安人都已经知道了。原来是这个苍蝇化为黑衣人，将消息传了出去。

③ 磊齐功德：形容功高德厚。转三阶：指官升了三级。

④ 掌案的：掌管案卷的吏员。

⑤ 开除：开列，列出。

⑥ 人间勾令史，地下列功曹：意指人间死了一个令史，来到阴间便做了阴间的功曹。

⑦ 沈（chén）香泥壁：沈香，即沉水香，一种昂贵的香料。泥，涂。这里极言奢侈。

⑧ 花粉钱：指嫖妓的费用。

⑨ 好男风：好男色。

(外）鬼犯们禀问恩爷，这个卵是什么卵？若是回回卵[①]，又生在边方去了。（净）哇，还想人身？向蛋壳里走去。（四犯泣介）哎。被人宰了！（净）也罢，不教阳间宰吃你。赵大喜歌唱，贬做黄莺儿。（生）好了。做莺莺小姐去[②]。（净）钱十五住香泥房子。也罢，准你去燕窠里受用，做个小小燕儿。（末）恰好做飞燕娘娘哩[③]。（净）孙心使花粉钱，做个蝴蝶儿。（外）鬼犯便和孙心同做蝴蝶去。（净）你是那好男风的李猴，着你做蜜蜂儿去，屁窟里长拖一个针。（外）哎哟，叫俺钉谁去？（净）四位虫儿听分付：

【油葫芦】 蝴蝶呵，你粉版花衣胜翦裁[④]；蜂儿呵，你忒利害，甜口儿咋着细腰挨；燕儿呵，斩香泥弄影钩帘内；莺儿呵，溜笙歌警梦纱窗外：恰好个花间四友无拘碍[⑤]。则阳世里孩子们轻薄，怕弹珠儿打的呆，扇梢儿扑的坏，不枉了你宜题入画高人爱，则教你翅挪儿展将春色闹场来[⑥]。（外）俺做蜂儿的不来，再来钉肿你个判官脑。（净）讨打。（外）可怜见小性命。（净）罢了。顺风儿放去，快走快走。（净噀气介[⑦]）（四人做各色飞下）（净做向鬼门嘘气吷声介[⑧]）（丑带旦上）“天台有路难逢俺，地狱无情欲恨谁？”女鬼见。（净抬头背介[⑨]）这女鬼到有几分颜色！

---

① 回回卵：对少数民族的蔑称。

② 莺莺小姐：即唐代元稹传奇《会真记》和元代王实甫杂剧《西厢记》的女主角崔莺莺，此指“黄莺儿”。

③ 飞燕娘娘：汉成帝的皇后赵飞燕，古代四大美人之一，此指“小燕儿”。

④ 粉版花衣：形容蝴蝶的翅膀。

⑤ 花间四友：中国传统文化中称莺、燕、蜂、蝶为花间四友。

⑥ 翅挪儿：翅膀。　闹场：指蜜蜂飞动，嗡嗡作响，很是热闹。

⑦ 噀（xùn）气：嘘气做法。

⑧ 吷（xuè）声：小声。

⑨ 背介：旁白，背对着剧中其他角色，面对观众的说白。

【天下乐】 猛见了荡地惊天女俊才，哈也么哈[①]，来俺里来。（旦叫苦介）（净）血盆中叫苦观自在[②]。（丑耳语介）判爷权收做个后房夫人。（净）哇，有天条，擅用囚妇者斩。则你那小鬼头胡乱筛[③]，俺判官头何处买？（旦叫哎介）（净回身）是不曾见他粉油头忒弄色[④]。叫那女鬼上来。

【那吒令】 瞧了你润风风粉腮[⑤]，到花台、酒台[⑥]？溜些些短钗[⑦]，过歌台、舞台？笑微微美怀，住秦台、楚台[⑧]？因甚的病患来？是谁家嫡支派？这颜色不像似在泉台[⑨]。（旦）女囚不曾过人家[⑩]，也不曾饮酒，是这般颜色。则为在南安府后花园梅树之下，梦见一秀才，折柳一枝，要奴题咏。留连婉转，甚是多情。梦醒来沈吟，题诗一首："他年若傍蟾宫客，不是梅边是柳边。"为此感伤，坏了一命。（净）谎也。世有一梦而亡之理？

【鹊踏枝】 一溜溜女婴孩[⑪]，梦儿里能宁耐[⑫]！谁曾挂圆梦招牌，谁和你拆字道白[⑬]？哈也么哈，那秀才何在？梦魂中曾见

---

① 哈（hāi）也么哈：戏曲演唱中的助声词，表示感叹，这里是表示判官看到杜丽娘美貌时的惊艳之情。

② 血盆：地狱名。 观自在：观世音菩萨，这里是将杜丽娘比作观音菩萨，极言其美貌。

③ 胡乱筛：胡说八道。

④ 粉油头：指少女。 弄色：卖弄风情。

⑤ 润风风粉腮：形容杜丽娘脸色娇嫩红润。

⑥ 花台、酒台：均是吃酒的场所。

⑦ 溜些些短钗：短钗微斜。

⑧ 秦台：秦国弄玉和她的爱人萧史所居之处。 楚台：楚怀王与巫山神女欢会之处。

⑨ 泉台：黄泉、阴间。

⑩ 过人家：指出嫁。

⑪ 一溜溜：指一点点大。

⑫ 能宁耐：能有这样的本事。

⑬ 挂圆梦招牌：指以解梦为职业。 拆字道白：即以拆字来占卜运气好坏。

谁来？（旦）不曾见谁。则见朵花儿闪下来，好一惊。（净）唤取南安府后花园花神勘问。（丑叫介）（末扮花神上）“红雨数番春落魄，《山香》一曲女消魂[①]。”老判大人请了。（举手介）（净）花神，这女鬼说是后花园一梦，为花飞惊闪而亡。可是？（末）是也。他与秀才梦的绵缠，偶尔落花惊醒。这女子慕色而亡。（净）敢便是你花神假充秀才，迷误人家女子？（末）你说俺着甚迷他来？（净）你说俺阴司里不知道呵！

【后庭花滚】 但寻常春自在，恁司花忒弄乖。眨眼儿偷元气艳楼台[②]。克性子费春工淹酒债[③]。恰好九分态，你要做十分颜色。数着你那胡弄的花色儿来。（末）便数来。碧桃花。（净）他惹天台[④]。（末）红梨花。（净）扇妖怪[⑤]。（末）金钱花。（净）下的财[⑥]。（末）绣球花。（净）结得采。（末）芍药花。（净）心事谐。[⑦]（末）木笔花。（净）写明白。（末）水菱花。（净）宜镜台。（末）玉簪花。（净）堪插戴。（末）蔷薇花。（净）露

---

① 山香：古代神话中的曲名，据《仇池笔记·研光帽》（旧题苏轼撰），西王母宴群仙，有舞者舞《山香》，曲未终，花纷纷落下。这里指杜丽娘因梦而亡。

② 眨眼儿偷元气艳楼台：意思是说，片刻之间，你就偷取天地元气，催开百花，使楼台变得更加美丽。

③ 克性子费春工淹酒债：意思说，你应该克制一下自己的本性，即少在花酒之间陶醉。

④ 碧桃花、他惹天台：碧桃花在戏曲中指男女幽会的地方。

⑤ 红梨花、扇妖怪：典出元代张寿卿《谢金莲诗酒红梨花》杂剧，故事讲述北宋赵汝舟爱上了妓女谢金莲，但是友人洛阳太守刘公弼担心他因贪恋美色耽误前程，于是设计哄骗，说晚上与他相会的是一个女鬼，红梨花就是她的怨气所化，赵汝舟被吓得逃走赴考。考取功名后，刘公弼又设宴让两人相见，解释真相，促两人成婚。

⑥ 金钱花、下的财：下的财指订婚时男方向女方送财礼。

⑦ 芍药花、心事谐：芍药花常与爱情联系在一起。《诗经·郑风·溱洧》有：“维士与女，伊其相谑，赠之以勺药。”

渲腮[1]。(末)腊梅花。(净)春点额[2]。(末)剪春花。(净)罗袂裁。(末)水仙花。(净)把绫袜踹[3]。(末)灯笼花。(净)红影筛。(末)酴醿花。(净)春醉态[4]。(末)金盏花。(净)做合卺杯。(末)锦带花。(净)做裙褶带。(末)合欢花。(净)头懒抬[5]。(末)杨柳花。(净)腰恁摆[6]。(末)凌霄花。(净)阳壮的咍。(末)辣椒花。(净)把阴热窄。(末)含笑花。(净)情要来。(末)红葵花。(净)日得他爱。(末)女萝花。(净)缠的歪。(末)紫薇花。(净)痒的怪[7]。(末)宜男花。(净)人美怀。(末)丁香花。(净)结半躧[8]。(末)豆蔻花。(净)含着胎[9]。(末)奶子花。(净)摸着奶。(末)栀子花。(净)知趣乖。(末)柰子花。(净)恣情奈。(末)枳壳花。(净)好处揩。(末)海棠花。(净)春困怠[10]。(末)孩儿花。(净)呆笑孩。(末)姊妹花。(净)偏妒色。(末)水红花。(净)了不

---

① 蔷薇花、露渲腮:蔷薇花露为宋元时妇女常用的化妆品。

② 腊梅花、春点额:据说南朝宋武帝的女儿寿阳公主,有一次躺在含章殿檐下,梅花落在她的额上。后来人就照着在额头上用胭脂点一朵梅花,称梅花妆。

③ 水仙花、把绫袜踹:这里是由水仙花联想到水仙洛神,曹植《洛神赋》有“凌波微步,罗袜生尘”描写洛神之仙姿。

④ 酴醿花、春醉态:酴醿花可制酴醿酒。

⑤ 合欢花、头懒抬:合欢花的叶子到晚上就合拢,故又名夜合、合昏。人们常用以象征恋爱结婚、夫妻好合。这里是借用花名写女子从受聘、出嫁、生子,直到老去的过程。

⑥ 杨柳花、腰恁摆:古人常将杨柳的摇曳喻美人腰身。

⑦ 紫薇花、痒的怪:据说用手抚摸紫薇花,枝叶就会摇动,所以又称怕痒花。

⑧ 丁香花、结半躧(xǐ):古人认为丁香的花蕾如结,结半躧,即指丁香花蕾开了一半。躧,花的开放。

⑨ 豆蔻花、含着胎:南方人认为尚未大开的豆蔻花,形如怀孕之身,故称之为“含胎花”。

⑩ 海棠花、春困怠:诗词中常以海棠花形容美人春困。

开[1]。(末) 瑞香花。(净) 谁要采[2]。(末) 旱莲花。(净) 怜再来[3]。(末) 石榴花。(净) 可留得在[4]？几桩儿你自猜。哎，把天公无计策。你道为什么流动了女裙钗[5]，划地里牡丹亭又把他杜鹃花魂魄洒[6]？(末) 这花色花样，都是天公定下来的。小神不过遵奉钦依，岂有故意勾人之理？且看多少女色，那有玩花而亡。(净) 你说自来女色，没有玩花而亡。数你听著。

【寄生草】 花把青春卖，花生锦绣灾。有一个夜舒莲，扯不住留仙带[7]；一个海棠丝，翦不断香囊怪[8]；一个瑞香风赶不上非烟在[9]。你道花容那个玩花亡[10]？可不道你这花神罪业随花败。

---

① 水红花、了不开：水红花即蓼花，了与蓼谐音。

② 瑞香花、谁要采：谁与瑞谐音。

③ 旱莲花、怜再来：旱莲花即小连翘。怜与“莲”谐音，指爱人。

④ 石榴花、可留得在：留与榴谐音。

⑤ 流动：此指感动。 女裙钗：古时妇女着裙插钗，故以裙钗代称女子，此指杜丽娘。

⑥ 划地里：怎的。表示嗔怪、反诘语气。 杜鹃花魂魄洒：据传杜鹃是蜀帝杜宇的亡魂所化，这里比喻杜丽娘之死。

⑦ 有一个夜舒莲，扯不住留仙带：夜舒莲，出自东汉灵帝之事，据《类说》引《拾遗记·夜舒荷》，汉灵帝荒淫无度，建立裸游馆。里面有流香渠，渠中荷花晚上开放，白天卷合，名曰夜舒荷。代指荒淫之行。 留仙带，指赵飞燕之事，据《赵后外传》，汉成帝很宠幸赵飞燕，有一次，赵飞燕起舞，正好起风，她说：“仙乎，仙乎，去故而就新。”左右扯住了她的裙子，才把她留下。后来流行的一种有绉折的裙子就叫留仙裙。在成帝死后，赵飞燕畏罪自杀。赵飞燕，及下面杨贵妃、步非烟，都因玩花而亡，即被情爱所惑而亡，故而后面说要禁了春天的烟花。

⑧ 一个海棠丝，剪不断香囊怪：海棠丝、香囊怪，指杨贵妃之事。海棠丝，据《事类统编》卷七十八引《太真外传》：“明皇登沉香亭，召太真。宿酒未醒，钗横鬓乱。不能再拜。上笑曰：‘岂海棠春睡未足耶！’” 香囊怪，安史之乱后，杨贵妃被赐死马嵬坡，后唐明皇返回京城，命人将杨之骸骨重新安葬，打开坟墓之后，只看到一个锦香囊。

⑨ 一个瑞香风赶不上非烟在：非烟指唐传奇中步非烟的故事，据《太平广记·非烟传》，武公业的爱妾步非烟与书生赵象偷偷相爱，赵象赠其诗曰：“瑞香风引思深夜，知是蕊宫仙驭来。”后来事泄，非烟被武公业毒打而死。

⑩ 花容：如花之容貌，指美人。

（末）花神知罪，今后再不开花了。（净）花神，俺这里已发落过花间四友，付你收管。这女囚慕色而亡，也贬在燕莺队里去罢。（末）禀老判，此女犯乃梦中之罪，如晓风残月[①]。且他父亲为官清正，单生一女，可以耽饶。（净）父亲是何人？（旦）父亲杜宝知府，今升淮扬总制之职。（净）千金小姐哩。也罢，杜老先生分上，当奏过天庭，再行议处。（旦）就烦恩官替女犯查查，怎生有此伤感之事？（净）这事情注在断肠簿上。（旦）劳再查女犯的丈夫，还是姓柳姓梅？（净）取婚姻簿查来。（作背查介）是。有个柳梦梅，乃新科状元也。妻杜丽娘，前系幽欢，后成明配。相会在红梅观中。不可泄漏。（回介）有此人和你姻缘之分。我今放你出了枉死城，随风游戏，跟寻此人。（末）杜小姐，拜了老判。（旦叩头介）拜谢恩官，重生父母。则俺那爹娘在扬州，可能勾一见？（净）使得。

【幺篇】 他阳禄还长在，阴司数未该。禁烟花一种春无赖[②]，近柳梅一处情无外。望椿萱一带天无碍。则这水玻璃[③]，堆起望乡台[④]，可哨见纸铜钱[⑤]，夜市扬州界[⑥]？花神，可引他望乡台随意观玩。（旦随末登台，望扬州哭介）那是扬州，俺爹爹奶奶呵，待飞将去。（末扯住介）还不是你去的时节。（净）下来听分付。功曹给一纸游魂路引去[⑦]，花神休坏了他的肉身也。（旦）谢恩官。

---

① 如晓风残月：比喻不着痕迹、不可把握的事物，意即不能据此以判罪。

② 烟花：春色。这句意谓春天的景物最易勾起人的情思，应该禁绝。

③ 水玻璃：形容水色。

④ 望乡台：迷信说法，认为阴间有望乡台，鬼魂在上面能看见自己的家人。这里是说在望乡台上只能望见白茫茫一片水色，别的什么也看不见。

⑤ 哨见：看见、瞧见。

⑥ 夜市扬州界：即有没有瞧见扬州夜晚有人在烧纸钱？

⑦ 路引：通行证。

【赚尾】 （净）欲火近干柴，且留的青山在，不可被雨打风吹日晒。则许你傍月依星将天地拜，一任你魂魄来回。脱了狱省的勾牌[①]，接著活免的投胎。那花间四友你差排，叫莺窥燕猜，倩蜂媒蝶采，敢守的那破棺星圆梦那人来[②]。（净下）（末）小姐回后花园去来。

（末）醉斜乌帽发如丝[③]，许浑

（旦）尽日灵风不满旗[④]。李商隐

（净）年年检点人间事[⑤]，罗邺

（合）为待萧何作判司[⑥]。元稹

① 勾牌：勾传去审讯的牌子，常指地府勾捉生人。

② 破棺星：星名，这里指能起坟开棺救活杜丽娘之人。

③ 醉斜乌帽发如丝：许浑《送萧处士归缑岭别业》："醉斜乌帽发如丝，曾看仙人一局棋。宾馆有鱼为客久，乡书无雁到家迟。"

④ 尽日灵风不满旗：李商隐《重过圣女祠》："白石岩扉碧藓滋，上清沦谪得归迟。一春梦雨常飘瓦，尽日灵风不满旗。"

⑤ 年年检点人间事：罗邺《赏春》："芳草和烟暖更青，闲门要路一时生。年年检点人间事，惟有春风不世情。"

⑥ 为待萧何作判司：元稹《酬孝甫见赠十首》："宋玉秋来续楚词，阴铿官漫足闲诗。亲情书札相安慰，多道萧何作判司。"

第二十四出　拾　画

【金珑璁】　（生上）惊春谁似我？客途中都不问其他。风吹绽蒲桃褐[①]，雨淋殷杏子罗[②]。今日晴和，晒衾单兀自有残云涴[③]。“脉脉梨花春院香，一年愁事费商量。不知柳思能多少[④]？打叠腰肢斗沈郎[⑤]。”小生卧病梅花观中，喜得陈友知医，调理痊可。则这几日间春怀郁闷，何处忘忧？早是老姑姑到也[⑥]。

【一落索】　（净上）无奈女冠何，识的书生破。知他何处梦儿多？每日价欠伸千个。秀才安稳[⑦]！（生）日来病患较些[⑧]，闷坐不过。偌大梅花观，少甚园亭消遣。（净）此后有花园一座，虽然亭榭荒芜，颇有闲花点缀。则留散闷，不许伤心。（生）怎的得伤心也！（净作叹介）是这般说。你自去游便了。从西廊转画墙而去，百步之外，便是篱门。三里之遥，都为池馆。你尽情玩赏，竟日消停，不索老身陪去也。“名园随客到，幽恨少人知。”（下）（生）既有后花园，就此迤逦而去[⑨]。（行介）这是西廊下了。（行介）好个葱翠的篱门，倒了半架。（叹介）［集唐］

---

① 蒲桃褐：黄色粗布衣服。　蒲桃：常绿乔木，果实成熟后为黄色。

② 杏子罗：杏红色衣服。　殷：红色，这里作动词，变红。　这里是说雨水把杏子红的罗衣淋湿了，使得衣服上的红色浓淡不匀。

③ 残云涴：指衾被被雨淋湿，尚有湿渍。或另有所指。

④ 柳思：春思、春心。

⑤ 打叠：即打迭，打点，收拾。　沈郎：指南朝沈约，沈约晚年多病，衣带在百日之中移动数孔，后用沈郎腰喻腰瘦。　此句意谓自己比沈约还要消瘦。

⑥ 早是：幸好是，幸亏是。

⑦ 安稳：问候之词，相当于“你好”。

⑧ 较：比以前要好转。

⑨ 迤逦：形容路径蜿蜒，此处也可理解为“慢慢”。

“凭阑仍是玉阑干[①]王初，四面墙垣不忍看[②]张隐。想得当时好风月[③]韦庄，万条烟罩一时干[④]李山甫。”（到介）呀，偌大一个园子也。

【好事近】　则见风月暗消磨，画墙西正南侧左。（跌介）苍苔滑擦，倚逗着断垣低垛，因何蝴蝶门儿落合[⑤]？原来以前游客颇盛，题名在竹林之上。客来过，年月偏多，刻画尽琅玕千个[⑥]。咳，早则是寒花绕砌，荒草成窠。怪哉，一个梅花观，女冠之流，怎起的这座大园子？好疑惑也。便是这湾流水呵！

【锦缠道】　门儿锁，放着这武陵源一座。恁好处教颓堕！断烟中见水阁摧残，画船抛躲，冷鞦韆尚挂下裙拖。又不是曾经兵火，似这般狼籍呵，敢断肠人远、伤心事多？待不关情么，恰湖山石畔留著你打磨陀[⑦]。好一座山子哩。（窥介）呀，就里一个小匣儿。待把左侧一峰靠著，看是何物？（作石倒介）呀，是个檀香匣儿。（开匣看画介）呀，一幅观世音喜相。善哉，善哉！待小生捧到书馆，顶礼供养，强如埋在此中。

【千秋岁】　（捧匣回介）小嵯峨[⑧]，压的旃檀合[⑨]，便做了

---

① 凭阑仍是玉阑干：王初《望雪》：“银花珠树晓来看，宿醉初醒一倍寒。已似王恭披鹤氅，凭栏仍是玉栏干。”

② 四面墙垣不忍看：张隐《万寿寺歌词》：“位乖燮理致伤残，四面墙匡不忍看。正是花时堪下泪，相公何必更追欢。”

③ 想得当时好风月：韦庄《令狐亭》：“若非天上神仙宅，须是人间将相家。想得当时好烟月，管弦吹杀后庭花。”

④ 万条烟罩一时干：李山甫《柳十首》之十：“无赖秋风斗觉寒，万条烟草一时干。游人若要春消息，直向江头腊后看。”万条烟罩：形容柳条繁多。

⑤ 蝴蝶门：双扇门的一种。　落合：门闩着。

⑥ 琅玕：美玉名，后来用作竹的代称。

⑦ 打磨：即消磨时光。

⑧ 嵯（cuó）峨：形容山势险峻，这里指假山。

⑨ 旃（zhān）檀：香木名，梵语音译，制作檀香的原料。　合，同盒。　旃檀合：即檀香盒。

好相观音俏楼阁。片石峰前，那片石峰前，多则是飞来石[①]，三生因果[②]。请将去炉烟上过[③]，头纳地，添灯火，照的他慈悲我[④]。俺这里尽情供养，他于意云何[⑤]？（到介）到了观中，且安置阁儿上，择日展礼。（净上）柳相公多早了！

【尾声】（生）姑姑，一生为客恨情多，过冷淡园林日午矬[⑥]。老姑姑，你道不许伤心，你为俺再寻一个定不伤心何处可。

（生）僻居虽爱近林泉[⑦]，伍乔

（净）早是伤春梦雨天[⑧]。韦庄

（生）何处邈将归画府[⑨]？谭用之

（合）三峰花半碧堂悬[⑩]。钱起

---

① 飞来石：指假山。杭州西湖灵隐有飞来峰，晋僧惠理说，这是中天竺国（在印度）灵鹫山的小岭，不知是那年飞来的？山因此而得名。这是柳梦梅看到假山后产生的联想。

② 三生因果：柳梦梅由飞来石联想到三生石，这里作者借三生石典故点染柳杜二人的生死情缘。

③ 炉烟上过：意即为画像上香，然后对其叩头。

④ 慈悲：这里作动词，即保佑、护佑。

⑤ 于意云何：佛经中常见，即以为何如。

⑥ 矬（cuó）：日斜，太阳落山。

⑦ 僻居虽爱近林泉：伍乔《僻居酬友人》："僻居虽爱近林泉，幽径闲居碧藓连。向竹掩扉随鹤息，就溪安石学僧禅。"

⑧ 早是伤春梦雨天：韦庄《长安清明》："早是伤春梦雨天，可堪芳草更芊芊。内官初赐清明火，上相闲分白打钱。"

⑨ 何处邈将归画府：谭用之《贻钓鱼李处士》："绿摇江淡萍离岸，红点云疏橘满川。何处邈将归画府，数茎红蓼一渔船。"

⑩ 三峰花半碧堂悬：钱起《题嵩阳焦道士石壁》："三峰花畔碧堂悬，锦里真人此得仙。玉体才飞西蜀雨，霓裳欲向大罗天。"

第二十五出　忆　女

【玩仙灯】　（贴上）睹物怀人，人去物华销尽。道的个“仙果难成，名花易陨”。（叹介）恨兰昌殉葬无因①，收拾起烛灰香烬。自家杜府春香是也。跟随公相夫人到扬州。小姐去世，将次三年。俺看老夫人那一日不作念，那一日不悲啼。纵然老公相暂时宽解，怎散真愁？莫说老夫人，便是俺春香想起小姐平常恩养，病里言词，好不伤心也。今乃小姐生忌之辰，老夫人分付香灯，遥望南安浇奠。早已安排。夫人，有请。

【前腔】　（老旦上）地老天昏，没处把老娘安顿。思量起举目无亲，招魂有尽。（哭介）我的丽娘儿也！在天涯老命难存，割断的肝肠寸寸。［苏幕遮］“岭云沈，关树杳。（贴）春思无凭，断送人年少。（老旦）子母千回肠断绕。绣夹书囊，尚带余香袅。（贴）瑞烟清，银烛皎。（老旦）绣佛灵辰，血泪风前祷。（哭介）（合）万里招魂魂可到？则愿的人天净处超生早。”（老旦）春香，自从小姐亡过，俺皮骨空存，肝肠痛尽。但见他读残书本，绣罢花枝，断粉零香，余簪弃履，触处无非泪眼，见之总是伤心。算来一去三年，又是生辰之日。心香奉佛②，泪烛浇天。分付安排，想已齐备。（贴）夫人，就此望空顶礼。（老旦拜介）

① 兰昌：典出唐传奇故事，据《太平广记·传奇·张云容》记载，张云容原是杨贵妃侍儿，因服了申天师给她的绛雪丹而死，天师曾说，张云容在死后一百年，遇活人精气，便为地仙。萧凤台、刘兰翘也是当时宫女，被人毒杀，葬在张云容墓侧。百年后，薛昭在兰昌宫遇见这三位美女。他与云容同居。不久，薛昭发掘她的坟墓，云容终于复生。　恨兰昌殉葬无因：此句是春香感叹自己未死，不能葬在杜丽娘墓侧陪伴。

② 心香：表示心意虔诚，就和焚香供奉一样。

[集唐]”微香冉冉泪涓涓[①]李商隐，酒滴灰香似去年[②]陆龟蒙。四尺孤坟何处是[③]许浑？南方归去再生天[④]沈佺期。”杜安抚之妻甄氏，敬为亡女生辰，顶礼佛爷。愿得杜丽娘皈依佛力，早早生天。（起介）春香，祷告了佛爷，不免将此茶饭，浇奠小姐。

【香罗带】（老旦）丽娘何处坟？问天难问。梦中相见得眼儿昏，则听的叫娘的声和韵也。惊跳起，猛回身，则见阴风几阵残灯晕。（哭介）俺的丽娘人儿也。你怎抛下的万里无儿白发亲！

【前腔】（贴拜介）名香叩玉真[⑤]，受恩无尽，赏春香还是你旧罗裙。（起介）小姐临去之时，分付春香，长叫唤一声。今日叫他，“小姐，小姐呵”，叫的一声声小姐可曾闻也？（老旦、贴哭介）（合）想他那情切，那伤神，恨天天生割断俺娘儿直恁忍！（贴回介）俺的小姐人儿也，你可还向旧宅里重生何处身？（贴跪介）禀老夫人，人到中年，不堪哀毁。小姐难以生易死，夫人无以死伤生。且自调养尊年，与老相公同享富贵。（老旦哭介）春香，你可知老相公年来因少男儿，常有娶小之意？止因小姐承欢膝下，百事因循。如今小姐丧亡，家门无托。俺与老相公闷怀相对，何以为情？天呵！（贴）老夫人，春香愚不谏贤，依夫人所言，既然老相公有娶小之意，不如顺他，收下一房，生子为便。（老旦）春香，你见人家庶出之子[⑥]，可如亲生？（贴）春

① 微香冉冉泪涓涓：李商隐《野菊》：“苦竹园南椒坞边，微香冉冉泪涓涓。已悲节物同寒雁，忍委芳心与暮蝉。”

② 酒滴灰香似去年：陆龟蒙《和袭美初冬偶作》：“桐下空阶叠绿钱，貂裘初绽拥高眠。小炉低幌还遮掩，酒滴灰香似去年。”

③ 四尺孤坟何处是：许浑《经故丁补阙郊居》：“风吹药蔓迷樵径，雨暗芦花失钓船。四尺孤坟何处是，阖闾城外草连天。”

④ 南方归去再生天：沈佺期（一作广宣）：“南方归去再生天，内殿今年异昔年。见辟乾坤新定位，看题日月更高悬。”

⑤ 玉真：仙人。这里指杜丽娘。

⑥ 庶出：指妾所出之子女。正妻所生称嫡出。

香但蒙夫人收养，尚且非亲是亲，夫人肯将庶出看成，岂不无子有子？（老旦）好话，好话。

（老）曾伴残蛾到女儿[①]，徐凝

（贴）白杨今日几人悲[②]。杜甫

（老）须知此恨消难得[③]，温庭筠

（合）泪滴寒塘蕙草时[④]。廉氏

① 曾伴残蛾到女儿：徐凝《语儿见新月》："几处天边见新月，经过草市忆西施。娟娟水宿初三夜，曾伴愁蛾到语儿。"

② 白杨今日几人悲：杜甫《存殁口号二首》之一："席谦不见近弹棋，毕曜仍传旧小诗。玉局他年无限笑，白杨今日几人悲。"

③ 须知此恨消难得：温庭筠《李羽处士故里》："花若有情还怅望，水应无事莫潺湲。终知此恨销难尽，辜负南华第一篇。"

④ 泪滴寒塘蕙草时：廉氏《寄征人》："凄凄北风吹鸳被，娟娟西月生蛾眉。谁知独夜相思处，泪滴寒塘蕙草时。"

第二十六出　玩　真[1]

（生上）“芭蕉叶上雨难留，芍药梢头风欲收。画意无明偏著眼，春光有路暗抬头。”

小生客中孤闷，闲游后园。湖山之下，拾得一轴小画，似是观音大士，宝匣庄严。

风雨淹旬[2]，未能展视。且喜今日晴和，瞻礼一会。（开匣，展画介）

【黄莺儿】　秋影挂银河，展天身[3]，自在波[4]。诸般好相能停妥[5]。他真身在补陀[6]，咱海南人遇他。（想介）甚威光不上莲花座[7]？再延俄，怎湘裙直下一对小凌波[8]？是观音，怎一对小脚儿？待俺端详一会。

【二郎神慢】　些儿个[9]，画图中影儿则度[10]。著了，敢谁书

---

① 玩真：赏画。

② 淹旬：满旬，十天。　风雨淹旬：即风雨持续了十天之久。

③ 展天身：展示了观世音菩萨的真身啊！

④ 自在波：自在，即观自在菩萨。波，语助词，同呵、啊。

⑤ 诸般好相：佛家语。指佛肉体上有三十二妙“相”和八十种“好”，“相”“好”均为不同凡俗的特征，如手指纤长，身金色……等等。　停妥：停当妥帖。

⑥ 补陀：即普陀，又名补陀落迦，舟山群岛所属的一个小岛，佛家传说这是观世音菩萨讲法的圣地。

⑦ 甚威光不上莲花座：这是柳梦梅观画像时的疑问：如此庄严的佛像为什么不画在莲花座上？因上文说杜丽娘画像好似观世音菩萨，而观音佛像均以莲花为宝座，故有此疑问。

⑧ 小凌波：指女人小脚。典出三国曹魏曹植之《洛神赋》：“凌波微步，罗袜生尘。”世传观音菩萨为大脚，故而柳梦梅表示疑问。

⑨ 些儿个：方言，少许，一点儿，这里指时间。

⑩ 度（duó）：猜度。

馆中吊下幅小嫦娥，画的这俜停倭妥[①]。是嫦娥，一发该顶戴了[②]。问嫦娥折桂人有我？可是嫦娥，怎影儿外没半朵祥云托？树皴儿又不似桂丛花琐[③]？不是观音，又不是嫦娥，人间那得有此？成惊愕，似曾相识，向俺心头摸。待俺瞧，是画工临的，还是美人自手描的？

【莺啼序】 问丹青何处娇娥，片月影光生豪末[④]？似恁般一个人儿，早见了百花低躲[⑤]。总天然意态难模，谁近得把春云淡破？想来画工怎能到此！多敢他自己能描会脱[⑥]。且住，细观他帧首之上，小字数行。（看介）呀，原来绝句一首。（念介）"近睹分明似俨然[⑦]，远观自在若飞仙。他年得傍蟾宫客，不在梅边在柳边。"呀，此乃人间女子行乐图也。何言"不在梅边在柳边"？奇哉怪事哩！

【集贤宾】 望关山梅岭天一抹，怎知俺柳梦梅过？得傍蟾宫知怎么？待喜呵，端详停和[⑧]，俺姓名儿直么费嫦娥定夺？打磨诃[⑨]，敢则是梦魂中真个[⑩]。好不回盼小生！

---

① 俜停（pīng tíng）：姿态美好的样子。 倭妥：即委佗，美好。 这里均指美好的女子。

② 一发：越发。 顶戴：顶礼膜拜。

③ 皴（cūn）：表皮开裂，指画中的树皮开裂。 花琐：细碎的花朵，指桂花。这里指月中桂树枝叶繁盛。

④ 毫末：指笔端。

⑤ 早见了百花低躲：闭月羞花之"羞花"，此句意谓百花见了她的美丽而自觉羞惭。

⑥ 脱：脱色、脱稿，这里是逼真地描画之意。

⑦ 俨然：宛然，好似真的。

⑧ 停和：消停、一会儿，这里是细看一会儿。

⑨ 打磨诃：打磨陀，徘徊、思量之意。

⑩ 敢则：莫非，大概。

【黄莺儿】 空影落纤娥，动春蕉[1]，散绮罗[2]。春心只在眉间锁，春山翠拖[3]，春烟淡和。相看四目谁轻可[4]！恁横波[5]，来回顾影不住的眼儿睃[6]。却怎半枝青梅在手，活似提掇小生一般[7]？

【啼莺序】 他青梅在手诗细哦，逗春心一点蹉跎。小生待画饼充饥[8]，小姐似望梅止渴[9]。小姐，小姐，未曾开半点幺荷[10]，含笑处朱唇淡抹，韵情多。如愁欲语，只少口气儿呵[11]。小娘子画似崔徽[12]，诗如苏蕙[13]，行书逼真卫夫人[14]。小子虽则典雅，怎到得这小娘子！蓦地相逢，不免步韵一首[15]。（题介）“丹

① 春蕉：春日的芭蕉。当日杜丽娘为自己画像时，身旁画有芭蕉。

② 散：乱。 散绮罗：指风儿吹动衣裳。

③ 春山：指美女的眉毛。古人常用“春山”“远山”等形容美女的眉毛。

④ 轻可：轻易、等闲。可，与少可、猛可的可一样，无具体意义。 相看四目谁轻可，意谓四目相对，谁肯轻易闪躲。

⑤ 横波：指眼睛。

⑥ 睃（suō）：斜着眼睛看。

⑦ 提掇：提出。意即画中女子拿着青梅，好似故意在点明与我柳梦梅有关一样。

⑧ 画饼充饥：画个大饼来消除饥饿，比喻用空想来安慰自己，这里有聊以观赏杜丽娘画像以自慰之意。

⑨ 望梅止渴：典出《世说新语·假谲》，曹操行军，天气炎热，而路上又没水，为鼓舞士气，他说前面有大梅林，有很多梅子，“甘酸可以解渴”。士兵听了，都流了口水。比喻愿望不可实现，用空想来安慰自己。这里指杜丽娘题诗“不在梅边在柳边”表现的对爱情的徒然渴望。

⑩ 幺荷：原指莲心，这里形容美人的嘴唇。幺：小。

⑪ 呵：动词，呵气。 意谓画中人栩栩如生，如果有呼吸就是真人。

⑫ 崔徽：唐代歌妓，曾与裴敬中相爱，两人离别后，崔徽托画家绘其肖像寄给裴敬中，后抱恨而死。多用以指美丽多情或善于绘画的少女。

⑬ 苏蕙：前秦窦滔之妻。据《晋书·列女传》记载，窦滔担任秦州刺史时，因事被流放，苏蕙织锦为回文，凡八百四十字。纵横反复，皆成章句，名为《璇玑图》，寄给丈夫。后唐宋皆有回文诗、回文词体裁。

⑭ 卫夫人：晋代著名书法家，名卫铄，乃汝阴（今安徽阜阳）太守李矩之妻，世称卫夫人，是“书圣”王羲之的启蒙老师。

⑮ 步韵：和诗，依照别人作的诗所押的韵作诗。

青妙处却天然，不是天仙即地仙。欲傍蟾宫人近远，恰些春在柳梅边。”

【簇御林】 他能绰斡[①]，会写作。秀入江山人唱和。待小生狠狠叫他几声：“美人，美人！姐姐，姐姐！”向真真啼血你知么[②]？叫的你喷嚏似天花唾[③]。动凌波，盈盈欲下——不见影儿那。咳，俺孤单在此，少不得将小娘子画像，早晚玩之、拜之，叫之、赞之。

【尾声】 拾的个人儿先庆贺，敢柳和梅有些瓜葛[④]？小姐小姐，则被你有影无形看杀我。

不须一向恨丹青[⑤]，白居易 堪把长悬在户庭[⑥]。伍乔
惆怅题诗柳中隐[⑦]，司空图 添成春醉转难醒[⑧]。章碣

---

① 绰斡（wò）：这里指作画。绰、斡都是动词，可释作雕镂。

② 真真：泛指画中美人。据杜荀鹤《松窗杂记》记载：唐代进士赵颜，于画工处得一软障，上画妇人甚丽。赵颜对画工说：如果能让画中女子成真，我愿意娶她为妻。画工说此女名真真，让赵颜“呼其名百日”，必应，后来真真“果活，步下言笑如常”。真真与赵颜成亲，生下一子，但后来赵颜疑女为妖，真真即携子又回到了画中，但画上多添了一儿。这里真真指杜丽娘的画像。

③ 喷嚏：旧时说叫某人名字，那人便会打喷嚏。这里指柳梦梅声声叫唤“美人”“姐姐”，杜丽娘一定会不断打喷嚏。

④ 瓜葛：关系。

⑤ 不须一向恨丹青：白居易《琴曲歌辞·昭君怨》：“见疏从道迷图画，知屈那教配虏庭。自是君恩薄如纸，不须一向恨丹青。”

⑥ 堪把长悬在户庭：伍乔《观华夷图》：“关路欲伸通楚势，蜀山俄耸入秦青。笔端尽现寰区事，堪把长悬在户庭。”

⑦ 惆怅题诗柳中隐：司空图《汴柳半枯因悲柳中隐》：“行人莫叹前朝树，已占河堤几百春。惆怅题诗柳中隐，柳衰犹在自无身。”

⑧ 添成春醉转难醒：章碣《雨》：“锁却暮愁终不散，添成春醉转难醒。霁来还有风流事，重染南山一遍青。”

第二十七出　魂　游

【挂真儿】（净扮石道姑上）台殿重重春色上。碧雕阑映带银塘。扑地香腾①，归天磬响。细展度人经藏②。［集唐］“几年红粉委黄泥③雍裕之，十二峰头月欲低④李涉。折得玫瑰花一朵⑤李建勋，东风吹上窈娘堤⑥罗虬。”俺老道姑看守杜小姐坟庵，三年之上。择取吉日，替他开设道场，超生玉界⑦。早已门外竖立招幡，看有何人来到。

【太平令】（贴扮小道姑，丑扮徒弟上）岭路江乡，一片彩云扶月上。羽衣青鸟闲来往⑧。（丑）天晚，梅花观歇了罢。（贴）南枝外有鹊炉香⑨。小道姑乃韶阳郡碧云庵主是也，游方到此。见他庄严幡引，榜示道场，恰好登坛，共成好事。（见介）

---

① 扑地：遍地。 香腾：香烟升腾。

② 度：超度。 经藏：指经卷。

③ 几年红粉委黄泥：雍裕之《宫人斜》：“几多红粉委黄泥，野鸟如歌又似啼。应有春魂化为燕，年来飞入未央栖。”

④ 十二峰头月欲低：李涉《竹枝词·荆门滩急水潺潺》：“十二峰头月欲低，空聆滩上子规啼。孤舟一夜东归客，泣向东风忆建溪。”

⑤ 折得玫瑰花一朵：李建勋《春词》：“日高闲步下堂阶，细草春莎没绣鞋。折得玫瑰花一朵，凭君簪向凤凰钗。”

⑥ 东风吹上窈娘堤：罗虬《比红儿》：“花落尘中玉堕泥，香魂应上窈娘堤。欲知此恨无穷极，长信城乌夜夜啼。”窈娘：唐代乔知之的宠婢，为武承嗣所夺，后投井而死。

⑦ 玉界：上界、仙界、天宫。

⑧ 羽衣：指道士。 青鸟：神话中西王母的信使。 这里羽衣、青鸟指小道姑和她的徒弟。

⑨ 鹊炉：鹊尾炉，有柄的香炉。

[集唐]（贴）“大罗天上柳烟含[①]鱼玄机，（净）你毛节朱幡倚石龛[②]王维。（贴）见向溪山求住处[③]韩愈，（净）好哩，你半垂檀袖学通参[④]，女光。”小姑姑从何而至？（贴）从韶阳郡来，暂此借宿。（净）东头房儿，有个岭南柳相公养病。则下厢房可矣。（贴）多谢了。敢问今夕道场，为何而设？（净叹介）则为“杜衙小姐去三年，待与招魂上九天”。（贴）这等呵！“清醮坛场今夜好[⑤]，敢将香火助真仙。”（净）这等却好。（内鸣钟鼓介）（众）请老师父拈香。（净）南斗注生真妃[⑥]，东岳受生夫人殿下[⑦]。（拈香拜介）

【孝南歌】 钻新火，点妙香。虔诚为因杜丽娘。（众拜介）香霭绣幡幢，细乐风微扬。仙真呵，威光无量，把一点香魂，早度人天上。怕未尽凡心，他再作人身想。做儿郎，做女郎，愿他永成双。再休似少年亡。（净）想起小姐生前爱花而亡，今日折得残梅，安在净瓶供养。（拜神主介）

【前腔】 瓶儿净，春冻阳。残梅半枝红蜡装。小姐呵！你香梦与谁行？精神忒孤往！（众）老师兄，你说净瓶像什么，残

---

① 大罗天上柳烟含：鱼玄机《光、威、裒姊妹三人少孤而始妍，乃有是作精粹难俦，虽谢家联雪何以加之，有客自京师来者示予，因次其韵》：“小有洞中松露滴，大罗天上柳烟含。但能为雨心长在，不怕吹箫事未谙。”

② 毛节朱幡倚石龛：王维《送方尊师归嵩山》：“仙官欲往九龙潭，旄节朱幡倚石龛。山压天中半天上，洞穿江底出江南。”

③ 见向溪山求住处：韩愈《游西林寺题萧二兄郎中旧堂》：“中郎有女能传业，伯道无儿可保家。偶到匡山曾住处，几行衰泪落烟霞。”

④ 半垂檀袖学通参：佚名《联句（光、威、裒姊妹三人，失其姓）》：“独结香绡偷饷送，暗垂檀袖学通参。”通参：通玄之道。

⑤ 清醮（jiào）坛场：设坛祈祷的一种道教仪式。

⑥ 南斗注生真妃：旧说认为南斗星君管人的出生。真妃，女仙的称号。

⑦ 东岳受生夫人：旧说东岳大帝是泰山神，掌管人间生死，其妻东岳夫人主管人死后注生。

梅像什么？（净）这瓶儿空像，世界包藏。身似残梅样，有水无根，尚作馀香想。（众）小姐，你受此供呵，教你肌骨凉，魂魄香。肯回阳，再住这梅花帐？（内风响介）（净）奇哉怪哉，冷窣窣一阵风打旋也。（内鸣钟介）（众）这晚斋时分，且吃了斋，收拾道场。正是："晓镜抛残无定色，晚钟敲断步虚声①。"（众下）

【水红花】 （魂旦作鬼声，掩袖上）则下得望乡台如梦俏魂灵，夜荧荧、墓门人静。（内犬吠，旦惊介）原来是赚花阴小犬吠春星②。冷冥冥，梨花春影。呀，转过牡丹亭、芍药阑，都荒废尽，爹娘去了三年也。（泣介）伤感煞断垣荒迳。望中何处也鬼灯青。（听介）兀的有人声也啰。［添字昭君怨］"昔日千金小姐，今日水流花谢。这淹淹惜惜杜陵花③，太亏他。 生性独行无那④，此夜星前一个。生生死死为情多。奈情何！"奴家杜丽娘女魂是也。只为痴情慕色，一梦而亡。凑的十地阎君奉旨裁革⑤，无人发遣，女监三年。喜遇老判，哀怜放假。趁此月明风细，随喜一番。呀，这是书斋后园，怎做了梅花庵观？好伤感人也。

【小桃红】 咱一似断肠人和梦醉初醒。谁偿咱残生命也。虽则鬼丛中姊妹不同行，窣地的把罗衣整⑥。这影随形，风沈露，云暗斗，月勾星⑦，都是我魂游境也。到的这花影初更，（内作丁冬声，旦惊介）一霎价心儿瘆⑧，原来是弄风铃台殿冬丁。好一

---

① 步虚声：本指传说中神仙于空中的诵经声，后指道观所唱的赞歌。

② 赚：骗。 此句意为花影摇动，误以为人来。

③ 淹淹惜惜，形容多情。 杜陵，在长安东南，杜甫曾居于此，自号杜陵布衣、杜陵野老。杜陵花，比喻杜家的女儿。

④ 无那（nuó）：无奈，无可奈何。

⑤ 凑的：碰上。

⑥ 窣（sū）地：拖地，形容衣裙长。

⑦ 月勾星：辰钩月，辰星即水星，指月蚀。古代天文学家认为辰星在辰、戌、丑、未前出来，就有月蚀。

⑧ 瘆（shèn）：惊恐、恐慌。

阵香也。

【下山虎】　我则见香烟隐隐，灯火荧荧。呀，铺了些云霞嶝，不由人打个吃挣[①]。是那位神灵，原来是东岳夫人，南斗真妃。（作稽首介）仙真仙真，杜丽娘鬼魂稽首。魆魆地投明证明，好替俺朗朗的超生注生。再看这青词上[②]，原来就是石道姑在此住持。一坛斋意，度俺生天。道姑道姑，我可也生受你呵。再瞧这净瓶中，咳，便是俺那塚上残梅哩。梅花呵，似俺杜丽娘半开而谢，好伤情也。则为这断鼓零钟金字经[③]，叩动俺黄粱境[④]。俺向这地坼里梅根迸几程，透出些儿影。（泣介）姑姑们这般至诚，若不留些踪影，怎显的俺鉴知他，就将梅花散在经台之上。（撒花介）抵甚么一点香销万点情。想起爹娘何处，春香何处也？呀，那边厢有沈吟叫唤之声，听怎来？（内叫介）俺的姐姐呵！俺的美人呵！（旦惊介）谁叫谁也？再听。（内又叫介）（旦叹介）

【醉归迟】　生和死，孤寒命。有情人叫不出情人应。为什么不唱出你可人名姓[⑤]？似俺孤魂独趁[⑥]，待谁来叫唤俺一声。不分明，无倒断[⑦]，再消停。（内又叫介）（旦）咳，敢边厢甚么书生，睡梦里语言胡呓[⑧]？

【黑嫲令】　不由俺无情有情，凑著叫的人三声两声，冷惺

---

① 吃挣：寒噤、发怔。

② 青词：道家的祈祷词，因其本用青藤纸书写，故称。

③ 金字经：经卷。金字，以泥金书写经卷。

④ 黄粱境：即梦境。典出唐·沈既济之传奇《枕中记》：卢生在邯郸的旅店里，借道士吕翁的枕头小睡。梦幻中功名成就，位居高官。醒来后发现是一场梦，旅店主人的黄粱饭还没有炊熟。

⑤ 可人：可爱之人，称心如意之人。

⑥ 独趁：独自行走。

⑦ 倒断：了结、休止。

⑧ 胡呓：即胡言乱语。

忪红泪飘零。呀，怕不是梦人儿梅卿柳卿？俺记著这花亭水亭，趁的这风清月清。则这鬼宿前程，盼得上三星四星[1]？待即行寻趁，奈斗转参横[2]，不敢久停呵！

【尾声】 为什么闪摇摇春殿灯？（内叫介）殿上响动。（丑虚上望介）（又作风起介）（旦）一弄儿绣幡飘迥，则这几点落花风是俺杜丽娘身后影。（旦作鬼声下）（丑打照面，惊叫介）师父们，快来，快来！（净、贴惊上）怎生大惊小怪？（丑）则这灯影荧煌，躲著瞧时，见一位女神仙，袖拂花幡，一闪而去。怕也，怕也！（净）怎生模样？（丑打手势介）这多高，这多大，俊脸儿，翠翘金凤[3]，红裙绿袄，环佩玎珰，敢是真仙下降？（净）咳，这便是杜小姐生时样子。敢是他有灵活现。（贴）呀，你看经台之上，乱糁梅花[4]，奇也，异也！大家再祝赞他一番。

【忆多娇】 （众）风灭了香，月到廊。闪闪尸尸魂影儿凉[5]。花落在春宵情易伤。愿你早度天堂，早度天堂，免留滞他乡故乡。（贴）敢问杜小姐为何病亡？以何缘故而来出现？

【尾声】 （净）休惊恍，免问当。收拾起乐器经堂。你听波，兀的冷窣窣佩环风还在回廊那边响。

（净）心知不敢辄形相[6]，曹唐

---

① 前程：婚姻。 三星四星：三分四分。 全句意为：做了鬼，我的姻缘前途还能有几分拿得准呢？

② 斗、参：均为星宿名，古人认为可以根据它们的运行来看时辰。 斗转参横：即北斗转向，参星横斜，表示天色将明。

③ 翠翘，古代女子的首饰，类似钗。 金凤，金凤钗。

④ 糁（sǎn）：细屑，这里作动词，散落、铺洒之意。

⑤ 闪闪尸尸：乍隐乍现，飘忽不定的样子。

⑥ 心知不敢辄形相：曹唐《小游仙诗九十八首》之二：“上元元日豁明堂，五帝望空拜玉皇。万树琪花千圃药，心知不敢辄形相。”

（贴）欲话因缘恐断肠[①]。天竺牧童

（丑）若使春风会人意[②]，罗邺

（合）也应知有杜兰香[③]。罗虬

① 欲话因缘恐断肠：袁郊《甘泽谣·圆观》载：牧童在杭州天竺寺唱《竹枝词》二首之一："身前身后事茫茫，欲话因缘恐断肠；吴越山川寻已遍，欲回烟棹上瞿塘。"

② 若使春风会人意：罗邺《叹平泉》："生前几到此亭台，寻叹投荒去不回。若遣春风会人意，花枝尽合向南开。"

③ 也应知有杜兰香：罗虬《比红儿》诗之十九："从到世人都不识，也应知有杜兰香。"杜兰香：神话中仙女名，曾谪于人间。

第二十八出　幽　媾

【夜行船】　（生上）瞥下天仙何处也？影空漾似月笼沙。有恨徘徊，无言窨约[①]。早是夕阳西下。"一片红云下太清[②]，如花巧笑玉娉婷。凭谁画出生香面？对俺偏含不语情。"小生自遇春容，日夜想念。这更阑时节，破些工夫，吟其珠玉[③]，玩其精神。傥然梦里相亲，也当春风一度。（展画玩介）呀，你看美人呵，神含欲语，眼注微波。真乃"落霞与孤鹜齐飞，秋水共长天一色[④]"。

【香遍满】　晚风吹下，武陵溪边一缕霞，出落个人儿风韵杀。净无瑕，明窗新绛纱。丹青小画叉，把一幅肝肠挂。小姐小姐，则被你想杀俺也。

【懒画眉】　轻轻怯怯一个女娇娃，楚楚臻臻像个宰相衙[⑤]。想他春心无那对菱花[⑥]，含情自把春容画，可想到有个拾翠人儿也逗著他？

【二犯梧桐树】　他飞来似月华，俺拾的愁天大。常时夜夜对月而眠，这几夜呵，幽佳，婵娟隐映的光辉杀。教俺迷留没乱

---

① 窨（xūn）约：思忖，揣度。

② 红云：喻指杜丽娘之画像。　太清：天空。下太清，即从天而降。

③ 珠玉：喻诗文佳作，这里指杜丽娘在自画像上的题诗。

④ 落霞与孤鹜齐飞，秋水共长天一色：语出唐代王勃《滕王阁序》，引用此句，是将"秋水"与"秋波"联系起来。

⑤ 轻轻怯怯：形容纤弱娇柔。　楚楚臻臻：形容端庄典雅。　宰相衙：指宰相的小姐。

⑥ 无那：无奈。　菱花：镜子。

的心嘈杂[①]，无夜无明怏著他[②]。若不为擎奇怕涴的丹青亚[③]，待抱著你影儿横榻。想来小生定是有缘也。再将他诗句朗诵一番。（念诗介）

【浣沙溪】 拈诗话，对会家[④]。柳和梅有分儿些[⑤]。他春心迸出湖山罅[⑥]，飞上烟绡萼绿华[⑦]。则是礼拜他便了。（拈香拜介）傒幸杀[⑧]，对他脸晕眉痕心上掐，有情人不在天涯。小生客居，怎勾姐姐风月中片时相会也。

【刘泼帽】 恨单条不惹的双魂化[⑨]，做个画屏中倚玉蒹葭[⑩]。小姐呵，你耳朵儿云鬓月侵芽[⑪]，可知他一些些都听的俺伤情话？

【秋夜月】 堪笑咱，说的来如戏耍。他海天秋月云端挂，烟空翠影遥山抹。只许他伴人清暇，怎教人佻达[⑫]。

【东瓯令】 俺如念咒，似说法。石也要点头[⑬]，天雨花[⑭]。

---

① 迷留没乱：心绪紊乱、迷离烦乱，宋元俗语。

② 无夜无明：指没日没夜，即日日夜夜。 怏（yàng）：强求，勉强。

③ 擎奇：擎举。 涴（wò）：弄脏。 亚：压。

④ 拈诗话，对会家：意即杜丽娘的诗是为他这个知心的人而写的。化用《西厢记》："诗对会家吟。"会家：行家，精通某种技艺的人。这里指诗人。

⑤ 分儿：缘分。

⑥ 罅（xià）：缝隙，裂缝。

⑦ 萼绿华：神话中道教女仙名。 这里是说好像仙女飞上了绡幅，化成画像。

⑧ 傒（xī）幸（xìng）杀：极为烦恼。杀：煞，很。

⑨ 单条：狭长的独幅字画。

⑩ 蒹葭：芦苇，此为柳梦梅自喻。倚玉蒹葭：表示地位低的人依附地位高的人。这两句意思是：（柳梦梅）恨不得自己也变成画中人物，和她在一起。

⑪ 侵：遮掩。 芽：月牙。 这里用云遮月来比喻以发掩耳。

⑫ 佻（tiāo）达：挑逗、戏谑。

⑬ 石也要点头：据《事类统编》卷六十三记载，佛家传说梁高僧竺道生在苏州虎邱讲法。立石为徒，石皆点头。

⑭ 天雨花：据南宋王象之《舆地纪胜》记载，佛家传说梁高僧云光法师在南京雨花台讲经，感天而雨花。雨：动词，下雨、落雨。

怎虔诚不降的仙娥下？是不肯轻行踏。(内作风起，生按住画介)待留仙怕杀风儿刮，粘嵌著锦边牙[①]。怕刮损他，再寻个高手临他一幅儿。

【金莲子】 闲啧牙[②]，怎能够他威光水月生临榻[③]？怕有处相逢他自家，则问他许多情，与春风画意再无差。再把灯剔起细看他一会。(照介)

【隔尾】 敢人世上似这天真多则假[④]。（内作风吹灯介）(生）好一阵冷风袭人也。险些儿误丹青风影落灯花。罢了，则索睡掩纱窗去梦他。(打睡介)（魂旦上）“泉下长眠梦不成。一生馀得许多情。魂随月下丹青引，人在风前叹息声。”妾身杜丽娘鬼魂是也。为花园一梦，想念而终。当时自画春容，埋于太湖石下。题有“他年得傍蟾宫客，不在梅边在柳边”。谁想魂游观中几晚，听见东房之内，一个书生高声低叫：“俺的姐姐，俺的美人。”那声音哀楚，动俺心魂。悄然蓦入他房中，则见高挂起一轴小画。细玩之，便是奴家遗下春容。后面和诗一首，观其名字，则岭南柳梦梅也。梅边柳边，岂非前定乎！因而告过了冥府判君，趁此良宵，完其前梦。想起来好苦也。

【朝天懒】 怕的是粉冷香销泣绛纱，又到的高唐馆玩月华[⑤]。猛回头羞飒髻儿鬖[⑥]，自擎拿。呀，前面是他房头了。怕桃源路径行来诧，再得俄旋试认他。(生睡中念诗介)“他年若傍蟾宫客，不在梅边在柳边。”我的姐姐呵。(旦)（听打悲介)

---

① 锦边牙：指在裱好的画幅的上端系好丝带，用来张挂。

② 闲啧（zé）牙：说空话、说闲话。

③ 威光水月：指水月观音，这里是指画中美人。 生临榻：活生生地来到床上。

④ 天真：天仙。 多则假：多半是假的。

⑤ 高唐馆：传说中巫山神女与楚怀王梦中欢会之处，这里指梅花观。

⑥ 飒：飒的一下，状声词。鬖：这里是说发髻歪斜。

【前腔】 是他叫唤的伤情咱泪雨麻，把我残诗句没争差。难道还未睡呵？（瞧介）（生又叫介）（旦）他原来睡屏中作念猛嗟牙[①]。省喧哗，我待敲弹翠竹窗栊下。（生作惊醒，叫“姐姐”介）（旦悲介）待展香魂去近他。（生）呀，户外敲竹之声，是风是人？（旦）有人。（生）这咱时节有人，敢是老姑姑送茶来？免劳了。（旦）不是。（生）敢是游方的小姑姑么？（旦）不是。（生）好怪，好怪，又不是小姑姑。再有谁？待我启门而看。（生开门看介）

【玩仙灯】 呀，何处一娇娃，艳非常使人惊诧。（旦作笑闪人）（生急掩门）（旦敛衽整容见介[②]）秀才万福。（生）小娘子到来，敢问尊前何处，因何夤夜至此[③]？（旦）秀才，你猜来。

【红衲袄】 （生）莫不是莽张骞犯了你星汉槎[④]，莫不是小梁清夜走天曹罚[⑤]？（旦）这都是天上仙人，怎得到此。（生）是人家彩凤暗随鸦[⑥]？（旦摇头介）（生）敢甚处里绿杨曾系马[⑦]？

---

① 睡屏中：指床上，这里引申为睡梦中。 作念：想念。 嗟牙：嗟呀，嗟叹、叹息。

② 敛衽（rèn）：整理衣襟，表示恭敬，元以后指女子拜礼。

③ 夤（yín）夜：深夜。

④ 张骞犯了你星汉槎：张骞乃汉代名臣，曾出使西域。据晋张华《博物志》记载，传说张骞曾乘水上浮木（槎）到了银河边，见到了牛郎、织女，并带回天马。你：这里是以织女比杜丽娘。星汉：银河。槎：木筏。

⑤ 梁清：神话中女仙名，或即织女侍儿梁玉清。据《太平广记》卷五十九引《独异志·梁玉清》载，相传她和太白星逃往下界，生下一子，后被天帝惩罚。

⑥ 彩凤暗随鸦：指女子嫁给才貌不如自己之人。据宋祝穆《事文类聚》后集卷十六《武人置妾》条载，杜大中一介武夫，其爱妾才色俱美，抱怨自己嫁不到好丈夫。她作了一首《临江仙》，说自己是彩凤随鸦。

⑦ 绿杨曾系马：曾骑马去看过她。宋姜夔词《月下笛》：“曾游处，但系马垂杨，认郎鹦鹉。”《元曲选·两世姻缘》第三折［调笑令］：“何处绿杨曾系马。”

（旦）不曾一面。（生）若不是认陶潜眼挫的花①，敢则是走临邛道数儿差②？（旦）非差。（生）想是求灯的？可是你夜行无烛也③，因此上待要红袖分灯向碧纱？

【前腔】（旦）俺不为度仙香空散花④。也不为读书灯闲濡蜡。俺不似赵飞卿旧有瑕⑤，也不似卓文君新守寡。秀才呵，你也曾随蝶梦迷花下⑥。（生想介）是当初曾梦来。（旦）俺因此上弄莺簧赴柳衙⑦。若问俺妆台何处也，不远哩，刚则在宋玉东邻第几家。（生作想介）是了。曾后花园转西，夕阳时节，见小娘子走动哩。（旦）便是了。（生）家下有谁？

【宜春令】（旦）斜阳外，芳草涯，再无人有伶仃的爹妈。奴年二八，没包弹风藏叶里花⑧。为春归惹动嗟呀，瞥见你风神俊雅。无他，待和你翦烛临风，西窗闲话。（生背介）奇哉，奇哉，人间有此艳色！夜半无故而遇明月之珠，怎生发付！

【前腔】他惊人艳，绝世佳。闪一笑风流银蜡。月明如乍，

---

① 认陶潜眼挫的花：意指找情郎看错了人。陶潜，晋代诗人陶渊明，曾作《桃花源记》，桃花源和刘晨、阮肇的故事附会在一起之后，陶潜有时也和刘、阮一样，被用作情郎的代称。 眼挫的花，眼花错看。

② 走临邛道数儿差：私奔走错了路。 走临邛，指私奔，用卓文君和司马相如之事。卓文君，四川临邛人，卓王孙的女儿，寡居在家。一日，听司马相如奏琴，对其产生爱慕，后离家和相如从临邛私奔到成都。

③ 夜行无烛：《礼·内则》记载，“女子出门……夜行以烛，无烛则止。”

④ 度仙香空散花：据《维摩诘经·问疾品》，文殊菩萨到维摩诘那里问病，天女以天花散到菩萨身上，花从菩萨身上落下。散在大弟子身上的却没有落下。天女说，这是因为大弟子尘缘未尽。

⑤ 赵飞卿旧有瑕：赵飞卿，即汉成帝的皇后赵飞燕。相传她贫贱时，曾和射鸟者私通。

⑥ 蝶梦：梦。《庄子·齐物论》：“昔者庄周梦为胡蝶，栩栩然胡蝶也。”

⑦ 弄莺簧：簧，乐器名，这里形容莺啼。 衙：排衙，原指长官排列仪仗，接受属员的参谒。柳衙：柳树成行。清周亮工《书影》卷十引《中朝故事》：“曲江池畔多柳，亦号柳衙。”这里指柳梦梅住房。

⑧ 没包弹：无可指摘、没有缺陷。

问今夕何年星汉槎？金钗客寒夜来家[①]，玉天仙人间下榻。（背介）知他，知他是甚宅眷的孩儿，这迎门调法[②]？待小生再问他。（回介）小娘子夤夜下顾小生，敢是梦也？（旦笑介）不是梦，当真哩。还怕秀才未肯容纳。（生）则怕未真。果然美人见爱，小生喜出望外。何敢却乎？（旦）这等真个盼著你了。

【耍鲍老】 幽谷寒涯，你为俺催花连夜发[③]。俺全然未嫁，你个中知察[④]，拘惜的好人家[⑤]。牡丹亭，娇恰恰；湖山畔，羞答答；读书窗，淅喇喇[⑥]。良夜省陪茶，清风明月知无价。

【滴滴金】 （生）俺惊魂化，睡醒时凉月些些。陡地荣华[⑦]，敢则是梦中巫峡[⑧]？亏杀你走花阴不害些儿怕，点苍苔不溜些儿滑，背萱亲不受些儿吓，认书生不著些儿差。你看斗儿斜，花儿亚，如此夜深花睡罢。笑咖咖，吟哈哈，风月无加。把他艳软香娇做意儿耍，下的亏他[⑨]？便亏他则半霎。（旦）妾有一言相恳，望郎恕罪。（生笑介）贤卿有话，但说无妨。（旦）妾千金之躯，一旦付与郎矣，勿负奴心。每夜得共枕席，平生之愿足矣。（生笑介）贤卿有心恋于小生，小生岂敢忘于贤卿乎？（旦）还有一言。未至鸡鸣，放奴回去。秀才休送，以避晓风。（生）这都领命。只问姐姐贵姓芳名？

---

① 金钗客：头戴金钗的女子。

② 调法：花样、花招。

③ 催花连夜发：化用唐武则天《腊日宣诏幸上苑》诗句："花须连夜发，莫待晓风吹"。

④ 个中：此中，其中。

⑤ 拘惜：又作"拘系"，拘束，管束之意。

⑥ 淅喇喇：形容风吹窗纸声。

⑦ 荣华：草木茂盛、开花。

⑧ 巫峡：此指巫山，喻男女欢会。

⑨ 下的：忍得。

【意不尽】（旦叹介）少不得花有根元玉有芽[1]，待说时惹的风声大。（生）以后准望贤卿逐夜而来。（旦）秀才，且和俺点勘春风这第一花。

（生）浩态狂香昔未逢[2]，韩愈

（旦）月斜楼上五更钟[3]。李商隐

（旦）朝云夜入无行处[4]，李白

（生）神女知来第几峰[5]？张子容

① 花有根元玉有芽：有根有芽，即有来历、有出处。

② 浩态狂香昔未逢：韩愈《芍药》："浩态狂香昔未逢，红灯烁烁绿盘龙。觉来独对情惊恐，身在仙宫第几重。"

③ 月斜楼上五更钟：李商隐《无题四首》之一："来是空言去绝踪，月斜楼上五更钟。梦为远别啼难唤，书被催成墨未浓。"

④ 朝云夜入无行处：李白《巫山枕障》："巫山枕障画高丘，白帝城边树色秋。朝云夜入无行处，巴水横天更不流。"

⑤ 神女知来第几峰：张子容《巫山》："巫岭岧峣天际重，佳期宿昔愿相从。朝云暮雨连天暗，神女知来第几峰。"

第二十九出　旁　疑

【步步娇】　（净扮老道姑上）女冠儿生来出家相①。无对向、没生长②。守著三清像③，换水添香，钟鸣鼓响。赤紧的是那走方娘④，弄虚花扯闲帐？"世事难拚一个信，人情常带三分疑。"杜老爷为小姐创下这座梅花观，著俺看守三年。水清石见⑤，无半点瑕疵。止因陈教授老狗，引下个岭南柳秀才，东房养病。前几日到后花园回来，悠悠漾漾的，著鬼著魅一般，俺已疑惑了。凑著个韶阳小道姑，年方念八，颇有风情，到此云游，几日不去。夜来柳秀才房里，唧唧哝哝，听的似女儿声息。敢是小道姑瞒著我去瞧那秀才，秀才逆来顺受了。俺且待他来，打觑他一番⑥。

【前腔】　（贴扮小道姑上）俺女冠儿俏的仙真样。论举止都停当⑦，则一点情抛漾。步斗风前⑧，吹笙月上⑨。（叹介）古来仙女定成双，恁生来寒乞相？（见介）（贴）"常无欲以观其妙，

---

① 女冠儿：指女道士，因唐代女道士戴黄冠，故称。

② 无对向、没生长：没有配偶，没有生育。

③ 三清：指道观所供奉的元始天尊、太上道君、太上老君，合称三清。

④ 赤紧的：真的，这里是猜测的口气。　走方娘，指游方的小道姑。

⑤ 水清石见（xiàn）：比喻事情清清白白。语出汉乐府诗《艳歌行》："水清石自见。"

⑥ 打觑（qù）：打探，探看。

⑦ 停当：妥当、合乎规矩。

⑧ 步斗：道士礼拜星宿、召遣神灵的一种动作，即"踏罡步斗"或"步斗踏罡"。其步行转折，好像是踏在罡星斗宿之上。

⑨ 吹笙：据《浙江通志》载，神话传说中，西王母之侍女董双成，本在杭州西湖妙庭观修炼，后来吹笙骑鹤飞上天去。

（净）常有欲以观其窍。①”小姑姑，你昨夜游方，游到柳秀才房儿里去。是窍，是妙？（贴）老姑姑这话怎的起？谁曾见来？（净）俺见来。

【剔银灯】 你出家人芙蓉淡妆，翦一片湘云鹤氅②。玉冠儿斜插笑生香，出落的十分情况。斟量，敢则向书生夜窗，迤逗的幽辉半床③？（贴）向那个书生？老姑姑这话敢不中哩。

【前腔】 俺虽然年青试妆，洗凡心冰壶月朗。你怎生剥落的人轻相④？比似你半老的佳人停当！（净）倒栽起俺来。（贴）你端详，这女贞观傍⑤，可放著个书生话长？（净）哎也，难道俺与书生有账！这梅花观，你是云游道婆，他是云游秀才，你住的，偏他住不的？则是往常秀才夜静高眠，则你到观中，那秀才夜半开门，唧唧哝哝的。不共你说话，共谁来？扯你道籙司告去⑥。（扯介）（贴）便去。你将前官香火院，停宿外方游棍。难道偏放过你？（扯介）

【一封书】 （末上）闲步白云除⑦，问柳先生何处居？扣梅花院主⑧。（见扯介）呀，怎两个姑姑争施主？玄牝同门道可

---

① 常无欲以观其妙，常有欲以观其窍：语本《老子》，稍有改动，原文“徼”改作“窍”，调谑之语。

② 湘云：形容衣服淡雅。 鹤氅（chǎng）：羽衣，道家装束，这里指道袍。

③ 幽辉半床：语本唐元稹《会真记》，形容崔莺莺与张生幽会时的月景。这里暗示道姑到柳梦梅那边去幽会。

④ 剥落：这里为诋毁之意。

⑤ 女贞观：道观名，明高濂《玉簪记》中，书生潘必正与道姑陈妙常正是在女贞观幽会。

⑥ 道籙司：管理道教事务的官署。

⑦ 除：台阶。

⑧ 扣：叩问。

道[1]，怎不韫椟而藏姑待姑[2]？俺知道你是大姑他是小姑，嫁的个彭郎港口无[3]？（净）先生不知。听的柳秀才半夜开门，不住的唧哝。俺好意儿问这小姑："敢是你共柳秀才讲话哩？"这小姑则答应著"谁共秀才讲话来"，便罢；倒嘴骨弄的说俺养著个秀才[4]。陈先生，凭你说，谁引这秀才来？扯他道籙司明白去。俺是石的。（贴）难道俺是水的[5]？（末）禁声，坏了柳秀才体面。俺劝你，

【前腔】 教你姑徐徐。撒月招风实也虚？早则是者也之乎，那柳下先生君子儒[6]，到道籙司牒你去俗还俗，敢儒流们笑你姑不姑[7]。（贴）正是不雅相。（末）好把冠子儿扶水云梳，裂了这仙衣四五铢[8]。（净）便依说，开手罢。陈先生吃个斋去。（末）待柳秀才在时又来。

【尾声】 清绝处，再踟躇。（泪介）咳，糁东风穷泪扑疏疏。道姑，杜小姐坟儿可上去？（净）雨哩。（末叹介）则恨的锁

---

① 玄牝（pìn）同门道可道：语出《老子》，这里是调谑之语。

② 韫椟而藏姑待姑：语出《论语·子罕》："子贡曰：'有美玉于斯，韫椟而藏诸？求善贾而沽诸？'子曰：'沽之哉，沽之哉！我待贾者也。'"这里有所改动。韫椟：放在匣子里。　姑与沽、诸谐音，此为调谑之语。

③ 俺知道你是大姑他是小姑，嫁的个彭郎港口无：这里为双关语。江西彭泽县有大姑山、小姑山，旁有彭郎矶，后人将彭郎附会为小姑的丈夫。这里指石道姑和小道姑。

④ 嘴骨弄：即嘴骨都，多言多语，为宋元时俗语。

⑤ 水的：水性、轻浮，与上文"石的"相对应。

⑥ 柳下先生：指柳下惠，春秋鲁国的儒者展禽，居柳下，死后私谥为惠。传说他夜宿郭门时曾遇到一位无居处之女子，展禽用衣裹着抱住她，坐了一夜，没有发生非礼行为。因其坐怀不乱，后人用"柳下惠"代指正人君子，这里借指柳梦梅。君子儒：语出《论语·雍也》。这里指规规矩矩的读书人。

⑦ 姑不姑：《论语·雍也》："觚不觚。"这里姑与觚谐音，意思是道姑不像道姑。

⑧ 仙衣四五铢：形容极其轻薄的仙衣，只重四五铢。铢：古代重量名，仅为一两的二十四分之一。

春寒这几点杜鹃花下雨。（下）（净、贴吊场）（净）陈老儿去了。小姑姑好嚏。（贴）和你再打听谁和秀才说话来。

（净）烟水何曾息世机[①]！温庭筠

（贴）高情雅淡世间稀[②]。刘禹锡

（净）陇山鹦鹉能言语[③]，岑参

（贴）乱向金笼说是非[④]。僧子兰

① 烟水何曾息世机：温庭筠《渭上题三首》之三："烟水何曾息世机，暂时相向亦依依。所嗟白首磻溪叟，一下渔舟更不归。"烟水：散淡之人，这里指道姑。

② 高情雅淡世间稀：刘禹锡《赠东岳张炼师》："东岳真人张炼师，高情雅淡世间稀。堪为列女书青简，久事元君住翠微。"

③ 陇山鹦鹉能言语：岑参《赴北庭度陇思家》："西向轮台万里馀，也知乡信日应疏。陇山鹦鹉能言语，为报家人数寄书。"

④ 乱向金笼说是非：僧子兰《鹦鹉》："翠毛丹觜乍教时，终日无寥似忆归。近来偷解人言语，乱向金笼说是非。"

第三十出　欢　挠

【捣练子】　（生上）听漏下半更多，月影向中那。恁时节夜香烧罢么？“一点猩红一点金，十个春纤十个针[1]。只因世上美人面，改尽人间君子心。”俺柳梦梅是个读书君子，一味志诚。止因北上南安，凑着东邻西子。嫣然一笑，遂成暮雨之来；未是五更，便逐晓风而去。今宵有约，未知迟早。正是：“金莲若肯移三寸[2]，银烛先教刻五分[3]。”则一件，姐姐若到，要精神对付他。偷盹一会，有何不可。（睡介）

【称人心】　（魂旦上）冥途挣挫[4]，要死却心儿无那。也则为俺那人儿忒可，教他闷房头守着闲灯火。（入门介）呀，他端然睡瞌，恁春寒也不把绣衾来摸。多应他只候着我[5]。待叫醒他。秀才，秀才！（生醒介）姐姐，失敬也。（起揖介）（生）待整衣罗，远远相迎个。这二更天风露多，还则怕夜深花睡么[6]？（旦）秀才，俺那里长夜好难过，缱着你无眠清坐。（生）姐姐，你来的脚踪儿恁轻，是怎的？［集唐］“（旦）自然无迹又无尘[7]朱庆

① 春纤：形容女子手指柔嫩修长。

② 金莲：三寸金莲，形容女人脚小。

③ 银烛先教刻五分：指早早点起蜡烛等候。据《南史·王僧孺传》，南朝梁竟陵王萧子良与友人夜间集会作诗，刻烛作为标记，做四韵的刻一寸。

④ 挣挫：挣扎。这里指杜丽娘在阴间受苦之意。

⑤ 只（zhī）候：等候。

⑥ 还则怕夜深花睡么：语出苏轼诗《海棠》：“只恐夜深花睡去，故烧高烛照红妆。”

⑦ 自然无迹又无尘：朱庆馀《逢山人》：“星月相逢现此身，自然无迹又无尘。秋来若向金天会，便是青莲叶上人。”

馀，（生）白日寻思夜梦频[①]令狐楚。（旦）行到窗前知未寝[②]无名氏，（生）一心惟待月夫人[③]皮日休。”姐姐，今夜来的迟些。

【绣带儿】（旦）镇消停，不是俺闲情忒慢俄。那些儿忘却俺欢哥[④]。夜香残，回避了尊亲。绣床偎收拾起生活[⑤]，停脱[⑥]。顺风儿斜将金佩拖，紧摘离百忙的淡妆明抹[⑦]。（生）费你高情，则良夜无酒奈何？（旦）都忘了。俺携酒一壶，花果二色，在楯栏之上[⑧]，取来消遣。（旦取酒、果、花上）（生）生受了。是甚果？（旦）青梅数粒。（生）这花？（旦）美人蕉。（生）梅子酸似俺秀才，蕉花红似俺姐姐。串饮一杯。（共杯饮介）

【白练序】（旦）金荷[⑨]、斟香糯[⑩]。（生）你酝酿春心玉液波。拚微酡[⑪]，东风外翠香红酦[⑫]。（旦）也摘不下奇花果，这一点蕉花和梅豆呵，君知么，爱的人全风韵，花有根科[⑬]。

【醉太平】（生）细哦，这子儿花朵，似美人憔悴，酸子情多。喜蕉心暗展，一夜梅犀点污[⑭]。如何？酒潮微晕笑生涡。待

---

① 白日寻思夜梦频：令狐楚《坐中闻思帝乡有感》：“年年不见帝乡春，白日寻思夜梦频。上酒忽闻吹此曲，坐中惆怅更何人。”

② 行到窗前知未寝：无名氏《杂诗》：“两心不语暗知情，灯下裁缝月下。行到阶前知未睡，夜深闻放剪刀声。”

③ 一心惟待月夫人：皮日休《寒夜文宴润卿有期不至》：“草堂虚洒待高真，不意清斋避世尘。料得焚香无别事，存心应降月夫人。”

④ 欢哥：女子对情郎的昵称，犹情哥。

⑤ 生活：指针线活计。

⑥ 停脱：停当、完毕。

⑦ 紧摘离：赶紧离开，赶紧起身。

⑧ 楯（dùn）栏：栏杆。

⑨ 金荷：荷叶形酒杯。

⑩ 香糯：糯米做的酒。

⑪ 酡（tuó）：饮酒脸红的样子。

⑫ 红酦（pō）：一种以酒为原料再加蒸制的烈性酒，这里指酒醉。

⑬ 根科：根株，根芽。上文“人”与“仁”谐音，与此句中“花”字并列。

⑭ 梅犀点污：隐喻男女欢会。梅犀，梅子。

噷着脸恣情的呜嘬[1]，些儿个，翠偃了情波，润红蕉点，香生梅唾。

【白练序】 （旦）活泼、死腾那，这是第一所人间风月窝。咋宵个微芒暗影轻罗，把势儿忒显豁[2]。为什么人到幽期话转多？（生）好睡也。（旦）好月也。消停坐，不妒色嫦娥，和俺人三个。

【醉太平】 （生）无多，花影阿那。劝奴奴睡也，睡也奴哥[3]。春宵美满，一霎暮钟敲破。娇娥、似前宵雨云羞怯颤声讹[4]，敢今夜翠颦轻可。睡则那，把腻乳微搓，酥胸汗帖，细腰春锁。（净、贴悄上）（贴）"道可道，可知道？名可名，可闻名？[5]"（生、旦笑介）（贴）老姑姑，你听秀才房里有人。这不是俺小姑姑了。（净作听介）是女人声，快敲门去。（敲门介）（生）是谁？（净）老道姑送茶。（生）夜深了。（净）相公房里有客哩。（生）没有。（净）女客哩。（生、旦慌介）怎好？（净急敲门介）相公，快开门。地方巡警，免的声扬哩。（生慌介）怎了，怎了！（旦笑介）不妨，俺是邻家女子，道姑不肯干休时，便与他一个勾引的罪名儿。

【隔尾】 便开呵须撒和[6]，隔纱窗怎守的到参儿趓[7]！柳郎，则管松了门儿。俺影着这一幅美人图那边躲。（生开门，旦

---

① 噷（xīn）：亲吻。 恣情的呜嘬（zuō）：狂吻。

② 把势儿：恣态，指欢会。

③ 奴哥：对女人的昵称。全句出自黄庭坚词《千秋岁》："奴奴睡，奴奴睡也奴奴睡。"

④ 雨云羞怯颤声讹：出自《董西厢》："欲言羞懒颤声讹。"讹（é）：通"呵"。

⑤ 道可道，可知道？名可名，可闻名：戏曲中习用的道姑的上场诗。化用《老子》："道可道，非常道；名可名，非常名。"

⑥ 撒和：原指骡马饥饿困倦时，解下鞍子，给它喂点草料，让它蹓跶、休息一会，这里指说好话。

⑦ 参儿趓（suō）：参星低斜，指夜深。 参：星名，即参星。 趓：低斜。

作躲，生将身遮旦，净、贴闯进笑介）喜也。（生）什么喜？（净前看，生身拦介）

【滚遍】（净、贴）这更天一点锣[①]，仙院重门阖，何处娇娥？怕惹的干柴火[②]。（生）你便打睃[③]，有甚著科[④]？是床儿里窝？箱儿里那[⑤]？袖儿里阁[⑥]？（净、贴向前，生拦不住，内作风起，旦闪下介）（生）昏了灯也。（净）分明一个影儿，只这轴美女图在此。古画成精了么？

【前腔】 画屏人踏歌[⑦]，曾许你书生和。不是妖魔，甚影儿望风躲？相公，这是什么画？（生）妙娑婆，秀才家随行的香火。俺寂静里暗祈求，你莽吆喝。（净）是了。不说不知，俺前晚听见相公房内啾啾唧唧，疑惑是这小姑姑。俺如今明白了。相公，权留小姑姑伴话。（生）请了。

【尾声】（贴）动不动道籙司官了私和。（生）则欺负俺不分外的书生欺别个[⑧]！姑姑，这多半觉美鞓鞓，则被你奚落杀了我。（净、贴下）（生笑介）一天好事，两个瓦刺姑[⑨]。扫兴，扫兴。那美人呵，好吃惊也！

应陪秉烛夜深游[⑩]，曹松

---

① 这更天一点锣：晚上起更打锣时分。

② 干柴火：即干柴烈火。

③ 打睃（suō）：巡视。

④ 著科：指着了道儿、中计、抓着把柄、看出破绽等。

⑤ 那：即“挪”。

⑥ 阁：同“搁”，以上窝、那及阁均有藏放之意。

⑦ 画屏人踏歌：据唐段成式之《酉阳杂俎》所记，唐时有一书生醉卧醒来，看见画屏上的妇人，都来到他的床前歌舞，他一声惊叫，妇人就回到画屏上去了。

⑧ 不分外的：守本分的。

⑨ 瓦剌姑：即歪剌骨，此处是骂女人的话。

⑩ 应陪秉烛夜深游：曹松《陪湖南李中丞宴隐溪》：“酒边旧侣真何逊，云里新声是莫愁。若值主人嫌昼短，应陪秉烛夜深游。”

恼乱春风卒未休①。罗隐
大姑山远小姑出②，顾况
更凭飞梦到瀛洲③。胡宿

① 恼乱春风卒未休：罗隐《柳》："一簇青烟锁玉楼，半垂阑畔半垂沟。明年更有新条在，绕乱春风卒未休。"

② 大姑山远小姑出：顾况《小孤山》："古庙枫林江水边，寒鸦接饭雁横天。大孤山远小孤出，月照洞庭归客船。"

③ 更凭飞梦到瀛洲：胡宿《津亭》："层城渺渺人伤别，芳草萋萋客倦游。平乐旧欢收不得，更凭飞梦到瀛洲。"

第三十一出　缮　备

【番卜算】　（贴扮文官，净扮武官上）边海一边江，隔不断胡尘涨[①]。维扬新筑两城墙[②]，酾酒临江上[③]。请了。俺们扬州府文武官僚是也。安抚杜老大人，为因李全骚扰地方，加筑外罗城一座[④]。今日落成开宴，杜老大人早到也。

【前腔】　（众拥外上）三千客两行[⑤]，百二关重壮[⑥]。（文武迎介）（外）维扬风景世无双，直上层楼望。（见介）（众）"北门卧护要耆英[⑦]。（外）恨少胸中十万兵[⑧]。（众）天借金山为底柱[⑨]。（外）身当铁瓮作长城[⑩]。"扬州表里重城，不日成就。皆

---

① 胡尘涨：指敌人的攻势越发猛烈。　胡尘：胡人兵马扬起的沙尘。

② 维扬：扬州。

③ 酾（shī）酒：斟酒。　酾酒临江上：语出苏轼《赤壁赋》："酾酒临江。"

④ 外罗城：城外加筑的大城。

⑤ 三千客：用战国时代齐国孟尝君之典，据《史记·孟尝君列传》载，孟尝君田文"好客"，有食客三千人。这里是杜宝表示同孟尝君一样珍惜人才，爱招贤纳士。

⑥ 百二：以二敌百，指地势险要。据《史记·高祖本纪》记载："秦形胜之国，带河山之险，县隔千里，持戟百万，秦得百二焉。"这里是说维扬是山河险固之地，利于扼守。

⑦ 北门卧护要耆英：凭借老将的威名，就是卧着不动，也能防守北方门户。典出《新唐书·裴度传》：唐宪宗以中书令裴度兼河东节度使，差官向他宣谕说："为朕卧护北门可也。"耆英：老年的贤者，这里指杜宝，这是众人对杜宝的夸赞之辞。

⑧ 胸中十万兵：指胸中有韬略。典出北宋范仲淹之事，据《宋人轶事汇编》卷八记载，欧阳修曾任陕西经略安抚使，防守西夏。袁桷对其画像题诗曰："甲兵十万在胸中，赫赫英名震犬戎。"

⑨ 天借金山为底柱：金山是长江防守的天然的中流砥柱。金山：在江苏镇江西北，本是长江中心的小岛。底柱：一作砥柱，即三门山，在河南三门峡市，屹立在黄河中流，形势险要。这里借三门山比喻金山，点明金山的重要战略位置。

⑩ 铁瓮：三国时期吴国孙权在镇江建筑的子城，因其坚固而号称铁瓮城。　身当铁瓮作长城：即凭借镇江等地来作抵抗金兵的坚固屏障。

文武诸公士民之力。（众）此皆老安抚远略奇谋。属官窃在下风[①]，敢献一杯，效古人城隅之宴[②]。（外）正好。且向新楼一望。（望介）壮哉，城也！真乃："江北无双堑，淮南第一楼。"（众）请进酒。

【山花子】（众）贺层城顿插云霄敞，雉飞腾映压寒江[③]。据表里山河一方，控长淮万里金汤[④]。（合）敌楼高窥临女墙[⑤]，临风酾酒旌旆扬。乍想起琼花当年吹暗香[⑥]，几点新亭[⑦]，无限沧桑。（外）前面高起如霜似雪四五十堆，是何山也？（众）都是各场所积之盐，众商人中纳[⑧]。（外）商人何在？（末、老旦扮商人上）"占种海田高白玉，掀翻盐井横黄金[⑨]。"商人见。（外）商人么，则怕早晚要动支兵粮，攒紧上纳。

【前腔】 这盐呵，是银山雪障连天晃，海煎成夏草秋粮。

---

① 下风：谦辞，下属。

② 城隅：城上的角楼。语出三国曹魏曹植《赠丁翼》诗："吾与二三子，曲宴此城隅。"

③ 雉：古代度量单位名，城长三丈高一丈为雉。这里是雉堞，即女墙，筑在城上的小墙，上有孔眼，可以对敌射击。

④ 金汤：即固若金汤之城池，比喻坚不可摧的城池。

⑤ 敌楼：城楼，因站在上面可以观察敌军的情况，故称。

⑥ 琼花：花名，又称"聚八仙""蝴蝶花"，花大如盘，洁白如玉。据《隋炀帝艳史》记载，隋炀帝开凿了大运河，坐船南巡到江都（扬州）看琼花，后来为宇文化及所杀，隋亡。这里是感叹历史兴亡。

⑦ 几点新亭：指新亭之泪，即忧国伤时之泪。典出南朝宋刘义庆《世说新语·言语》："过江诸人，每至暇日，辄相邀新亭，借卉饮宴。周侯中坐而叹曰：'风景不殊，正自有山河之异！'皆相视流泪。唯王丞相愀然变色曰：'当共戮力王室，克复神州，何至作楚囚相对！'"新亭：故址在今江苏江宁县南。后多用"新亭泪""新亭对泣"表示对故国的痛苦怀念之情。

⑧ 中纳：宋朝政府允许商人直接运送粮秣到边境地区，以供军需，然后在京师发给商人以领盐的执照，"入中""中纳"即是称呼这种官、商之间的实物交易。南宋时扬州地处边境，又是盐的转运口，交易十分频繁，下文"海煎成夏草秋粮""中纳边商"均是描写此种情形。

⑨ 掀翻盐井横黄金：指商人因贩盐而发财致富。

平看取盐花灶场，尽支排中纳边商。（合前）（外）酒罢了。喜的广有兵粮，则要众文武关防如法①。

【舞霓裳】（众）文武官僚立边疆，立边疆。休坏了这农桑，士工商。（合）敢大金家早晚来无状②，打贴起炮箭旗枪③。听边声风沙迭荡，猛惊起，见蟠花战袍旧边将。

【红绣鞋】（众）吉日祭赛城隍，城隍。归神谢土安康，安康。祭旗纛④，犒军装。阵头儿，谁抵当？箭眼里，好遮藏。

【尾声】（外）按三韬把六出旗门放⑤，文和武肃静端详。则等待海西头动边烽那一声炮儿响⑥。

夹城云暖下霓旄⑦，杜牧
千里崤函一梦劳⑧。谭用之
不意新城连嶂起⑨，钱起
夜来冲斗气何高⑩。谭用之

---

① 关防如法：防守严密。

② 敢：倘若。 无状：无礼，这里指大金前来侵犯。

③ 打贴起：原作打叠起，即收拾起、准备好，宋元俗语。元代汪元亨《醉太平·警世》曲："唤山童门户好关者，把琴书打叠。"

④ 旗纛（dào）：饰有鸟羽的大旗。

⑤ 三韬：《三略》《六韬》都是古代兵法，这里三韬应指阵图。六出旗门：指这个阵势有六个出入口。

⑥ 海西头：泛指边塞。海西：瀚海（一说青海）之西。

⑦ 夹城云暖下霓旄：杜牧《长安杂题长句六首》之三："雨晴九陌铺江练，岚嫩千峰叠海涛。南苑草芳眠锦雉，夹城云暖下霓旄。"

⑧ 千里崤函一梦劳：谭用之《千里崤函一梦劳》："千里崤函一梦劳，岂知云馆共萧骚。半帘绿透偎寒竹，一榻红侵坠晚桃。"

⑨ 不意新城连嶂起：钱起《同王员外陇城绝句》："三军版筑脱金刀，黎庶翻惭将士劳。不忆新城连嶂起，唯惊画角入云高。"

⑩ 夜来冲斗气何高：谭用之《古剑》："雄应垓下收蛇阵，滞想溪头伴豹韬。惜是真龙懒抛掷，夜来冲斗气何高。"

第三十二出　冥　誓

【月云高】　（生上）暮云金阙①，风幡淡摇拽。但听的钟声绝，早则是心儿热。纸帐书生，有分氲兰麝②。咱时还早。荡花阴，单则把月痕遮。（整灯介）溜风光，稳护著灯儿烨。（笑介）"好书读易尽，佳人期未来。"前夕美人到此，并不堤防，姑姑搅攘。今宵趁他未来之时，先到云堂之上攀话一回③，免生疑惑。（作掩门行介）此处留人户半斜，天呵，俺那有心期在那些。（下）

【前腔】　（魂旦上）孤神害怯，佩环风定夜。（惊介）则道是人行影，原来是云偷月。（到介）这是柳郎书舍了。呀，柳郎何处也？闪闪幽斋，弄影灯明灭。魂再艳，灯油接；情一点，灯头结。（叹介）奴家和柳郎幽期，除是人不知，鬼都知道。（泣介）竹影寺风声怎的遮④，黄泉路夫妻怎当赊⑤？"待说何曾说，如颦不奈颦。把持花下意，犹恐梦中身。"奴家虽登鬼录，未损人身。阳禄将回，阴数已尽。前日为柳郎而死，今日为柳郎而生。夫妇分缘，去来明白。今宵不说，只管人鬼混缠到甚时节？只怕说时柳郎那一惊呵，也避不得了。正是："夜传人鬼三分话，早定夫妻百岁恩。"

【懒画眉】　（生上）画阑风摆竹横斜。（内作鸟声惊介）惊

---

① 金阙：黄金阙，道家谓乃仙人或天帝所居，这里指道观。

② 氲（yūn）：烟气。　兰麝（shè）：香料，代指香气、女人。

③ 云堂：僧堂，指僧道诵经议事之法堂。

④ 竹影寺：即竹林寺。元代有谚语："竹林寺有影无形。"元曲习用此语。这里是反用其义，既有影，就难免被人捕风捉影、说三道四。

⑤ 赊：时间长久。

鸦闪落在残红榭。呀，门儿开也，玉天仙光降了紫云车[1]。（旦出迎介）柳郎来也。（生揖介）姐姐来也。（旦）剔灯花这咱望郎爷。（生）直恁的志诚亲姐姐。（旦）秀才，等你不来，俺集下了唐诗一首。（生）洗耳[2]。（旦念介）"拟托良媒亦自伤[3]秦韬玉，月寒山色两苍苍[4]薛涛。不知谁唱春归曲[5]曹唐？又向人间魅阮郎[6]刘言史。"（生）姐姐高才。（旦）柳郎，这更深何处来也？（生）昨夜被姑姑败兴，俺乘你未来之时，去姑姑房头看了他动静，好来迎接你。不想姐姐今夜来恁早哩。（旦）盼不到月儿上也。

【太师引】（生）叹书生何幸遇仙提揭[7]，比人间更志诚亲切。乍温存笑眼生花，正渐入欢肠啖蔗[8]。前夜那姑姑呵，恨无端风雨把春抄截。姐姐呵，误了你半宵周折，累了你好回惊怯[9]。不嗔嫌，一径的把断红重接。**【锁窗寒】**（旦）是不隄防他来的哞嗻[10]，吓的个魂儿收不迭。仗云摇月躲，画影人遮。则没揣的

① 玉天仙：美如天仙的女子，指杜丽娘。 紫云车：仙车，传说是西王母的座车。

② 洗耳：即洗耳恭听。

③ 拟托良媒亦自伤：秦韬玉《贫女》："蓬门未识绮罗香，拟托良媒益自伤。谁爱风流高格调，共怜时世俭梳妆。"

④ 月寒山色两苍苍：薛涛《送友人》："水国蒹葭夜有霜，月寒山色共苍苍。谁言千里自今夕，离梦杳如关塞长。"

⑤ 不知谁唱春归曲：曹唐《小游仙诗九十八首》之六十三："方士飞轩驻碧霞，酒寒风冷月初斜。不知谁唱归春曲，落尽溪头白葛花。"

⑥ 又向人间魅阮郎：刘言史《赠成炼师四首》之三："等闲何处得灵方，丹脸云鬟日月长。大罗过却三千岁，更向人间魅阮郎。"

⑦ 提揭：提挈，提携，这里指得到杜丽娘的青睐。

⑧ 啖蔗：吃甘蔗先从顶端吃起，往下吃越吃越甜。这里是正甜蜜的意思。

⑨ 好回：好一回，好一阵。

⑩ 哞嗻（chē zhē）：厉害，元明俗语。

涩道边儿[①]，闪人一跌。自生成不惯这磨灭。险些些，风声扬播到俺家爷，先吃了俺狠尊慈痛决[②]。（生）姐姐费心。因何错爱小生至此？（旦）爱的你一品人才。（生）姐姐敢定了人家？【太师引】（旦）并不曾受人家红定回鸾帖[③]。（生）喜个甚样人家？（旦）但得个秀才郎情倾意惬。（生）小生到是个有情的。（旦）是看上你年少多情，迤逗俺睡魂难贴。（生）姐姐，嫁了小生罢。（旦）怕你岭南归客路途赊，是做小伏低难说[④]。（生）小生未曾有妻。（旦笑介）少什么旧家根叶，著俺异乡花草填接？敢问秀才，堂上有人么？（生）先君官为朝散，先母曾封县君。（旦）这等是衙内了[⑤]。怎恁婚迟？【锁窗寒】（生）恨孤单飘零岁月，但寻常稔色谁沾借[⑥]？那有个相如在客，肯驾香车？萧史无家，便同瑶阙[⑦]？似你千金笑等闲抛泄，凭说，便和伊青春才貌恰争些，怎做的露水相看仳别[⑧]！（旦）秀才有此心，何不请媒相聘？也省的奴家为你担慌受怕。（生）明早敬造尊庭，拜见令尊令堂，方好问亲于姐姐。（旦）到俺家来，只好见奴家。要见俺爹娘还早。（生）这般说，姐姐当真是那样门庭。（旦笑介）（生）是怎

---

① 没揣的：没提防。 涩道：刻有纹道的阶石。

② 尊慈：对母亲的敬称。

③ 红定：男家送女家的聘礼。 鸾帖：写有女方订婚人生辰八字的庚帖。 受人家红定回鸾帖：指女方接受红定，回以鸾帖，即表示答允缔结婚约。

④ 做小伏低：指做妾。

⑤ 衙内：指官府子弟。

⑥ 寻常稔（rěn）色：姿色一般的女子。 沾借：沾惹。

⑦ 那有个相如在客，肯驾香车？萧史无家，便同瑶阙：谁肯像卓文君私奔司马相如一样去爱一个客居他乡的异乡人？萧史如果没有与弄玉相爱，哪能共同飞仙？这两句都是说自己尚未婚配。

⑧ 便和伊青春才貌恰争些，怎做的露水相看仳（pǐ）别：意思是说，就算是比你的青春才貌差一些，我既然爱上了，便不会轻易分手。 露水：比喻爱情短暂。 仳（pǐ）别：夫妻分离。

生来？【红衫儿】　看他温香艳玉神清绝，人间迥别。（旦）不是人间，难道天上？（生）怎独自夜深行，边厢少侍妾？且说个贵表尊名。（旦叹介）（生背介）他把姓字香沈，敢怕似飞琼漏泄[①]？姐姐不肯泄漏姓名，定是天仙了。薄福书生，不敢再陪欢宴。尽仙姬留意书生，怕逃不过天曹罚折。【前腔】　（旦）道奴家天上神仙列，前生寿折。（生）不是天上，难道人间？（旦）便作是私奔，悄悄何妨说。（生）不是人间，则是花月之妖。（旦）正要你掘草寻根，怕不待勾辰就月[②]。（生）是怎么说？（旦欲说又止介）不明白辜负了幽期，话到尖头又咽。［相思令］（生）姐姐，你"千不说，万不说。直恁的书生不酬决[③]，更向谁边说？（旦）待要说，如何说？秀才，俺则怕聘则为妻奔则妾，受了盟香说。"（生）你要小生发愿，定为正妻，便与姐姐拈香去。

【滴溜子】　（生、旦同拜）神天的，神天的，盟香满爇[④]。柳梦梅，柳梦梅，南安郡舍，遇了这佳人提挈，作夫妻。生同室，死同穴[⑤]。口不心齐，寿随香灭，（旦泣介）（生）怎生吊下泪来？（旦）感君情重，不觉泪垂。

【闹樊楼】　你秀才郎为客偏情绝，料不是虚脾把盟誓撇[⑥]。哎，话吊在喉咙翦了舌。嘱东君在意者[⑦]，精神打叠。暂时间奴

---

① 飞琼：即许飞琼，神话中女仙名。据孟棨《本事诗》卷二，唐许浑梦登昆仑山，看见有人饮酒，于是作了一首诗，诗中提到许飞琼的名字。后来又梦到昆仑山，许飞琼对他说："你为什么把我的名字传出去？"许浑就把原句"座中唯有许飞琼"改为"天风吹下步虚声"。

② 勾辰：星宿名，即水星。　勾辰就月：指月蚀，喻难遇之事，这里指盼望难遇的佳期。

③ 酬决：应对决断，说清楚。

④ 爇（ruò）：烧。

⑤ 生同室，死同穴：语出《诗·大车》："穀则异室，死则同穴。"

⑥ 虚脾：虚情假意。

⑦ 东君：神话中的春神。这里杜丽娘以花自喻，以东君喻柳梦梅。

儿回避趄[1]，些儿待说，你敢扑憹忪害跌[2]。（生）怎的来？（旦）秀才，这春容得从何处？（生）太湖石缝里。（旦）比奴家容貌争多？（生看惊介）可怎生一个粉扑儿[3]？（旦）可知道，奴家便是画中人也。（生合掌谢画介）小生烧的香到哩。姐姐，你好歹表白一些儿。

【啄木犯】（旦）柳衙内听根节。杜南安原是俺亲爹。（生）呀，前任杜老先生升任扬州，怎么丢下小姐？（旦）你翦了灯。（生翦灯介）（旦）翦了灯、馀话堪明灭。（生）且请问芳名，青春多少？（旦）杜丽娘小字有庚帖，年华二八，正是婚时节。（生）是丽娘小姐，俺的人那！（旦）衙内，奴家还未是人。（生）不是人，是鬼？（旦）是鬼也。（生惊介）怕也，怕也。（旦）靠边些，听俺消详说。话在前教伊休害怯，俺虽则是小鬼头人半截。（生）姐姐，因何得回阳世而会小生？

【前腔】（旦）虽则是阴府别，看一面千金小姐，是杜南安那些枝叶。注生妃央及煞回生帖[4]，化生娘点活了残生劫[5]。你后生儿蘸定俺前生业[6]。秀才，你许了俺为妻真切，少不得冷骨头着疼热。（生）你是俺妻，俺也不害怕了。难道便请起你来？怕似水中捞月，空里拈花。

---

① 趄（jū）：犹豫不前。

② 扑憹（lǒng）忪：犹扑通，形容跌倒。

③ 一个粉扑儿：一个模样。

④ 注生妃：与下文化生娘均为迷信传说中执掌轮回投生的神。央及煞：央求。

⑤ 这一段意思是：虽然阴司不同于人间官府，但看我是杜家的官家小姐，判官就央请注生妃让我还魂，央请化生娘娘让我复活。

⑥ 后生：年青的小伙子。 蘸：沾惹。 业：缘业、缘分。

【三段子】（旦）俺三光不灭[1]。鬼胡由[2]，还动迭[3]，一灵未歇。泼残生，堪转折。秀才可谙经典？是人非人心不别，是幻非幻如何说？虽则似空里拈花，却不是水中捞月。（生）既然虽死犹生，敢问仙坟何处？（旦）记取太湖石梅树一株。

【前腔】爱的是花园后节，梦孤清，梅花影斜。熟梅时节，为仁儿，心酸那些。（生）怕小姐别有走跳处？（旦叹介）便到九泉无屈折，衠幽香一阵昏黄月[4]。（生）好不冷。（旦）冻的俺七魄三魂[5]，僵做了三贞七烈[6]。（生）则怕惊了小姐的魂怎好？

【斗双鸡】（旦）花根木节，有一个透人间路穴。俺冷香肌早偎的半热。你怕惊了呵，悄魂飞越，则俺见了你回心心不灭。（生）话长哩。（旦）畅好是一夜夫妻，有的是三生话说。（生）不烦姐姐再三，只俺独力难成。（旦）可与姑姑计议而行。（生）未知深浅，怕一时间攒不彻[7]。

【登小楼】（旦）咨嗟、你为人为彻[8]。俺砌笼棺勾有三尺叠，你点刚锹和俺一谜掘[9]。就里阴风泻泻，则隔的阳世些些。（内鸡鸣介）

【鲍老催】咳，长眠人一向眠长夜，则道鸡鸣枕空设。今夜呵，梦回远塞荒鸡咽[10]，觉人间风味别。晓风明灭，子规声容

---

① 三光：日、月、星。　三光不灭：人死后原是看不见三光的，这里杜丽娘死后还魂，故称三光不灭。

② 鬼胡由：鬼花样，这里只是鬼的意思。

③ 动迭：走动。

④ 衠（zhūn）：正、真。

⑤ 七魄三魂：道家认为人有三魂七魄，此处泛指魂魄、灵魂。

⑥ 三贞七烈：极为贞烈。通常作三贞九烈，为了与上句七魄三魂一致而改动。

⑦ 攒不彻：谈不拢。

⑧ 为人为彻：好人要做到底。古有谚语："为人须为彻。"

⑨ 一谜：一味。

⑩ 梦回远塞荒鸡咽：化用唐李璟词《摊破浣溪沙》："细雨梦回鸡塞远。"

易吹残月。三分话才做一分说。

【耍鲍老】 俺丁丁列列[①]，吐出在丁香舌[②]。你拆了俺丁香结，须粉碎俺丁香节。休残慢[③]，须急节。俺的幽情难尽说。（内风起介）则这一翦风动灵衣去了也。（旦急下）（生惊痴介）奇哉，奇哉！柳梦梅做了杜太守的女婿，敢是梦也？待俺来回想一番。他名字杜丽娘，年华二八，死葬后园梅树之下。啐，分明是人道交感，有精有血。怎生杜小姐颠倒自己说是鬼？（旦又上介）衙内还在此？（生）小姐怎又回来？（旦）奴家还有丁宁[④]。你既以俺为妻，可急视之，不宜自误。如或不然，妾事已露，不敢再来相陪。愿郎留心。勿使可惜。妾若不得复生，必痛恨君于九泉之下矣。

【尾声】 （旦跪介）柳衙内你便是俺再生爷。（生跪扶起介）（旦）一点心怜念妾，不著俺黄泉恨你，你只骂的俺一句鬼随邪[⑤]。（旦作鬼声下，回顾介）（生吊场，低语介）柳梦梅着鬼了。他说的恁般分明，恁般恓切，是无是有，只得依言而行。和姑姑商量去。

梦来何处更为云[⑥]？李商隐
惆怅金泥簇蝶裙[⑦]。韦氏子

---

① 丁丁列列：形容说话吞吞吐吐。

② 丁香舌：舌头。古人认为女人的舌头与丁香相似，故称“丁香舌”。

③ 残慢：懒散。

④ 丁宁：叮咛。

⑤ 鬼随邪：鬼促狭。意为鬼怪作祟害人。

⑥ 梦来何处更为云：李商隐《促漏》：“归去定知还向月，梦来何处更为云。南塘渐暖蒲堪结，两两鸳鸯护水纹。”

⑦ 惆怅金泥簇蝶裙：韦氏子《悼妓诗》：“惆怅金泥簇蝶裙，春来犹见伴行云。不教布施刚留得，浑似初逢李少君。”

欲访孤坟谁引至①？刘言史

有人传示紫阳君②。熊孺登

① 欲访孤坟谁引至：刘言史《恸柳论》："孀妻栖户仍无嗣，欲访孤坟谁引至。裴回无处展哀情，惟有衣襟知下泪。"

② 有人传示紫阳君：熊孺登《赠侯山人》："一见清容惬素闻，有人传是紫阳君。来时玉女裁春服，剪破湘山几片云。"紫阳君：道家崇奉的仙人名。

第三十三出　秘　议

【遗池游】　（净上）芙蓉冠帔[①]，短发难簪系。一炉香鸣钟叩齿[②]。［诉衷情］“风微台殿响笙簧。空翠冷霓裳。池畔藕花深处，清切夜闻香。　人易老，事多妨，梦难长。一点深情，三分浅土，半壁斜阳。”俺这梅花观，为着杜小姐而建。当初杜老爷分付陈教授看管。三年之内，则见他收取祭租，并不常川行走[③]。便是杜老爷去后，谎了一府州县士民人等许多分子[④]，起了个生祠。昨日老身打从祠前过，猪屎也有，人屎也有。陈最良，陈最良，你可也叫人扫刮一遭儿。到是杜小姐神位前，日逐添香换水，何等庄严清净。正是：“天下少信掉书子[⑤]，世外有情持素人。”

【前腔】　（生上）幽期密意，不是人间世。待声扬徘徊了半日。（见介）（生）“落花香覆紫金堂。（净）你年少看花敢自伤？（生）弄玉不来人换世[⑥]。（净）麻姑一去海生桑[⑦]。”（生）老姑姑，小生自到仙居，不曾瞻礼宝殿。今日愿求一观。（净）是礼。相引前行。（行到介）（净）高处玉天金阙，下面东岳夫人，南斗真妃[⑧]。（内钟鸣，生拜介）“中天积翠玉台遥，上帝高居绛节

① 冠帔（guān pèi）：指道姑服装。
② 叩齿：祈祷前上下牙齿互相叩击，表示虔诚。
③ 常川：经常。
④ 分子（fèn）：即分子钱，指众人筹款办事，各人出的一份钱。
⑤ 掉书子：指读书人。
⑥ 弄玉：相传为春秋时秦穆公女儿，嫁善吹箫之萧史，后两人乘凤飞天仙去。
⑦ 麻姑：神话中的仙女，她曾三次看见东海变为桑田。
⑧ 南斗真妃：道教供奉的女仙。

朝。遂有冯夷来击鼓[①]，始知秦女善吹箫。”好一座宝殿哩。怎生左边这牌位上写着“杜小姐神王”，是那位女王？（净）是没人题主哩[②]。杜小姐。（生）杜小姐为谁？

【五更转】（净）你说这红梅院，因何置？是杜参知前所为[③]。丽娘原是他香闺女，十八而亡，就此攒瘗[④]。他爷呵，升任急，失题主，空牌位。（生）谁祭扫他？（净）好墓田，留下有碑记。偏他没头主儿，年年寒食[⑤]。（生哭介）这等说起来，杜小姐是俺娇妻呵。（净惊介）秀才当真么？（生）千真万真。（净）这等，知他那日生，那日死了？

【前腔】（生）俺未知他生，焉知死[⑥]？死多年、生此时。（净）几时得他死信？（生）这是俺朝闻夕死了可人矣[⑦]。（净）是夫妻，应你奉事香火。（生）则怕俺未能事人，焉能事鬼[⑧]？（净）既是秀才娘子，可曾会他来？（生）便是这红梅院，做楚阳台，偏倍了你[⑨]。（净）是那一夜？（生）是前宵你们不做美。（净惊介）秀才着鬼了。难道，难道。（生）你不信时，显个神通你看。取笔来点的他主儿会动。（净）有这事？笔在此。（生点

---

① 冯夷：河伯，水神。

② 题主：旧时礼制，人死后，立一木牌，上写死者名字，用墨笔先写作“×××之神王”，然后择期请有名望的人，用朱笔在“王”字上加上一点变成“主”字。这一仪式，叫做“题主”，也叫“点主”。

③ 参知：参知政事，宋代官名，副相。指杜宝所任之职。

④ 攒瘗（yì）：暂时浅埋，以待来日迁葬。

⑤ 寒食：指清明前两日，这两天禁烟火，只吃冷食。清明、寒食，都是祭扫坟墓的日子。这里是说杜丽娘年年都没有亲人祭奠。

⑥ 未知他生，焉知死：语出《论语·先进》：“未知生，焉知死？”这里指不知道她哪天生，也不知道她哪天死。

⑦ 朝闻夕死：语出《论语·里仁》：“朝闻道，夕死可矣！”这里指刚刚听说。

⑧ 未能事人，焉能事鬼：语出《论语·先进》。

⑨ 偏倍了：背了人、不让人知道。

介）看俺点石为人，靠夫作主。你瞧，你瞧。（净惊介）奇哉，奇哉。主儿真个会动也。小姐呵！

【前腔】　则道墓门梅，立着个没字碑，原来柳客神缠住在香炉里①。秀才，既是你妻，鼓盆歌、庐墓三年礼②。（生）还要请他起来。（净）你直恁神通，敢阎罗是你？（生）少些人夫用。（净）你当夫，他为人，堪使鬼。（生）你也帮一锹儿。（净）大明律③：开棺见尸，不分首从皆斩哩④。你宋书生是看不着皇明例，不比寻常，穿篱挖壁。（生）这个不妨，是小姐自家主见。

【前腔】　是泉下人，央及你。个中人、谁似伊。（净）既是小姐分付，也待我择个日子。（看介）恰好明日乙酉，可以开坟。

（生）喜金鸡玉犬非牛日⑤，则待寻个人儿，开山力士⑥。

（净）俺有个侄儿癞头鼋可用。只怕事发之时怎处？（生）但回生，免声息，停商议。可有偷香窃玉劫坟贼？还一事，小姐倘然回生，要些定魂汤药。（净）陈教授开张药铺。只说前日小姑姑，党了凶煞⑦，求药安魂。（生）烦你快去也。这七级浮屠⑧，岂同儿戏。

---

① 柳客神：巫蛊术的一种用具，用柳木刻作人形。这里指柳梦梅。

② 鼓盆歌：悼亡之歌。典出庄子，据《庄子·至乐》记载，庄子的妻子死了，他没有哭泣，敲着盆子在唱歌。

③ 大明律：明代的法典，完成于洪武七年。本剧写宋代事，而此处写明代事，乃故意调笑。

④ 首从：指首犯和从犯。

⑤ 喜金鸡玉犬非牛日：阴阳家认为，鸡属酉日，玉犬属戌日，均宜于开坟。而牛日属丑日，忌开坟。

⑥ 开山力士：这里指开坟挖墓之人。

⑦ 党了凶煞：迷信认为冲撞凶神，就会害病。

⑧ 浮屠：即佛塔。七级浮屠：指救人一命。谚语：“救人一命，胜造七级浮屠。”

（净）湿云如梦雨如尘①，崔鲁

（生）初访城西李少君②。陈羽

（净）行到窈娘身没处③，雍陶

（生）手披荒草看孤坟④。刘长卿

① 湿云如梦雨如尘：崔鲁《华清宫三首》之三："草遮回磴绝鸣銮，云树深深碧殿寒……红叶下山寒寂寂，湿云如梦雨如尘。"

② 初访城西李少君：陈羽《游洞灵观》："初访西城礼少君，独行深入洞天云。风吹青桂寒花落，香绕仙坛处处闻。"

③ 行到窈娘身没处：雍陶《洛中感事》："洛城今古足繁华，最恨乔家似石家。行到窈娘身没处，水边愁见亚枝花。"

④ 手披荒草看孤坟：刘长卿《送李将军》："身逐塞鸿来万里，手披荒草看孤坟。擒王绝漠经胡雪，怀旧长沙哭楚云。"

第三十四出　诇　药[1]

（末上）“积年儒学理粗通，书箧成精变药笼[2]。家童唤俺老员外[3]，街坊唤俺老郎中。”俺陈最良失馆，依然开药铺。看今日有甚人来？

【女冠子】　（净上）人间天上，道理都难讲。梦中虚诳，更有人儿思量泉壤。陈先生利市哩[4]。（末）老姑姑到来。（净）好铺面！这“儒医”二字杜太爷赠的。好“道地药材[5]”！这两块土中甚用？（末）是寡妇床头土。男子汉有鬼怪之疾，清水调服良。（净）这布片儿何用？（末）是壮男子的裤裆。妇人有鬼怪之病，烧灰吃了效。（净）这等，俺贫道床头三尺土，敢换先生五寸裆？（末）怕你不十分寡。（净）啐，你敢也不十分壮。（末）罢了，来意何事？（净）不瞒你说，前日小道姑呵！

【黄莺儿】　年少不堤防，赛江神[6]，归夜忙。（末）着手了？（净）知他着甚闲空旷[7]？被凶神煞党。年灾月殃，瞑然一去无回向。（末）欠老成哩！（净）细端详，你医王手段敢对的住活阎王[8]。（末）是活的，死的？（净）死几日了。（末）死人有口

① 诇（xiòng）药：求药。诇：打探、询问。

② 书箧（qiè）：书箱。

③ 员外：原为官名，后来有财势的人也称员外。后演变为对人的尊称。

④ 利市：吉利，好运。这里是吉利话，祝人发财、交好运。

⑤ 道地：即地道，指品质佳、疗效好。中药店的招牌上往往会写“道地药材”，意思是，店里所备的药材都是正宗上乘的。

⑥ 赛江神：祭祀酬神。赛：酬报。江神：掌管江河的水神。

⑦ 空旷：旧时迷信说法，认为空旷之地易出现鬼神。

⑧ 医王：医术精深之人。常用以指佛名，即能为众生治病之人。

吃药？也罢，便是这烧裆散，用热酒调服下。

【前腔】 海上有仙方，这伟男儿深裤裆。（净）则这种药，俺那里自有。（末）则怕姑姑记不起谁阳壮。翦裁寸方，烧灰酒娘①，敲开齿缝把些儿放。不寻常，安魂定魄赛过反精香②。（净）谢了。

（末）还随女伴赛江神③，于鹄

（净）争奈多情足病身④。韩偓

（末）岩洞幽深门尽锁⑤，韩愈

（净）隔花催唤女医人⑥。王建

① 酒娘：即酒酿，甜米酒。

② 反精香：返魂香。传说在西海聚窟洲产返魂树。根煮汁，制成返魂香，能起死回生。

③ 还随女伴赛江神：于鹄《江南曲》："偶向江边采白苹，还随女伴赛江神。众中不敢分明语，暗掷金钱卜远人。"

④ 争奈多情足病身：韩偓《江楼二首》之二："鱼是鱼苦笋香味新，杨柳酒旗三月春。风光百计牵人老，争奈多情是病身。"

⑤ 岩洞幽深门尽锁：韩愈《奉和李相公题萧家林亭》："山公自是林园主，叹惜前贤造作时。岩洞幽深门尽锁，不因丞相几人知。"

⑥ 隔花催唤女医人：王建《宫词一百首》之四十四："御厨不食索时新，每见花开即苦春。白日卧多娇似病，隔帘教唤女医人。"

第三十五出　回　生

【字字双】（丑扮疙童[①]，持锹上）猪尿泡疙疸偌卢胡，没裤[②]。铧锹儿入的土花疏[③]，没骨[④]。活小娘不要去做鬼婆夫，没路。偷坟贼拿到做个地官符[⑤]，没趣。（笑介）自家梅花观主家癞头鼋便是。观主受了柳秀才之托，和杜小姐启坟。好笑，好笑，说杜小姐要和他这里重做夫妻。管他人话鬼话，带了些黄钱，挂在这太湖石上，点起香来。

【出队子】（净携酒同生上）玉人何处，玉人何处？近墓西风老绿芜。《竹枝歌》唱的女郎苏[⑥]，杜鹃声啼过锦江无[⑦]？一窖愁残，三生梦余。（生）老姑姑，已到后园。只见半亭瓦砾，满地荆榛。绣带重寻，袅袅藤花夜合；罗裙欲认，青青蔓草春长[⑧]。则记的太湖石边，是俺拾画之处。依稀似梦，恍惚如亡。怎生是好？（净）秀才不要忙，梅树下堆儿是了。（生）小姐，好伤感人也。（哭介）（丑）哭甚的。趁时节了。（烧纸介）（生拜介）巡

① 疙童：头上长有癞痢疙瘩的孩童。

② 猪尿泡疙疸（dǎn）偌卢胡，没裤：此语是对癞痢头的恶谑。

③ 铧（huá）锹儿入的土花疏：这句话是说要掘坟不难。　土花：苔藓。

④ 没骨：指没有石头。

⑤ 地官符：指活埋。据《三国志·魏志·张鲁传》注，道家为人驱病，书写天、地、水三官文符，其中地官符是埋入土内的。

⑥ 《竹枝歌》：《竹枝词》，流行于巴渝一带的民歌，唐刘禹锡曾以其为基础作新词，多歌咏当地风土人情及男女恋情。

⑦ 杜鹃：鸟名，相传为战国时蜀王杜宇死后所化，啼声凄切，听来似“不如归去”。　锦江：乃四川岷江的支流。因杜丽娘是四川人，故此处均引用四川风物。

⑧ 罗裙欲认，青青蔓草春长：化用五代牛希济词《生查子》：“记得绿罗裙，处处怜芳草。”

山使者，当山土地，显圣显灵。

【啄木鹂】 开山纸草面上铺[1]。烟罩山前红地炉[2]。（丑）敢太岁头上动土[3]？向小姐脚跟挖窟。（生）土地公公，今日开山，专为请起杜丽娘。不要你死的，要个活的。你为神正直应无妒，俺阳神触煞俱无虑。要他风神笑语都无二，便做着你土地公公女嫁吾[4]。呀，春在小梅株。好破土哩。

【前腔】 （丑、净锹土介）这三和土一谜鉏[5]。小姐呵，半尺孤坟你在这的无？（生）你们十分小心。（看介）到棺了。（丑作惊丢锹介）到官没活的了。（生摇手介）禁声。（内旦作哎哟介）（众惊介）活鬼做声了。（生）休惊了小姐。（众蹲向鬼门，开棺介）（净）原来钉头锈断，子口登开[6]，小姐敢别处送云雨去了。（内哎哟介）（生见旦扶介）（生）咳，小姐端然在此。异香袭人，幽姿如故。天也，你看正面上那些儿尘渍，斜空处没半米蚍蜉[7]。则他暖幽香四片斑斓木，润芳姿半榻黄泉路，养花身五色燕支土。（扶旦软髀介）（生）俺为你款款偎将睡脸扶，休损了口中珠[8]。（旦作呕出水银介[9]）（丑）一块花银，二十分多重，赏了癞头罢。（生）此乃小姐龙含凤吐之精，小生当奉为世宝。你们别有酬犒。（旦开眼叹介）（净）小姐开眼哩。（生）天开眼

---

① 开山：此指开坟。 开山纸：民间丧葬风俗，破土前须焚化黄纸。

② 烟罩山前红地炉：形容纸线烧起来，烟火上腾的情景。

③ 太岁头上动土：古人以木星为太岁，认为太岁星所在方为凶方，不宜动土，否则会有灾祸。

④ 便做着：宋元俗语，就算做是……，就当做……一样。

⑤ 三和土：三合土，由黏土、沙石、石灰搅拌而成。 鉏（chú）：同“锄”。

⑥ 子口：指瓶、罐、箱等器物跟盖相密合的地方。这里指棺体和棺盖合缝处。开：裂开。

⑦ 半米：半粒，犹言一点点。 蚍蜉：蚂蚁的一种。

⑧ 口中珠：旧时死人入殓，家人会将珍珠、谷米等物放入其口中，叫衔口。

⑨ 呕出水银：旧时为使尸体防腐，会灌入水银。

了。小姐呵！

【金蕉叶】（旦）是真是虚？劣梦魂猛然惊遽[①]。（作掩眼介）避三光业眼难舒[②]，怕一弄儿巧风吹去。（生）怕风怎么好？（净扶旦介）且在这牡丹亭内进还魂丹，秀才翦裆。（生翦介）（丑）待俺凑些加味还魂散。（生）不消了。快快热酒来。

【莺啼序】（调酒灌介）玉喉咙半点灵酥。（旦吐介）（生）哎也，怎生呵落在胸脯。姐姐再进些，才吃下三个多半口还无。（觑介）好了，好了！喜春生颜面肌肤。（旦觑介）这些都是谁？敢是些无端道途[③]，弄的俺不着坟墓？（生）我便是柳梦梅。（旦）眳朦觑[④]，怕不是梅边柳边人数。（生）有这道姑为证。（净）小姐可认得道姑么？（旦看不语介）

【前腔】（净）你乍回头记不起俺这姑姑。（生）可记得这后花园？（旦不语介）（净）是了，你梦境模糊。（旦）只那个是柳郎？（生应，旦作认介）咳，柳郎真信人也。亏杀你拨草寻蛇，亏杀你守株待兔。棺中宝玩收存，诸余抛散池塘里去。（众）呸！（丢去棺物介）向人间别画个葫芦[⑤]。水边头洗除凶物[⑥]。（众）亏了小姐整整睡这三年。（旦）流年度，怕春色三分，一分尘土[⑦]。（生）小姐，此处风露，不可久停。好处将息去。

【尾声】 死工夫救了你活地狱，七香汤莹了美食相扶[⑧]。

---

① 惊遽（jù）：由于突然的刺激而感到恐慌。

② 业眼：作孽的眼睛、造孽的眼睛。常用于自怨自詈时。

③ 无端道途：此处指无赖之辈、歹徒。

④ 眳（míng）朦：蒙眬，看不清楚。

⑤ 向人间别画个葫芦：指重新做人。谚语“依样画葫芦”，原是模仿之意。

⑥ 凶物：丧葬用品。

⑦ 怕春色三分，一分尘土：担心青春过去。语出苏轼词《水龙吟》：“春色三分：二分尘土，一分流水。”

⑧ 七香汤：沐浴所用之香汤。莹：用作动词，磨玉使发光，这里指洗。美食相扶：用好的食品加以补养。

（旦）扶往那里去？（净）梅花观内。（旦）可知道洗棺尘，都是这高唐观中雨。

（生）天赐燕支一抹腮[①]，罗隐

（旦）随君此去出泉台[②]。景舜英

（净）俺来穿穴非无意[③]，张祜

（生）愿结灵姻愧短才[④]。潘雍

① 天赐燕支一抹腮：罗隐《梅》："天赐胭脂一抹腮，盘中磊落笛中哀。虽然未得和羹便，曾与将军止渴来。"

② 随君此去出泉台：景舜英《留金扼臂赠别》："恩情未足晓光催，数朵眠花未得开。却羡一双金扼臂，随君此去出泉台。"

③ 俺来穿穴非无意：张祜《题朱兵曹山居》："朱氏西斋万卷书，水门山阔自高疏。我来穿穴非无意，愿向君家作壁鱼。"

④ 愿结灵姻愧短才：潘雍《赠葛氏小娘子》："曾闻仙子住天台，愿结灵姻愧短才。若许随君洞中住，不同刘阮却归来。"

第三十六出　婚　走[1]

【意难忘】　（净扶旦上）（旦）如笑如呆，叹情丝不断，梦境重开。（净）你惊香辞地府[2]，舆榇出天台[3]。（旦）姑姑，俺强挣作[4]，软咍咍[5]，重娇养起这嫩孩孩。（合）尚疑猜，怕如烟入抱，似影投怀[6]。[画堂春]（旦）"蛾眉秋恨满三霜[7]，梦馀荒冢斜阳。土花零落旧罗裳，睡损红妆[8]。（净）风定彩云犹怯，火传金灺重香[9]。如神如鬼费端详[10]，除是高唐。"（旦）姑姑，奴家死去三年。为钟情一点，幽契重生[11]。皆亏柳郎和姑姑信心提救。又以美酒香酥，时时将养。数日之间，稍觉精神旺相。（净）好了，秀才三回五次，央俺成亲哩。（旦）姑姑，这事还早。扬州问过了老相公、老夫人，请个媒人方好。（净）好消停的话

---

① 婚走：完婚出走。

② 惊香：形容杜丽娘的美貌，这里代指杜丽娘。　出地府：指杜丽娘起死回生。

③ 舆榇（chèn）：以舆（车）载榇（棺材），引申为死者。　天台：原是仙界，这里代指阴间。

④ 挣作：挣扎、振作，宋元俗语。

⑤ 软咍咍（hāi）：软绵绵。

⑥ 如烟入抱，似影投怀：用吴王夫差的女儿小玉之事形容杜丽娘刚刚复生，虚空柔弱的样子。据《搜神记》记载，吴王夫差的女儿小玉，爱上了青年韩重，但因他们的婚事被吴王阻挠，小玉气结而死。后来小玉在墓前现出原形，并把明珠送给韩重。当她母亲想去抱她时，她却烟一样不见了。

⑦ 三霜：如三秋，即三年。

⑧ 土花零落旧罗裳，睡损红妆：化用秦观词《画堂春》："杏花零落燕泥香，睡损红妆。"指杜丽娘在坟墓中已被埋三年，容颜有所改变。

⑨ 金灺（xiè）：蜡烛的余烬，这里指香烬。

⑩ 端详：思量。费端详：费思量，应好好想想。

⑪ 幽契：冥合，指杜丽娘之鬼魂与柳梦梅欢会。

儿[1]。这也由你。则问小姐前生事可记得些么？

【胜如花】（旦）前生事，曾记怀。为伤春病害，困春游梦境难捱。写春容那人儿拾在。那劳承[2]、那般顶戴[3]，似盼天仙盼的眼咍[4]，似叫观音叫的口歪。（净）俺也听见些。则小姐泉下怎生得知？（旦）虽则尘埋，把耳轮儿热坏[5]。感一片志诚无奈，死淋侵走上阳台[6]，活森沙走出这泉台[7]。（净）秀才来哩。

【生查子】（生上）艳质久尘埋，又挣出这烟花界[8]。你看他含笑插金钗，摆动那长裙带。（见介）丽娘妻。（旦羞介）（生）姐姐，俺地窟里扶卿做玉真。（旦）重生胜过父娘亲。（生）便好今宵成配偶。（旦）懵腾还自少精神[9]。（净）起前说精神旺相，则瞒着秀才。（旦）秀才可记的古书云："必待父母之命，媒妁之言。[10]"（生）日前虽不是钻穴相窥，早则钻坟而入了。小姐今日又会起书来。（旦）秀才，比前不同。前夕鬼也，今日人也。鬼可虚情，人须实礼。听奴道来：

---

① 消停：从容，此处作现成、自在解。

② 劳承：殷勤、体贴，此处作名词，代指柳梦梅。一作对情人的昵称，犹言滑头。

③ 顶戴：顶礼膜拜。

④ 眼咍：眼直。

⑤ 把耳轮儿热坏：听到有人念叨得耳朵发热。

⑥ 死淋侵：死呆呆地、毫无生气的样子。淋侵：语尾助词，加强语气。 阳台：指男女欢会之所。语出战国楚宋玉《高唐赋序》："旦为朝云，暮为行雨，朝朝暮暮，阳台之下。"

⑦ 活森沙：活生生地、活泼地。森沙：词尾助词，加强语气。 泉台：墓穴、阴间。

⑧ 烟花界：繁华世间。

⑨ 懵（měng）腾：糊里糊涂、神志不清。

⑩ 必待父母之命，媒妁之言：语出《孟子·滕文公》："丈夫生而愿为之有室，女子生而愿为之有家。父母之心，人皆有之。不待父母之命，媒妁之言，钻穴隙相窥，逾墙相从，则父母国人皆贱之。"

【胜如花】 青台闭[①]，白日开。（拜介）秀才呵，受的俺三生礼拜，待成亲少个官媒。（泣介）结盏的要高堂人在[②]。（生）成了亲，访令尊令堂，有惊天之喜。要媒人，道姑便是。（旦）秀才忙待怎的？也曾落几个黄昏陪待。（生）今夕何夕[③]？（旦）直恁的急色秀才。（生）小姐搗鬼。（旦笑介）秀才搗鬼。不是俺鬼奴台妆妖作乖[④]。（生）为甚？（旦羞介）半死来回，怕的雨云惊骇。有的是这人儿活在，但将息俺半载身材[⑤]。（背介）但消停俺半刻情怀。

【不是路】 （末上）深院闲阶，花影萧萧转翠苔。（扣门介）人谁在？是陈生探望柳君来。（众惊介）（生）陈先生来了，怎好？（旦）姑姑，俺回避去。（下）（末）忒奇哉，怎女儿声息纱窗外，硬抵门儿应不开？（又扣门介）（生）是谁？（末）陈最良。（开门见介）（生）承车盖[⑥]，俺衣冠未整因迟待。（末）有些惊怪。（生）有何惊怪？

【前腔】 （末）不是天台，怎风度娇音隔院猜？（净上）原来陈斋长到来。（生）陈先生说里面妇娘声息，则是老姑姑。（净）是了，长生会[⑦]，莲花观里一个小姑来。（末）便是前日的小姑么？（净）另是一众。（末）好哩，这梅花观一发兴哩。也是杜小姐冥福所致。因此径来相约，明午整个小盒儿同柳兄往坟上

---

① 青台：坟墓，因坟前长满青草，故称。

② 结盏：合卺，指婚礼。

③ 今夕何夕：语出《诗·唐风·绸缪》："今夕何夕？见此良人。子兮子兮，如此良人何？"这里柳梦梅的意思是最好就在今夜成亲，不须那些礼节。

④ 鬼奴台：鬼奴胎，犹言小鬼头。

⑤ 将息：调养、休息。

⑥ 车盖：车上的遮蔽物，指车。承车盖：即承您光临、承您来，此指陈最良来访。

⑦ 长生会：泛指道观中的法事。

随喜去[1]。暂告辞了。无闲会，今朝有约明朝在，酒滴青娥墓上回[2]。（生）承拖带[3]，这姑姑点不出个茶儿待[4]。即来回拜。（末）慢来回拜。（下）（生）喜的陈先生去了，请小姐有话。（旦上介）（净）怎了，怎了？陈先生明日要上小姐坟去。事露之时，一来小姐有妖冶之名，二来公相无闺阃之教[5]，三来秀才坐迷惑之讥，四来老身招发掘之罪。如何是了？（旦）老姑姑，待怎生好？（净）小姐，这柳秀才待往临安取应[6]。不如曲成亲事，叫童儿寻只赣船，夤夜开去，以灭其踪。意下何如？（旦）这也罢了。（净）有酒在此。你二人拜告天地。（拜，把酒介）

【榴花泣】（生）三生一会，人世两和谐。承合卺，送金杯。比墓田春酒这新醅[7]，才酦转人面桃腮[8]。（旦悲介）伤春便埋，似中山醉梦三年在[9]。只一件来，看伊家龙凤姿容，怎配俺这土木形骸[10]！（生）那有此话！

---

① 整个小盒儿：即准备一份酒食，这里是用于祭奠。

② 青娥：美丽的少女，此处指杜丽娘。

③ 拖带：带挈，指陈最良带柳梦梅去杜丽娘的坟上。

④ 点不出个茶儿：点茶，本指古代烹茶的一种方法，见宋蔡襄《茶录》，这里泛指泡茶。

⑤ 闺阃（kǔn）：原指内室，妇女所居，借指女子。闺阃之教：指封建时代对妇女的道德教育，如男女授受不亲等。

⑥ 取应：应考。取指朝廷开科取士，应即士子应考。

⑦ 新醅（pēi）：新酒。

⑧ 酦（pō）：酿酒。　酦转：指因饮酒而脸红。

⑨ 中山醉梦：典出刘玄石醉酒之事。据晋张华《博物志·千日酒》记载，刘玄石在中山狄希家喝了千日酒，一醉不醒。家里人以为他死了，便哭而葬之。千日之后，狄希令其家人打开棺材，发现刘玄石刚刚醒来。

⑩ 土木形骸：指人的形体和土木一样，本比喻不加修饰，这里指杜丽娘久经尘埋，刚从墓穴中还魂，自惭形秽，觉得不堪与柳梦梅相配。

【前腔】　相逢无路，良夜肯疑猜？眠一柳，当了三槐①。杜兰香真个在读书斋②，则柳耆卿不是仙才③。（旦叹介）幽姿暗怀，被元阳鼓的这阴无赖④。柳郎，奴家依然还是女身。（生）已经数度幽期，玉体岂能无损？（旦）那是魂，这才是正身陪奉。伴情哥则是游魂，女儿身依旧含胎。（外扮舟子歌上）春娘爱上酒家子楼，不怕归迟总弗子愁。推道那家娘子睡，且留教住要梳子头。（又歌）不论秋菊和那春子个花，个个能噇空肚子茶⑤。无事莫教频入子库，一名闲物他也要些子些⑥。（丑扮疙童上介）船，船，船，临安去。（外）来，来，来。（拢船介）（丑）门外船便，相公纂下小姐班⑦。（净辞介）相公、小姐，小心去了。（生）小姐无人伏侍，烦老姑姑一行，得了官时相报。（净）俺不曾收拾。（背介）事发相连，走为上计。（回介）也罢，相公赏侄儿什么，着他和俺收拾房头，俺伴小姐同去。（丑）使得。（生）便赏他这件衣服。（解衣介）（丑）谢了，事发谁当？（生）则推不知便了。（丑）这等请了。“秃厮儿堪充道伴⑧，女冠子权当梅香。”（下）。

---

① 眠一柳：《三辅旧事》：“汉苑中有柳，状如人，号曰人柳。一日三眠三起。”三槐：相传周代宫廷外种有三棵槐树，三公朝天子时，面向三槐而立，后用三槐喻三公，即高官，这里指春试及第。　全句意谓：一夜欢爱，就好比考取功名。

② 杜兰香：传说中的仙女。借指杜丽娘。

③ 柳耆卿：宋代著名的词作家柳永，字耆卿。此处借指柳梦梅。这里指柳梦梅认为自己是凡人，而杜丽娘是仙女。

④ 元阳：中医认为元阳是人体阳气的根本，这里指男人。

⑤ 噇：吃。

⑥ “春娘爱上酒家子楼”等八句：化用唐李昌符《婢仆诗》五十首中的二首：“春娘爱上酒家楼，不怕归迟总不留。推道那家娘子卧，且留教住待梳头。”“不论秋菊与春花，个个能噇空肚茶。无事莫教频入库，一名闲物要些些。”　一名：一样。

⑦ 相公纂下小姐班：大意是指相公扶小姐上船。

⑧ 秃厮儿：秃童。　女冠子：女道姑。　《女冠子》《秃厮儿》，都是曲牌名，嵌在曲文里是一种文字游戏。

【急板令】　（众上船介）别南安孤帆夜开，走临安把双飞路排。（旦悲介）（生）因何吊下泪来？（旦）叹从此天涯，从此天涯。叹三年此居，三年此埋。死不能归，活了才回。（合）问今夕何夕？此来、魂脉脉，意哈哈①。

【前腔】　（生）似倩女返魂到来②，采芙蓉回生并载。（旦叹介）（生）为何又吊下泪来？（旦）想独自谁挨，独自谁挨？翠黯香囊，泥渍金钗。怕天上人间，心事难谐。（合前）（净）夜深了，叫停船。你两人睡罢。（生）风月舟中，新婚佳趣，其乐何如！

【一撮棹】　蓝桥驿③，把奈河桥风月筛。（旦）柳郎，今日方知有人间之乐也。七星版、三星照④，两星排⑤。今夜呵，把身子儿带，情儿迈，意儿挨。（净）你过河，衣带紧、请宽怀。（生）眉横黛，小船儿禁重载？这欢眠自在，抵多少吓魂台⑥。

---

① 意哈哈：心情愉快的样子。

② 倩女返魂：出自唐传奇《离魂记》，倩娘（倩女）和爱人王宙离别后，相思成病。但她的灵魂却像活人一样，在路上赶上王宙，并和他同居生子。后来两人回到倩娘家里，她的灵魂和躺在家中的真人又合而为一。元曲四大家之一郑光祖有《倩女离魂》杂剧。

③ 蓝桥驿：见唐传奇《裴航》：裴航路过蓝桥驿，特别口渴，遇见一织麻老妪，于是向其求水喝，老妪让其孙女云英给其倒水喝。裴航对云英一见钟情，想娶她为妻。老妪说，他必须找到月宫中玉兔用的玉杵臼，才能将云英嫁给他。后裴航历经曲折，终于找到玉杵臼，娶了云英，后来夫妻双双成仙。

④ 七星版：七星板，棺材里的夹底板，有七个星一样的小孔。三星：星宿，《诗·唐风·绸缪》："三星在天。"这里指杜丽娘起死回生。

⑤ 两星：指牵牛、织女两星。神话传说中在七夕时，双星会踏上鹊桥过银河相会。

⑥ 抵多少吓魂台：磨元曲中常用，指阴间、折磨鬼魂的地方。　抵多少：胜过。

【尾声】 情根一点是无生债[1]。(旦) 叹孤坟何处是俺望夫台[2]? 柳郎呵，俺和你死里淘生情似海。

(生) 偷去须从月下移[3]，吴融

(净) 好风偏似送佳期[4]。陆龟蒙

(旦) 傍人不识扁舟意[5]，张蠙

(净) 惟有新人子细知[6]。戴叔伦

---

① 无生：佛家修行所达到的一种无生无灭的境界。如有了情根，则无法达到此境界。

② 望夫台：望夫石。据南朝宋刘义庆《幽明录》记载，在湖北武昌有望夫石，相传有女人在这里送她的丈夫出征，一直站着看他，以至化为石头。各地均有望夫石之传说。

③ 偷去须从月下移：吴融《高侍御话及皮博士池中白莲因成一章寄博士兼奉呈》："白玉花开绿锦池，风流御史报人知。看来应是云中堕，偷去须从月下移。"

④ 好风偏似送佳期：陆龟蒙《中秋待月》："转缺霜输上转迟，好风偏似送佳期。帘斜树隔情无限，烛暗香残坐不辞。"

⑤ 傍人不识扁舟意：张蠙《经范蠡旧居》："一变姓名离百越，越城犹在范家无。他人不见扁舟意，却笑轻生泛五湖。"

⑥ 惟有新人子细知：戴叔伦《抚州被推昭雪答陆太祝三首》之一："求理由来许便宜，汉朝龚遂不为疵。如今谤起翻成累，唯有新人子细知。"

第三十七出　骇　变

[集唐]（末上）“风吹不动顶垂丝[①]雍陶，吟背春城出草迟[②]朱庆馀。毕竟百年浑是梦[③]元稹，夜来风雨葬西施[④]韩偓。”俺陈最良。只因感激杜太守，为他看顾小姐坟茔。昨日约了柳秀才到坟上望去，不免走一遭。（行介）“岩扉不掩云长在，院径无媒草自深。”待俺叫门。（叫介）呀，往常门儿重重掩上，今日都开在此。待俺参了圣[⑤]。（看菩萨介）咳，冷清清没香没灯的。呀，怎不见了杜小姐牌位？待俺问一声老姑姑。（叫三声介）俗家去了。待俺叫柳兄问他。（叫介）柳朋友！（又叫介）柳先生！一发不应了。（看介）嗄，柳秀才去了。医好了病，来不参，去不辞。没行止[⑥]，没行止！待俺西房瞧瞧。咳哟，道姑也搬去了。磬儿，锅儿，床席，一些都不见了。怪哉！（想介）是了。日前小道姑有话，昨日又听的小道姑声息，其中必有柳梦梅勾搭事情。一夜去了。没行止，没行止！由他，由他。到后园看小姐坟去。（行介）

---

① 风吹不动顶垂丝：雍陶《咏双白鹭》：“双鹭应怜水满池，风飘不动顶丝垂。立当青草人先见，行榜白莲鱼未知。”

② 吟背春城出草迟：朱庆馀《寻僧》：“吟背春城出草迟，天晴紫阁赴僧期。山边树下行人少，一派新泉日午时。”

③ 毕竟百年浑是梦：元稹《酬乐天秋兴见赠，本句云：莫怪独吟秋兴苦比君校近二毛年》：“劝君休作悲秋赋，白发如星也任垂。毕竟百年同是梦，长年何异少何为。”

④ 夜来风雨葬西施：韩偓《哭花》：“曾愁香结破颜迟，今见妖红委地时。若是有情争不哭，夜来风雨葬西施。”

⑤ 参了圣：指拜了菩萨。

⑥ 行止：德行，品行。

【懒画眉】　园深径侧老苍苔，那儿所月榭风亭久不开。当时曾此葬金钗[①]。（望介）呀，旧坟高高儿的，如何平下来了也。缘何不见坟儿在？敢是狐兔穿空倒塌来？这太湖石，只左边靠动了些，梅树依然。（惊介）咳呀，小姐坟被劫了也。

【朝天子】　（放声哭介）小姐，天呵！是什么发冢无情短幸材[②]？他有多少金珠葬在打眼来[③]！小姐，你若早有人家，也搬回去了。则为玉镜台无分照泉台[④]。好孤哉！怕蛇钻骨，树穿骸，不提防这灾。知道了，柳梦梅岭南人，惯了劫坟。将棺材放在近所，截了一角为记，要人取赎。这贼意思，止不过说杜老先生闻知，定来取赎。想那棺材，只在左近埋下了。待俺寻看。（见介）咳呀，这草窝里不是殊漆板头？这不是大锈钉？开了去。天，小姐骨殖丢在那里？（望介）那池塘里浮着一片棺材。是了，小姐尸骨抛在池里去了。狠心的贼也！

【普天乐】　问天天，你怎把他昆池碎劫无馀在[⑤]？又不欠观音锁骨连环债[⑥]，怎丢他水月魂骸？乱红衣暗泣莲腮[⑦]，似黑月重抛业海[⑧]。待车干池水，捞起他骨殖来。怕浪淘沙碎玉难分派。

---

① 金钗：代指女性，此指杜丽娘。

② 短幸材：短命的、没良心的家伙。骂人的话。

③ 打眼：显眼，惹眼，引起人觊觎之心。

④ 玉镜台：指聘礼，据《世说新语·假谲》记载，晋时温峤以玉镜台作聘物，和他的表妹结婚。　泉台：阴间。　全句意为：生前没有接受聘礼就死去了。

⑤ 昆池：指汉代长安汉武帝所开掘的昆明池，当时掘到黑土。有方士说：这就是劫灰（见《三辅皇图》卷四）。　全句意为：没有一点儿尸骨留下来。

⑥ 观音锁骨连环：连环锁骨观音，这里是指骨头。此为观音变相行道事迹之一，据《太平广记·延州妇人》条载，有一妇女死后，一西域胡僧见墓敬礼，说是“锁骨菩萨”，“众人即开墓，视遍身之骨，钩结皆如锁状，果如僧言。”

⑦ 乱红衣：指四处漂落的红色的莲花花瓣。　莲腮：莲花腮。这里指代容颜、身体。

⑧ 业海：佛教语，谓世间种种恶因如大海，故称“业海”。业：孽。这里业海指池塘。

到不如当初水葬无猜。贼眼脑生来毒害[1]，那些个怜香惜玉[2]，致命图财！先师云："虎兕出于柙，龟玉毁于椟中，典守者不得辞其责。"[3] 俺如今先去禀了南安府缉拿。星夜往淮扬，报知杜老先生去。

【尾声】 石虔婆[4]，他古弄里金珠曾见来[5]。柳梦梅，他做得个破周书汲冢才[6]。小姐呵，你道他为甚么向金盖银墙做打家贼？

丘坟发掘当官路[7]，韩愈　春草茫茫墓亦无[8]。白居易
致汝无辜由俺罪[9]，韩愈　狂眠恣饮是凶徒[10]。僧子兰

---

① 眼脑：眼。　贼眼脑：骂人的话，即贼人们。

② 那些个：意即哪里会。

③ 虎兕出于柙，龟玉毁于椟中，典守者不得辞其责：这是陈最良自责自己没尽到看管杜丽娘墓地的责任。语出于《论语·季氏》："孔子曰：'……虎兕出于柙，龟玉毁于椟中，是谁之过与？'"朱熹注："典守者不得辞其过。"兕：野牛；柙：兽圈；龟：龟甲，上古时代认为是宝物。典守者：看管人。

④ 虔婆：贼婆，不正派的老婆子，骂人的话。石虔婆：石道姑。

⑤ 古弄里：窟窿里，坟里。此句意为石道姑曾为杜丽娘装殓，所以知道棺内金珠。

⑥ 破周书汲冢：典出《晋书·武帝本纪》，据载，晋咸宁五年，汲郡（今河南汲县）人不准（人名）发掘魏襄王墓（冢），得到大量的周、秦古书。这里指柳梦梅掘墓。

⑦ 丘坟发掘当官路：韩愈《题广昌馆（在随州枣阳县南）："白水龙飞已几春，偶逢遗迹问耕人。丘坟发掘当官路，何处南阳有近亲。"这里是陈最良愤慨杜丽娘坟墓被掘。

⑧ 春草茫茫墓亦无：白居易《罗敷水》："野店东头花落处，一条流水号罗敷。芳魂艳骨知何处，春草茫茫墓亦无。"

⑨ 致汝无辜由俺罪：韩愈《云岁自刑部侍郎以罪贬潮州刺史，乘驿赴任，其后家亦谴逐，小女道死，殡之层峰驿旁山下，蒙恩还朝过其墓，留题驿梁》："绕坟不暇号三匝，设祭惟闻饭一盘。致汝无辜由我罪，百年惭痛泪阑干。"

⑩ 狂眠恣饮是凶徒：僧子兰《长安伤春》："霜陨中春花半无，狂游恣饮尽凶徒。年赏玩公卿辈，今委沟塍骨渐枯。"这里指陈最良指责柳梦梅是盗墓贼。

第三十八出　淮　警

【霜天晓角】　［净引众上］英雄出众，鼓噪红旗动。三年绣甲锦蒙茸①，弹剑把雕鞍斜鞚②。“贼子豪雄是李全，忠心赤胆向胡天。靴尖踢倒长天堑③，却笑江南土不坚。”俺溜金王奉大金之命，骚扰江淮三年。打听大金家兵粮凑集，将次南征，教俺淮扬开路，不免请出贱房计议④。中军快请⑤。（众叫介）大王叫箭坊⑥。（老旦扮军人持箭上）箭坊俱已造完。（净笑恼介）狗才怎么说？（老旦）大王说，请出箭坊计议。（净）胡说！俺自请杨娘娘，是你箭坊？（老旦）杨娘娘是大王箭坊，小的也是箭坊。（净喝介）

【前腔】　（丑上）帐莲深拥⑦，压寨的阴谋重⑧。（见介）大王兴也！你夜来鏖战好粗雄⑨。困的俺垓心没缝⑩。大王夫，俺睡倦了。请俺甚事商量？（净）闻得金主南侵，教俺攻打淮扬，以

---

① 蒙茸：蒙戎，衣服散乱、不整齐。这里是形容军中生活紧张忙乱。《诗·邶风·旄丘》：“狐裘蒙戎，匪车不东。”

② 弹剑：弹铗，敲击剑把。　雕鞍：雕花装饰的马鞍，这里代指马。　鞚(kònɡ)：马笼头，这里指拉住马缰绳，把马勒住。

③ 靴尖踢倒长天堑：据《说郛》卷七引《钱唐遗事》记载，南宋末投降蒙古的叛将吕文焕答宋太皇太后书：“孤城其如弹丸，谓靴尖之踢倒；长江虽日堑固，欲提鞭而断流。”长天堑：指长江。

④ 贱房：对人谦称自己的妻子。

⑤ 中军：指传令官。

⑥ 箭坊：造箭作坊，这里指造箭工匠。同上文之“贱房”，为插科打诨之语。

⑦ 帐莲：应为莲帐，即莲幕，原指幕府，这里指将帅的营帐。

⑧ 压寨的：压寨夫人，山寨首领的妻子。

⑨ 鏖战：激战。

⑩ 垓心：战场中心。这两句为李全夫妻之间调笑之语。

便征进。思想扬州有杜安抚镇守，急切难攻。如何是好？（丑）依奴家所见，先围了淮安，杜安抚定然赴救。俺分兵扬州，断其声援，于中取事。（净）高，高！娘娘这计，李全要怕了你。（丑）你那一宗儿不怕了奴家！（净）罢了。未封王号时，俺是个怕老婆的强盗，封王之后，也要做怕老婆的王。（丑）着了。快起兵去攻打淮城。

【锦上花】（净）拨转磨旗峰[①]，促紧先锋。千兵摆列，万马奔冲。鼓通通，鼓通通，噪的那淮扬动。

【前腔】（众）军中母大虫[②]，绰有威风。连环阵势，烟粉牢笼[③]。哈哄哄，哈哄哄，哄的淮扬动。（丑）溜金王听俺分付：军到处，不许你抢占半名妇女。如违，定以军法从事。（净）不敢。

（丑）日暮风沙古战场[④]，王昌龄

（净）军营人学内家妆[⑤]。司空图

（众）如今领帅红旗下[⑥]，张建封

（众）擘破云鬟金凤凰[⑦]。曹唐

---

① 磨旗：开道旗。峰：指旗帜的顶尖。拨转磨旗峰：改变行军的方向。

② 母大虫：母老虎。这里指李全之妻。

③ 烟粉：女性的化妆品，代指女人，这里指李全之妻。牢笼：控制、约束。

④ 日暮风沙古战场：王昌龄《从军行七首》之三："关城榆叶早疏黄，日暮云沙古战场。表请回军掩尘骨，莫教兵士哭龙荒。"

⑤ 军营人学内家妆：司空图《歌》："处处亭台只坏墙，军营人学内人妆。太平故事因君唱，马上曾听隔教坊。"内家妆：宫内女人梳妆的式样。

⑥ 如今领帅红旗下：张建封《酬韩校书愈打球歌》："仆本修文持笔者，今来帅领红旌下。不能无事习蛇矛，闲就平场学使马。"这里是说军中实际的统领是李全之妻。

⑦ 擘破云鬟金凤凰：曹唐《玉女杜兰香下嫁于张硕》："怨入清尘愁锦瑟，酒倾玄露醉瑶觞。遗情更说何珍重，擘破云鬟金凤凰。"

第三十九出 如 杭

【唐多令】 （生上）海月未尘埋[①]，（旦上）新妆倚镜台。（生）卷钱塘风色破书斋。（旦）夫，昨夜天香云外吹，桂子月中开[②]。（生）“夫妻客旅闷难开，（旦）待唤提壶酒一杯。（生）江上怒潮千丈雪，（旦）好似禹门平地一声雷[③]。”（生）俺和你夫妻相随，到了临安京都地面。赁下一所空房，可以理会书史[④]。争奈试期尚远，客思转深。如何是好？（旦）早上分付姑姑，买酒一壶，少解夫君之闷，尚未见回。（生）生受了，娘子。一向不曾话及：当初只说你是西邻女子，谁知感动幽冥，匆匆成其夫妇。一路而来，到今不曾请教。小姐可是见小生于道院西头？因何诗句上“不是梅边是柳边”，就指定了小生姓名？这灵通委是怎的？（旦笑介）柳郎，俺说见你于道院西头是假。我前生呵！

【江儿水】 偶和你后花园曾梦来，擎一朵柳丝儿要俺把诗篇赛。奴正题咏间，便和你牡丹亭上去了。（生笑介）可好哩？（旦笑介）咳，正好中间，落花惊醒。此后神情不定，一病奄奄。这是聪明反被聪明带[⑤]，真诚不得真诚在，冤亲做下这冤亲债。

---

① 海月：一种贝壳类动物，又称“窗贝”，其肉可食，其壳圆形，薄而透明，多用来装饰门窗或屋顶。这里用来指镜子。

② 天香云外吹，桂子月中开：化用唐代诗人宋之问《灵隐寺》诗：“桂子月中落，天香云外飘。”这里指杭州风景怡人。

③ 禹门：黄河龙门，相传为夏禹所开凿，鱼跃龙门可化为龙。这里禹门、平地一声雷，均比喻科举高中。

④ 理会：料理、处置。这里指温习。

⑤ 带：带累、拖累、耽误。

一点色情难坏，再世为人，话做了两头分拍①。

【前腔】 （生）是话儿听的都呆答孩②。则俺为情痴信及你人儿在。还则怕邪淫惹动阴曹怪，忌亡坟触犯阴阳戒。分书生领受阴人爱③，勾的你色身无坏④。出土成人，又看见这帝城风采。（净提酒上）路从丹凤城边过，酒向金鱼馆内沽⑤。呀，相公、小姐不知：俺在江头沽酒，看见各处秀才，都赴选场去了。相公错过天大好事。（生、旦作忙介）（旦）相公只索快行。（净）这酒便是状元红了⑥。

【小措大】 （旦把酒介）喜的一宵恩爱，被功名二字惊开。好开怀这御酒三杯，放着四婵娟人月在⑦。立朝马五更门外，听六街里喧传人气概⑧。七步才⑨，蹬上了寒宫八宝台⑩。沈醉了九重春色⑪，便看花十里归来⑫。

---

① 分拍：分说。

② 呆答孩：呆，发呆；答孩，词尾，无义。

③ 分：应、该。

④ 色身：肉身，此为佛教语。

⑤ 路从丹凤城边过，酒向金鱼馆内沽：句出唐代殷尧藩《春游》："路从丹凤楼前过，酒向金鱼馆里赊。"丹凤城：京城。 全句指住在京城，云酒馆买酒。

⑥ 状元红：酒名。这里杜丽娘是以酒名取个好彩头，祝柳梦梅高中状元。

⑦ 四婵娟：指花、竹、人、月。唐孟郊《婵娟篇》："花婵娟泛春泉，竹婵娟笼晓烟，妓婵娟不长妍，月婵娟真可怜。" 四婵娟人月在：人月都团圆。

⑧ 六街：泛指京都街市。唐宋时，京城有六街。

⑨ 七步才：用曹植七步作诗之事，形容人才思敏捷。

⑩ 寒宫：广寒宫，月宫。八宝台：据唐段成式《酉阳杂俎》卷一："月乃七宝合成。" 因月中有桂树，故蹬上了寒宫八宝台，意即折桂高中状元。

⑪ 九重：天子居处。 春：酒。 沈醉了九重春色：化用杜甫《奉和贾至舍人早朝大明宫》诗句"九重春色醉仙桃"，指高中状元后，进入皇宫宴饮。

⑫ 看花：化用唐孟郊诗《登科后》："春风得意马蹄疾，一日看遍长安花。"仍是指高中状元。

【前腔】　（生）十年窗下[①]，遇梅花冻九才开[②]。夫贵妻荣八字安排。敢你七香车稳情载[③]，六宫宣有你朝拜[④]。五花诰封你非分外[⑤]。论四德、似你那三从结愿谐[⑥]。二指大泥金报喜[⑦]。打一轮皂盖飞来[⑧]。（旦）夫，我记的春容诗句来。

【尾声】　盼今朝得傍你蟾宫客，你和俺倍精神金阶对策[⑨]。高中了，同去访你丈人、丈母呵，则道俺从地窟里登仙那大喝采。

（旦）良人的的有奇才[⑩]，刘氏

（净）恐失佳期后命催[⑪]。杜甫

（生）红粉楼中应计日[⑫]，杜审言

（合）遥闻笑语自天来[⑬]。李端

---

① 十年窗下：指十年寒窗苦读。

② 冻九：数九日子，最冷的时候。这里指苦尽甘来。

③ 七香车：贵妇人的座车。　稳情：一定、一准。　这里仍然是柳梦梅相信自己能高中，杜丽娘也能被封为命妇。

④ 六宫：后妃的住处，泛指后妃，这里代指皇后。　这里指接受皇后的宣召，入宫朝拜。

⑤ 五花诰：册封夫人的诰命，由五色绫制成。

⑥ 四德：妇德、妇言、妇容、妇工。三从：女人被要求"未嫁从父，既嫁从夫，夫死从子"。三从、四德都是封建时代妇女需遵循的教条。

⑦ 泥金：金屑做的颜料。这里指用泥金涂饰的笺帖。　泥金报喜：唐代进士及第，用泥金写的帖子寄到家里报喜。

⑧ 皂盖：黑色的蓬伞，官员仪仗之一，代指官车。这里指得官坐车归来。

⑨ 金阶对策：古时科举考试最后一关为殿试，由皇帝主持，以经义政事出成题目，由应试人回答，叫对策。金阶指在皇宫，由皇帝主持。

⑩ 良人的的有奇才：刘氏《夫下第》："良人的的有奇才，何事年年被放回！如今妾面羞君面，君到来时近夜来。"　的的：的确，确实。

⑪ 恐失佳期后命催：杜甫《送李八秘书赴杜相公幕》："贪趋相府今晨发，恐失佳期后命催。南极一星朝北斗，五云多处是三台。"

⑫ 红粉楼中应计日：杜审言《赠苏绾书记》："知君书记本翩翩，为许从戎赴朔边。红粉楼中应计日，燕支山下莫经年。"

⑬ 遥闻笑语自天来：李端《长门怨》："金壶漏尽禁门开，飞燕昭阳侍寝回。随分独眠秋殿里，遥闻语笑自天来。"

第四十出　仆侦

【孤飞雁】（净扮郭驼挑担上）世路平消长，十年事老头儿心上。柳郎君翰墨人家长①。无营运，单承望，天生天养，果树成行。年深树老，把园围抛漾。你索在何方？好没主量②。凄惶，趁上他身衣口粮。"家人做事兴，全靠主人命。主人不在家，园树不开花。"俺老驼一生依着柳相公种果为生。你说好不古怪：柳相公在家，一株树上摘百十来个果儿；自柳相公去后，一株树上生百十来个虫。便胡乱结几个儿，小厮们偷个尽。老驼无主，被人欺负。因此发个老狠，体探俺相公过岭北来了③，在梅花观养病，直寻到此，早则南安府大封条封了观门。听的边厢人说，道婆为事走了，有个侄儿癞头鼋是小西门住。去寻问他。（行介）"抹过大东路，投至小西门。"（下）

【金钱花】（丑扮疙童披衣笑上）自小疙辣郎当④，郎当。官司拿俺为姑娘，姑娘。尽了法，脑皮撞。得了命，卖了房。充小厮，串街坊。"若要人不知，除非己不为。"自家癞头鼋便是⑤。这无人所在，表白一会。你说姑娘和柳秀才那事干得好，又走得好！只被陈教授那狗才，禀过南安府，拿了俺去。拷问俺："姑娘那里去了？劫了杜小姐坟哩！"你道俺更不聪明，却也颇颇

① 翰墨人：读书人。家长：家主、主人。
② 好没主量：没有主意、没个商量。
③ 体探：打听。
④ 疙辣：方言为疥癞，此处指癞头。郎当：潦倒、落魄的样子。
⑤ 鼋（yuán）：大鳖。

的[1]。则掉着头不做声。那鸟官喝道："马不吊不肥，人不拶不直[2]，把这厮上起脑箍来。"哎也，哎也，好不生疼！原来用刑人先捞了俺一架金钟玉磬[3]，替俺方便，禀说这小厮夹出脑髓来了。那鸟官喝道："捻上来瞧。"瞧了，大鼻子一飏[4]，说道："这小厮真个夹出脑浆来了。"他不知是俺癞头上脓。叫松了刑，着保在外。俺如今有了命，把柳相公送俺这件黑海青穿摆将起来[5]。（唱介）摆摇摇，摆摆摇。没人所在，被俺摆过子桥。（净向前叫揖介）小官唱喏[6]。（丑作不回揖，大笑唱介）俺小官子腰闪价，唱不的子喏。比似你个驼子唱喏，则当伸子个腰。（净）这贼种，开口伤人。难道做小官的背偏不驼？（丑）刮这驼子嘴，偷了你什么？贼？（净作认丑衣介）别的罢了。则这件衣服，岭南柳相公的，怎在你身上？（丑）咳呀，难道俺做小官的，就没件干净衣服，便是岭南柳家的？隔这般一道梅花岭，谁见俺偷来？（旦）这衣带上有字。你还不认，叫地方[7]。（扯丑作怕倒介）罢了，衣服还你去啰。（净）要哩！俺正要问一个人。（丑）谁？（净）柳秀才那里去了？（丑）不知。（净三问）（丑三不知介）（净）你不说，叫地方去。（丑）罢了，大路头难好讲话。演武厅去。（行介）（净）好个僻静所在。（丑）咦，柳秀才到有一个。可是你问的不是？你说得像，俺说；你说不像，休想。叫地方，便到官

① 颇颇的：还行。

② 拶（zǎn）：古代的一种刑具，用其使劲夹或挤犯人的手指。这里泛指严刑拷打。

③ 用刑人先捞了俺一架金钟玉磬：行刑人先收了我的贿赂。　金钟玉磬：贵重的玉器，这里指很重的贿赂。

④ 飏（diu）：通"丢"，甩，抛掷。

⑤ 海青：男式服装，宽袍长袖。

⑥ 唱喏：古人见面行礼时，一面作揖，一面大声说"喏，喏"。

⑦ 地方：地保，旧时指在地方上为官府办差事的人。

司，俺也只是不说。（净）这小厮到贼。听俺道来：

【尾犯序】 提起柳家郎，他俊白庞儿，典雅行藏①。（丑）是了。多少年纪？（净）论仪表看他，三十不上。（丑）是了。你是他什么人？（净）他祖上、传留下俺栽花种粮。自小儿、俺看成他快长。（丑）原来你是柳大官②。你几时别他，知他做出甚事来？（净）春头别，跟寻至此，闻说的不端详。（丑）这老儿说的一句句着。老儿，若论他做的事，咦！（丑作扯净耳语）（净听不见介）（丑）呸，左则无人③，要他去。老儿你听者。

【前腔】 他到此病郎当。逢着个杜太爷衙教小姐的陈秀才，勾引他养病庵堂，去后园游赏。（净）后来？（丑）一游游到小姐坟儿上。拾得一轴春容，朝思暮想，做出事来。（净）怎的来？（丑）秀才家为真当假，劫坟偷圹④。（净惊介）这却怎了？（丑）你还不知。被那陈教授禀了官，围住观门。拖番柳秀才，和俺姑娘行了杖。棚琶拶压⑤，不怕不招。点了供纸⑥，解上江西提刑廉访司⑦。问那六案都孔目⑧，这男女应得何罪⑨？六案请了律令，禀复道，但偷坟见尸者，依律一秋⑩。（净）怎么秋？（丑作按净头介）这等秋。（净惊哭介）俺的柳秀才呵，老驼没处投奔了。

---

① 行藏：出处。此处指举止、风度。

② 大官：对大家族管家以及仆役的客气称呼。

③ 左则：意即左右、横竖、反正。

④ 圹（kuàng）：墓穴。

⑤ 棚琶拶压：都是古时刑罚名称。棚琶：当作“绷扒”，剥去衣服，用绳子绷捆起来。

⑥ 点了供纸：在供状上画了花押，表示认罪。

⑦ 提刑廉访司：主管一省（路）监察、司法的长官，这里指其官衔。

⑧ 六案都孔目：主管全部公文案卷的官员，相当于秘书长。六案指吏、户、礼、兵、刑、工六部。孔目：原是衙门里的书吏。

⑨ 男女：对人侮辱性的称呼，相当于东西、家伙。

⑩ 秋：古时一般在秋后执行死刑，即“秋后问斩”，或说指行刑时刽子手揪住犯人的发髻。

（丑笑介）休慌。后来遇赦了。便是那杜小姐活转来哩。（净）有这等事！（丑）活鬼头还做了秀才正房，俺那死姑娘到做了梅香伴当[①]。（净）何往？（丑）临安去，送他上路，赏这领旧衣裳。（净）吓俺一跳。却早喜也！

【尾声】 去临安定是图金榜。（丑）着了。（净）俺勒挣着躯腰走帝乡[②]。（丑）老哥，你路上精细些。现如今一路里画影图形捕凶党。

（净）寻得仙源访隐沦[③]，朱湾
（丑）郡城南下是通津[④]。柳宗元
（净）众中不敢分明说[⑤]，于鹄
（丑）遥想风流第一人[⑥]。王维

① 伴当：仆人，男女通用。

② 勒挣：振作、挣扎。

③ 寻得仙源访隐沦：朱湾《寻隐者韦九山人于东溪草堂》："寻得仙源访隐沦，渐来深处渐无尘。初行竹里唯通马，直到花间始见人。"

④ 郡城南下是通津：柳宗元《柳州峒氓》："郡城南下接通津，异服殊音不可亲。青箬裹盐归峒客，绿荷包饭趁虚人。"

⑤ 众中不敢分明说：于鹄《江南曲》："偶向江边采白苹，还随女伴赛江神。众中不敢分明语，暗掷金钱卜远人。"

⑥ 遥想风流第一人：王维《同崔傅答贤弟》："衣冠若话外台臣，先数夫君席上珍。更闻台阁求三语，遥想风流第一人。"

第四十一出 耽 试

【凤凰阁】 （净扮苗舜宾引众上）九边烽火咤[①]。秋水鱼龙怎化[②]？广寒丹桂吐层花，谁向云端折下[③]？（合）殿闱深锁[④]，取试卷看详回话。［集唐］“铸时天匠待英豪[⑤]谭用之，引手何妨一钓鳌[⑥]李咸用？报答春光知有处[⑦]杜甫，文章分得凤凰毛[⑧]元稹。”下官苗舜宾便是。圣上因俺香山能辨番回宝色，钦取来京典试。因金兵摇动，临轩策士[⑨]，问和战守三者孰便？各房俱已取中头卷[⑩]，圣旨着下官详定。想起来看宝易，看文字难。为什

---

① 九边：明代北方的边境分为辽东、蓟州、宣府、大同、山西、延绥、宁夏、固原、甘肃等九区，称为九边，由大将率军镇守，这是明代制度，但戏剧常将本朝故实也写入剧本。 咤：慨叹。

② 鱼龙怎化：鱼怎么能化为龙？鱼化为龙，是用黄河鲤鱼跃龙门的传说，比喻金榜题名等飞黄腾达之事。因上句说边境烽烟四起，科举考试无法举行，士子们如何能高中呢？

③ 广寒丹桂吐层花，谁向云端折下：古人称月宫为广寒宫，传说宫中有桂树，旧以蟾宫折桂比喻考试得中。这里意思是说谁还能蟾宫折桂？

④ 殿闱深锁：科举制度规定，在殿试前三日，试官到学士院锁院门，然后陪考生赴殿对策。殿闱深锁即指考场锁门。下文“临轩策士”即金殿对策，

⑤ 铸时天匠待英豪：谭用之《古剑》：“铸时天匠待英豪，紫焰寒星匣倍牢。三尺何年拂尘土，四溟今日绝波涛。”铸时天匠：造物主，这里指主考官。

⑥ 引手何妨一钓鳌：李咸用《陈正字山居》：“绕枕泉声秋雨细，对门山色古屏高。此中即是神仙地，引手何妨一钓鳌。”

⑦ 报答春光知有处：杜甫《江畔独步寻花七绝句》之三：“江深竹静两三家，多事红花映白花。报答春光知有处，应须美酒送生涯。”

⑧ 文章分得凤凰毛：元稹《寄赠薛涛》：“锦江滑腻蛾眉秀，幻出文君与薛涛。言语巧偷鹦鹉舌，文章分得凤凰毛。”凤凰毛：珍稀之物，这里指出色的文章。

⑨ 临轩：天子不坐正座而坐在平台之上。

⑩ 各房：指所有的分考官。科举考场中有主考官，有分考官，每一分考官称为一房，分看一部分考卷。

么来？俺的眼睛，原是猫儿睛，和碧绿琉璃水晶无二。因此一见真宝，眼睛火出。说起文字，俺眼里从来没有。如今却也奉旨无奈，左右，开箱取各房卷子上来。（众取卷上，净作看介）这试卷好少也。且取天字号三卷，看是何如。第一卷，“诏问：‘和战守三者孰便？’”“臣谨对：‘臣闻国家之和贼，如里老之和事[①]。’”呀，里老和事，和不得，罢；国家事，和不来，怎了？本房拟他状元，好没分晓。且看第二卷，这意思主守。（看介）“臣闻天子之守国，如女子之守身。”也比的小了。再看第三卷，到是主战。（看介）“臣闻南朝之战北，如老阳之战阴[②]。”此语忒奇。但是《周易》有“阴阳交战”之说。——以前主和，被秦太师误了[③]。今日权取主战者第一，主守者第二，主和者第三。其余诸卷，以次而定。

【一封书】 （净）文章五色讹[④]。怕冬烘头脑多[⑤]。总费他墨磨，笔尖花无一个[⑥]。恁这里龙门日月开无那，都待要尺水翻成一丈波[⑦]。却也无奈了，也是浪桃花当一科[⑧]，池里无鱼可奈何！（封卷介）

【神仗儿】 （生上）风尘战斗，风尘战斗，奇材辐辏[⑨]。

---

① 里老：地方上较有威望的老年人，常调解民事。又称“里长”“里尹”。

② 老阳之战阴：语意双关，除指阴阳相作用之本意外，也指男女欢会之事。

③ 秦太师：指南宋宰相秦桧。他卖国求和，设计害死抗金名将岳飞，致使南宋北伐失败。

④ 讹：错误。

⑤ 冬烘：迂腐、浅陋，没有学问。

⑥ 笔尖花：妙笔生花，指有才学之人。

⑦ 尺水：浅水，比喻才识短浅。桓谭《新论》：“龙无尺水，无以升天；圣人无尺土，无以王天下。”

⑧ 浪桃花：黄河春汛叫桃花汛，这时鱼可以乘浪登龙门，而进士正好在春天举行，故用来比喻进士试登第。 一科：一次、一届科举考试。 全句意谓：虽然没有好文章，也只好算考了一次。

⑨ 辐辏（còu）：车轮中的辐条聚焦在车轮之中轴，此指聚集。

（丑）秀才来的停当，试期过了。（生）呀，试期过了。文字可进呈么？（丑）不进呈，难道等你？道英雄入彀[①]，恰锁院进呈时候。（生）怕没有状元在里也哥。（丑）不多，有三个了。（生）万马争先，偏骅骝落后[②]。你快禀，有个遗才状元求见[③]。（丑）这是朝房里面。府州县道，告遗才哩。（生）大哥，你真个不禀？（哭介）天呵，苗老先赍发俺来献宝[④]。止不住卞和羞，对重瞳双泪流[⑤]。（净听介）掌门的，这什么所在！拿过来。（丑扯生进介）（生）告遗才的，望老大人收考。（净）哎也，圣旨临轩，翰林院封进。谁敢再收？（生哭介）生员从岭南万里带家口而来。无路可投，愿触金阶而死。（生起触阶，丑止介）（净背介）这秀才像是柳生，真乃南海遗珠也。（回介）秀才上来。可有卷子？（生）卷子备有。（净）这等，姑准收考，一视同仁。（生跪介）千载奇遇。（净念题介）"圣旨：'问汝多士，近闻金兵犯境，惟有和战守三策。其便何如？'"（生叩头介）领圣旨。（起介）（丑）东席舍去。（生写策介）（净再将前卷细观看介）头卷主战，二卷主守，三卷主和。主和的怕不中圣意。（生交卷，净看介）呀，风檐寸晷[⑥]，立扫千言。可敬，可敬。俺急忙难看。只说和战守三件，你主那一件儿？（生）生员也无偏主。可战可守

---

① 入彀（gòu）：受其掌握、受到笼络。据《唐摭言》记载，唐太宗看见新进士从宫门内鱼贯而出，高兴地说："天下英雄入吾彀中矣。"彀：弓箭的射程。

② 骅骝（huá liú）：赤色骏马，为周穆王八骏马之一。喻指人才。

③ 遗才：指有应考资格因故没有参加考试的士子。告遗才：即要求补考。

④ 赍（jī）发：赠人路费，打发其上路。

⑤ 止不住卞和羞，对重瞳双泪流：这里柳梦梅自比卞和与韩信，认为自己像卞和那样献宝而遭受羞辱，像韩信那样不受重瞳之项羽看重而伤心。 卞和：春秋时楚人，相传他在荆山得到一块璞玉，拿去献给楚王，但都被诬以欺诳之罪，并被砍去双脚。后文王即位，卞和在荆山下抱玉痛哭，文王令人雕琢璞玉，成为著名的和氏璧。 重瞳：指项羽，韩信曾是项羽手下，但不被重用，后转投刘邦麾下。

⑥ 寸晷（guǐ）：犹言片刻。晷：日影。这里是说柳梦梅才思敏捷。

而后能和。如医用药，战为表，守为里，和在表里之间。（净）高见，高见。则当今事势何如？

【马蹄花】（生）当今呵，宝驾迟留[①]，则道西湖昼锦游[②]。为三秋桂子，十里荷香[③]，一段边愁。则愿的"吴山立马"那人休[④]。俺燕云唾手何时就[⑤]？若止是和呵，小朝廷羞杀江南。便战守呵，请銮舆略近神州[⑥]。（净）秀才言之有理。

【前腔】 圣主垂旒[⑦]，想泣玉遗珠一网收。对策者千余人，那些不知时务，未晓天心，怎做儒流。似你呵，三分话点破帝王忧，万言策检尽干坤漏。（生）小生岭南之士。（净低介）知道了。你钓竿儿拂绰了珊瑚[⑧]，敢今番着了鳌头[⑨]。秀才，午门外候旨[⑩]。（生应出，背介）这试官却是苗老大人。嫌疑之际，不敢相认。"且当青镜明开眼，惟愿朱衣暗点头[⑪]。"（生下）（净）试卷俱已详定。左右跟随进呈去。（行介）"丝纶阁下文章静[⑫]，钟鼓

---

① 当今、宝驾：均指皇帝。

② 昼锦：衣锦还乡，典出项羽之言："富贵不归故乡，如衣锦夜行。"这里指皇帝把杭州当作自己的故乡，舍不得离去。

③ 三秋桂子，十里荷香：宋柳永《望海潮》词："有三秋桂子，十里荷花。"

④ 吴山立马那人：指金主完颜亮，他曾派人潜入杭州画了一张西湖图，带回金国后制成一扇屏风，并添上自己策马于吴山山机的画像，显示其对南宋觊觎之心。

⑤ 燕云：指燕云十六州，在今河北、山西一带，曾被五代晋石敬瑭割让给了契丹。 唾手：像唾手那么容易。这里指收复燕云失地轻而易举。

⑥ 鸾舆：皇帝的座车，这里代指皇帝。 神州：中国，此指中原。 全句意谓：请皇帝能将都城从临安迁到比较接近中原的地区。

⑦ 垂旒（liú）：统治天下。旒：古代皇冕前悬垂的玉串。

⑧ 钓竿儿拂绰了珊瑚：钓到珊瑚，比喻中举。杜甫诗："钓竿欲拂珊瑚树。"

⑨ 着了鳌头：即占了鳌头。

⑩ 午门：紫禁城正门，乃颁发皇帝诏书、百官候旨待朝之处。

⑪ 朱衣暗点头：指科举考中。据宋赵令畤《侯鲭录》记载，宋代欧阳修主考，看到可以录取的试卷，好像就有一个朱衣人在旁边点头。

⑫ 丝纶阁：翰林院。帝王诏书称丝纶，丝纶阁即主管诏敕。

楼中刻漏长[①]。”呀，那里鼓响？（内急擂鼓介）（丑）是枢密府楼前边报鼓[②]。（内马嘶介）（净）边报警急。怎了，怎了？（外扮老枢密上）“花萼夹城通御气[③]。芙蓉小苑入边愁[④]。”（见介）（净）老先生奏边事而来？（外）便是。先生为进卷而来？（净）正是。（外）今日之事，以缓急为先后，僭了。（外叩头奏事介）掌管天下兵马知枢密院事臣谨奏俺主。（内宣介）所奏何事？

【滴溜子】　（外）金人的、金人的、风闻入寇。（内）谁是先锋？（外）李全的、李全的、前来战斗。（内）到什么地方了？（外）报到了淮扬左右。（内）何人可以调度？（外）有杜宝现为淮扬安抚。怕边关早晚休，要星忙厮救。（净叩头奏事介）臣看卷官苗舜宾谨奏俺主。

【前腔】　临轩的、临轩的、文章看就，呈御览、呈御览、定其卷首。黄道日、传胪只候[⑤]。众多官在殿头，把琼林宴备久[⑥]。（内）奏事官午门外伺候。（外、净同起介）（净）老先生，听的金兵为何而动？（外）适才不敢奏知。金主此行，单为来抢占西湖美景。（净）痴鞑子，西湖是俺大家受用的。若抢了西湖去，这杭州通没用了。（内宣介）听旨：朕惟治天下，有缓有急，乃武乃文。今淮扬危急，便着安抚杜宝前去迎敌。不可有迟。其传胪一事，待干戈宁辑，偃武修文。可谕知多士。叩头。（外、

---

① 刻漏：古代的计时器。“丝纶阁下文章静，钟鼓楼中刻漏长”引自唐白居易诗《紫薇花》。

② 枢密府：枢密院，宋时最高军事机关，主管军事机密及边防等事。

③ 花萼：花萼楼，唐玄宗时代的长安宫殿名。

④ 芙蓉小苑：芙蓉园，在长安曲江西南。“花萼夹城通御气，芙蓉小苑入边愁”引自唐杜甫《秋兴八首》之六。

⑤ 传胪：殿试揭晓时皇帝宣布中举进士名次时的典礼。　只候：恭候。

⑥ 琼林宴：殿试揭晓后，皇帝为新科进士而设的宴会。　琼林：即琼林苑，在开封城西，宋代曾在这里赐宴新科进士。

净叩头呼“万岁”起介）

（外）泽国江山入战图①，曹松
（净）曳裾终日盛文儒②。杜甫
（外）多才自有云霄望③，钱起
（净）其奈边防重武夫④。杜牧

① 泽国江山入战图：曹松《己亥岁二首》之一：“泽国江山入战图，生民何计乐樵苏。凭君莫话封侯事，一将功成万骨枯。”

② 曳裾终日盛文儒：杜甫《又作此奉卫王》：“推毂几年惟镇静，曳裾终日盛文儒。白头授简焉能赋，愧似相如为大夫。”

③ 多才自有云霄望：钱起《送裴迪侍御使蜀》：“锦水繁花添丽藻，峨嵋明月引飞觞。多才自有云霄望，计日应追鸳鹭行。”

④ 其奈边防重武夫：杜牧《重送》：“爬头峰北正好去，系取可汗钳作奴。六宫虽念相如赋，其那防边重武夫。”

第四十二出　移　镇

【夜游朝】　（外扮杜安抚引众上）西风扬子津头树①，望长淮渺渺愁予②。枕障江南③，钩连塞北。如此江山几处？［诉衷情］“砧声又报一年秋。江水去悠悠。塞草中原何处？一雁过淮楼。　天下事，鬓边愁，付东流。不分吾家小杜，清时醉梦扬州④。”自家淮扬安抚使杜宝。自到扬州三载，虽则李全骚扰，喜得大势平安。昨日打听边兵要来，下官十分忧虑。可奈夫人不解事，偏将亡女絮伤心。

【似娘儿】　（老旦引贴上）夫主掣兵符，也相从燕幙栖迟⑤，（叹介）画屏风外秦淮树。看两点金焦⑥，十分眉恨，片影江湖。（老旦）相公万福。（外）夫人免礼。［玉楼春］（老旦）相公：“几年别下南安路，春去秋来朝复暮。（外）空怀锦水故乡情，不见扬州行乐处。（老旦）你摩挲老剑评今古，那个英雄闲

---

① 扬子津：古渡口，在今扬州。

② 望长淮渺渺愁予：语出《楚辞·湘夫人》：“帝子降兮北渚，目眇眇兮愁予。”愁予：使我发愁。

③ 枕障：枕前的屏障。

④ 不分：不忿，这里是妒羡之意。　小杜：指晚唐诗人杜牧。　清时：政治清明的时代。　醉梦扬州：杜牧曾以绝句《遣怀》描写他的扬州生活：“十年一觉扬州梦，赢得青楼薄幸名。”　全句是羡慕杜牧太平时代在扬州纵情享乐。

⑤ 燕幙栖迟：燕幙，即燕幕，典出《左传·襄公二十九年》：“夫子之在此也，犹燕之巢于幕上。”比喻处在危险的境地。　栖迟：滞留。

⑥ 金、焦：金山和焦山。两座山均在今江苏镇江，为长江中的小岛，距扬州不远。一在镇江西北，一在镇江东北，两山对峙。

处住？（泪介）（合）忘忧恨自少宜男①，泪洒岭云江外树。”（老旦）相公，我提起亡女，你便无言。岂知俺心中愁恨！一来为苦伤女儿，二来为全无子息。待趁在扬州寻下一房，与相公传后。尊意何如？（外）使不得，部民之女哩。（老旦）这等，过江金陵女儿可好？（外）当今王事匆匆，何心及此。（老旦）苦杀俺丽娘儿也！（哭介）（净扮报子上）“诏从日月威光远，兵洗江淮杀气高②。”禀老爷，有朝报。（外起看报介）枢密院一本，为边兵寇淮事。奉圣旨：便着淮扬安抚使杜宝，刻日渡淮。不许迟误。钦此。呀，兵机紧急，圣旨森严。夫人，俺同你移镇淮安，就此起程也。（丑扮驿丞上）“羽檄从参赞③，牙签报驿程④。”禀老爷，船只齐备。（内鼓吹介）（上船介）（内禀“合属官吏候送”，外分付“起去”介）（外）夫人，又是一江秋色也。

【长拍】 天意秋初，天意秋初，金风微度⑤，城阙外画桥烟树。看初收泼火⑥，嫩凉生，微雨沾裾。移画舸浸蓬壶⑦。报潮生，风气肃，浪花飞吐，点点白鸥飞近渡。风定也，落日摇帆映

---

① 忘忧、宜男：草名。忘忧：萱草，传说中能使人忘掉忧愁。又名宜男草，俗名金针菜。据说妇人怀孕，佩戴萱草花，就会生男孩子，故名宜男草。另，能生儿子的妇人也称宜男。本句是双关语。

② 兵洗：洗兵，激厉士气。相传周武王出兵伐纣，遇大雨为其刷洗兵器，武王认为这是“天洗兵”。

③ 羽檄：羽书，紧急公文。古代军事公文插羽毛，即表示紧急。唐高适《燕歌行》：“校尉羽书飞瀚海，单于猎火照狼山。”

④ 牙签：邮签，更筹，古代驿站晚上用于报时。

⑤ 金风：秋风。古代以阴阳五行解释季节嬗变，秋属金。宋晏殊《采桑子》：“金风玉露初凉夜，秋草窗前。”

⑥ 泼火：暑气。

⑦ 画舸（gě）：画般。 蓬壶：蓬莱，神话中的海上仙山。这里说江景好似仙境。

绿蒲，白云秋窣的鸣箫鼓[①]。何处菱歌，唤起江湖[②]？（外）呀，岸上跑马的什么人？

【不是路】（末扮报子，跑马上）马上传呼，慢橹停船看羽书。（外）怎的来？（末）那淮安府，李全将次逞狂图。（外）可发兵守御么？（末）怎支吾[③]？星飞调度凭安抚。则怕这水路里耽延，你还走旱途。（外）休惊惧。夫人，吾当走马红亭路[④]；你转船归去、转船归去。（老旦）咳，后面报马又到哩。

【前腔】（丑扮报子上）万骑胡奴，他要堑断长淮塞五湖[⑤]。老爷快行，休迟误。小的先去也。怕围城缓急要降胡[⑥]。（下）（老旦哭介）待何如？你星霜满鬓当戎虏[⑦]，似这烽火连天各路衢[⑧]。（外）真愁促，怕扬州隔断无归路。再和你相逢何处、相逢何处？夫人，就此告辞了。扬州定然有警，可径走临安。

【短拍】 老影分飞，老影分飞，似参军杜甫，把山妻泣向天隅[⑨]。（老旦哭介）无女一身孤，乱军中别了夫主。（合）有什

① 窣（sū）：突然钻出来。这里指突然响起了箫鼓声。

② 江湖：这里指泛舟江湖，退隐江湖，即退隐之心。

③ 支吾：枝梧，抵挡、应付之意。

④ 红亭：这里指陆路。红亭：犹长亭，诗词中常用来泛指路亭。与下句“你转船归去、转船归去”相对。

⑤ 堑断：挖断。 五湖：泛指中国著名的五大湖泊。这里仅指太湖，位于江苏和浙江交界处。

⑥ 缓急：快慢，即早晚、迟早之意。

⑦ 星霜满鬓：两鬓斑白之意。

⑧ 路衢（qú）：四通八达的道路。

⑨ 老影分飞：指老年夫妻离别。 山妻：本指隐士之妻，后用于对人自称其妻的谦辞。 这里用杜甫与妻离别之事。安史之乱中，杜甫由左拾遗出任华州司功参军，当时杜甫与家人离散。

么命夫命妇①，都是些鳏寡孤独②！生和死，图的个梦和书。

【尾声】 （老旦）老残生两下里自支吾。（外）俺做的是这地头军府③。（老旦）老爷也，珍重你这满眼兵戈一腐儒。（外下）（老旦叹介）天呵，看扬州兵火满道。春香，和你径走临安去也。

隋堤风物已凄凉④，吴融
楚汉宁教作战场⑤。韩偓
闺阁不知戎马事⑥，薛涛
双双相趁下残阳⑦。罗邺

---

① 命夫：指奉有天子爵命的男子。 命妇：受过皇帝封赠的妇人。

② 鳏（guān）寡孤独：泛指没有劳动力无依无靠之人。《孟子·梁惠王下》："老而无妻曰鳏；老而无夫曰寡；老而无子曰独；幼而无父曰孤。此四者，天下之穷民而无告者。"

③ 地头：当地，本地。 军府：军事机关。这里指当地的军事长官。

④ 隋堤风物已凄凉：吴融《彭门用兵后经汴路三首》之二："隋堤风物已凄凉，堤下仍多旧战场。金镞有苔人拾得，芦花无主鸟衔将。"

⑤ 楚汉宁教作战场：韩偓《秋郊闲望有感》："心为感恩长惨戚，鬓缘经乱早苍浪。可怜广武山前语，楚汉宁教作战场。"

⑥ 闺阁不知戎马事：薛涛《赠远二首》之一："芙蓉新落蜀山秋，锦字开缄到是愁。闺阁不知戎马事，月高还上望夫楼。"

⑦ 双双相趁下残阳：罗邺《仆射陂晚望》："田园牢落东归晚，道路辛勤北去长。却羡无愁是沙鸟，双双相趁下斜阳。"

第四十三出　御　淮

【六幺令】　（外引生、末、众扮军人上）西风扬噪，漫腾腾杀气兵妖。望黄淮秋卷浪云高。排雁阵[1]，展《龙韬》[2]，断重围杀过河阳道[3]。（外）走乏了！众军士，前面何处？（众）淮城近了。（外望介）天呵！［昭君怨］“剩得江山一半，又被胡笳吹断。（众）秋草旧长营，血风腥。（外）听得猿啼鹤怨[4]，泪湿征袍如汗。（众）老爷呵！无泪向天倾，且前征。”（外）众三军，俺的儿，你看咫尺淮城，兵势危急。俺们一边舍死先冲入城，一面奏请朝廷添兵救助。三军听吾号令，鼓勇而行。（众哭应介）谨如军令。

【四边静】　（行介）坐鞍心把定中军号，四面旌旗绕。旗开日影摇。尘迷日光小。（合）胡兵气骄，南兵路遥。血晕几重围，孤城怎生料！（外）前面寇兵截路，冲杀前去。（合下）

【前腔】　（净引丑、贴扮众军喊上）李将军射雁穿心落[5]，豹子翻身嚼[6]。单尖宝镫挑，把追风腻旗儿袅[7]。（合前）（净笑介）你看俺溜金王手下，雄兵万馀，把淮阴城围了七周遭。好不

---

① 雁阵：成列而飞的雁群，这里指兵阵。

② 《龙韬》：古代兵书《六韬》之一，泛指兵法韬略。

③ 河阳：今河南孟县西。南宋时，这里是为金人所占领的沦陷区。杀过河阳道：指收复失地。

④ 猿啼鹤怨：猿、鹤的叫声。据《太平御览》记载，周穆王南征，军官化为猿、鹤，士兵化为虫、沙。故此处猿啼鹤怨指官、兵的怨声。

⑤ 李将军：本指汉代名将李广，这里是李全以李将军自比，夸耀自己武功高强。

⑥ 豹子：豹子马，古时的一种马戏。据《东京梦华录》卷七记载：“放令马先走，以身追及，握马尾而上，谓之。”

⑦ 追风，形容旗子迎风飘展。　腻旗：小旗。

紧也！(内擂鼓喊介)(净) 呀，前路兵风，想是杜安抚来到。分兵一千，迎杀前去。(虚下)(外、众唱"合前"上，净众上打话，单战介)(净叫众摆长阵拦路介)(外叫"众军，冲围杀进城去"介)(净) 呀，杜家兵冲入围城去了。且由他。吃尽粮草，自然投降也。(合前)(下)

【番卜算】 (老旦、末扮文官上) 镇日阵云飘，闪却乌纱帽。(净、丑扮武官上)(净) 长枪大剑把河桥。(丑) 鼓角如龙叫。(见介) 请了。(更漏子)(老旦)"枕淮楼，临海际。(末) 杀气腾天震地。(丑) 闻炮鼓，使人惊。插天飞不成。(净) 匣中剑，腰间箭，领取背城一战[1]。(合) 愁地道，怕天冲[2]。几时来杜公？"(老旦) 俺们是淮安府行军司马，和这参谋，都是文官。遭此贼兵围紧，久已迎接安抚杜老大人，还不见到。敢问二位留守将军，有何计策？(丑) 依在下所见，降了他罢。(末) 怎说这话？(丑) 不降，走为上计。(老旦) 走的一个，走不的十个。(丑) 这般说，俺小奶奶那一口放那里？(净) 锁放大柜子里。(丑) 钥匙哩？(净) 放俺处。李全不来，替你托妻寄子。(丑) 李全来哩？(净) 替你出妻献子。(丑) 好朋友，好朋友！(内擂鼓喊介)(生扮报子上) 报，报，报。正南一枝兵马，破围而来。杜老爷到也。(众) 快开城门迎接去。"天地日流血，朝廷谁请缨[3]。"(众并下)

【金钱花】 (外引众上) 连天杀气萧条，萧条。连城围了周遭，周遭。风喇喇，阵旗飘。叫开城，下吊桥。 (老旦等上)(合) 文和武，索迎著。(老旦等跪介) 文武官属，迎接老大人。

---

① 背城一战：意同背水一战，在城下作最后一次决战，即作最后的斗争或努力。

② 天冲：古代装有云梯的兵车，用来攻城。

③ 请缨：自告奋勇请求杀敌。《汉书·终军传》："军自请愿受长缨，必羁南越王而致之阙下。"

（外）起来，敌楼相见。（老旦等应，起下）

【前腔】 （外）胡尘染惹征袍，征袍。血花风腥宝刀，宝刀。（内擂鼓介）淮安鼓，扬州箫。摆鸾旗，登丽谯①。（合）排衙了，列功曹。（到介）（贴扮办事官上）禀老爷升堂。

【粉蝶儿引】 （外）万里寄龙韬，那得戍楼清啸②？（贴报门介）文武官属进。（老旦等参见介）孤城累卵③，方当万死之危；开府弄丸④，来赴两家之难。凡俺官僚，礼当拜谢。（外）兵锋四起，劳苦诸公，皆老夫迟慢之罪，只长揖便了。（众应起揖介）（外）看来此贼颇有兵机。放俺入城，其中有计。（众）不过穿地道，起云梯，下官粗知备御。（外）怕的是锁城之法耳。（丑）敢问何谓锁城？是里面锁，外面锁？外面锁，锁住了溜金王；若里面锁，连下官都锁住了。（外）不提起罢了。城中兵几何？（净）一万三千。（外）粮草几何？（末）可支半年。（外）文武同心，救援可待。（内擂鼓喊介）（生扮报子上）报，报，李全兵紧围了。（外长叹介）这贼好无理也。

【划锹儿】 兵多食广禁围绕⑤，则要你文班武职两和调。（众）巡城彻昏晓，这军民苦劳。（内喊介）（泣介）（合）那兵风正号，俺军声静悄。（外拜天，众扶同拜介）泪洒孤城，把苍天暗祷。

---

① 谯（qiáo）：古代城门上建的楼，可以瞭望。

② 戍楼清啸：据《晋书·刘琨传》记载，刘琨（越石）在围城中，月夜登楼清啸。又叫人吹胡笳，使敌人凄凉感叹，军心涣散，从而得以解围。 戍楼：边防驻军的瞭望楼。

③ 累卵：堆迭之蛋，极易跌碎，比喻形势十分危险。

④ 开府：开设幕府，主管一方军政，这里指杜宝。 弄丸：一种抛弄弹子的杂技。语本《庄子·徐无鬼》：“市南宜僚，弄丸而两家之难解。” 这里是说对于杜宝来说，解救两方危险轻而易举。

⑤ 禁：禁得住、经得起。

【前腔】　（众）危楼百尺堪长啸，筹边两字寄英豪[①]。（外）江淮未应小，君侯佩刀[②]。（合前）（外）从今日起，文官守城，武官出城，随机策应。（丑）则怕大金家兵来了。（外）金兵呵！

【尾声】　他看头势而来不定交[③]，休先倒折了赵家旗号。便来呵，也少不得死里求生那一着敲[④]。

（净）日日风吹虏骑尘[⑤]，陈标

（丑）三千犀甲拥朱轮[⑥]。陈陶

（外）胸中别有安边计[⑦]，曹唐

（众）莫遣功名属别人[⑧]。张籍

① 筹边：主持边防事务，守卫边境。

② 江淮未应小，君侯佩刀：意即，江淮之地非常重要，自己会亲自上阵。

③ 头势：势头，指军事形势。不定交：不确定。

④ 一著敲：指一次战斗。　死里求生那一著敲：一次生死之战。

⑤ 日日风吹虏骑尘：陈标《饮马长城窟》："日日风吹虏骑尘，年年饮马汉营人。千堆战骨那知主，万里枯沙不辨春。"

⑥ 三千犀甲拥朱轮：陈陶《赠容南韦中丞》："普宁都护军威重，九驿梯航压要津。十二铜鱼尊画戟，三千犀甲拥朱轮。"

⑦ 胸中别有安边计：曹唐《羽林贾中丞》："铁马惯牵邀上客，金鱼多解乞佳人。胸中别有安边计，谁睬髭须白似银。"

⑧ 莫遣功名属别人：张籍《寄宋景》："诏发官兵取乱臣，将军弓箭不离身。今君独在征东府，莫遣功名属别人。"

第四十四出　急　难

【菊花新】　（旦上）晓妆台圆梦鹊声高[①]，闲把金钗带笑敲。博山秋影摇[②]，盼泥金俺明香暗焦[③]。"鬼魂求出世，贫落望登科。夫荣妻贵显，凝盼事如何？"俺杜丽娘跟随柳郎科试，偶逢天子招贤，只这些时还迟喜报。正是："长安咫尺如千里，夫婿迢遥第一人。"

【出队子】　（生上）词场凑巧[④]，无奈兵戈起祸苗。盼泥金赚杀玉多娇，他待地窟里随人上九霄。一脉离魂，江云暮潮。（见介）（旦）柳郎，你回来了。望你高车昼锦[⑤]，为何徒步而回？（生）听俺道来：

【瓦盆儿】　去迟科试，收场锁院散群豪。（旦）咳，原来去迟了。（生）喜逢着旧知交。（旦）可曾补上？（生）亏他满船明月又把去珠淘。（旦喜介）好了。放榜未？（生）恰正在奏龙楼，开凤榜，蹊跷……（旦）怎生蹊跷？（生）你不知大金家兵起，杀过淮扬来了。忙喇煞细柳营[⑥]，权将杏苑抛[⑦]，刚则迟误了你夫

---

① 鹊声：喜鹊的叫声，旧时认为是吉兆。　全句意为：早上起来梳妆，听见喜鹊叫声，好像在给我圆梦，这是好兆头。

② 博山：香炉名，即博山炉，后来用来泛指香炉。

③ 泥金：泥金帖子，旧时用于通报进士登科之喜。　焦：此为双关语，明为香在燃烧，暗指杜丽娘内心之焦急。

④ 词场：科场。

⑤ 高车：贵显者所乘之车。　昼锦：用项羽"富贵不归故乡，如衣锦夜行"之典，喻富贵显赫。

⑥ 忙喇煞：忙煞。细柳营：代指军营。据《史记·绛侯周勃世家》载，汉代名将周亚夫在细柳屯军，以纪律严明而著称。　全句意谓军事形势很紧张。

⑦ 权：暂且。　杏苑：杏园，在长安，唐代新进士都在这里游宴。

人花诰[①]。（旦）迟也不争几时。则问你，淮扬地方，便是俺爹爹管辖之处了？（生）便是。（旦哭介）天也，俺的爹娘怎了！（泣介）（生）直恁的活擦擦[②]、痛生生，肠断了。比如你在泉路里可心焦？（旦）罢了。奴有一言，未忍启齿。（生）但说不妨。（旦）柳郎，放榜之期尚远，欲烦你淮扬打听爹娘消耗[③]，未审许否？（生）谨依尊命。奈放小姐不下。（旦）不妨，奴家自会支吾[④]。（生）这等就此起程了。

【榴花泣】　（旦）白云亲舍[⑤]，俺孤影旧梅梢。道香魂恁寂寥，怎知魂向你柳枝销[⑥]。维扬千里，长是一灵飘。回生事少，爹娘呵，听的俺活在人间惊一跳。平白地凤婿过门[⑦]，好似半青天鹊影成桥[⑧]。

【前腔】　（生）俺且行且止，两处系心苗。要留旅店伴多娇……（旦）有姑姑为伴。（生）阴人难伴你这冷长宵[⑨]。把心儿不定，还怕你旧魂飘。（旦）再不飘了。（生）俺文高中高，怕一时榜下归难到。（旦泣介）俺爹娘呵！（生）你念双亲舍的离情，俺为半子怎惜攀高[⑩]。小姐，卑人拜见岳翁岳母，起头便问

---

① 刚刚：偏只，就只是。　花诰：朝廷封赠贵妇时的诰命。

② 活擦擦：活生生。

③ 消耗：音讯、消息。

④ 支吾：应付。

⑤ 亲：父母亲。　舍：居住。　白云亲舍：表示对父母的思念，用唐人狄仕杰之典，据《旧唐书·狄仁杰传》记载，狄仁杰离开家乡到山西去做官，他登上太行山，回顾河南，“南望见白云孤飞”，于是对左右说：“吾亲所居，在此云下。”

⑥ 柳枝：双关语，既指柳梦梅，又指送别。　全句意谓因为和你离别而黯然魂销。

⑦ 凤婿：女婿的代称，这里是用萧史和秦弄玉乘凤上天的恋爱故事。

⑧ 鹊影成桥：指牛郎、织女之传说，民间传说织女每年七夕渡银河与牛郎相会，会有喜鹊搭成鹊桥飞聚银河。　半青天鹊影成桥：表示有喜事降临。

⑨ 阴人：这里指女人。

⑩ 攀高：攀附位高之人，这里指去寻访位居高官的岳父。

及回生之事了。

【渔家灯】（旦叹介）说的来似怪如妖，怕爹爹执古妆乔[①]。（想介）有了，将奴春容带在身傍。但见了一幅春容，少不的问俺两下根苗。（生）问时怎生打话？（旦）则说是天曹，偶然注定的姻缘到，蓦踏著墓坟开了。（生）说你先到俺书斋才好。（旦羞介）休乔[②]，这话教人笑。略说与梅香贼牢[③]。

【前腔】（生）俺满意儿待驷马过门[④]，和你离魂女同归气高。谁承望探高亲去傍干戈，怕寒儒欠整衣毛[⑤]。（旦）女婿老成些不妨。则途路孤恓，使奴挂念。（生）秋霄，云横雁字斜阳道，向秦淮夜泊魂销。（旦）夫，你去时冷落些，回来报中状元呵……（生）名标，大拜门喧笑，抵多少驸马还朝[⑥]。（净上）“雨伞晴兼雨，春容秋复春。”包袱雨伞在此。

【尾声】（拜别介）（旦）秀才郎探的个门楣着。（生）报重生这欢声不小。（旦）柳郎，那里平安了便回，休只顾的月明桥上听吹箫[⑦]。

（生）不为经时谒丈人[⑧]，刘商

---

① 执古：固执。妆乔：装模作样。

② 休乔：不要乱说。宋元戏曲中“乔”多含有狡猾、窝囊等贬义。

③ 贼牢：刁钻，狡黠。这里用作名词，犹言机灵鬼。

④ 满意儿：一心一意。 驷马：四匹马拉的车子。 过门：新婚夫妇婚后到女家去行拜门礼，俗名过门。

⑤ 衣毛：指服装。 欠整衣毛：衣毛欠整，指打扮寒酸。

⑥ 大拜门、驸马还朝：都是曲牌名。全句意为：一家子团聚欢笑，比驸马还朝还要高兴。

⑦ 月明桥上听吹箫：化用杜牧《寄扬州韩绰判官》诗句：“二十四桥明月夜，玉人何处教吹箫？”这里是杜丽娘让柳梦梅不要在扬州享乐。

⑧ 不为经时谒丈人：刘商《上崔十五老丈》：“天汉乘槎可问津，寂寥深景到无因。看花独往寻诗客，不为经时谒丈人。”

（旦）囊无一物献尊亲①。杜甫
（生）马蹄渐入扬州路②，章孝标
（旦）两地各伤无限神③。元稹

① 囊无一物献尊亲：杜甫《重赠郑链绝句》："郑子将行罢使臣，囊无一物献尊亲。江山路远羁离日，裘马谁为感激人。"

② 马蹄渐入扬州路：章孝标《及第后寄李绅》："及第全胜十政官，金鞍镀了出长安。马头渐入扬州郭，为报时人洗眼看。"

③ 两地各伤无限神：元稹《寄乐天二首》之一："山入白楼沙苑暮，潮生沧海野塘春。老逢佳景唯惆怅，两地各伤何限神。"

第四十五出　寇　间

【包子令】　（老旦、外扮贼兵巡哨上）大王原是小喽罗，喽罗。娘娘原是小旗婆①，旗婆。立下个草朝忒快活②，亏心又去抢山河。（合）转巡罗，山前山后一声锣。兄弟，大王爷攻打淮城，要个人见杜安抚打话③。大路头影儿没一个，小路头寻去。（唱前合下）

【驻马听】　（末雨伞、包袱上）家舍南安，有道为生新失馆。要腰缠十万，教学千年，方才满贯④。俺陈最良为报杜小姐之事，扬州见杜安抚大人。谁知他淮安被围，教俺没前没后。大路上不敢行走，抄从小路而去。学先师传食走胡旋⑤，怯书生避寇遭涂炭⑥。你看树影凋残，猿啼虎啸教人叹。（老、外上）"明知山有虎，故向虎边行。"乌汉那里去？（拿介）（末）饶命，大王。（外）还有个大王哩。（末）天，天怎了！正是："乌鸦喜鹊同行，吉凶全然未保。"（并下）

【普贤歌】　（净、丑众上）莽乾坤生俺贼儿顽，谁道贼人胆

① 旗婆：军婆、女兵。

② 草朝：由山寨草莽建立的野朝廷。

③ 打话：对话，交谈。

④ 要腰缠十万，教学千年，方才满贯：此处陈最良用"腰缠十万贯，骑鹤上扬州"之俗语，说明自己作为私塾教师，收入微薄，要教满一千年，才能挣到十万贯钱。

⑤ 先师：指孔子。　传食：辗转受供养。孔子曾周游列国，受到各地诸侯的供食。　胡旋：指唐时流行的"康居国乐舞，急转如风，俗谓之胡旋"，走胡旋，奔走不停。

⑥ 涂炭：本为泥沼和炭火，比喻生命危险。

里单！南朝俺不蛮，北朝俺不番①。甚天公有处安排俺？（净）娘娘，俺和你围了淮安许时②，只是不下。要得个人去淮安打话，兼看杜安抚动定如何。则眼下无人可使哩。（丑）必得杜老儿亲信之人，将计就计，方才可行。

【粉蝶儿】（外绑末上）没路走羊肠，天、天呵，撞入这屠门怎放！（见介）（外）禀大王，拿的个南朝汉子在此。（净）是个老儿。何方人氏？作何生理③？（末）听禀：

【大迓鼓】生员陈最良，南安人氏，访旧淮扬。（净）访谁？（末）便是杜安抚。他后堂曾设扶风帐。（丑）你原来他衙中教学。几个学生？（末）则他甄氏夫人，单生下一女。女书生年少亡。（丑）还有何人？（末）义女春香，夫人伴房。（丑笑背介）一向不知杜老家中事体。今日得知，吾有计矣。（回介）这腐儒，且带在辕门外去。（众应，押末下介）（丑）大王，奴家有了一计。昨日杀了几个妇人，可于中取出首级二颗。则说杜家老小，回至扬州，被俺手下杀了。献首在此。故意苏放那腐儒④，传示杜老。杜老心寒，必无守城之意矣。（净）高见，高见。（净起低声分付介）叫中军。（生扮上）（净）俺请那腐儒讲话中间，你可将昨日杀的妇人首级二颗来献，则说是杜安抚夫人甄氏和他使女春香。牢记着。（生应下）（净）左右，再拿秀才来见。（众押末上介）（末）饶命，大王。（净）你是个细作⑤，不可轻饶。（丑）劝大王松了他，听他讲些兵法到好。（净）也罢。依娘娘

---

① 蛮：旧时北人侮辱南人的称呼。番：旧时南人侮辱北人的称呼。 南朝俺不蛮，北朝俺不番：是说自己是汉人而降金，既非南人又非北人。

② 许时：这么长时间，这么久。

③ 生理：生计，即用以维持生活的职业。

④ 苏放：释放。

⑤ 细作：间谍、暗探。

说，松了他。（众放末缚介）（末叩头介）叩谢大王、娘娘不杀之恩。（净）起来，讲些兵法俺听。（末）卫灵公问陈于孔子[①]，孔子不对。说道："吾未见好德如好色者也[②]。"（净）这是怎么说？（末）则因彼时卫灵公有个夫人南子同座，先师所以怕得讲话。（净）他夫人是南子，俺这娘娘是妇人。（内擂鼓，生扮报子上介）报，报，报！扬州路上兵马，杀了杜安抚家小，径来献首级讨赏。（净看介）则怕是假的。（生）千真万真。夫人甄氏，这使女叫做春香。（末做看认，惊哭介）天呵，真个是老夫人和春香也。（净）哇，腐儒啼哭什么！还要打破淮城，杀杜老儿去。（末）饶了罢，大王。（净）要饶他，除非献了这座淮安城罢。（末）这等容生员去传示大王虎威，立取回报。（丑）大王恕你一刀，腐儒快走。（内擂鼓发喊，开门介）（末作怕介）

【尾声】 显威风、记的这溜金王。（净、丑）你去说与杜安抚呵，着什么耀武扬威早纳降。俺实实的要展江山、非是谎。（下）（末打躬送介）（吊场）活强盗，活强盗。杀了杜老夫人、春香。不免城中报去。

海神东过恶风回[③]，李白

日暮沙场飞作灰[④]。常建

今日山翁旧宾主[⑤]，刘禹锡

---

① 卫灵公问陈于孔子：语出《论语·卫灵公》："卫灵公问陈于孔子。孔子对曰：'……军旅之事，未之学也。'"陈：军阵。

② 吾未见好德如好色者也：见《论语·子罕》篇，与上句卫灵公并无关系。

③ 海神东过恶风回：李白《横江词》："海神东过恶风回，浪打天门石壁开。浙江八月何如此，涛如连山喷雪来。"

④ 日暮沙场飞作灰：常建《塞下曲四首》之二："北海阴风动地来，明君祠上望龙堆。髑髅皆是长城卒，日暮沙场飞作灰。"

⑤ 今日山翁旧宾主：刘禹锡《送李庾先辈赴选》："离筵雒水侵杯色，征路函关向晚尘。今日山公旧宾主，知君不负帝城春。"山翁：晋代山简，曾为镇南将军，出镇襄阳。后洛阳失守，迁镇夏口，山简招纳流亡，归附他的人很多。这里指杜宝。

与人头上拂尘埃[①]。李山甫

① 与人头上拂尘埃：李山甫《下第出春明门》："曾和秋雨驱愁入，却向春风领恨回。深谢灞陵堤畔柳，与人头上拂尘埃。"

第四十六出　折　寇

【破阵子】　（外戎装佩剑，引众上）接济风云阵势[1]，侵寻岁月边陲[2]。（内擂鼓喊介）（外叹介）你看虎咆般炮石连雷碎，雁翅似刀轮密雪施。李全，李全，你待要霸江山、吾在此。［集唐］“谁能谈笑解重围[3]皇甫冉？万里胡天鸟不飞[4]高骈。今日海门南畔事[5]高骈，满头霜雪为兵机[6]韦庄。”我杜宝自到淮扬，即遭兵乱。孤城一片，困此重围。只索调度兵粮，飞扬金鼓。生还无日，死守由天。潜坐敌楼之中，追想靖康而后[7]。中原一望，万事伤心。

【玉桂枝】　问天何意：有三光不辨华夷，把腥羶吹换人间，这望中原做了黄沙片地？（恼介）猛冲冠怒起，猛冲冠怒起，是谁弄的，江山如是？（叹介）中原已矣，关河困，心事违。也则愿保扬州，济淮水。俺看李全贼数万之众，破此何难？进退迟疑，其间有故。俺有一计可救围，恨无人与游说。（内擂鼓介）

---

① 风云阵势：古代兵书中以天、地、风、云、飞龙、翔鸟、虎翼、蛇蟠为八种阵势。

② 侵寻：渐渐度过。　边陲：边疆。

③ 谁能谈笑解重围：皇甫冉《同温丹徒登万岁楼》：“丹阳古渡寒烟积，瓜步空洲远树稀。闻道王师犹转战，谁能谈笑解重围。”

④ 万里胡天鸟不飞：高骈《塞上寄家兄》：“棣萼分张信使希，几多乡泪湿征衣。笳声未断肠先断，万里胡天鸟不飞。”

⑤ 今日海门南畔事：高骈《赴安南却寄台司》：“曾驱万马上天山，风去云回顷刻间。今日海门南面事，莫教还似凤林关。”

⑥ 满头霜雪为兵机：韦庄《赠边将》：“手招都护新降虏，身著文皇旧赐衣。只待烟尘报天子，满头霜雪为兵机。”

⑦ 靖康：宋钦宗年号。靖康而后：指靖康之难后，即靖康二年（1127 年）金人攻破宋朝京都汴梁，掳去徽宗、钦宗二帝以后。

（净扮报子上）“羽檄场中无雁到，鬼门关上有人来。”好笑，城围的铁桶似紧，有秀才来打秋风，则索报去。禀老爷：有个故人相访。（外）敢是奸细？（净）说是江右南安府陈秀才①。（外）这迂儒怎生飞的进来？快请见。

【浣溪沙】（末上）摆旌旗，添景致，又不是闹元宵鼓炮齐飞。杜老爷在那里？（外出笑迎介）忽闻的千里故人谁？（叹介）原来是先生到此。教俺惊垂泪。（末）老公相头通白了。（合）白首相看俺与伊，三年一见愁眉。（拜介）（末）［集唐］“头白乘驴悬布囊②卢纶，（外）故人相见忆山阳③谭用之。（末）横塘一别千余里④许浑，（外）却认并州作故乡⑤贾岛。”（末）恭谂公相⑥，又苦伤老夫人回扬州，被贼兵所算了。（外惊介）怎知道？（末）生员在贼营中，眼同验过老夫人首级，和春香都杀了。（外哭介）天呵，痛杀俺也！

【玉桂枝】 相夫登第，表贤名甄氏吾妻。称皇宣一品夫人，又待伴俺立双忠烈女。想贤妻在日，想贤妻在日，凄然垂泪，俨然冠帔。（外哭倒，众扶介）（末）我的老夫人，老夫人怎了！你将官们也大家哭一声儿么！（众哭介）老夫人呵！（外作恼拭泪介）呀，好没来由！夫人是朝廷命妇，骂贼而死，理所当然。我怎为他乱了方寸，灰了军心？身为将，怎顾的私？任恓惶，百无

---

① 江右：江西，指长江下游以西地区。

② 头白乘驴悬布囊：卢纶《赠别李纷》：“头白乘驴悬布囊，一回言别泪千行。儿孙满眼无归处，唯到尊前似故乡。”

③ 故人相见忆山阳：谭用之《寄孟进士》：“依旧池边草色芳，故人何处忆山阳。书回科斗江帆暮，曲罢骀虞海树苍。”

④ 横塘一别千余里：许浑《夜泊永乐有怀》：“莲渚愁红荡碧波，吴娃齐唱采莲歌。横塘一别已千里，芦苇萧萧风雨多。”

⑤ 却认并州作故乡：贾岛《渡桑干》：“客舍并州已十霜，归心日夜忆咸阳。无端更渡桑干水，却望并州是故乡。”

⑥ 谂（shěn）：告诉。

悔。陈先生，溜金王还有话么？（末）不好说得，他还要杀老先生。（外）咳，他杀俺甚意儿？俺杀他全为国。（末）依了生员，两下都不要杀。（做扯外耳语介）那溜金王要这座淮安城。（外）噤声！那贼营中是一个座位，是两个座位？（末）他和妻子连席而坐。（外笑介）这等，吾解此围必矣。先生竟为何来？（末）老先生不问，几乎忘了。为小姐坟儿被盗，径来相报。（外惊介）天呵，冢中枯骨，与贼何仇？都则为那些宝玩害了也。贼是谁？（末）老公相去后，道姑招了个岭南游棍柳梦梅为伴。见物起心，一夜劫坟逃去。尸骨丢在池水中。因此不远千里而告。（外叹介）女坟被发，夫人遭难。正是："未归三尺土，难保百年身。既归三尺土，难保百年坟。"也索罢了，则可惜先生一片好心。（末）生员拜别老公相后，一发贫薄了。（外叹介）军中仓卒，无以为情。我把一大功劳，先生干去。（末）愿效劳。（外）我久写下咫尺之书[①]，要李全解散三军之众。余无可使，烦公一行。左右，取过书仪来。傥说得李全降顺，便可归奏朝廷，自有个出身之处[②]。（杂取书礼介）"儒生三寸舌，将军一纸书。"书仪在此。（末）途费谨领。送书一事，其实怕人。（外）不妨。

【榴花泣】 兵如铁桶，一使在其中。将折简[③]、去和戎[④]。陈先生，你志诚打的贼儿通。虽然寇盗奸雄，他也相机而动。（末）恐游说非书生之事。（外）看他开围放你来，其意可知。你这书生正好做传书用。（末）仗恩台一字长城[⑤]，借寒儒八面威

① 咫尺之书：尺牍、短信。咫：古代长度单位，不到一尺。而古代书函，一般长约一尺。

② 出身：出路，前程。

③ 折简：指书札或信笺。这里指写信。

④ 和戎：指与李全停战修好。

⑤ 恩台：恩官。 一字长城：意即一言奏效，这里指一封书信就可以像万里长城一样退敌。

风。(内鼓吹介)

【尾声】 戍楼羌笛话匆匆。事成呵，你归去朝廷沾寸宠，这纸书敢则是保障江淮第一封。

(外) 隔河征战几归人①? 刘长卿

(末) 五马临流待幕宾②。卢纶

(外) 劳动先生远相访③，王建

(末) 恩波自会惜枯鳞④。刘长卿

---

① 隔河征战几归人：刘长卿《隔河征战几归人》："若为天畔独归秦，对水看山欲暮春。穷海别离无限路，隔河征战几归人。"

② 五马临流待幕宾：卢纶《送崔琦赴宣州幕》："五马临流待幕宾，羡君谈笑出风尘。身闲就养宁辞远，世难移家莫厌贫。"

③ 劳动先生远相访：王建《从军后寄山中友人》："村童近去嫌腥食，野鹤高飞避俗人。劳动先生远相示，别来弓箭不离身。"

④ 恩波自会惜枯鳞：刘长卿《狱中闻收东京有赦》："风霜何事偏伤物，天地无情亦爱人。持法不须张密网，恩波自解惜枯鳞。"枯鳞：失水的鱼，喻失意者。这里指陈最良。

第四十七出 围 释

【出队子】 （贴扮通事上[①]）一天之下，南北分开两事家。中间放着个蓼儿洼[②]，明助着番家打汉家。通事中间，拨嘴撩牙[③]。事有足诧，理有必然。自家溜金王麾下一名通事便是。好笑，好笑，俺大王助金围宋，攻打淮城。谁知北朝暗地差人去到南朝讲话！正是："暂通禽兽语，终是犬羊心。"（下）

【双劝酒】 （净引众上）横江虎牙[④]，插天鹰架[⑤]。擂鼓扬旗，冲车甲马。把座锦城墙、围的阵云花。杜安抚、你有翅难加。自家溜金王。攻打淮城，日久未下。外势虽然虎踞[⑥]，中心未免狐疑。一来怕南朝大兵兼程策应，二来怕北朝见责委任无功：真个进退两难。待娘娘到来计议。（丑上）"驱兵捉将蚩尤女[⑦]，捏鬼妆神豹子妻[⑧]。"大王，你可听见大金家有人南朝打话，回到俺营门之外了？（净）有这事？（老旦扮番将带刀骑马上）

---

① 通事：古代各国交往时的翻译人员。

② 蓼儿洼：梁山泊，在今山东平湖，后来用作山寨的代称。此指李全。

③ 拨嘴撩牙：挑拨是非。

④ 虎牙：原为将军名号，《汉书·匈奴传上》："云中太守田顺为虎牙将军，三万余骑出五原。"后指军旗。

⑤ 鹰架：供猎鹰栖止用的木架。

⑥ 虎踞：像虎一样蹲踞，这里是指地势雄壮险要。

⑦ 蚩尤：神话传说中上古时代九黎族的首领，性凶恶，铜头铁额，后为黄帝所杀。他被当作战争之神。

⑧ 豹子妻：明朱有墩《诚斋乐府·仗义疏财》三折［滚绣球］中有："本是个梁山寨生成的豹子妻。"剧中的豹子妻指男扮女装的黑旋风李逵。这里指李全妻。

北【夜行船】　大北里宣差传站马[①]，虎头牌滴溜的分花[②]。（外扮马夫赶上介）滑了，滑了。（老旦）那古里谁家[③]？跑番了拽喇[④]。怎生呵，大营盘没个人儿答煞。（外大叫介）溜金爷，北朝天使到来。（下）（净、丑作慌介）快叫通事请进。（贴上，接跪介）溜金王患病了。请那颜进[⑤]。（老旦）可才、可才道句儿。（下马，上坐介）都儿都儿。（净问贴介）怎么说？（贴）恼了。（净、丑举手，老旦做恼不回介）（指净介）铁力温都答喇[⑥]。（净问贴介）怎说？（贴）不敢说，要杀了。（净）却怎了？（老旦做看丑笑介）忽伶忽伶。（丑问贴介）（贴）叹娘娘生的妙。（老旦）克老克老。（贴）说走渴了。（老旦手足做忙介）兀该打剌。（贴）叫马乳酒。（老旦）约儿兀只。（贴）要烧羊肉。（净叫介）快取羊肉、乳酒来。（外持酒肉上）（老旦洒酒，取刀割羊肉吃，笑，将羊油手擦胸介）一六兀剌的。（贴）不恼了，说有礼体。（老旦作醉介）锁陀八，锁陀八。（贴）说醉了。（老旦作看丑介）倒喇倒喇。（丑笑介）怎说？（贴）要娘娘唱个曲儿。（丑）使得。

北【清江引】　呀，哑观音觑着个番答辣，胡芦提笑哈。兀

---

① 大北里：指金朝。　宣差：差官、使命。　站马：驿站的马，传递公文、情报、物资等。

② 虎头牌：本指女真出使者所带之牌，有金、银、木之别，以证明自己身份。这里指金人军队用来证明长官身份的证件。　滴溜：明滴溜，明晃晃的意思。　分花：耀眼。

③ 那古里：那答儿，那边。　谁家：什么人。

④ 拽喇：契丹语音译，指兵卒。

⑤ 那颜：蒙古语音译，指长官。

⑥ 铁力温都答喇：根据下文“不敢说，要杀了”，这里意为杀了。下文兀该打剌、一六兀剌、锁陀八均可根据回答理解其意。

那是都麻[①]，请将来岸答[②]。撞门儿一句咬儿只不毛古喇[③]。通事，我斟一杯酒，你送与他。（贴作送酒介）阿阿儿该力。（丑）通事，说甚么？（贴）小的禀娘娘送酒。（丑）着了。（老旦作醉，看丑介）孛知，孛知。（贴）又央娘娘舞一回。（丑）使得，取我梨花枪过来。

【前腔】　（持枪舞介）冷梨花点点风儿刮，袅得腰身乍[④]。胡旋儿打一车，花门折一花。把一个睃啜老那颜风势煞[⑤]。（老旦反背，拍袖笑倒介）忽伶忽伶。（贴扶起老旦介）（老旦摆手到地介）阿来不来。（贴）这便是唱喏，叫唱一直。（老旦笑，点头招丑介）哈嗽哈嗽。（贴）要问娘娘。（丑笑介）问什么？（老旦扯丑轻说介）哈嗽哈嗽兀该毛克喇，毛克喇。（丑笑问贴介）怎说？（贴作摇头介）问娘娘讨件东西。（丑笑介）讨甚么？（贴）通事不敢说。（老旦笑倒介）古鲁古鲁。（净背叫贴问介）他要娘娘什么东西？古鲁古鲁不住的。（贴）这件东西，是要不得的。便要时，则怕娘娘不舍的。便是娘娘舍的，大王也不舍的。便大王舍的，小的也不舍的。（净）甚东西，直恁舍不的？（贴）他这话到明，哈嗽兀该毛克喇，要娘娘有毛的所在。（净作恼介）气也，气也。这臊子好大胆[⑥]，快取枪来。（净作持花枪赶杀介）（贴扶醉老旦走，老旦提酒壶叫“古鲁古鲁”架住枪介）

北【尾】　（净）你那醋葫芦指望把梨花架，臊奴，铁围墙

---

① 都麻：官名。

② 岸答：官名。

③ 咬儿只不毛古刺：疑指请过来。

④ 袅：扭。　乍：俊俏。

⑤ 睃（suō）啜老：骂人的话。　风势煞：疯样子。

⑥ 臊子：当时对北方少数民族的蔑称。

敢靠定你大金家。（搦倒老旦介[①]）则踹着你那几茎儿苫嘴的赤支砂[②]，把那咽腥臊的嗓子儿生掐杀[③]。（丑扯住净，放老旦介）（老旦）曳喇曳喇哈哩。（指净介）力娄吉丁母刺失，力娄吉丁母刺失。（作闪袖走下介）（净）气杀我也。那曳喇哈的什么？（贴）叫引马的去。（净）怎指着我力娄吉丁母刺失？（贴）这要奏过他主儿，叫人来相杀。（净作恼介）（丑）老大王，你可也当着不着的[④]。（净）啐，着了你那毛克喇哩。（丑）便许他在那里，你却也忒捻酸[⑤]。（净不语介）正是我一时风火性。大金家得知，这溜金王到有些欠稳。（丑）便是番使南朝而回，未必其中无话。（净）娘娘高见何如？（丑）容奴家措思。（内擂鼓介）（贴扮报子上）报，报，报！前日放去的秀才，从淮城中单马飞来。道有紧急，投见大王。（丑）恰好，着他进来。

【缕缕金】（末上）无之奈，可如何！书生承将令，强喽啰[⑥]。（内喊，末惊跌介）一声金炮响，将人跌蹉。可怜、可怜！密札札干戈，其间放着我。（贴唱门介）生员进。（末见介）万死一生生员陈最良百拜大王殿下，娘娘殿下。（净）杜安抚献了城池？（末）城池不为希罕，敬来献一座王位与大王。（净）寡人久已为王了。（末）正是官上加官，职上添职。杜安抚有书呈上。（净看书介）"通家生杜宝顿首李王麾下[⑦]"。（问末介）秀才，我

---

① 搦（nuò）：按。

② 苫（shàn）嘴：遮住嘴巴。　赤支沙：红色的胡须。

③ 掐（qiā）：扼住，掐住。

④ 当着不着：该做的事不做，不该做的事却做了。此指李全打跑了那颜。

⑤ 捻（niǎn）酸：吃醋、嫉妒。

⑥ 喽啰：狡猾。　强喽啰：即强作聪明，指陈最良怪自己多事。

⑦ 通家：世交。这里是杜宝跟李全拉近关系。

与杜安抚有何通家？（末）汉朝有个李、杜至交[①]，唐朝也有个李、杜契友[②]，因此杜安抚斗胆称个通家。（净）这老儿好意思。书有何言？

【一封书】（读书介）“闻君事外朝，虎狼心，难定交。肯回心圣朝，保富贵，全忠孝。平梁取采须收好[③]，背暗投明带早超[④]。凭陆贾，说庄跻[⑤]。颙望麾慈即鉴昭[⑥]”（笑介）这书劝我降宋，其实难从。“外密启一通，奉呈尊阃夫人[⑦]。”（笑介）杜安抚也畏敬娘娘哩。（丑）你念我听。（净看书介）“通家生杜宝敛衽杨老娘娘帐前[⑧]。”咳也，杜安抚与娘娘，又通家起来。（末）大王通得去，娘娘也通得去。（净）也通得去。只汉子不该说敛衽。（末）娘娘肯敛衽而朝，安抚敢不敛衽而拜！（丑）说的好。细念我听。（净念书介）“通家生杜宝敛衽杨老娘娘帐前：远闻金朝封贵夫为溜金王，并无封号及于夫人。此何礼也？杜宝久已保奏大宋，敕封夫人为讨金娘娘之职。伏惟妆次鉴纳[⑨]。不宣[⑩]。”好也，到先替娘娘讨了恩典哩。（丑）陈秀才，封我讨金娘娘，难道要我征讨大金家不成？（末）受了封诰后，但是娘娘

---

① 汉朝李、杜：指东汉李固、杜乔，或指杜密与李膺，前两人称为“大李杜”，后两人称为“小李杜”。

② 唐朝李、杜：指李白和杜甫。

③ 平梁：可能指王冠，俗称平天冠。

④ 带早超：早日高升。

⑤ 陆贾：西汉著名政治家，刘邦之辩士，口才极高。这里代指陈最良。 庄跻，战国时楚国著名将领，曾率兵为楚国平定西南一带，后因归路被秦国切断，自立为滇王，其后代归顺汉朝。这里代指李全。

⑥ 颙（yóng）望：祈望，热切地希望。 麾慈：对李全夫妇之尊称。 鉴昭：明鉴。

⑦ 尊阃（kǔn）：对人妻室的尊称。阃：闺门，这里代指妇女。

⑧ 敛衽：古代的一种礼节，整理衣襟，以示尊敬。后来专用于妇女。

⑨ 妆次：古代书信中对妇女的客气的称呼。

⑩ 不宣：旧时书信结尾常用套语，犹言不尽。

要金子，都来宋朝取用。因此叫做讨金娘娘。（丑）这等是你宋朝美意。（末）不说娘娘，便是卫灵公夫人，也说宋朝之美①。（丑）依你说。我冠儿上金子，成色要高。我是带盔儿的娘子。近时人家首饰浑脱，就一个盔儿②，要你南朝照样打造一付送我。（末）都在陈最良身上。（净）你只顾讨金讨金，把我这溜金王，溜在那里？（丑）连你也做了讨金王罢。（净）谢承了。（末叩头介）则怕大王、娘娘退悔。（丑）俺主意定了。便写下降表，赍发秀才回奏南朝去。

【前腔】（净）归依大宋朝，怕金家成祸苗。（丑）秀才，你担承这遭，要黄金须任讨。（末）大王，你鄱阳湖磬响收心早③，娘娘，你黑海岸回头星宿高④。（合）便休兵，随听招。免的名标在叛贼条。（净）秀才，公馆留饭。星夜草表送行。（举手送末，拜别介）

【尾声】（净）咱比李山儿何足道⑤，这杨令婆委实高⑥。（末）带了你这一纸降书，管取那赵官家欢笑倒⑦。（末下）（净、丑吊场）（净）娘娘，则为失了一边金，得了两条王。人要一个王不能勾，俺领下两个王号。岂不乐哉！（丑）不要慌，还有第

---

① 宋朝：指战国时宋公子朝，有美色，与卫国卫灵公夫人南子私通。此处是借人名赞南宋朝廷。

② 人家：自家。 浑脱：乌羊毛做的毡帽。 全句意为我头上什么首饰都没有，就一个头盔。

③ 鄱阳湖：在今江西，湖中有著名的石钟山，故而此处由钟联想到磬。 磬响：击磬向佛，表示归心礼佛，这里是指投诚归顺。

④ 黑海岸回头：古代有谚语："苦海无边，回头是岸。" 星宿高：运气好。此处同样是劝其归顺。

⑤ 李山儿：李逵，元代杂剧中给李逵的称号。这里是李全自比。

⑥ 杨令婆：杨家将中的老夫人佘太君。这里是指李全妻。

⑦ 管取：包管，一定教。

三个王号。（净）什么王号？（丑）叫做齐肩一字王①。（净）怎么？（丑）杀哩。（净）随顺他，又杀什么？（丑）你俺两人作这大贼，全仗金鞑子威势。如今反了面，南朝拿你何难。（净作恼介）哎哟，俺有万夫不当之勇，何惧南朝！（丑）你真是个楚霸王，不到乌江不止②。（净）胡说！便作俺做楚霸王，要你做虞美人，定不把赵康王占了你去。（丑）罢，你也做楚霸王不成，奴家的虞美人也做不成。换了题目做。（净）什么题目？（丑）范蠡载西施③。（净）五湖在那里？——去做海贼便了。（丑作分付介）众三军，俺已降顺了南朝。暂解淮围，海上伺候去。（众应介）解围了。（内鼓介）船只齐备了，禀大王起行。（众行介）

【江头送别】　淮扬外，淮扬外，海波摇动。东风劲，东风劲，锦帆吹送。夺取蓬莱为巢洞，鳌背上立着旗峰。

【前腔】　顺天道，顺天道，放些儿闲空。招安后，招安后，再交兵言重。险做了为金家伤炎宋④。权袖手，做个混海痴龙。（众）禀大王娘娘，出海了。（净）且下了营，天明进发。

（净）干戈未定各为君⑤，许浑

---

① 齐肩一字王：平肩王，指平肩一刀，即斩首。　一字王：唐宋以后皇子封王，以一个字为国名，如齐王。

② 你真是个楚霸王，不到乌江不止：用楚霸王项羽之事，项羽兵败之后，与其宠姬虞姬诀别，自刎于乌江。

③ 范蠡载西施：用范蠡之事。据《越绝书》记载，春秋时代吴越争霸，越王勾践败于吴王夫差，欲得分，于是令范蠡献美女西施于吴王，使得吴王沉湎于酒色，以致朝政尽废。吴亡后，西施复归范蠡，两人同泛五湖（太湖）而去。

④ 炎宋：古代以阴阳五行解释国家之兴衰，赵宋因火德而立国，称火宋，又称炎宋。

⑤ 干戈未定各为君：许浑《鸿沟》：“相持未定各为君，秦政山河此地分。力尽乌江千载后，古沟芳草起寒云。”

（丑）龙斗雌雄势已分[①]。常建
（净）独把一麾江海去[②]，杜牧
（众）莫将弓箭射官军[③]。窦巩

① 龙斗雌雄势已分：常建《塞下曲四首》之三："龙斗雌雄势已分，山崩鬼哭恨将军。黄河直北千余里，冤气苍茫成黑云。"

② 独把一麾江海去：杜牧《将赴吴兴登乐游原一绝》："清时有味是无能，闲爱孤云静爱僧。欲把一麾江海去，乐游原上望昭陵。"

③ 莫将弓箭射官军：窦巩《唐州东途作》："绿林兵起结愁云，白羽飞书未解纷。天子欲开三面网，莫将弓箭射官军。"

第四十八出　遇　母

【十二时】　（旦上）不住的相思鬼，把前身退悔。土臭全消，肉香新长。嫁寒儒客店里孤栖。（净上）又著他攀高谒贵。[浣溪沙]“（旦）寂寞秋窗冷簟纹①，（净）明珰玉枕旧香尘，（旦）断潮归去梦郎频。（净）桃树巧逢前度客②，（旦）翠烟真是再来人③，（合）月高风定影随身。”（旦）姑姑，奴家喜得重生，嫁了柳郎。只道一举成名，回去拜访爹娘。谁知朝廷为着淮南兵乱，开榜稽迟。我爹娘正在围城之内，只得赍发柳郎往寻消耗，撇下奴家钱塘客店。你看那江声月色，凄怆人也。（净）小姐，比你黄泉之下，景致争多。（旦）这不在话下。

【针线厢】　虽则是荒村店江声月色，但说着坟窝里前生今世，则这破门帘乱撒星光内，煞强似洞天黑地④。姑姑呵，三不归父母如何的⑤？七件事儿夫家靠谁⑥？心悠曳⑦，不死不活，睡梦里为个人儿⑧。（净）似小姐的罕有。

---

① 簟（diàn）：竹席。李清照《一剪梅》词：“红藕香残玉簟秋，轻解罗裳，独上兰舟。”

② 桃树巧逢前度客：化用唐代诗人刘禹锡诗《再游玄都观》：“种桃道士归何处？前度刘郎今又来。”刘禹锡曾游玄都观欣赏桃花并题诗一首，后来他因参加永贞革新从京城被贬谪到外地，十四年后他返回京城故地重游，又题诗一首，即《再游玄都观》。刘与柳谐音，这里指柳梦梅。

③ 翠烟：青烟。指吴王小女儿紫玉之亡魂。此为杜丽娘自指。

④ 煞强似：胜过、超过。

⑤ 三不归的：没有着落的、没有办法的。

⑥ 七件事：生活中的必备品，泛指日常生计。《元曲选·玉壶春》杂剧第一折卜儿的上场诗：“早晨起来七件事，柴米油盐酱醋茶。”

⑦ 心悠曳：心神不定。

⑧ 个人儿：那人，多指所爱的人。

【前腔】 伴着你半间灵位，又守见你一房夫婿。（旦）姑姑，那夜搜寻秀才，知我闪在那里？（净）则道画帧儿怎放的个人回避，做的事瞒神谎鬼。（旦）昏黑了，你看月儿黑黑的星儿晦，萤火青青似鬼火吹。（旦）好上灯了。（净）没油，黑坐地[①]，三花两焰，留的你照解罗衣。（旦）夜长难睡，还向主家借些油去。（净）你院子里坐坐，咱去借来。“合着油瓶盖，踏碎玉莲蓬[②]。”（下）（旦玩月叹介）

【月儿高】 （老旦、贴行路上）江北生兵乱，江南走多半。不载香车稳，趿的鞋鞓断[③]。夫主兵权，望天涯生死如何判。前呼后拥，一个春香伴。凤髻消除，打不上扬州纂[④]。上岸了到临安。趁黄昏黑影林峦，生忔察的难投馆[⑤]。（贴）且喜到临安了。（老旦）咳，万死一逃生，得到临安府。俺女娘无处投，长路多孤苦。（贴）前面像是个半开门儿，蓦了进去[⑥]。（老旦进介）呀，门房空静，内可有人？（旦）谁？（贴）是个女人声息。待打叫一声开门。

【不是路】 （旦惊介）斜倚雕阑，何处娇音唤启关？（老旦）行程晚，女娘们借住霎儿间。（旦）听他言，声音不似男儿汉，待自起开门月下看。（见介）（旦）是一位女娘，请里坐。（老旦）相提盼[⑦]，人间天上行方便。（旦）趋迎迟慢。趋迎迟

① 黑坐地：黑暗中坐着。地：着，语助词。

② 合着油瓶盖：民间有俗语“夜壶合着油瓶盖”。玉莲蓬：喻小脚。这句话指借灯油之难。

③ 趿（tā）：趿，行走。鞓（tīng）：皮带，此指鞋带。全句是说行路艰难，连鞋带都走断了。

④ 纂（zuǎn）：指妇女梳在头后边的发髻，方言词。这里指头发散乱。

⑤ 生忔（yì）察：生疏、陌生。忔察：语助词。

⑥ 蓦（mò）了进去：探摸进去。

⑦ 提盼：关照、照顾。

慢。（打照面介）（老旦作惊介）

【前腔】　破屋颓椽，姐姐呵，你怎独坐无人灯不燃？（旦）这闲庭院，玩清光长送过这月儿圆。（老旦背叫贴）春香，这像谁来？（贴惊介）不敢说，好像小姐。（老旦）你快瞧房儿里面，还有甚人？若没有人，敢是鬼也？（贴下）（旦背）这位女娘，好像我母亲，那丫头好像春香。（作回问介）敢问老夫人，何方而来？（老旦叹介）自淮安，我相公是淮扬安抚、遭兵难，我避虏逃生到此间。（旦背介）是我母亲了，我可认他？（贴慌上，背语老旦介）一所空房子，通没个人影儿。是鬼，是鬼！（老旦作怕介）（旦）听他说起，是我的娘也。（旦向前哭娘介）（老旦作避介）敢是我女孩儿？怠慢了你，你活现了。春香，有随身纸钱，快丢，快丢。（贴丢纸钱介）（旦）儿不是鬼。（老旦）不是鬼，我叫你三声，要你应我一声高如一声。（做三叫三应，声渐低介）（老旦）是鬼也。（旦）娘，你女儿有话讲。（老旦）则略靠远，冷淋侵一阵风儿旋[1]，这般活现。（旦）那些活现？（旦扯老旦作怕介）儿，手恁般冷。（贴叩头介）小姐，休要捻了春香[2]。（老旦）儿，不曾广超度你，是你父亲古执。（旦哭介）娘，你这等怕，女孩儿死不放娘去了。

【前腔】　（净持灯上）门户牢拴，为甚空堂人语喧？（灯照地介）这青苔院，怎生吹落纸黄钱？（贴）夫人，来的不是道姑？（老旦）可是。（净惊介）呀，老夫人和春香那里来？这般大惊小怪。看他打盘旋，那夫人呵，怕漆灯无焰将身远[3]。小姐，恨不

① 冷淋侵：形容冷森森的。

② 捻（niǎn）：作弄、伤害之意。

③ 漆灯无焰：墓穴里的灯不亮。漆灯：见《佩文韵府》引《江南野史》："沈彬居有一大树。尝曰：'吾死可葬于是。'及葬，穴之，乃古冢。其间一古灯台，上有漆灯一盏。圹头铜牌篆文曰：'佳城今已开，虽开不葬埋。漆灯犹未爇，留待沈彬来。'"

得幽室生辉得近前。（旦）姑姑快来，奶奶害怕。（贴）这姑姑敢也是个鬼？（净扯老旦，照旦介）休疑惮。移灯就月端详遍，可是当年人面？（合）是当年人面。（老旦抱旦泣介）儿呵，便是鬼，娘也舍不的去了。

【前腔】 肠断三年，怎坠海明珠去复旋[①]？（旦）爹娘面，阴司里怜念把魂还。（贴）小姐，你怎生出的坟来？（旦）好难言。（老旦）是怎生来？（旦）则感的是东岳大恩眷，托梦一个书生把墓踹穿。（老旦）书生何方人氏？（旦）是岭南柳梦梅。（贴）怪哉，当真有个柳和梅。（老旦）怎同他来此？（旦）他来科选。（老旦）这等是个好秀才，快请相见。（旦）我央他看淮扬动静去把爹娘探，因此上独眠深院，独眠深院。（老旦背与贴语介）有这等事？（贴）便是，难道有这样出跳的鬼[②]？（老旦回泣介）我的儿呵！

【番山虎】 则道你烈性上青天，端坐在西方九品莲[③]，不道三年鬼窟里重相见。哭得我手麻肠寸断，心枯泪点穿。梦魂沈乱，我神情倒颠。看时儿立地，叫时娘各天。怕你茶饭无浇奠，牛羊侵墓田。（合）今夕何年？今夕何年？咦，还怕这相逢梦边。

【前腔】 （旦泣介）你抛儿浅土，骨冷难眠。吃不尽爷娘饭，江南寒食天。可也不想有今日，也道不起从前。似这般糊突谜，甚时明白也天！鬼不要，人不嫌，不是前生断，今生怎得连！（合前）（老旦）老姑姑，也亏你守着我儿。

【前腔】 （净）近的话不堪提咽，早森森地心疏体寒。空和

---

① 坠海明珠去复旋：据《后汉书·孟尝传》记载，广东合浦本产珠，由于官吏贪残，珠便不生在这里，而生到交趾（即越南）去了。后东汉孟尝任合浦太守，政治清明，不满一年珠就重新回来了。这里是杜母说女儿死而复活。 旋：还、回来。

② 出跳：女孩子长得漂亮、出众。

③ 端坐在西方九品莲：指死后往生西方极乐世界成了菩萨。

他做七做中元[①]，怎知他成双成爰眷？（低与老旦介）我捉鬼拿奸，知他影戏儿做的恁活现？（合）这样奇缘，这样奇缘，打当了轮回一遍[②]。

【前腔】（贴）论魂离倩女是有，知他三年外灵骸怎全？则恨他同棺椁、少个郎官，谁想他为院君这宅院[③]。小姐呵，你做的相思鬼穿，你从夫意专。那一日春香不铺其孝筵，那节儿夫人不哀哉醮荐？早知道你撇离了阴司，跟了人上船！（合前）

【尾声】（老旦）感得化生女显活在灯前面[④]。则你的亲爹，他在贼子窝中没信传。（旦）娘放心，有我那信行的人儿[⑤]，他穴地通天，打听的远。

想象精灵欲见难[⑥]，欧阳詹　碧桃何处便骖鸾[⑦]？薛逢

莫道非人身不暖[⑧]，白居易　菱花初晓镜光寒[⑨]。许浑

---

① 做七做中元：旧时风俗，人死后每七天做一次佛事，从头七到七七止。中元指农历七月十五，民间称“鬼节”，是祭奠亡灵的日子。现在农村有些地方依然保留着做七做中元的风俗。

② 打当：本指打点、准备，这里理解为“当作”。

③ 院君：宅院女主人。

④ 化生：指死而复活。

⑤ 信行：诚实守信。

⑥ 想象精灵欲见难：欧阳詹《题延平剑潭》：“想象精灵欲见难，通津一去水漫漫。空余昔日凌霜色，长与澄潭生昼寒。”

⑦ 碧桃何处便骖鸾：薛逢《汉武宫辞》：“绛节几时还入梦，碧桃何处更骖鸾。茂陵烟雨埋弓剑，石马无声蔓草寒。”

⑧ 莫道非人身不暖：白居易《戏答皇甫监》：“寒宵劝酒君须饮，君是孤眠七十身。莫道非人身不暖，十分一盏暖于人。”

⑨ 菱花初晓镜光寒：许浑《重游飞泉观题故梁道士宿龙池》：“西岩泉落水容宽，灵物蜿蜒黑处蟠。松叶正秋琴韵响，菱花初晓镜光寒。”

第四十九出　淮　泊

【三登乐】　（生包袱、雨伞上）有路难投，禁得这乱离时候！走孤寒落叶知秋。为娇妻思岳丈，探听扬州。又谁料他困守淮扬，索奔前答救[①]。[集唐]“那能得计访情亲[②]李白？浊水污泥清路尘[③]韩愈。自恨为儒逢世难[④]卢纶，却怜无事是家贫[⑤]韦庄。”俺柳梦梅阳世寒儒，蒙杜小姐阴司热宠，得为夫妇，相随赴科。且喜殿试攛过卷子[⑥]，又被边报耽误榜期。因此小姐呵，闻说他尊翁淮扬兵急，叫俺沿路上体访安危。亲赍一幅春容，敬报再生之喜。虽则如此，客路贫难，诸凡路费之资，尽出圹中之物。其间零碎宝玩，急切典卖不来。有些成器金银，土气销熔有限。兼且小生看书之眼，并不认的等子星儿[⑦]。一路上赚骗无多，逐日里支分有尽。得到扬州地面，恰好岳丈大人移镇淮城。贼兵阻路，不敢前进。且喜因循解散[⑧]，不免迤逦数程。

---

① 答救：搭救。

② 那能得计访情亲：李白《赠段七娘》：“罗袜凌波生网尘，那能得计访情亲。千杯绿酒何辞醉，一面红妆恼杀人。”

③ 浊水污泥清路尘：韩愈《酒中留上襄阳李相公（李逢吉也）》：“浊水污泥清路尘，还曾同制掌丝纶。眼穿长讶双鱼断，耳热何辞数爵频。”泥与尘喻一贱一贵，地位不同。

④ 自恨为儒逢世难：卢纶《长安春望》：“川原缭绕浮云外，宫阙参差落照间。谁念为儒逢世难，独将衰鬓客秦关。”

⑤ 却怜无事是家贫：韦庄《新正日商南道中作寄李明府》：“嵩山不改千年色，洛邑长生一路尘。今日与君同避世，却怜无事是家贫。”

⑥ 攛（cuān）：交上。攛过卷子指参加科举考试交了试卷。

⑦ 等子：也叫等秤，秤金、银用的比较精密的小秤。　星儿：秤杆上表明重量的记号。　等子星儿：秤上的刻度标记。

⑧ 因循解散：指李全撤围。

【锦缠道】　早则要、醉扬州寻杜牧，梦三生花月楼，怎知他长淮去休！那里有缠十万顺天风、跨鹤闲游！则索傍渔樵寻食宿、败荷衰柳，添一抹五湖秋。那秋意儿有许多迤逗[1]！咱功名事未酬，冷落我断肠闺秀。堪回首？算江南江北有十分愁。一路行来，且喜看见了插天高的淮城，城下一带清长淮水。那城楼之上，还挂有丈六阔的军门旗号。大吹大擂，想是日晚掩门了。且寻小店歇宿。（丑上）“多搀白水江湖酒，少赚黄边风月钱。”秀才投宿么？（生进店介）（丑）要果酒，案酒[2]？（生）天性不饮。（丑）柴米是要的？（生）吃倒算[3]。（丑）算倒吃[4]。（生）花银五分在此。（丑）高银散碎些，待我称一称。（称介，作惊叫介）银子走了。（寻介）（生）怎的大惊小怪？（丑）秀才，银子地缝里走了。你看碎珠儿。（生）这等还有几块在这里。（丑接银又走。三度介）呀，秀才原来会使水银？（生）因何是水银？（背介）是了，是小姐殡敛之时，水银在口。龙含土成珠而上天，鬼含汞成丹而出世，理之然也。此乃见风而化。原初小姐死，水银也死；如今小姐活，水银也活了。则可惜这神奇之物，世人不知。（回介）也罢了。店主人，你将我花银都消散去了，如今一厘也无。这本书是我平日看的，准酒一壶[5]。（丑）书破了。（生）贴你一枝笔，（丑）笔开花了。（生）此中使客往来，你可也听见“读书破万卷[6]”？（丑）不听见。（生）可听见“梦笔吐千花”？（丑）不听见。

【皂罗袍】　（生作笑介）可笑一场闲话，破诗书万卷，笔蕊

---

① 迤逗：此处引伸为感触。
② 果酒：指较考究的酒菜。　案酒：指一般的下酒小菜。
③ 吃倒算：吃了之后再算。
④ 算倒吃：先付钱再吃。
⑤ 准：折算、折合。　这本书是我平日看的，准酒一壶：用书来换酒。
⑥ 读书破万卷：语出杜甫诗《奉赠韦左丞丈》：“读书破万卷，下笔如有神。”

千花。是我差了，这原不是换酒的东西。（丑笑介）“神仙留玉佩，卿相解金貂[①]。”（生）你说金貂玉佩，那里来的？有朝货与帝王家，金貂玉佩书无价。你还不知道，便是千金小姐，依然嫁他。一朝臣宰，端然拜他。（丑）要他则甚？（生）读书人把笔安天下。（生）不要书，不要笔，这把雨伞可好？（丑）天下雨哩。（生）明日不走了。（丑）饿死在这里？（生笑介）你认的淮扬杜安抚么？（丑）谁不认的！明日吃太平宴哩。（生）则我便是他女婿来探望他。（丑惊介）喜是相公说的早，杜老爷多早发下请书了。（生）请书那里？（丑）和相公瞧去。（丑请生行介）待小人背褡裢雨伞。（行介）（生）请书那里？（丑）兀的不是！（生）这是告示居民的。（丑）便是。你瞧！

【前腔】 “禁为闲游奸诈。”杜老爷是巴上生的：“自三巴到此[②]，万里为家。不教子侄到官衙，从无女婿亲闲杂。”这句单指你相公：“若有假充行骗，地方禀拿。”下面说小的了：“扶同歇宿，罪连主家。为此须至关防者[③]。右示通知。建炎三十二年五月日示[④]。”你看后面安抚司杜大花押。上面盖着一颗“钦差安抚淮扬等处地方提督军务安抚司使之印”，鲜明紫粉。相公，相公，你在此消停，小人告回了。“各人自扫门前雪，休管他家屋上霜。”（下）（生哭介）我的妻，你怎知丈夫到此凄惶无地也。（作望介）呀，前面房子门上有大金字，咱投宿去。（看介）四个

① 金貂：汉代侍中、中常侍等贵官所用的冠饰，在冠上加黄金珰，附有蝉形饰物，用貂尾作饰。 卿相解金貂：典出晋代散骑常侍阮孚之事，据《晋书阮孚传》记载，阮孚曾以金貂换酒，被人弹劾。

② 三巴：代指四川。李白《长干行》：“早晚下三巴，预将书报家。”

③ 须至关防者：发至各地检查人员注意，旧时公文结尾处常用。

④ 建炎：南宋高宗年号。元年是公元 1127 年，至 1130 年结束。

字："漂母之祠[1]。"怎生叫做漂母之祠?（看介）原来壁上有题："昔贤怀一饭[2]，此事已千秋。"是了，乃前朝淮阴侯韩信之恩人也。我想起来，那韩信是个假齐王[3]，尚然有人一饭，俺柳梦梅是个真秀才，要杯冷酒不能够！像这漂母，俺拜他一千拜。

【莺皂袍】（拜介）垂钓楚天涯，瘦王孙[4]，遇漂纱。楚重瞳较比这秋波瞎[5]。太史公表他[6]，淮安府祭他，甫能够一饭千金价。看古来妇女多有俏眼儿：文公乞食，僖妻礼他[7]；昭关乞食，相逢浣纱[8]。凤尖头叩首三千下[9]。起更了，廊下一宿。早去伺候开门。没水梳洗。（看介）好了，下雨哩。

---

① 漂母：指汉代名将韩信受恩漂母之事，据《史记·淮阴侯列传》记载，韩信少年贫困，曾在淮阴城边钓鱼，遇见漂洗衣物的妇人，漂母见他饥饿，送给他饭食。后来韩信做了大官，找到漂母，送她千金作报答。

② 昔贤：这里指韩信。 怀一饭：记着一饭之恩。

③ 假齐王：据《史记·淮阴侯列传》记载，秦末，韩信攻下山东一带地方，请刘邦封他做齐假王。刘邦只得正式封他为齐王。

④ 瘦王孙：漂母对韩信的尊称，韩信并非贵族出身，漂母对他的称呼仅是表示对他客气。

⑤ 楚重瞳：指楚霸王项羽，据说项羽双目重瞳，韩信原来在项羽部下，由于得不到项羽的赏识，就转投到刘邦那里去了。这里意思是说：重瞳的项羽，眼光反而比不上漂母。

⑥ 太史公：司马迁曾任太史令，故称。 他：指漂母。

⑦ 文公乞食，僖妻礼他：指晋公子重耳事，据《左传》僖公廿三年记载，重耳亡命出晋，途中曾向一个农夫讨东西吃，人家却丢给他一块泥土。后来他流亡到了曹国，曹共公又欺侮他。但曹国大臣僖负羁的妻子却认定他必将大有所为，叫丈夫暗中资助他。后来重耳回到晋国执政，就是晋文公。

⑧ 昭关乞食，相逢浣纱：指春秋楚国人伍子胥之事。据《吴越春秋》记载，伍子胥的父兄被楚平王害死，他自己被平王追杀，逃亡途中，他曾向一浣纱女乞食。浣纱女为了表明自己决不泄漏他的行踪，竟抱石投江而死。

⑨ 凤尖头：凤头，古代一种女用鞋样，代指女子。 全句意为：对于像漂母、僖妻、浣纱女这样有眼光的女子，应该对她们顶礼膜拜。

旧事无人可共论[1]，韩愈
只应漂母识王孙[2]。王遵
辕门拜手儒衣弊[3]，刘长卿
莫使沾濡有泪痕[4]。韦洵美

① 旧事无人可共论：韩愈《过始兴江口感怀》："忆作儿童随伯氏，南来今只一身存。目前百口还相逐，旧事无人可共论。"

② 只应漂母识王孙：王遵《淮阴》："秦季贤愚混不分，只应漂母识王孙。归荣便累千金赠，为报当时一饭恩。"

③ 辕门拜手儒衣弊：刘长卿《送秦侍御外甥张篆之福州谒鲍大夫秦侍御与大夫有旧》："万里闽中去渺然，孤舟水上入寒烟。辕门拜首儒衣弊，貌似牢之岂不怜。"

④ 莫使沾濡有泪痕：韦洵美《答素娥》："别恨离愁自古闻，此心难舍意难论。承恩必若颁时服，莫使沾濡有泪痕。"

第五十出　闹宴

【梁州令】　（外引丑众上）长淮千骑雁行秋，浪卷云浮[①]。思乡泪国倚层楼。（合）看机遘[②]，逢奏凯，且迟留。［昭君怨］“万里封侯岐路[③]，几两英雄草屦[④]。秋城鼓角催，老将来。烽火平安昨夜[⑤]，梦醒家山泪下。兵戈未许归，意徘徊。”我杜宝身为安抚，时值兵冲[⑥]。围绝救援，贻书解散。李寇既去，金兵不来。中间善后事宜，且自看详停当。分付中军门外伺候。（众下）（丑把门介）（外叹介）虽有存城之欢，实切亡妻之痛。（泪介）我的夫人呵，昨已单本题请他的身后恩典，兼求赐假西归。未知旨意如何？正是：“功名富贵草头露[⑦]，骨肉团圆锦上花。”（看文书介）

【金蕉叶】　（生破衣巾携春容上）穷愁客愁，正摇落雁飞时候。（整容介）帽儿光整顿从头[⑧]，还则怕未分明的门楣认否[⑨]？

---

① 长淮千骑雁行秋，浪卷云浮：化用宋辛弃疾词《声声慢》：“指点檐牙高处，浪涌云浮。今年太平万里，罢长淮，千骑临秋。”

② 机遘（gòu）：机关，这里指默契的心意。

③ 岐路：岔路。万里封侯岐路：形容官场前途难测，封侯不易。

④ 几两英雄草屦：穿破几双草鞋，形容建立功业的艰难。

⑤ 烽火平安：古代由边境到内地筑有许多烽火台，用以传递敌人进攻消息。如无战事，则每晚初夜点起烽火，报告边境平安，叫平安火。

⑥ 兵冲：军事要冲。

⑦ 功名富贵草头露：语出杜甫《送孔巢父谢病归游江东，兼呈李白诗》：“惜君只欲苦死留，富贵何如草头露。”比喻功名富贵如草上的露水一样不能长久。

⑧ 帽儿光：金元杂剧中常用之熟语，形容新郎倌，“帽儿光光，好做新郎；袖儿窄窄，好做娇客。”

⑨ 未分明：指夫妇关系尚未正式建立，女婿的身份还未正式确定。杜甫《新婚别》诗：“妾身未分明，何以见姑嫜。”

（丑喝介）甚么人行走？（生）是杜老爷女婿拜见。（丑）当真？（生）秀才无假。（丑进禀介）（外）关防明白了。（问丑介）那人材怎的？（丑）也不怎的。袖着一幅画儿。（外笑介）是个画师。则说老爷军务不闲便了。（丑见生介）老爷军务不闲。请自在。（生）叫我自在，自在不成人了。（丑）等你去，成人不自在。（生）老爷可拜客去么？（丑）今日文武官僚吃太平宴，牌簿都缴了①。（生）大哥，怎么叫做太平宴？（丑）这是各边方年例。则今年退了贼，筵宴盛些。席上有金花树，银台盘，长尺头②，大元宝，无数的。你是老爷女婿，背几个去。（生）原来如此。则怕进见之时，考一首《太平宴诗》，或是《军中凯歌》，或是《淮清颂》，急切怎好？且在这班房里等着打想一篇③，正是"有备无患"。（丑）秀才还不走，文武官员来也。（生下）

【梁州令】（末扮文官上）长淮望断塞垣秋，喜兵甲潜收。贺升平、歌颂许吾流。（净扮武官上）兼文武，陪将相，宴公侯。请了。（末）今日我文武官属太平宴，水陆务须华盛④，歌舞都要整齐。（末、净见介）圣天子万灵拥辅，老君侯八面威风⑤。寇兵销咫尺之书，军礼设太平之宴。谨已完备，望乞俯容。（外）军功虽卑末难当，年例有诸公怎废？难言奏凯，聊用舒怀。（内鼓吹介）（丑持酒上）"黄石兵书三寸舌⑥，清河雪酒五加皮⑦。"酒到。

---

① 牌簿：指官署里用的会客登记簿。缴牌簿：不再会客。

② 尺头：匹头，指丝绸缎匹。

③ 班房：门房，旧时衙门里衙役当班的地方。

④ 水陆：水、陆所产之食品。

⑤ 君侯：古代对达官贵人的尊称。

⑥ 黄石兵书：黄石公，秦末人，曾赠给张良《太公兵法》。

⑦ 清河：地名，在今江苏淮阴。　五加皮：中药名，也指用五加皮浸制的药酒。

【梁州序】 （外浇酒介）天开江左，地冲淮右。气色夜连刁斗①。（末、净进酒介）长城一线，何来得御君侯！喜平销战气，不动征旗，一纸书回寇。那堪羌笛里望神州！这是万里筹边第一楼②。（合）乘塞草，秋风候，太平筵上如淮酒③，尽慷慨，为君寿。

【前腔】 （外）吾皇福厚。群才策凑，半壁围城坚守。（末、净）分明军令，杯前借箸题筹④。（外）我题书与李全夫妇呵，也是燕支却虏⑤，夜月吹篪⑥，一字连环透。不然无救也怎生休！不是天心不聚头。（合前）（内擂鼓介）（老旦扮报子上）“金貂并入三公府⑦。锦帐谁当万里城？”报老爷奏本已下，奉有圣旨，不准致仕⑧。钦取老爷还朝，同平章军国大事。老夫人追赠一品贞烈夫人。（末、净）平章乃宰相之职，君侯出将入相，官属不胜欣仰。

【前腔】 （末、净送酒介）揽貂蝉岁月淹留⑨，庆龙虎风云

---

① 刁斗：古代行军器具，白天用作炊具，晚上敲更用。高适《燕歌行》：“杀气三时作阵云，寒声一夜传刁斗。”

② 万里筹边：指扬州为军事重镇。唐代李德裕曾在西川筹建边楼，且南宋时扬州曾为边境地区。 第一楼：元赵孟頫有对联：“春风阆苑三千客，明月扬州第一楼。”

③ 如淮酒：形容酒极多。《左传》昭公十二年：“有酒如淮”。淮：淮河。

④ 借箸（zhù）题筹：谋划计策。用张良之事，据《史记·留侯世家》记载，张良去看汉王刘邦。刘邦正在吃饭，张良就借他的箸（筷子）在桌上指画天下大事。

⑤ 燕支却虏：据《史记·陈丞相世家》记载，汉高祖被匈奴围困在平城（今山西大同东），陈平去游说阏氏（匈奴酋长的妻子称号），说汉高祖将献美女求和。阏氏担心美女会令自己失宠，就劝单于退兵。 燕支：胭脂，指美女。这里喻李全之妻。

⑥ 篪（chí）：竹做的管乐器，这里指胡笳。

⑦ 三公：三种最高官衔的合称，即太师、太傅、太保，后代指最高级官员。

⑧ 致仕：退职、退休。

⑨ 貂蝉：指汉代侍中、中常侍等贵官所用的冠饰，在冠上加黄金珰，附有蝉形饰物，用貂尾作饰。

辐辏。君侯此一去呵，看洗兵河汉[①]，接天高手。偏好桂花时节，天香随马，箫鼓鸣清昼。到长安宫阙里报高秋，可也河上砧声忆旧游[②]？（合前）（外）诸公皆高才壮岁，自致封侯。如杜宝者，白首还朝，何足道哉！

【前腔】 每日价看镜登楼，泪沾衣浑不如旧。似江山如此，光阴难又。猛把吴钩看了，阑干拍遍[③]，落日重回首。此去呵，恨南归草草也寄东流[④]，（举手介）你可也明月同谁啸庾楼[⑤]？（合前）（生上）“腹稿已吟就，名单还未通。”（见丑介）大哥替我再一禀。（丑）老爷正吃太平宴。（生）我太平宴诗也想完一首了，太平宴还未完。（丑）谁叫你想来？（生）大哥，俺是嫡亲女婿，没奈何禀一禀。（丑进禀介），禀老爷，那个嫡亲女婿没奈何禀见。（外）好打！（丑出作恼，推生走介）（生）“老丈人高宴未终，咱半子礼当恭候。”（下）（旦、贴扮女乐上）“壮士军前半死生，美人帐下能歌舞[⑥]。”营妓们叩头[⑦]。

【节节高】 辕门箫鼓啾，阵云收。君恩可借淮阳寇[⑧]？貂插

---

① 洗兵河汉：用银河里的水把兵器洗了，藏起来不用，意指天下太平，不再需要兵器。杜甫《洗兵马》诗：“安得壮士挽天河，净洗甲兵长不用。”

② 砧（zhēn）：捣衣石。

③ 猛把吴钩看了，阑干拍遍：句本辛弃疾词《水龙吟》：“落日楼头，断鸿声里，江南游子，把吴钩看了，栏干拍遍，无人会，登临意。”

④ 寄东流：付诸东流，表示希望落空、前功尽弃。

⑤ 明月同谁啸庾楼：据《晋书·庾亮传》记载，晋征西将军庾亮出镇武昌时，夜里曾经与僚属一起登南楼谈咏，南楼后称“庾楼”。

⑥ 壮士军前半死生，美人帐下能歌舞：语出高适《燕歌行》。

⑦ 营妓：指军中乐人。

⑧ 借淮阳寇：用东汉寇恂事，据《后汉书·寇恂传》记载，寇恂由颍川太守调到京都做官，后随皇帝到颍川，地方上人对皇帝说：“请再借您的寇恂在这里做一年事。”这里借指挽留杜宝，再在淮阳坐镇。

首，玉垂腰，金佩肘。马敲金镫也秋风骤，展沙堤笑拂朝天袖[①]。（合）但卷取江山献君王，看玉京迎驾把笙歌奏[②]。（生上）“欲穷千里目，更上一层楼。”想歌阑宴罢，小生饥困了。不免冲席而进。（丑拦介）饿鬼不羞？（生恼介）你是老爷跟马贱人，敢辱我乘龙贵婿？打不的你。（生打丑介）（外问介）军门外谁敢喧嚷？（丑）是早上嫡亲女婿叫做没奈何的，破衣、破帽、破褡裢、破雨伞，手里拿一幅破画儿，说他饿的荒了，要来冲席。但劝的都打，连打了九个半，则剩下小的这半个脸儿。（外恼介）可恶。本院自有禁约，何处寒酸，敢来胡赖？（末、净）此生委系乘龙，属官礼当攀凤。（外）一发中他计了。叫中军官暂时拿下那光棍。逢州换驿，递解到临安监候者。（老旦扮中军官应介）（出缚生介）（生）冤哉，我的妻呵！“因贪弄玉为秦赘，且戴儒冠学楚囚[③]。”（下）（外）诸公不知。老夫因国难分张[④]，心痛如割。又放着这等一个无名子来聒噪人[⑤]，愈生伤感。（末、净）老夫人受有国恩，名标烈史。兰玉自有，不必虑怀。叫乐人进酒。

【前腔】（末、净）江南好宦游。急难休，樽前且进平安酒。看福寿有，子女悠，夫人又。（外）径醉矣。（旦、贴作扶介）（外泪介）闪英雄泪渍盈盈袖[⑥]，伤心不为悲秋瘦[⑦]。（合前）

---

① 沙堤：唐时规定，从新任宰相的府第到长安子城东的路上铺一层沙，称“沙堤”。

② 玉京：京都。

③ 楚囚：泛指囚犯。据《左传·成公九年》记载，春秋时楚人钟仪被郑国俘虏，郑国把他送到晋国。他戴着南方的冠子，奏着南方的音乐，表示不忘故国。

④ 分张：分离。这里指自己一家离散。

⑤ 无名子：匿名诽谤别人的无赖。《唐摭言》卷一：“匿名造谤，谓之无名子。”

⑥ 闪英雄泪渍盈盈袖：化用宋辛弃疾词《水龙吟》：“倩何人唤取红巾翠袖，揾英雄泪？”袖：指劝酒的乐人的衣袖。

⑦ 伤心不为悲秋瘦：化用宋李清照词《凤凰台上忆吹箫》：“新来瘦，非干病酒，不是悲秋。”

（外）诸公请了。老夫归朝念切，即便起程。（内鼓乐介）

【尾声】 明日离亭一杯酒。（末、净）则无奈丹青圣主求。（外笑介）怕画的上麒麟人白首①。

（外）万里沙西寇已平②，张乔

（末）东归衔命见双旌③。韩翃

（净）塞鸿过尽残阳里④，耿沣

（众）淮水长怜似镜清⑤。李绅

---

① 麒麟：麒麟阁，汉代供奉功臣之处，汉宣帝叫人把十一位功臣的图像画在麒麟阁上。后用麒麟阁代指卓越的功勋或最高荣誉。

② 万里沙西寇已平：张乔《再书边事》："万里沙西寇已平，犬羊群外筑空城。分营夜火烧云远，校猎秋雕掠草轻。"

③ 东归衔命见双旌：韩翃《送康洗马归滑州》："腰佩雕弓汉射声，东归衔命见双旌。青丝玉勒康侯马，孟水金堤滑伯城。"

④ 塞鸿过尽残阳里：耿沣《塞上曲》："懒说疆场曾大获，且悲年鬓老长征。塞鸿过尽残阳里，楼上凄凄暮角声。"

⑤ 淮水长怜似镜清：李绅《初出溉口入淮》："人心莫厌如弦直，淮水长怜似镜清。回首夕岚山翠远，楚郊烟树隐襄城。"

第五十一出　榜　下

（老旦、丑扮将军持瓜、锤上[①]）"凤舞龙飞作帝京，巍峨宫殿羽林兵[②]。天门欲放传胪喜[③]，江路新传奏凯声。"请了。圣驾升殿，在此只候。

北【点绛唇】　（外扮老枢密上）整点朝纲，运筹边饷，山河壮。（净扮苗舜宾上）翰苑文章，显豁的升平象。请了，恭喜李全纳款[④]，皆老枢密调度之功也。（外）正此引奏。前日先生看定状元试卷，蒙圣旨武偃文修，今其时矣。（净）正此题请。呀，一个老秀才走将来。好怪，好怪！（末破衣巾捧表上）"先师孔夫子，未得见周王。本朝圣天子，得睹我陈最良。"非小可也。（见外、净介）生员陈最良告揖。（净惊介）又是遗才告考么？（末）不敢，生员是这枢密老大人门下引奏的。（外）则这生员，是杜安抚叫他招安了李全，便中带有降表。故此引见。（内响鼓，唱介）奏事官上御道。（外前跪，引末后跪、叩头介）（外）掌管天下兵马知枢密院事臣谨奏：恭贺吾主，圣德天威。淮寇来降，金兵不动。有淮扬安抚臣杜宝，敬遣南安府学生员臣陈最良奏事，带有李全降表进呈。微臣不胜欢忭[⑤]！（内介）杜宝招安李全一事，就着生员陈最良详奏。（外）万岁！（起介）（末）带表生员臣陈最良谨奏：

---

① 瓜、锤：皇帝禁卫军所用的武器，顶端作瓜形、球形，这里指皇帝的仪仗。

② 羽林兵：羽林军，皇帝的禁卫军。

③ 传胪：科举时代殿试后由皇帝宣布进士名次的典礼。

④ 纳款：投诚、降服。

⑤ 欢忭（biàn）：喜悦。

【驻云飞】 淮海维扬，万里江山气脉长。那安抚机谋壮，矫诏从宽荡[1]。嗏，李贼快迎降，他表文封上。金主闻知，不敢兵南向。他则好看花到洛阳[2]，咱取次擒胡到汴梁[3]。（内介）奏事的午门候旨。（末）万岁！（起介）（净跪介）前廷试着看详文字官臣苗舜宾谨奏：

【前腔】 殿策贤良[4]，榜下诸生候久长。乱定人欢畅，文运天开放。嗏，文字已看详，胪传须唱。莫遣夔龙[5]，久滞风云望。早是蟾宫桂有香，御酒封题菊半黄[6]。（内介）午门外候旨。（净）万岁！（起行介）今当榜期，这些寒儒，却也候久。（外笑介）则这陈秀才夹带一篇海贼文字[7]，到中得快。（内介）圣旨已到，跪听宣读。“朕闻李全贼平，金兵回避。甚喜，甚喜。此乃杜宝大功也。杜宝已前有旨，钦取回京。陈最良有奔走口舌之才，可充黄门奏事官，赐其冠带。其殿试进士，于中柳梦梅可以状元。金瓜仪从，杏苑赴宴。谢恩。”（众呼“万岁”起介）（众扮杂取冠带上）“黄门旧是黉门客[8]，蓝袍新作紫袍仙[9]。”（末作换冠服介）二位老先生，告揖。（外、净贺介）恭喜，恭喜。明日便借重新黄门唱榜了。（末）适间宣旨，状元柳梦梅何处人？

---

① 矫诏：假传圣旨。

② 则：只有。看花到洛阳：古代洛阳以花卉著名。全句意为：金兵只能占领洛阳，不敢南下。

③ 取次：次第、逐渐。全句意为：战胜金兵，接着就可以进取汴梁了。

④ 贤良：贤良方正，汉代举士的科目之一。这里指进士科。

⑤ 夔龙：喻贤才。夔、龙：人名，相传为舜的两位贤臣，一为乐官，一为谏官。

⑥ 御酒封题菊半黄：在御酒的封口处题签。古时御酒为菊花酒，菊半黄意谓御酒早已准备好了。

⑦ 夹带：原指考试作弊的一种方式，此指带来。 海贼文字：指李全降表。这里是取笑陈最良的话。

⑧ 黄门：官署名，这里指高官。 黉门：指古代学校大门，黉门客：指生员。

⑨ 蓝袍：蓝衫，即襕衫，明代儒生服装。 紫袍：唐代时指五品以上官的制服，这里泛指高官官服。

（净）岭南人，此生遭际的奇异。（外）有甚奇异？（净）其日试卷看详已定，将次进呈。恰好此生午门外放声大哭，告收遗才。原来为搬家小到京迟误。学生权收他在附卷进呈，不想点中状元。（外）原来有此！（末背想介）听来敢便是那个、那个柳梦梅？他那有家小？是了，和老道姑做一家儿。（回介）不瞒老先生，这柳梦梅也和晚生有旧。（外、净）一发可喜可贺了。

（净）榜题金字射朝晖①，郑畋

（外）独奏边机出殿迟②。王建

（末）莫道官忙身老大③，韩愈

（合）曾经卓立在丹墀④。元稹

① 榜题金字射朝晖：郑畋《下直早出》："诸司人尽马蹄稀，紫帕云竿九钉归。偏觉石台清贵处，榜悬金字射晴晖。"

② 独奏边机出殿迟：王建《赠王枢密》："长承密旨归家少，独奏边机出殿迟。自是姓同亲向说，九重争得外人知。"

③ 莫道官忙身老大：韩愈《早春呈水部张十八员外》："天街小雨润如酥，草色遥看近却无。最是一年春好处，绝胜烟柳满皇都。"

④ 曾经卓立在丹墀：元稹《酬孝甫见赠十首》之四："曾经倬立侍丹墀，绽蕊官花拂面枝。雉尾扇开朝日出，柘黄衫对碧霄垂。"

第五十二出　索　元

【吴小四】　（净扮郭驼伞、包上）天九万，路三千。月余程，抵半年[①]。破虱装衣担压肩，压的头脐匾又圆，扢喇察龟儿爬上天[②]。谢天，老驼到了临安。京城地面，好不繁华。则不知柳秀才去向，俺且往天街上瞧去[③]。呀，一伙臭军踢秃秃走来[④]，且自回避。正是："不因渔父引，怎得见波涛！"（下）

【六幺令】　（老旦、丑扮军校旗、锣上）朝门榜遍，怎生状元柳梦梅不见？又不是黄巢下第题诗赸[⑤]。排门的问[⑥]，刻期宣[⑦]，再因循敢淹答了杏园公宴[⑧]。（老旦笑介）好笑，好笑，大宋国一场怪事。你道差不差[⑨]？中了状元干鳖煞[⑩]。你道奇不奇？中了状元啰唣唏[⑪]。你道兴不兴？中了状元胡厮踁[⑫]。你道山不

---

① 天九万，路三千。月馀程，抵半年：形容路远，借用《庄子·逍遥游》："鹏之徙于南冥也，水击三千里，抟扶摇而上者九万里，去以六月息者也。"。

② 扢（gē）喇察：形容龟爬的声音、状态。

③ 天街：指京城的街道。

④ 踢秃秃：走路声。

⑤ 黄巢下第题诗讪（shàn）：黄巢，唐末农民起义军的领袖之一。据传黄巢考了几次进士都没有考中，就题了一首诗《不第后赋菊》："待到秋来九月八，我花开后百花杀。冲天香阵透长安，满城尽带黄金甲。" 赸：原为跳跃，此指走开。

⑥ 排门：挨家。

⑦ 刻期宣：指皇帝限定时刻召见他。宣：皇帝召见。

⑧ 因循：照旧，这里指再找不到柳梦梅。　淹答：迟误。　杏园：皇帝为新科进士赐宴之地。

⑨ 差：糟糕之意。　差不差：糟糕不糟糕，即很糟糕。

⑩ 干鳖煞：干瘪，引伸为没兴味、没意思。

⑪ 啰唣唏：弄出麻烦。

⑫ 胡厮踁（jìng）：胡行乱走。

山[①]？中了状元一道烟。天下人古怪，不像岭南人。你瞧这驾牌上，"钦点状元岭南柳梦梅，年二十七岁，身中材，面白色。"这等明明道着，却普天下找不出这人？敢家去哩，亡化哩，睡觉哩？则淹了琼林宴席面儿。（丑）哥，人山人海，那里淘气去？俺们把一位带了儒巾吃宴去。正身出来[②]，算还他席面钱。（老）使不得，羽林卫宴老军替得，琼林宴进士替不得。他要杏苑题诗。（丑）哥，看见几个状元题诗哩。依你说叫去。（行叫介）状元柳梦梅那里？（叫三次介）（老旦）长安东西十二门，大街都无人应，小胡同叫去。（丑）这苏木胡同有个海南会馆。叫地方问去。（叫介）（内应介）老长官贵干？（老旦、丑）天大事，你在睡梦哩！听分付。

【香柳娘】　问新科状元，问新科状元。（内）何处人？（众）广南乡贯。（内）是何名姓？（众）柳梦梅面白无巴缱[③]。（内）谁寻他来？（众）是当今驾传，是当今驾传。要得柳如烟[④]，才开杏花宴。（内）俺这一带铺子都没有，则瓦市王大姐家歇着个番鬼[⑤]。（众）这等，去，去，去。（合）柳梦梅也天，柳梦梅也天。好几个盘旋，影儿不见。（下）［集句］（贴扮妓上）"残莺何事不知秋[⑥]李后主？日日悲看水独流[⑦]王昌龄。便从巴峡

① 山：粗野。

② 正身：本人。

③ 巴缱：疤痕。

④ 柳如烟：形容春天三月的柳色。殿试放榜正好在三月。柳，兼指柳梦梅。

⑤ 瓦市：宋元时代的娱乐与买卖场所，这里指妓院。

⑥ 残莺何事不知秋：李煜《秋莺》："残莺何事不知秋，横过幽林尚独游。老舌百般倾耳听，深黄一点入烟流。"

⑦ 日日悲看水独流：王昌龄《万岁楼》："江上巍巍万岁楼，不知经历几千秋。年年喜见山长在，日日悲看水独流。"

穿巫峡[①]杜甫，错把杭州作汴州[②]林升。”奴家王大姐是也。开个门户在此[③]。天，一个孤老不见，几个长官撞的来。（老旦、丑上）王大姐喜哩。柳状元在你家。（贴）什么柳状元？（众）番鬼哩。（贴）不知道。（众）地方报哩。

【前腔】 笑花牵柳眠，笑花牵柳眠。（贴）昨日有个鸡，不着裤去了。（众）原来十分形现。敢柳遮花映做葫芦缠[④]。有状元么？（贴）则有个状匾。（丑）房儿里状匾去。（进房搜介）（众诨，贴走下介）（众）找烟花状元，找烟花状元。热赶在谁边[⑤]，毛臊打教遍[⑥]。去罢。（合前）（下）

【前腔】 （净拐杖上）到长安日边[⑦]，到长安日边。果然风宪[⑧]，九街三市排场遍[⑨]。柳相公呵，他行踪杳然，他行踪杳然。有了俏家缘[⑩]，风声儿落谁店？少不的大道上行走。那柳梦梅也天！（老旦、丑上）柳梦梅也天！好几个盘旋，影儿不见。（丑作撞跌净，净叫介）跌死人，跌死人！（丑作拿净介）俺们叫柳梦梅，你也叫柳梦梅。则拿你官里去。（净叩头介）是了，梅花观的事发了。小的不知情。（众笑介）定说你知情！是他什么人？（净）听禀：老儿呵！

---

① 便从巴峡穿巫峡：杜甫《闻官军收河南河北》：“白日放歌须纵酒，青春作伴好还乡。即从巴峡穿巫峡，便下襄阳向洛阳。”

② 错把杭州作汴州：宋代林升《题临安邸》：“山外青山楼外楼，西湖歌舞几时休？暖风熏得游人醉，直把杭州作汴州。”

③ 门户：店铺，此指妓院。门户中人：指妓女。

④ 葫芦缠：胡缠。

⑤ 热赶：热赶郎，对嫖客的戏称。这里指柳梦梅。

⑥ 毛臊打：打毛臊，指考不取进士而吃酒解闷。

⑦ 日边：天子左右，指京都。

⑧ 风宪：风纪、法度，这里指京城市容整饬。

⑨ 九街三市：泛指京都的街市。

⑩ 俏家缘：漂亮的妻子。家缘原是家产。

【前腔】　替他家种园，替他家种园，远来探看。（众作忙）可寻着他哩？（净）猛红尘透不出东君面。（众）你定然知他去向。（净）长官可怜，则听是他到南安，其余不知。（众）好笑，好笑！他到这临安应试，得中状元了。（净惊喜介）他中了状元，他中了状元！踏的菜园穿①，攀花上林苑②。长官，他中了状元，怕没处寻他！（众）便是哩。（合前）（众）也罢，饶你这老儿，协同寻他去。

（老）一第由来是出身③，郑谷
（丑）五更风水失龙鳞④。张曙
（净）红尘望断长安陌⑤，韦庄
（合）只在他乡何处人⑥？杜甫

① 踏的菜园穿：指熬出头，苦日子终于到头了。据《笑林》记载，有一人常吃蔬菜，忽然吃了一次羊肉，梦见五脏神说："羊把菜园踏破了。"

② 攀花上林苑：指中状元。攀花：折桂。上林苑：御花园。汉代司马相如有《上林苑》。

③ 一第由来是出身：郑谷《卷末偶题三首》之三："一第由来是出身，垂名俱为国风陈。此生若不知骚雅，孤宦如何作近臣。"

④ 五更风水失龙鳞：张曙《下第戏状元崔昭纬》："千里江山陪骥尾，五更风水失龙鳞。昨夜浣花溪上雨，绿杨芳草为何人。"

⑤ 红尘望断长安陌：韦庄《春日》："旅梦乱随蝴蝶散，离魂渐逐杜鹃飞。红尘遮断长安陌，芳草王孙暮不归。"

⑥ 只在他乡何处人：杜甫《戏作寄上汉中王二首》之一："云里不闻双雁过，掌中贪见一珠新。秋风袅袅吹江汉，只在他乡何处人。"

第五十三出 硬 拷

【风入松慢】（生上）无端雀角土牢中[1]。是什么孔雀屏风[2]？一杯水饭东床用[3]，草床头绣褥芙蓉[4]。天呵，系颈的是定昏店，赤绳羁凤[5]；领解的是蓝桥驿[6]，配递乘龙[7]。[集唐]“梦到江南身旅羁[8]方干，包羞忍耻是男儿[9]杜牧。自家妻父犹如此[10]孙元晏，若问傍人那得知[11]崔颢！”俺柳梦梅因领杜小姐言命，去

① 雀角：语出《诗·召南·行露》：“谁谓雀无角？何以穿我屋。谁谓女无家？何以速我狱。”这里指被人诬控。

② 孔雀屏风：典出隋窦毅为女招婿之事，据《新唐书·窦后传》记载，隋朝窦毅不肯轻易将女儿许人，他在屏风上画了两只孔雀，叫求婚人射箭，李渊两箭都射中雀目，窦毅就把女儿嫁给他了。此处指许婚。

③ 东床：女婿。典出《世说新语·雅量》，东晋郗鉴叫人到王家挑女婿，看中了一个在“东床上坦腹卧”的少年，他就是王羲之，王羲之后以书法闻名天下。由此，“东床”即成为对女婿的尊称。

④ 草床头绣褥芙蓉：以一床稻草代替了新女婿床上的芙蓉绣褥。这两句是被抓入监牢的柳梦梅自嗟遭遇。

⑤ 定昏店，赤绳羁凤：典出唐传奇，据唐代李复言《续玄怪录·定昏店》记载，韦固在旅店（定昏店）遇见一个老人，这个老人主管着天下的婚姻，凡是夫妻，他就暗中用赤绳系他们的足，使他们无论身处何处都会聚在一起。 凤：柳梦梅自喻。

⑥ 蓝桥驿：指唐传奇裴航遇仙女云英之处，相传蓝桥有仙窟。 领解：押解。

⑦ 配递：这里即递解。官府将非本籍犯人押令出境，途中递相传递，轮流押送。

⑧ 梦到江南身旅羁：方干《旅次洋州寓居郝氏林亭》：“凉月照窗敧枕倦，澄泉绕石泛觞迟。青云未得平行去，梦到江南身旅羁。”

⑨ 包羞忍耻是男儿：杜牧《题乌江亭》：“胜败兵家事不期，包羞忍耻是男儿。江东子弟多才俊，卷土重来未可知。”

⑩ 自家妻父犹如此：孙元晏《晋·王郎》：“太尉门庭亦甚高，王郎名重礼相饶。自家妻父犹如此，谁更逢君得折腰。”

⑪ 若问傍人那得知：崔颢《孟门行》：“北园新栽桃李枝，根株未固何转移。成阴结实君自取，若问傍人那得知。”

淮扬谒见杜安抚。他在众官面前，怕俺寒儒薄相，故意不行识认，递解临安。想他将次下马，提审之时，见了春容，不容不认。只是眼下凄惶也。（净扮狱官，丑扮狱卒持棍上）“试唤皋陶鬼[①]，方知狱吏尊[②]。”咄！淮安府解来囚徒那里？（生见举手介）（净）见面钱？（生）少有。（丑）入监油？（生）也无。（净恼介）哎呀，一件也没有，大胆来举手。（打介）（生）不要打，尽行装检去便了。（丑检介）这个酸鬼，一条破被单，裹一轴小画儿。（看画介）（丑）是轴观音，送奶奶供养去。（生）都与你去，则留下轴画儿。（丑作抢画。生扯介）（末扮公差上）“僵杀乘龙婿，冤遭下马威。”狱官那里？（丑揖介）原来平章府只候哥[③]。（末票示介）平章府提取送解犯人一名，及随身行李赴审。（丑）人犯在此，行李一些也无。（生）都是这狱官搬去了。（末）搬了几件？拿狗官平章府去。（净、丑慌叩头介）则这轴画、被单儿。（末）这狗官！还了秀才，快起解去。（净、丑应介）（押生行介）老相公，你便行动些儿。“略知孔子三分礼，不犯萧何六尺条[④]。”（下）

【唐多令】 （外引众上）玉带蟒袍红，新参近九重。耿秋光长剑倚崆峒[⑤]。归到把平章印总，浑不是、黑头公[⑥]。［集唐］

---

① 皋陶（yáo）：虞舜的臣子，据说是法律、监狱的创立者，后来被当作狱神。

② 方知狱吏尊：语出《史记·绛侯周勃世家》：“吾尝将百万军，然安知狱吏之贵乎！”

③ 只（zhī）候：恭候。宋明时指官府衙役。

④ 萧何六尺条：泛指法律。萧何根据秦法制定九章律，是汉代最早的法律。这些条令用六尺竹简写成。

⑤ 耿秋光长剑倚崆峒：化用杜甫诗《投哥舒翰开府二十韵》：“防身一长剑，将欲倚崆峒。”指寒光闪闪的长剑斜靠在崆峒山，极言剑之长。

⑥ 黑头公：少年人做大官、居高位。见《晋书·诸葛恢传》：“恢弱冠知名，试守即丘长，转临沂令，为政和平。值天下大乱，避地江左，名亚王导、庾亮。导尝谓曰：‘明府当为黑头公。’及导拜司空，恢在坐，导指冠谓曰：‘君当复著此。’”

“秋来力尽破重围[①]罗邺。入掌银台护紫微[②]李白。回头却叹浮生事[③]李中，长向东风有是非[④]罗隐。”自家杜平章。因淮扬平寇，叨蒙圣恩，超迁相位。前日有个棍徒，假充门婿。已着递解临安府监候。今日不免取来细审一番。（净、丑押生上）（杂扮门官唱门介）临安府解犯人进。（见介）（生）岳丈大人拜揖。（外坐笑介）（生）人将礼乐为先。（众大呼喝介）（生长叹介）

【新水令】 则这怯书生剑气吐长虹，原来丞相府十分尊重，声息儿忒汹涌[⑤]。咱礼数缺通融，曲曲躬躬；他那里半抬身全不动。（外）寒酸，你是那色人数[⑥]？犯了法，在相府阶前不跪！（生）生员岭南柳梦梅，乃老大人女婿。（外）呀，我女已亡故三年。不说到纳采下茶[⑦]，便是指腹裁襟[⑧]，一些没有。何曾得有个女婿来？可笑，可恨！只候们与我拿下。（生）谁敢拿！

【步步娇】（外）我有女无郎，早把他青年送[⑨]。刬口儿轻调哄[⑩]。便做是我远房门婿呵，你岭南，吾蜀中，牛马风遥[⑪]，甚

---

① 秋来力尽破重围：罗邺《征人》：“青楼一别戍金微，力尽秋来破虏围。锦字莫辞连夜织，塞鸿长是到春归。”

② 入掌银台护紫微：李白《赠郭将军》：“将军少年出武威，入掌银台护紫微。平明拂剑朝天去，薄暮垂鞭醉酒归。”银台：指唐代的翰林、学士院。紫微：唐开元元年改中书省为紫薇省，中书令为紫薇令（宰相）。

③ 回头却叹浮生事：李中《经古观有感》：“丹井泉枯苔锁合，醮坛松折鹤来稀。回头因叹浮生事，梦里光阴疾若飞。”

④ 长向东风有是非：罗隐《广陵开元寺阁上作》：“江蹙海门帆散去，地吞淮口树相依。红楼翠幕知多少，长向东风有是非。”

⑤ 声息：声势。

⑥ 那色人数：何等样人。色：种类。

⑦ 纳采下茶：旧俗订婚，男家送聘礼给女家叫纳采、下茶。采、茶：均为聘礼。

⑧ 指腹：指婴儿还未出生，就由家长为其订婚。裁襟：幼年男女由父母代为订婚，把衣襟裁为两幅，各执一方作为将来相认的凭证。

⑨ 送：送葬、送丧。

⑩ 刬（chǎn）口儿：信口胡说。　调哄：调弄，戏弄。

⑪ 牛马风遥：风马牛，遥不可及，互不相干。

处里丝萝共[①]？敢一棍儿走秋风[②]！指说关亲[③]、骗的军民动。（生）你这样女婿，眠书雪案，立榜云霄，自家行止用不尽，定要秋风老大人？（外）还强嘴！搜他裹袱里，定有假雕书印，并赃拿贼。（丑开袱介）破布单一条，画观音一幅。（外看画惊介）呀，见赃了。这是我女孩儿春容。你可到南安，认的石道姑么？（生）认的。（外）认的个陈教授么？（生）认的。（外）天眼恢恢[④]，原来劫坟贼便是你。左右采下打。（生）谁敢打？（外）这贼快招来。（生）谁是贼？老大人拿贼见赃，不曾捉奸见床来。

【折桂令】 你道证明师一轴春容[⑤]。（外）春容分明是殉葬的。（生）可知道是苍苔石缝，迸坼了云踪[⑥]？（外）快招来。（生）我一谜的承供[⑦]，供的是开棺见喜，挡煞逢凶[⑧]。（外）圹中还有玉鱼、金碗[⑨]。（生）有金碗呵，两口儿同匙受用；玉鱼呵，和我九泉下比目和同[⑩]。（外）还有哩。（生）玉碾的玲珑，金锁的玎㺬。（外）都是那道姑。（生）则那石姑姑他识趣拿奸纵，却不似你杜爷爷逞拿贼威风。（外）他明明招了。叫令史取过一张坚厚官绵纸，写下亲供："犯人一名柳梦梅，开棺劫财者

---

① 丝萝：兔丝、女萝，均为藤蔓类攀缘植物。《古诗十九首·冉冉孤生竹》古诗有："与君为新婚，兔丝附女萝。"丝萝比喻结婚。

② 走秋风：打秋风，勒索财物。

③ 关亲：有亲戚关系。

④ 天眼恢恢：天网恢恢，形容作恶者难逃法律制裁。语出《老子》："天网恢恢，疏而不失。"恢恢：广大貌。

⑤ 证明师：证人、证据。

⑥ 迸坼（bèng chè），指假山倒塌。 云踪：雨云踪，这里指画像。

⑦ 一谜：一概。

⑧ 挡煞逢凶：挡住了恶煞，却碰到了凶神。这里指自己好不容易救活了杜丽娘，却反被杜宝当作贼。

⑨ 玉鱼、金碗：殉葬品。

⑩ 比目：比目鱼，据说比目鱼行必成双，比喻夫妇和谐恩爱。

斩。”写完，发与那死囚，于斩字下押个花字。会成一宗文卷，放在那里。（贴扮吏取供纸上）禀老爷定个斩字。（外写介）（贴叫生押花字）（生不伏介）（外）你看这吃敲才[①]！

【江儿水】 眼脑儿天生贼，心机使的凶。还不画花？（生）谁惯来。（外）你纸笔砚墨则好招详用[②]。（生）生员又不犯奸盗。（外）你奸盗诈伪机谋中。（生）因令爱之故。（外）你精奇古怪虚头弄[③]。（生）令爱现在。（外）现在么，把他玉骨抛残心痛。（生）抛在那里？（外）后苑池中，月冷断魂波动。（生）谁见来？（外）陈教授来报知。（生）生员为小姐费心，除了天知地知，陈最良那得知！

【雁儿落】 我为他礼春容、叫的凶，我为他展幽期、耽怕恐，我为他点神香、开墓封，我为他唾灵丹、活心孔，我为他偎熨的体酥融，我为他洗发的神清莹，我为他度情肠、款款通，我为他启玉肱、轻轻送，我为他软温香、把阳气攻，我为他抢性命、把阴程迸。神通，医的他女孩儿能活动。通也么通，到如今风月两无功[④]。（外）这贼都说的是甚么话？着鬼了。左右，取桃条打他，长流水喷他。（丑取桃条上）“要的门无鬼，先教园有桃[⑤]。”桃条在此。（外）高吊起打。（众吊起生，作打介）（生叫痛，转动，众诨、打鬼介，喷水介）（净扮郭驼拐杖同老旦、贴扮军校持金瓜上）“天上人间忙不忙？开科失却状元郎。”一向找寻柳梦梅，今日再寻不见，打老驼。（净）难道要老驼赔？买酒你吃，叫去罢。（叫介）状元柳梦梅那里？（外听介）（众叫下）

---

① 吃敲才：该被打死的贼骨头，骂人的话。

② 招详：招认口供。

③ 虚头弄：弄虚头，耍花样。

④ 风月两无功：风月指男女爱情，风月两无功，即指爱情落空。

⑤ 要的门无鬼，先教园有桃：旧说桃枝可以打鬼，有桃树的地方就没有鬼。另：门无鬼乃《庄子·天地》篇中人名，园有桃：《诗经·魏风》篇名。

（外问丑介）（丑）不见了新科状元，圣旨着沿街寻叫。（生）大哥，开榜哩。状元谁？（外恼介）这贼闲管，掌嘴，掌嘴。（丑掌生嘴介）（生叫冤屈介）（老旦、贴、净依前上）"但闻丞相府，不见状元郎。"咦，平章府打喧闹哩。（听介）（净）里面声息，像有俺家相公哩！（众进介）（净向前见哭介）吊起的是我家相公也！（生）列位救我。（净）谁打相公来？（生）是这平章。（净将拐杖打外介）拼老命打这平章。（外恼介）谁敢无礼？（老旦、贴）驾上的[①]，来寻状元柳梦梅。（生）大哥，柳梦梅便是小生。（净向前解生，外扯净跌介）（生）你是老驼，因何至此？（净）俺一径来寻相公，喜的中了状元。（生）真个的！快向钱塘门外报与杜小姐知道。（老旦、贴）找着了状元，俺们也报知黄门官奏去。"未去朝天子，先来激相公。"（下）（外）一路的光棍去了。正好拷问这厮，左右再与俺吊将起。（生）待俺分诉些，难道状元是假得的？（外）凡为状元者，有登科录为证。你有何据？则是吊了打便了。（生叫苦介）（净扮苗舜宾引老旦，贴扮堂候官，捧冠袍带上）"踏破草鞋无觅处，得来全不费工夫。"老公相住手，有登科录在此。

【侥侥犯】（净）则他是御笔亲标第一红，柳梦梅为梁栋。（外）敢不是他？（净）是晚生本房取中的。（生）是苗老师哩，救门生一救！（净笑介）你高吊起文章钜公，打桃枝受用。告过老公相，军校，快请状元下吊。（贴放，生叫"疼煞"介）（净）可怜，可怜！是斯文倒吃尽斯文痛，无情棒打多情种。（生）他是我丈人。（净）原来是倚太山压卵欺鸾凤[②]。（老旦）状元悬梁、刺股。（净）罢了，一领宫袍遮盖去。（外）什么宫袍，扯

---

① 驾上的：奉旨差遣之人。

② 太山：即泰山，岳父之代称。泰山压卵：指丈人欺压女婿，也比喻力量悬殊，强大的一方必然压倒弱小的一方。 鸾凤：夫妻，此处仅指柳梦梅。

了他！

【收江南】（外扯住冠服介）（生）呀，你敢抗皇宣骂敕封，早裂绽我御袍红。似人家女婿呵，拜门也似乘龙。偏我帽光光走空，你桃夭夭煞风①。（老旦替生冠服插花介）（生）老平章，好看我插宫花帽压君恩重。（外）柳梦梅怕不是他。果是他，便童生应试，也要候案②。怎生殿试了，不候榜开，来淮扬胡撞？（生）老平章是不知。为因李全兵乱，放榜稽迟。令爱闻得老平章有兵寇之事，着我一来上门，二来报他再生之喜，三来扶助你为官。好意成恶意，今日可是你女婿了？（外）谁认你女婿来！

【园林好】（净众）嗔怪你会平章的老相公，不刮目破窑中吕蒙③。忒做作、前辈们性重。（笑介）敢折倒你丈人峰？（外）悔不将劫坟贼监候奏请为是。

【沽美酒】（生笑介）你这孔夫子把公冶长陷缧绁中④。我柳盗跖打地洞向鸳鸯冢⑤。有日呵，把燮理阴阳问相公⑥，要无语

---

① 桃夭夭：语出《诗经·周南·桃夭》："桃之夭夭，灼灼其华。"煞风：煞风景。 桃夭夭煞风：这里还与前面打柳梦梅之桃条双关，指扼杀爱情。

② 候案：等候放榜。

③ 刮目：不以陈见看人。出自《三国志·吴志·吕蒙传》注引《江表传》："士别三日，即更刮目相待。"破窑：指吕蒙正事，宋朝青年吕蒙正年轻时穷困，被岳父驱逐，住在破窑里，后奋发考取状元。这里作者有意将吕蒙、吕蒙正两人的故事混在一起。

④ 公冶长陷缧绁（léi xiè）中：公冶长原是孔丘弟子，也是孔子女婿，《论语·公冶长》："子谓，公冶长可妻也。虽在缧绁之中，非其罪也。以其子妻之。"缧绁：用绳索捆缚起来。缧绁之中：指关在监狱里。孔子认为公冶长即使身陷牢狱，仍然可以作自己的女婿。这里反用其义。

⑤ 柳盗跖：跖，古代农民起义的领袖，因家在柳下屯，被称为"柳盗跖"，《庄子·盗跖》将他和柳下惠说成兄弟关系，不足为信。柳，关合柳梦梅。这里是柳梦梅自指，因杜宝认为他是盗墓贼，故而戏称盗。

⑥ 燮理阴阳：调和阴阳，治理国家，古时认为这是宰相的职责。 相公：宰相，即杜宝。这里是指责杜宝将自己投入监牢，拆散自己与杜丽娘，未尽到调和阴阳的责任，如果有人责问，他将无法回答。

对春风。则待列笙歌画堂中，抢丝鞭御街拦纵。把穷柳毅赔笑在龙宫[①]，你老夫差失敬了韩重[②]。我呵，人雄气雄，老平章深躬浅躬，请状元升东转东[③]。呀，那时节才提破了牡丹亭杜鹃残梦。老平章请了，你女婿赴宴去也。

北【尾】　你险把司天台失陷了文星空[④]，把一个有对付的玉洁冰清烈火烘[⑤]。咱想有今日呵，越显的俺玩花柳的女郎能，则要你那打桃条的相公懂。（下）（外吊场）异哉，异哉！还是贼，还是鬼？堂候官，去请那新黄门陈老爷到来商议。（丑）知道了。“谒者有如鬼[⑥]，状元还似人。”（下）（末扮陈黄门上）“官运精神老不眠，早朝三下听鸣鞭。多沾圣主随朝米，不受村童学俸钱。”自家陈最良。因奏捷，圣恩可怜，钦授黄门。此皆杜老相公抬举之恩，敬此趣谢[⑦]。（丑上见介）正来相请，少待通报。（进报见介）（外笑介）可喜，可喜！“昔为陈白屋[⑧]，今作

---

① 穷柳毅赔笑在龙宫：柳毅故事见唐传奇《柳毅传》（李朝威著）：书生柳毅替受难的龙女带了一封家信。受到了洞庭龙君的款待，后来几经波折之后，还和龙女成亲。

② 老夫差失敬了韩重：据《搜神记》记载，吴王夫差的女儿紫玉爱上了韩重，但夫差却拒绝了韩家的求婚，后紫玉抑郁而终。韩重祭奠紫玉，紫玉从坟墓中走出带他进入坟墓并赠以明珠。韩重出坟向夫差说明情况后，夫差不信，责其劫坟，后紫玉现身救下韩重。

③ 升东转东：古时主位在东，宾位在西。这里即请上坐。

④ 你险把司天台失陷了文星空：旧时认为新状元是天上文曲星下凡，此句意为你差点害死新状元，使得司天台看不见天上的文曲星。

⑤ 有对付的：有才能的。　玉洁冰清：这里是指女婿。用卫蚧与其岳父乐广之事，据《晋书·卫蚧》记载，卫蚧风神秀异，乐广也有名望，当时有人称赞他们说：“妇公冰清，女婿玉润。”　烈火烘：指前文所写那些吊打逼供的虐待。　全句意为让一个有才能的女婿受到虐待。

⑥ 谒者有如鬼：语出《战国策·楚策》：“谒者难得见如鬼。”谒者：相当于黄门官，专门传达帝王旨意。

⑦ 趣：同趋，前往。

⑧ 白屋：平民所居之屋，代指平民、老百姓。

老黄门。”（末）“新恩无报效，旧恨有还魂。”适间老先生三喜临门：一喜官居宰辅，二喜小姐活在人间，三喜女婿中了状元。（外）陈先生教的好女学生，成精作怪哩！（末）老相公葫芦提认了罢[①]。（外）先生差矣！此乃妖孽之事。为大臣的，必须奏闻灭除为是。（末）果有此意，容晚生登时奏上取旨何如？（外）正合吾意。

（外）夜读沧州怪亦听[②]，陆龟蒙
（末）可关妖气暗文星[③]。司空图
（外）谁人断得人间事[④]？白居易
（末）神镜高悬照百灵[⑤]。殷文圭

① 葫芦提：糊里糊涂，宋元口语。

② 夜读沧州怪亦听：陆龟蒙《和袭美为新罗弘惠上人撰灵鹫山周禅师碑送归诗》：“春过异国人应写，夜读沧洲怪亦听。遥想勒成新塔下，尽望空碧礼文星。”

③ 可关妖气暗文星：司空图《戊午三月晦二首》之一：“随风逐浪剧蓬萍，圆首何曾解最灵。笔砚近来多自弃，不关妖气暗文星。”

④ 谁人断得人间事：白居易《答元八郎中、杨十二博士》：“尽日观鱼临涧坐，有时随鹿上山行。谁能抛得人间事，来共腾腾过此生。”

⑤ 神镜高悬照百灵：殷文圭《省试夜投献座主》：“辟开公道选时英，神镜高悬鉴百灵。混沌分来融间气，欃枪灭处炫文星。”

第五十四出　闻　喜

【绕池游】　（贴上）露寒清怯，金井吹梧叶①，转不断辘轳情劫②。咳，俺小姐为梦见书生，感病而亡，已经三年。老爷与老夫人，时时痛他孤魂无靠。谁知小姐到活活的跟着个穷秀才，寄居钱塘江上。母子重逢。真乃天上人间，怪怪奇奇，何事不有！今日小姐分付安排绣床，温习针指。小姐早来到也。

【绕红楼】　（旦上）秋过了平分日易斜③，恨辞梁燕语周遮④。人去空江，身依客舍，无计七香车。"秋风吹冷破窗纱，夫婿扬州不到家。玉指泪弹江北草，金针闲刺岭南花。"春香，我同柳郎至此，即赴试闱。虎榜未开⑤，扬州兵乱。我星夜赍发柳郎⑥，打听爹娘消息。且喜老萱堂不意而逢⑦，则老相公未知下落。想柳郎刻下可到，料今番榜上高题。须先翦下罗衣，衬其光彩。（贴）绣床停当，请自尊裁。（旦裁衣介）裁下了，便待缝将起来。（缝介）（贴）小姐，俺淡口儿闲嗑，你和柳郎梦里、阴司里，两下光景何如？

【罗江怨】　（旦）春园梦一些，到阴司里有转折。梦中逗的影儿别，阴司较追的情儿切。（贴）还魂时像怎的？（旦）似梦重

① 金井：井栏装饰华美的井台。金在五行中又指秋天，金井、梧桐叶、白露等都是描写秋天常见之景物。

② 辘轳：井上打水用的滑车。这里形容像辘轳一样连环不断。

③ 秋过了平分：指过了秋分。日易斜：指秋分之后，白昼渐短夜渐长。

④ 周遮：啁哳，指燕子喧叫声，有啰嗦多语之意。

⑤ 虎榜：一作龙虎榜，即进士榜。龙、虎，比喻录取的进士均为俊杰、人才。

⑥ 赍（jī）发：派遣，打发。

⑦ 老萱堂：指老母亲。　萱堂：母亲所居之所，代指母亲。

醒，猛回头放教跌。（贴）阴司可也有好耍子处？（旦）一般儿轮回路，驾香车，爱河边题红叶。便则到鬼门关逐夜的望秋月。

【前腔】（贴）你风姿恁惹邪[①]，情肠害劣[②]。小姐，你香魂逗出了梦儿蝶，把亲娘肠断了影中蛇[③]。不道燕冢荒斜[④]，再立起鸳鸯舍。则问你会书斋灯怎遮？送情杯酒怎赊？取喜时，也要那破头梢一泡血。（旦）蠢丫头，幽欢之时，彼此如梦，问他则甚！呀，奶奶来的恁忙也！**【玩仙灯】**（老旦慌上）人语闹吱嗻[⑤]，听风声，似是女孩儿关节。儿，听见外厢喧嚷，新科状元是岭南柳梦梅。（旦）有这等事！

【前腔】（净忙走上）旗影儿走龙蛇[⑥]，甚宣差教来近者！（见介）奶奶、小姐，驾上人来。俺看门去也！（下）

【入赚】（外、丑扮军校持黄旗上）深巷门斜，抓不出状元门第也。这是了。（敲门介）（老旦）声息儿恁怔忡！把门儿偷瞥。（启门，校冲开介）（老旦）那衙门来的？（校）星飞不迭。你看这旗，看这旗影儿头势别。是黄门官把圣旨教传泄。（老旦叫介）儿，原来是传圣旨的。（旦上）斗胆相询，金榜何时揭？可有柳梦梅名字高头列？（校）他中了状元。（旦）真个中了状元？（校）则他中状元，急节里遭磨灭。（旦惊介）是怎生？

---

① 惹邪：魅人，形容极为美貌。

② 劣：苦。

③ 影中蛇：杯弓蛇影，比喻以假为真。这里是说杜母以为女儿真的死了，为之肠断。

④ 燕冢：这里指丽娘墓。用姚玉京之事，据《事文类聚》后集卷四十五《燕女坟》条载，南朝宋末，娼女姚玉京从良，丈夫死了不再嫁人。有一双燕子在她家里的梁间做窝。后来雄燕被鸷鸟害死，玉京用红线系在雌燕足上，雌燕便年年来与玉京做伴。玉京死后，燕子哀鸣不停。家人告诉它玉京的坟墓所在。燕子飞到玉京坟上后就死了。

⑤ 吱嗻（zhē）：形容人的嘈杂声。

⑥ 旗影儿走龙蛇：指拿着旗子的人来得飞快。

（校）往淮扬触犯了杜参爷，扭回京把他做劫坟茔的贼决。（老旦）我儿，谢天谢地，老爷平安回京了。他那知世间有此重生之事。（旦）这却怎了？（校）正高吊起猛桃条细抽掣[①]，被官里人抢去游街歇[②]。（旦）恰好哩。（校）平章他势大，动本了。说劫坟之贼，不可以作状元。（旦）状元可也辨一本儿？（校）状元也有本。那平章奏他恶茶白赖把阴人窃[③]。那状元呵，他说头带魁罡不受邪[④]。便是万岁爷听了成痴呆。（旦）后来？（校）侥幸有个陈黄门，是平章爷的故人。奏准，要平章、状元和小姐三人，驾前勘对，方取圣裁。（老旦）呀，陈黄门是谁？（校）是陈最良，他说南安教授曾官舍。因此杜平章抬举他掌朝班、通御谒。（老旦）一发诧异哩。（校）便是他着俺们来宣旨。分付你家一更梳洗，二鼓吃饭，三鼓穿衣，四更走动。到得五更三点彻，响玎珰翠佩，那是朝时节。（旦）独自个怕人。（校）怕则么！平章宰相你亲爷，状元妻妾。俺去了。（旦）再说些去。（校）明朝金阙，讨你幅撞门红去了也[⑤]。（下）（旦）娘，爹爹高升，柳郎高中。小旗儿报捷，又是平安帖。把神天叩谢，神天叩谢。

【滴溜子】 （拜介）当日的、当日的、梅根柳叶，无明路、无明路、曾把游魂再叠。果应梦、花园后折[⑥]。甫能够迸到头，抢了捷。鬼趣里因缘，人间判贴[⑦]。

【前腔】 （老旦）虽则是、虽则是、希奇事业，可甚的、可

① 抽掣：抽打。

② 游街：旧时科举考试后，新中进士要骑马游街，以示荣耀。

③ 恶茶白赖：无赖，宋元俗语。

④ 头带魁罡：古时迷信说法，状元受到魁星的护佑。罡：北斗星。魁：北斗的第一颗到第四颗星。

⑤ 撞门红：入门时赏给守门人及别的当差的人的喜钱。

⑥ 后折：后边。

⑦ 判贴：判定一个圆满结局。贴：妥帖，此处是团圆之意。

甚的、惊劳驾帖[①]？他道你、是花妖害怯，看承的柳抱怀做花下劫[②]。你那爹爹呵，没得个符儿再把花神召摄。

【尾声】 女儿，紧簪束扬尘舞蹈摇花颊[③]。（旦）叫我奏个甚么来？（老旦）有了你活人硬证无虚胁。（旦）少不的万岁君王听臣妾。（净扮郭驼上）"要问鼋鼍窟，还过乌鹊桥[④]。"两日再寻个钱塘门不着。正好撞着老军，说知夫人下处。抖擞了进去。（见介）（老旦）你是谁？（净）状元家里的老驼，特来恭喜。（旦）辛苦，你可见状元么？（净）俺往平章府抢下了状元，要夫人去见朝也。

（老旦）往事闲征梦欲分[⑤]，韩溉
（旦）今晨忽见下天门[⑥]。张籍
（净）分明为报精灵辈[⑦]，僧贯休
淡扫蛾眉朝至尊[⑧]。张祜

---

① 驾帖：圣旨。

② 柳抱怀：这里用柳下惠"坐怀不乱"比喻柳梦梅行事正派。

③ 扬尘舞蹈：臣子朝见皇帝的最高礼仪。

④ 鼋鼍（yuán tuó）窟：原指江海深处，这里指钱塘江边。乌鹊桥：牛郎织女七夕相会之鹊桥，这里指杜柳二人相会之处。 要问鼋鼍窟，还过乌鹊桥：化用杜甫诗《玉台观》："江光隐现鼋鼍窟，石势参差乌鹊桥。"

⑤ 往事闲征梦欲分：韩溉《松》：" 倚空高槛冷无尘，往事闲征梦欲分。翠色本宜霜后见，寒声偏向月中闻。"

⑥ 今晨忽见下天门：张籍《朝日敕百官樱桃》："仙果人间都未有，今朝忽见下天门。捧盘小吏初宣敕，当殿群臣共拜恩。"

⑦ 分明为报精灵辈：贯休《归东阳临岐上杜使君七首》之六："枯骨纵横遍水湄，尽收为冢碧参差。分明为报精灵辈，好送旌旗到凤池。"

⑧ 淡扫蛾眉朝至尊：张祜《集灵台二首》之二："虢国夫人承主恩，平明骑马入宫门。却嫌脂粉污颜色，淡扫蛾眉朝至尊。"

第五十五出　圆　驾

（净、丑扮将军持金瓜上）“日月光天德，山河壮帝居[①]。”万岁爷升朝，在此直殿。

北【点绛唇】（末上）宝殿云开，御炉烟霭，乾坤泰。（回身拜介）日影金阶，早唱道黄门拜。［集唐］“鸾凤旌旗拂晓陈[②]韦元旦，传闻阙下降丝纶[③]刘长卿。兴王会净妖氛气[④]杜甫，不问苍生问鬼神[⑤]李商隐。”自家大宋朝新除授一个老黄门陈最良是也。下官原是南安府饱学秀才。因柳梦梅发了杜平章小姐之墓，径往扬州报知。平章念旧，着俺说平李寇，告捷效劳，蒙圣恩钦赐黄门奏事之职。不想平章回朝，恰遇柳生投见。当时拿下，递解临安府监候。却说柳生先曾撺过卷子，中了状元。找寻之间，恰好状元吊在杜府拷问。当被驾前官校人等冲破府门，抢了状元，上马而去，到也罢了。又听的说俺那女学生杜小姐也返魂在京。平章听说女儿成了个色精，一发恼激。央俺题奏一本，为诛除妖贼事。中间劾奏柳梦梅系劫坟之贼，其妖魂托名亡女，不可不诛。杜老先生此奏，却是名正言顺。随后柳生也奏一本，

---

① 日月光天德，山河壮帝居：语出南朝陈后主诗《入隋侍宴应诏》，《南史》卷十。

② 鸾凤旌旗拂晓陈：韦元旦《奉和人日宴大明宫恩赐彩缕人胜应制》：“鸾凤旌旗拂晓陈，鱼龙角抵大明辰。青韶既肇人为日，绮胜初成日作人。”

③ 传闻阙下降丝纶：刘长卿《狱中闻收东京有赦》“传闻阙下降丝纶，为报关东灭虏尘。壮志已怜成白首，余生犹待发青春。”

④ 兴王会净妖氛气：杜甫《承闻河北诸道节度入朝欢喜口号绝句十二首》之五：“鸣玉锵金尽正臣，修文偃武不无人。兴王会净妖氛气，圣寿宜过信万春。”

⑤ 不问苍生问鬼神：李商隐《贾生》：“宣室求贤访逐臣，贾生才调更无伦。可怜夜半虚前席，不问苍生问鬼神。”

为辨明心迹事。都奉有圣旨："朕览所奏，幽隐奇特。必须返魂之女，面驾敷陈[①]，取旨定夺。"老夫又恐怕真是杜小姐返魂，私着官校传旨与他，五更朝见。正是："三生石上看来去，万岁台前辨真假。"道犹未了，平章、状元早到。

【前腔】（外、生幞头[②]、袍、笏同上介）（外）有恨妆排，无明耽带[③]，真奇怪。（生）哑谜难猜，今上亲裁划。岳丈大人拜揖。（外）谁是你岳丈！（生）平章老先生拜揖。（外）谁和你平章？（生笑介）古诗云："梅雪争春未肯降，骚人阁笔费平章[④]。"今日梦梅争辩之时，少不的要老平章阁笔。（外）你罪人咬文哩。（生）小生何罪？老平章是罪人。（外）俺有平李全大功，当得何罪？（生）朝廷不知，你那里平的个李全，则平的个"李半"。（外）怎生止平的个"李半"？（生笑介）你则哄的个杨妈妈退兵，怎哄的全！（外恼作扯生介）谁说？和你官里讲去。（末作慌出见介）午门之外，谁敢喧哗！（见介）原来是杜老先生。这是新状元。放手，放手。（外放生介）（末）状元何事激恼了老平章？（外）他骂俺罪人，俺得何罪？（生）你说无罪，便是处分令爱一事[⑤]，也有三大罪。（外）那三罪？（生）太守纵女游春，一罪。（外）是了。（生）女死不奔丧，私建庵观，二罪。（外）罢了。（生）嫌贫逐婿，刁打钦赐状元，可不三大罪？（末笑介）状

---

① 敷陈：详细叙述。朱熹《诗集传》释《诗经》六义"赋"为"敷陈其事而直言之"。

② 幞（fú）头：原为便帽，后为官员、士人所戴的帽子，即俗称"乌纱帽"。笏（hù）：大臣上朝手执的手板，可以记事。

③ 妆排：播弄。无明：无缘无故，佛家说法。无明耽带：无缘无故有此遭遇。

④ 梅雪争春未肯降，骚人阁笔费平章：语出宋卢梅坡诗《雪梅》："梅雪争春未肯降，骚人阁笔费评章。梅须逊雪三分白，雪却输梅一段香。" 平章：双关意，既指评论，又兼指官名平章，即杜宝。

⑤ 处分：处理、安排。

元以前也罪过些。看下官面分，和了罢。（生）黄门大人，与学生有何面分？（末笑介）状元不知，尊夫人请俺上学来。（生）敢是鬼请先生？（末）状元忘旧了。（生认介）老黄门可是南安陈斋长？（末）惶恐，惶恐。（生）呀，先生，俺于你分上不薄，如何妄报俺为贼？做门馆报事不真；则怕做了黄门，也奏事不以实。（末笑）今日奏事实了。远望尊夫人将到，二公先行叩头礼，（内唱礼介）奏事官齐班。（外、生同进叩头介）（外）臣杜宝见。（生）臣柳梦梅见。（末）平身。（外、生立左右介）（旦上）"丽娘本是泉下女，重瞻天日向丹墀[①]。"

黄钟北【醉花阴】 平铺着金殿琉璃翠鸳瓦，响鸣梢半天儿刮刺[②]。（净、丑喝介）甚的妇人冲上御阶？拿了！（旦惊介）似这般狰狞汉，叫喳喳。在阎浮殿见了些青面獠牙，也不似今番怕。（末）前面来的是女学生杜小姐么？（旦）来的黄门官像陈教授，叫他一声："陈师父，陈师父！"（末应介）是也。（旦）陈师父喜哩！（末）学生，你做鬼，怕不惊驾？（旦）噤声。再休提探花鬼乔作衙[③]，则说状元妻来面驾。（净、丑下）（内）奏事人扬尘舞蹈。（旦作舞蹈、呼"万岁，万岁"介）（内）平身。（旦起）（内）听旨：杜丽娘是真是假，就着伊父杜宝，状元柳梦梅，出班识认。（生觑旦作悲介）俺的丽娘妻也。（外觑旦，作恼介）鬼乜些真个一模二样[④]，大胆，大胆！（作回身跪奏介）臣杜宝谨奏：臣女亡已三年，此女酷似，此必花妖狐媚，假托而成。俺王听启：

① 丹墀（chí）：原指宫殿的台阶或地面，为赤色，此处指宫殿。

② 鸣梢：鸣鞭，古代皇帝坐朝的仪仗之一，因其目的是使现场肃静，故又称"静鞭"。 刮刺：形容鸣梢发出的声响。

③ 探花鬼：与下句状元妻相对，为因赏花而死之人，指杜丽娘。 乔作衙：原指冒充长官坐堂，此仅取乔字，指假装活人。

④ 鬼乜些：鬼。乜些：语尾助词，无意。

南【画眉序】　臣女没年多[1]，道理阴阳岂重活？愿吾皇向金阶一打，立见妖魔。（生作泣）好狠心的父亲！（跪奏介）他做五雷般严父的规模，则待要一下里把声名煞抹[2]。（起介）（合）便阎罗包老难弹破，除取旨前来撒和[3]。（内）听旨：朕闻人行有影，鬼形怕镜。定时台上有秦朝照胆镜[4]。黄门官，可同杜丽娘照镜。看花阴之下，有无踪影回奏。（末应，同旦对镜介）女学生是人是鬼？

北【喜迁莺】　（旦）人和鬼教怎生酬答？形和影现托着面菱花。（末）镜无改面，委系人身。再向花街取影而奏。（行看影介）（旦）波查[5]。花阴这答，一般儿莲步回鸾印浅沙。（末奏）杜丽娘有踪有影，的系人身。（内）听旨：丽娘既系人身，可将前亡后化事情奏上。（旦）万岁！臣妾二八年华，自画春容一幅。曾于柳外梅边，梦见这生。妾因感病而亡。葬于后园梅树之下。后来果有这生，姓柳名梦梅，拾取春容，朝夕挂念。臣妾因此出现成亲。（悲介）哎哟，凄惶煞！这底是前亡后化[6]，抵多少阴错阳差。（内）听旨：柳状元质证，丽娘所言真假？因何预名梦梅？（生打躬呼“万岁”介）

南【画眉序】　臣南海乏丝萝[7]，梦向娇姿折梅萼。果登程取试，养病南柯[8]。因借居南安府红梅院中，游其后苑，拾得丽

① 没（mò）：殁，死亡。　年多：多年。

② 煞抹：抹煞，与上句“年多”一样为协韵而改。

③ 撒和：调停。

④ 照胆镜：据《西京杂记》记载，传说秦始皇有一面宝镜，可照见人肠胃五脏。女子有邪心，则胆张心动。秦始皇常用它照宫人，如有胆张心动者，就将其杀掉。

⑤ 波查：波折、磨难，宋元口语。

⑥ 这底是：这的是，这确是。

⑦ 南海乏丝萝：南海少有丝萝，意指本没有瓜葛。

⑧ 南柯：此用“南柯一梦”之故事，泛指一场梦，同时也暗指南安。

娘春容。因而感此真魂，成其人道。（外跪介）此人欺诳陛下，兼且点污臣之女也。论臣女呵，便死葬向水口廉贞，肯和生人做山头撮合①！（合）便阎罗包老难弹破，除取旨前来撒和。（内）听旨：朕闻有云："不待父母之命，媒妁之言，则国人父母皆贱之。"杜丽娘自媒自婚，有何主见？（旦泣介）万岁！臣妾受了柳梦梅再活之恩。

北【出队子】 真乃是无媒而嫁。（外）谁保亲？（旦）保亲的是母丧门②。（外）送亲的？（旦）送亲的是女夜叉。（外）这等胡为！（生）这是阴阳配合正理。（外）正理，正理！花你那蛮儿一点红嘴哩③！（生）老平章，你骂俺岭南人吃槟榔，其实柳梦梅唇红齿白。（旦）噤声。眼前活立着个女孩儿，亲爷不认。到做鬼三年，有个柳梦梅认亲。则你这辣生生回阳附子较争些④，为甚么翠呆呆下气的槟榔俊煞了他？爹爹，你不认呵，有娘在。（指鬼门）现放着实丕丕贝母开谈亲阿妈⑤。（老旦上）多早晚女儿还在面驾⑥。老身踹入正阳门叫冤去也⑦。（进见跪伏介）万岁爷，杜平章妻一品夫人甄氏见驾。（外、末惊介）那里来的？真个是俺夫人哩。（外跪介）臣杜宝启，臣妻已死扬州乱贼之手，臣已奏请恩旨褒封。此必妖鬼捏作母子一路，白日欺天。（起介）

---

① 肯：怎肯。 山头撮合：小说戏曲常称媒人为撮合山，此指结合。"山头"又可指坟场。

② 丧门：旧指主死丧的凶神。

③ 花你那蛮儿一点红嘴哩：这是杜宝骂柳梦梅的话。因柳为闽越人，常食槟榔，食多会使牙齿变色、嘴唇变红。全句意谓你满口假话。

④ 辣生生回阳附子较争些：以下几句均是借中药名来表达双关义。附子是中药名，性大热，故曰辣生生。此句表明自己是回阳的亲生女儿。 生生、呆呆、丕丕，均为衬词，无实义，但有强调的表达效果。

⑤ 实丕丕：实实在在。

⑥ 多早晚：这时候，指时间很晚了。

⑦ 正阳门：宋代汴京宫城门名，即宫门。

（生）这个婆婆，是不曾认的他。（内）听旨：甄氏既死于贼手，何得临安母子同居？（老旦）万岁！（起介）

南【滴溜子】（老旦）扬州路、扬州路、遭兵劫夺，只得向、只得向、长安住托。不想到钱塘夜过，黑撞着丽娘儿魂似脱。少不的子母肝肠，死同生活。（内）听甄氏所奏，其女重生无疑。则他阴司三载，多有因果之事。假如前辈做君王臣宰不臻的，可有的发付他？从直奏来。（旦）这话不题罢了，提起都有。（末）女学生，“子不语怪[①]”。比如阳世府部州县，尚然磨刷卷宗[②]，他那里有甚会案处！

北【刮地风】（旦）呀，那阴司一桩桩文簿查，使不着你猾律拿喳[③]。是君王有半副迎魂驾，臣和宰玉锁金枷。（末）女学生，没对证。似这般说，秦桧老太师在阴司里可受用？（旦）也知道些。说他的受用呵，那秦太师他一进门，忒楞楞的黑心锤敢捣了千下，淅另另的紫筋肝剐作三花[④]。（众惊介）为甚剐作三花？（旦）道他一花儿为大宋，一花为金朝，一花儿为长舌妻[⑤]。（末）这等长舌夫人有何受用？（旦）若说秦夫人的受用，一到了阴司，捋去了凤冠霞帔，赤体精光。跳出个牛头夜叉，只一对七八寸长指彄儿[⑥]，轻轻的把那撇道儿搯[⑦]，长舌揸[⑧]。（末）为甚？

---

① 子不语怪：语出《论语-述而》：“子（孔丘）不语怪、力、乱、神。”

② 磨刷卷宗：元代由各道肃政廉访使检查各衙门讼案的处理，避免造成冤屈，叫刷卷。下文所说的会案意同“刷卷”。 磨：意即审问研究。

③ 猾律拿喳：寻事生非、言语挑拨，也写作“斡剌挑茶”。

④ 三花：三片，三瓣。

⑤ 长舌妻：指秦桧妻王氏，因其播弄是非，设计陷害岳飞，故称“长舌”。

⑥ 指彄（kōu）：指尖。彄：弓弩两端系弦的地方。

⑦ 撇道儿：脚。汤显祖用在这里指嗓子，但王骥德《曲律》卷三《论讹字》认为汤理解错误。 搯（qiā）：扼住，用力掐住。

⑧ 揸（zhā）：抓，掐。

（旦）听的是东窗事发[①]。（外）鬼话也。且问你，鬼也邪，人间私奔，自有条法。阴司可有？（旦）有的是。柳梦梅七十条，爹爹发落过了，女儿阴司收赎。桃条打，罪名加，做尊官勾管了帘下[②]。则道是没真场风流罪过些[③]。有甚么饶不过这娇滴滴的女孩家。（内）听旨：朕细听杜丽娘所奏，重生无疑。就着黄门官押送午门外，父子夫妻相认，归第成亲。（众呼"万岁"行介）（老旦）恭喜相公高转了。（外）怎想夫人无恙！（旦哭介）我的爹呵！（外不理介）青天白日，小鬼头远些，远些！陈先生，如今连柳梦梅俺也疑将起来，则怕也是个鬼。（末笑介）是踢斗鬼[④]。（老旦喜介）今日见了状元女婿，女儿再生，二十分喜也。状元，先认了你丈母罢。（生揖介）丈母光临，做女婿的有失迎待，罪之重也。（旦）官人恭喜，贺喜。（生）谁报你来？（旦）到得陈师父传旨来。（生）受你老子的气也。（末）状元，认了丈人翁罢。（生）则认的十地阎君为岳丈。（末）状元，听俺分劝一言。

南【滴滴金】　你夫妻赶着了轮回磨[⑤]，便君王使的个随风柁[⑥]，那平章怕不做赔钱货。到不如娘共女，翁和婿，明交割[⑦]。（生）老黄门，俺是个贼犯。（末笑介）你得便宜人，偏会撒科[⑧]。则道你偷天把桂影那，不争多先偷了地窟里花枝朵[⑨]。（旦

① 东窗事发：据《通俗编》卷三十七载，据传秦桧夫妇在东窗下设计陷害岳飞，秦桧死后，其鬼魂让方士告诉妻子王氏："东窗事发矣。"

② 帘下：帘下之人，即手下、左右。　勾管了帘下：意谓受了公差的凌辱。

③ 没真场：没有事实行迹。

④ 踢斗鬼：指文曲星。

⑤ 轮回磨：指杜丽娘死后还魂。

⑥ 随风柁（duò）：随风转柁（舵），依顺、顺势之意。

⑦ 交割：本指做买卖钱货两讫，这里指把事情弄明白。

⑧ 撒科：撒赖。

⑨ 不争多；意为想不到、没料到。

叹介）陈师父，你不教俺后花园游去，怎看上这攀桂客来？（外）鬼也邪，怕没门当户对，看上柳梦梅什么来！

北【四门子】（旦笑介）是看上他戴乌纱象简朝衣挂，笑、笑、笑，笑的来眼媚花。爹娘，人间白日里高结彩楼，招不出个官婿。你女儿睡梦里、鬼窟里选着个状元郎，还说门当户对！则你个杜杜陵惯把女孩儿吓[①]，那柳柳州他可也门户风华。爹爹，认了女孩儿罢。（外）离异了柳梦梅，回去认你。（旦）叫俺回杜家，赸了柳衙[②]。便作你杜鹃花，也叫不转子规红泪洒。（哭介）哎哟，见了俺前生的爹，即世嬷[③]，颠不剌俏魂灵立化[④]。（旦作闷倒介）（外惊介）俺的丽娘儿！（末作望介）怎那老道姑来也？连春香也活在？好笑，好笑！我在贼营里瞧甚来？

南【鲍老催】（净扮石姑同贴上）官前定夺，官前定夺。（打望介）原来一众官员在此。怎的起状元、小姐嘴骨都站一边[⑤]？（净）眼见他乔公案断的错，听了那乔教学的嘴儿嗑[⑥]。（末）春香贤弟也来了。这姑姑是贼。（净）啐，陈教化，谁是贼？你报老夫人死哩，春香死哩！做的个纸棺材，舌锹拨。（向生介）柳相公喜也。（生）姑姑喜也。这丫头那里见俺来？（贴）你和小姐牡丹亭做梦时有俺在。（生）好活人活证。（净、贴）鬼团圆不想到真和合，鬼揶揄不想做人生活。老相公，你便是鬼三台[⑦]，费评跋。（净、贴并下）（末）朝门之下，人钦鬼伏之所，谁敢不从！少不得小姐劝状元认了平章，成其大事。（旦作笑劝

① 杜陵：指杜甫，杜甫曾居长安杜陵，自称杜陵布衣。杜杜陵指杜宝。
② 赸（shàn）：离开。
③ 即世嬷（mó）：今世的妈。
④ 颠不剌：颠，癫狂。不剌：语尾，无意。
⑤ 嘴骨都：指撅着嘴。
⑥ 乔教学：指陈最良。 乔：骂人的话，元时常用。 嗑：多嘴，说闲话。
⑦ 三台：三公，大官。 鬼三台：阴间的大官，意指阎罗王。

生介）柳郎，拜了丈人罢！（生不伏介）

北【水仙子】（旦）呀呀呀，你好差。（扯生手、按生肩介）好好好，点着你玉带腰身把玉手叉。（生）几百个桃条！（旦）拜、拜、拜，拜荆条曾下马[①]。（扯外介）（旦）扯、扯、扯，做泰山倒了架。（指生介）他、他、他，点黄钱聘了咱[②]。俺、俺、俺，逗寒食吃了他茶[③]。（指末介）你、你、你，待求官、报信则把口皮喳。（指生介）是是是，是他开棺见椁湔除罢[④]。（指外介）爹爹爹，你可也骂够了咱这鬼乜邪。（丑扮韩子才冠带捧诏上）圣旨已到，跪听宣读。"据奏奇异，敕赐团圆。平章杜宝，进阶一品。妻甄氏，封淮阴郡夫人。状元柳梦梅，除授翰林院学士。妻杜丽娘，封阳和县君。就着鸿胪官韩子才送归宅院[⑤]。"叩头谢恩。（丑见介）状元恭喜了。（生）呀，是韩子才兄。何以得此？（丑）自别了尊兄，蒙本府起送先儒之后，到京考中鸿胪之职，故此得会。（生）一发奇异了。（末）原来韩老先也是旧朋友。（行介）

南【双声子】（众）姻缘诧，姻缘诧，阴人梦黄泉下。福分大，福分大，周堂内是这朝门下[⑥]。齐见驾，齐见驾，真喜洽，真喜洽。领阳间诰敕，去阴司销假。

北【尾】（生）从今后把牡丹亭梦影双描画。（旦）亏杀你南枝挨暖俺北枝花。则普天下做鬼的有情谁似咱！

① 拜荆条：典出《吕氏春秋·贵直》，据载，荆文公无道，大臣葆申认为他应受鞭刑，但因其是臣子，便跪在地上，用荆条象征性地在荆文公背上打了两下，以用惩罚。"文王下马拜荆条"后成为戏曲中熟语。

② 黄纸：纸钱。

③ 吃了他茶：指两人有了婚约。旧时婚俗，吃茶即为接受对方的婚约。

④ 湔除（jiān）：用水冲刷污垢。

⑤ 鸿胪官：皇帝的司仪官。

⑥ 周堂：阴阳家术语，指嫁娶的吉日。全句意为奉旨成亲。

杜陵寒食草青青[①]，韦应物
羯鼓声高众乐停[②]。李商隐
更恨香魂不相遇[③]，郑琼罗
春肠遥断牡丹亭[④]。白居易
千愁万恨过花时[⑤]，僧无则
人去人来酒一卮[⑥]。元稹
唱尽新词欢不见[⑦]，刘禹锡
数声啼鸟上花枝[⑧]。韦庄

---

① 杜陵寒食草青青：韦应物《寒食寄京师诸弟》："雨中禁火空斋冷，江上流莺独坐听。把酒看花想诸弟，杜陵寒食草青青。"

② 羯鼓声高众乐停：李商隐《龙池》："龙池赐酒敞云屏，羯鼓声高众乐停。夜半宴归宫漏永，薛王沉醉寿王醒。"

③ 更恨香魂不相遇：郑琼罗《叙幽冤》："痛填心兮不能语，寸断肠兮诉何处。春生万物妾不生，更恨香魂不相遇。"

④ 春肠遥断牡丹亭：白居易《见元九悼亡诗因以此寄》："夜泪暗销明月幌，春肠遥断牡丹庭。人间此病治无药，唯有楞伽四卷经。"

⑤ 千愁万恨过花时：僧无则《百舌鸟二首》之一："千愁万恨过花时，似向春风怨别离。若使众禽俱解语，一生怀抱有谁知。"

⑥ 人去人来酒一卮：元稹《病醉》："醉伴见侬因病酒，道侬无酒不相窥。那知下药还沾底，人去人来剩一卮。"

⑦ 唱尽新词欢不见：刘禹锡《踏歌行四首》之一："春江月出大堤平，堤上女郎连袂行。唱尽新词欢不见，红霞映树鹧鸪鸣。"

⑧ 数声啼鸟上花枝：韦庄《晏起》："尔来中酒起常迟，卧看南山改旧诗。开户日高春寂寂，数声啼鸟上花枝。"

附录一　关于版本的说明

本书以明代怀德堂出版的《重镌绣像牡丹亭还魂记》为底本。它是歙县朱元镇（玉亭）的校本。《歙县志》上不载他的姓名，可能他就是一个书商。原书插图的作者端甫、吉甫、鸣岐、一凤、出黄等，大都是新安虬村黄氏。他们是万历年间的著名刻工。现存的明万历刻本《青楼韵语》里的插图有端甫的作品，顾曲斋刻本《古杂剧》的插图有鸣岐、端甫、吉甫的作品。流传下来的《牡丹亭》的刻本很多，怀德堂本是较早的一个刻本。校勘证明，它是现有的最可靠、最接近原本的一个版本。它和别的版本的差异处，大都它是正确的。别的版本都不免有删改，我们在校勘中却没有发现它有任何删改的痕迹。它一向就是影响最大的一个版本。通行的光绪同文书局的印本就以它作底本。甚至每页的行数、每页的字数都一样。它的插图为暖红室覆刻清晖阁刊本和同文书局印本所沿用。不同的只有一点，这两个本子的插图没有印上刻工的名字。

本书曾以下列六种版本作了校订：

(一) 古本戏曲丛刊初集影印明朱墨刊本。

据插图题字“庚申中秋写”，当为明光宗泰昌元年（一六二〇年）刻本。茅暎（远士）评点。评点者虽然反对臧懋循对《牡丹亭》的删改，但是事实上本书修改处也多。不过，不像臧懋循那样大刀阔斧而已。它没有较大的删削。

(二) 毛晋编六十种曲本，明末汲古阁刊行。

毛晋江苏常熟人。生于一五九八年，卒于一六五九年。本书有大的删改。

（三）格正还魂记词调。

金阊逸士钮少雅勘正定本，康熙三十三年（一六九四年）由循斋胡介祉重刊。据通行刻本。本书不载介、白。

（四）吴吴山三妇评本。

康熙三十三年刊。据通行刻本。吴吴山，名仪一，字舒凫。《长生殿》作者洪昇的友人。三妇指他的未婚妻陈氏，妻谈氏，续娶妻钱宜。本书没有大的删削，但有个别的修改。

（五）暖红室覆刻冰丝馆重刻还魂记。清代翻刻本。

冰丝馆又据清晖阁本覆刻。

有清晖阁谑庵居士作于明熹宗天启三年（一六二三年）的叙。清晖阁主人、谑庵居士都是王思任的别号。王思任，浙江山阴人。万历二十三年（一五九五年）进士。明亡，弃家入秦望山卒。年七十二。

本书除避清代忌讳的一些地方外，无较大的删改。

（六）光绪十二年（一八八五年）同文书局印本。

本书可以看作是明怀德堂本的覆刻本。只有个别的文字上的改动。

我们知道本书至少还有下列几种版本：沈璟改本（据王骥德《曲律》）、臧懋循改本（以上两种被重刻清晖阁批点牡丹亭凡例斥为"临川之仇"）。硕园（徐日炅）改本四十三韵，见六十种曲刻本。墨憨斋冯梦龙改本（易名为《风流梦》）、柳浪馆本（重刻清晖阁批点牡丹亭凡例斥它"疏于校雠""临川之仇"）——以上为明代刊本。清代有叶堂全谱本、删去第十五、四十七两出的乾隆四十六年进呈订本。这些都没有校勘的必要。

补记：此文写成后，得读郑振铎先生《劫中得书记》。其中有一段说到怀德堂本的来源，兹引录如下，以供参考。

余旧有万历间石林居士本牡丹亭还魂记二册，为独得其真，甚珍际之。此本版片，至明清间似犹在人间。歙县朱元镇尝得版，重加刷印。朱印本虽较模糊，然流传颇广；惟去石林居士序，并于题下多“歙县玉亭朱元镇校”数字为异耳。按，此书现存台湾。

附录二　杜丽娘慕色还魂话本

闲向书斋览古今，罕闻杜女再还魂。

聊将昔日风流事，编作新文厉后人。

话说南宋光宗朝间，有个官升授广东南雄府尹。姓杜，名宝，字光辉，进士出身。祖贯山西太原府人。年五十岁。夫人甄氏，年四十二岁。生一男一女。其女年一十六岁，小字丽娘。男年一十二岁，名唤兴文。姊弟二人，俱生得美貌清秀。杜府尹到任半载，请个教读于府中，书院内教姊弟二人，读书学礼。不过半年，这小姐聪明伶俐，无书不览，无史不通。琴棋书画，嘲风咏月，女工针指，摩（靡）不精晓。府中人皆称为女秀才。

忽一日，正值季春三月中，景色融和，乍雨乍晴天气，不寒不冷时光。这小姐带一侍婢，名唤春香，年十岁，同往本府后花园中游赏。信步行至花园内，但见：

假山真水，翠竹奇花。普环碧沼，傍裁（栽）杨柳绿依依；森耸青峰，侧畔桃花红灼灼。双双粉蝶穿花，对对蜻蜓点水。梁间紫燕呢喃，柳上黄莺睍睆。纵目台亭池馆，几多瑞草奇葩。端的有四时不谢之花，果然是八节长春之景。

这小姐观之不足，触景伤情，心中不乐，急回香阁中。独坐无聊，感春暮景，俛首沉吟而叹曰："春色恼人信有之乎？常观诗词乐府，古之女子因春感情，遇秋成恨，诚不谬矣。吾今年已二八，未逢折桂之夫。感慕景情，怎得蟾宫之客？昔日郭华偶逢月英，张生得遇崔氏，曾有《钟情丽集》《娇红记》二书。此佳人才子，前以密约偷期，似皆一成秦晋。嗟呼（乎），吾生于宦族，长在名门，年已及笄，不得蚤成佳配，诚为虚度青春。光阴如过隙耳。”叹息久之，曰：“可惜妾身颜色如花，岂料命如一叶耶!”，遂凭几昼眠。

才方合眼，忽见一书生，年方弱冠，丰姿俊秀，于园内折杨柳一枝，笑谓小姐曰：“姐姐既能通书史，可作诗以赏之乎?”小姐欲答，又惊又喜，不敢轻言。心中自忖，素昧平生，不知姓名，何敢辄入于此？正如此思间，只见那书生向前将小姐搂抱去牡丹亭畔，芍药栏边，共成云雨之欢娱，两情和合。忽值母亲至房中唤醒，一身冷汗，乃是南柯一梦。

忙起身参母礼毕，夫人问曰:“我儿何不做些针指，或观玩书史消遣亦可。因何昼寝于此?”小姐答曰：“儿适花园中闲玩，忽值春暄恼人，故此回房。无可消遣，不觉困倦少息，有失迎接，望母亲恕儿之罪。”夫人曰：“孩儿，这后花园中冷静，少去闲行。”小姐曰:“领母亲严命。”道罢，夫人与小姐同回至中堂。饭罢，这小姐口中虽如此答应，心内思想梦中之事，[未] 尝放怀。行坐不宁，自觉如有所失。饮食少思，泪眼汪汪，至晚不食而睡。次早饭罢，独坐后花园中，闲看梦中所遇书生之处，冷静寂寥，杳无人迹。忽见一株大梅树，梅子磊磊可爱。其树矮如伞盖。小姐走至树下，甚喜而言曰:“我若死后得葬于此幸矣。”道罢回房，与小婢春香曰：“我死当葬于梅树下。记之，记之。”

次早小姐临镜梳妆，自觉容颜清减，命春香取文房四宝，至镜台边自尽（画）一小影。红裙绿袄，环佩玎珰，翠翘金凤，宛然如活。以镜对容，相像无一（二)，心甚喜之。命弟将出衙去表背店中，表成一幅小小行乐图。将来挂在香房内，日夕观之。一日偶成诗一绝，自题于图上：

近睹分明似俨然，远观自在若飞仙。

他年得傍蟾宫客，不在梅边作（在）柳边。

诗罢，思慕梦中相遇书生，曾折柳一枝，莫非所适之夫姓柳乎？故有此警报耳。自此丽娘慕色之甚。静坐香房，转添凄惨。心头发热，不疼不痛，春情难过。朝暮思之，执迷一性，恹恹成病。时二十一岁矣。

父母见女患病，求医罔效，问佛无灵，自春害至秋。所嫌者金风送暑，玉露生凉，秋雨潇潇，生寒彻骨，转加沉重。小姐自料不久，令春香请母至床前，含泪痛泣曰："不孝逆女不能奉父母养育之恩，今忽夭亡，为天之数也。如我死后，望母亲埋葬于后园梅树之下，平生愿足矣。"嘱罢哽咽而卒。时八月十五也。

母大痛，命具棺椁衣衾收殓毕。乃与杜府尹曰："女孩儿命终时，吩咐要葬于后园梅树之下，不可逆其所愿。"这杜府尹依夫人言，遂令葬之。其母哀痛，朝夕思之。光阴迅速，不觉三年任满，使官（馆）新府尹已到。杜府尹收拾行装，与夫人并衙内杜文兴（兴文）一同下船回京，听其别选。不在话下。

且说新府尹，姓柳，名思恩，乃四川成都府人，年四十，夫人何氏，年三十六岁。夫妻恩爱，止生一子，年一十八岁，唤做柳梦梅。因母梦见食梅而有孕，故此为名。其子学问渊源，琴棋书画，下笔成文，随父来南雄府。上任之后，词清讼简。

这柳衙内因收拾后房，于草茅杂纸之中，获得一幅小画。展开看时，却是一幅美人图，画得十分容貌，宛如妲娥。柳衙内大喜，将去挂在书院之中，早晚看之不已。忽（一）日偶读上面四句诗，详其备细，此是人家女子行乐图也。何言"不在梅边在柳边"？此乃奇哉怪事也。拈起笔来。亦题一绝以和其韵，诗曰：

貌若嫦娥出自然，不是天仙是地仙。

若得降临同一宿，海誓山盟在枕边。

诗罢，叹赏久之，却好天晚。这柳衙内因想画上女子，心中不乐。正是不见此情情不动，自思何时得此女会合？恰似望梅止渴，画饼充饥。懒观经史，明烛和衣而卧。番来覆去，永睡不着，细听谯楼已打三更，自觉房中寒风习习，香气袭人。衙内披衣而起，忽闻门外有人扣门。衙内问之而不答。少顷又扣。如此者三次。衙内开了书院门，灯下看时，见一女子，生得云鬓轻梳蝉翼，柳眉颦蹙春山。其女趋入书院，衙内急掩其门。这女子检（敛）衽向前，深深道个万福。衙内惊喜相半，答礼曰："妆前谁氏？原来夤夜至此。"那女子起（启）一点珠（朱）唇，露两行碎玉，答曰："妾乃府西邻家女也。因慕衙内之丰来（采），故奔至此，愿与衙内成秦晋之欢，未知肯容纳否？"这衙内笑而言曰："美人见爱，小生喜出妄（望）外，何敢却耶？"遂与女子解衣灭烛归于帐内，效夫妇之礼，尽鱼水之欢。少顷云收雨散，女子笑谓柳生曰："妾有一言相恳，望郎勿责。"柳生笑而答曰："贤卿有话，但说无访（妨）。"女子含哄（笑）曰："妾千金之躯，一旦付与郎矣，勿负奴心，每夜［得］共枕席，平生之愿足矣。"柳生笑而答曰："贤卿有心恋于小生，小生岂敢忘于贤卿乎！但不知姐姐姓甚何名？"女答曰："妾乃府西邻家女也。"言未绝，鸡鸣五更，曙色将分。女子整衣趋出院门。柳生急起送之，不知所往。至次夜又至。柳生再三询问姓名。女子以前意答应，如此十余夜。

一夜，柳生与女子共枕而问曰："贤卿不以实告于我，我不与汝和谐，自于父母，取责汝家。汝可实言姓氏，待小生禀于父母，使媒约（妁）聘汝为妻，已（以）成百年夫妇，岂不美哉。"女子笑而不言。被柳生再三促迫不过，只得含泪而言曰："衙内勿惊。妾乃前任杜知府之女杜丽娘也。年十八岁，未曾适人。因慕情色，怀恨而逝。妾在日常所爱者，后园梅树。临终遗嘱于母，令葬妾于树下。今已一年，一灵不散，死（尸）首不坏。因与郎有宿世姻缘未绝，郎得妾之小影，故不避嫌疑以遂枕席之欢。蒙君见怜，君若不弃幻体，可将妾之衷情告禀二位椿萱，来日可到后园梅树下发棺视之。妾必还魂，与郎共为百年夫妇矣。”这衙内听罢，毛发悚然，失惊而问曰：“果是如此，来日发棺视之。”道罢已是五更。女子整衣而起，再三叮咛：“可急视之，请勿自误。如若不然，妾事已露，不复再至矣。望郎留心，勿使可惜矣。妾不得复生，必痛恨于九泉之下也。”言讫化清风而不见。

柳生至次日饭后，入中堂禀于母。母不信有此事，乃请柳府尹说知。府尹曰：“要知明白，但问府中旧吏门子人等，必知详细。”当时柳府尹交（叫）唤旧吏人等问之。果有杜知府之女杜丽娘葬于后园梅树之下，今已一年矣。柳知府听罢惊异，急唤人夫，同去后园梅树下掘开，果见棺木，揭开盖棺板，众人视之，面颜俨然如活一般。柳知府教人烧汤，移尸于密室之中。即令养娘侍婢脱去衣服，用香汤沐浴洗之。霎时之间身体微动，凤眼微开，渐渐苏醒。这柳夫人交（叫）取新衣服穿了。

这女子三魂再至，七魄重生，立身起来。柳相公与夫人并衙内看时，但见身材柔软，有如芍药倚栏干，翠黛低垂，好似桃花含宿雨，［好］似浴罢的西施，［宛］如沉醉的杨妃。这衙内看罢不胜之喜，叫养娘扶女子坐下。良久，取安魂汤、定魄散吃下。少顷便能言语。起身对柳衙内曰：“请爹妈二位出来拜见。”柳相公、夫人皆曰：“小姐保养，未可劳动。”即换（唤）侍女扶小姐去卧房中睡。少时夫人吩咐安排酒席，于后堂庆喜。当晚筵席已完，教侍女请出小姐赴宴。当日杜小姐喜得再生人世，重整衣妆，出拜于堂下。柳相公与杜小姐曰："不想我愚男与小姐有宿世缘分。今得还魂，真乃是天赐也。明日可差人往山西太原府去，寻问杜府尹家，投下报喜。"夫人对相公曰："今小姐天赐还魂，可择日与孩儿成亲。"相公允之。至次日，差人持书报喜。不在话下。

过了旬日，择得十月十五日吉旦，正是："屏开金孔雀，褥稳绣芙蓉"。大排筵宴，杜小姐与柳衙内合卺交杯，坐床撒帐，一切完备。至晚席散，杜小姐与衙内同归罗帐，并枕同衾，受尽人间之乐。

话分两头。且说杜府尹，回至［临］安府，寻公馆安下。至次日，早朝见光宗皇帝，喜动天颜，御笔除授江西省参知政事。带夫人并衙内上任已经两载。忽一日，有一人持书至杜相公案下。相公问："何处来的?"答曰："小人是广东南雄府柳府尹差来。"怀中取书呈上。杜相公展开书看。书上说小姐还魂与柳衙内成亲一事，今特驰书报喜。这杜相公看罢大喜，赏了来人酒饭："待我修书回覆柳亲家。"这杜相公将书入后堂，与夫人说南雄府柳府尹送书来说丽娘小姐还魂，与柳知府男成亲事。夫人听之大喜曰："且喜昨夜灯花结蕊，今霄（宵）灵鹊声频。"相公曰："我今修书回覆，交（教）伊朝觐，在临安府相会。"写了回书，付与来人，赏银五两。来人叩谢去了。不在话下。

却说柳衙内闻知春榜动，选场开，遂拜别父母妻子，将带仆人盘缠，前往临安府会试应举。在路不则一日，已到临安府，投店安下，径入试院。三场已毕，喜中第一甲进士，除授临安府推官。柳生驰书遣仆报知父母妻子。这杜小姐已知丈夫得中，任临安府推官，心中大喜。至年终这柳府尹任满，带夫人并杜小姐回临安府推官衙内投下。这柳推官拜见父母妻子，心中大喜，排筵庆贺，以待杜参政回朝相会。住不两月，却好杜参政带夫人并子回至临安府馆驿安下。这柳推官迎接杜参政并夫人至府中，与妻子杜丽娘相见，喜不尽言，不在话下。这柳梦梅转升临安府尹。这杜丽娘生二子，俱为显官。夫荣妻贵，享天年而终。

嘉靖二十年（一五四一）进士晁瑮《宝文堂书目》卷子杂类中著录《杜丽娘记》。

童静据北京大学图书馆藏明何大抡辑《重刻增补燕居笔记》卷九抄校。

末段缺字七个，承纽约州立大学郑培凯教授据哈佛大学燕京图书馆藏本补足。